Le Livre de Poche Jeunesse

LE GRAND VOL

ANGIE SAGE

LE GRAND VOL

MAGYK
LIVRE DEUX

Traduit de l'anglais par Nathalie Serval

L'édition originale de cet ouvrage
a paru en langue anglaise
sous le titre :
SEPTIMUS HEAP BOOK TWO : FLYTE
Première publication : HarperCollins Children's Books, New York, 2006.

Pour Laurie,
qui m'a inspiré les magogs,
avec tout mon amour.
A. S.

Crique Funeste
Le Château
LA FORÊT
LA RIVIÈRE
Pont Sans Retour
Porte Nord
L'ENCHEVÊTRÉ
Chamber de Jannit Maarten
Taverne du Trou dans le Mur
Tour du Magicien
Conduit du vide-ordures
FOSSÉ
Grande arche
Porte Sud
Rocher du Corbeau
Dépotoir communautaire
Palais
Taverne-salon de thé de Sally Mullin
LE CHÂTEAU

Vers les Maleterres
et les montagnes
Frontalières
LA CAMPAGNE
N
E
S
O
Passe de Deppen
MARAIS
DE MARRAM
Île de
Draggen
Masure
de Jack le toqué
LE
PORT
LES DUNES

Un an plus tôt :
la nuit du souper de l'apprenti

La nuit s'étend sur les marais de Marram. La pleine lune éclaire les eaux sombres et leurs hôtes qui vaquent à leurs affaires. Par intervalles, un glouglou monte des profondeurs, brisant le silence : les créatures de l'ombre convergent vers leur proie. Un navire et sa garniture de matelots se sont envasés. Les créatures ont faim, mais elles savent qu'elles devront disputer les miettes du festin aux bobelins des fagnes. De temps en temps, des bulles éclatent, ramenant à la surface des planches et des espars goudronnés qui surnagent.

Il ne fait pas bon s'aventurer la nuit dans les marais de Marram pour un être humain. Pourtant, un canoë progresse à une allure régulière vers l'épave. Son passager a des cheveux blonds bouclés et trempés d'humidité. Ses yeux verts scrutent l'obscurité tandis qu'il marmonne entre ses dents, rejouant inlassablement la dispute qui l'a opposé aux siens un peu plus tôt. Mais tout cela n'a plus d'importance : il est au seuil d'une nouvelle vie. Ses talents seront enfin reconnus et nul n'osera plus l'évincer au profit d'un petit arriviste venu d'on ne sait où.

De loin, on n'aperçoit du navire qu'un mât auquel pendent les restes d'un drapeau rouge décoré de trois étoiles noires. Le jeune homme engage le canoë dans un chenal qui devrait le conduire au pied du mât. S'il frissonne, c'est moins à cause du froid que de l'aura maléfique de l'épave que les bobelins sont occupés à curer sous ses pieds. Les débris ralentissent la marche du canoë qui refuse brusquement d'avancer. Le garçon plonge son regard dans l'eau trouble. À la clarté de la lune, il finit par distinguer une forme blanche qui se meut au-dessous de lui. Soudain, un squelette poli comme de l'ivoire (les bobelins n'ont pas laissé une bribe de chair sur ses os) crève la surface, éclaboussant l'occupant du canoë de boue noirâtre.

Partagé entre la frayeur et l'excitation, le garçon se secoue pour se nettoyer tandis que le squelette se hisse à bord et prend place derrière lui. Ses genoux pointus lui rentrent dans les côtes. Les bagues qui ornent encore ses doigts décharnés lui confirment qu'il a trouvé celui qu'il cherchait : le **nécromancien** Dom-Daniel, deux fois magicien extraordinaire. Le jeune homme trouve que DomDaniel surpasse tous les professionnels de la **Magyk** qu'il a rencontrés jusque-là, en particulier celle qui l'a obligé un peu plus tôt à partager le souper de son nouvel apprenti.

Le garçon propose un marché au squelette : il fera son possible pour le **ramener** à la vie et l'aidera à reconquérir son titre s'il accepte de le prendre comme apprenti.

Le squelette lui exprime son consentement d'un signe de tête.

Puis le canoë repart. Le squelette impatient indique le chemin à son sauveur en lui tapotant le dos avec son index. Quand ils finissent par atteindre la bordure du marais, le squelette saute du canoë. De sa démarche raide, il guide alors le grand jeune homme blond à travers le paysage le plus sinistre que celui-ci ait jamais vu. Alors qu'il lui emboîte le pas, le garçon songe brièvement à ce qu'il laisse derrière lui, mais cela ne dure pas : c'est ici que commence sa nouvelle vie.

Tous autant qu'ils sont, ils regretteront la manière dont ils l'ont traité.

Surtout quand il sera devenu magicien extraordinaire.

1

Les araignées

Septimus Heap lâcha six araignées à l'intérieur d'un bocal, vissa le couvercle à fond et le déposa sur le seuil. Puis il ramassa son balai et continua à faire le ménage dans la bibliothèque.

Celle-ci était sombre et très encombrée. Les grosses bougies qui l'éclairaient grésillaient et l'air sentait un curieux mélange d'encens, de vieux papier et de cuir moisi. Septimus appréciait ce sanctuaire de la **Magyk**, perché au sommet de la tour du Magicien, à l'intérieur de la pyramide dorée qui étincelait au soleil du matin.

Après avoir balayé, Septimus circula parmi les rayonnages en fredonnant gaiement et rangea les livres de **Magyk**, les **sorts** et les parchemins que Marcia Overstrand, la magicienne extraordinaire, avait laissés en désordre selon son habitude. La plupart des garçons de onze ans et demi auraient préféré sortir et profiter de cette belle matinée d'été, mais pas lui. Il avait passé assez de temps dehors, été comme hiver, durant les dix premières années de sa vie, quand il servait dans la Jeune Garde.

Le rangement et l'entretien de la bibliothèque comptaient parmi les tâches quotidiennes d'un apprenti extraordinaire. Chaque jour, Septimus faisait une découverte passionnante. Le plus souvent, c'était une chose que Marcia avait laissée en évidence à son intention – une **conjuration** dénichée durant la nuit, ou un recueil de **sorts** tout écorné cueilli sur une étagère **cachée**. Mais cette fois, il devinait qu'elle n'y était pour rien. Marcia aurait grimacé de dégoût devant sa trouvaille (un objet carré, marron et poisseux, coincé sous un lourd chandelier en laiton) et aurait craint de se salir les mains en la touchant. Septimus souleva le chandelier avec précaution et posa l'objet sur sa paume afin de l'examiner. Certainement un **charme gustatif**, pensa-t-il, tout excité. Ça avait l'apparence, l'odeur du chocolat et il aurait parié que ça en avait également le goût, même s'il n'allait pas se risquer à le vérifier. Ça pouvait aussi bien être un charme empoisonné, tombé de la boîte (**Toxiques**, **Venins et Brouets Basiques**, pouvait-on lire sur l'étiquette) posée en équilibre instable sur l'étagère juste au-dessus.

Septimus prit la loupe qui pendait de sa ceinture

d'apprenti et déchiffra les fines lettres blanches qui traçaient une boucle sur le dessus du carré :

Saisis-moi, secoue-moi,
Que tiens-tu entre tes doigts ?
Du Tchocolatl Quetzacoatl.

Septimus sourit. Son intuition se vérifiait, comme souvent en matière de **Magyk**. C'était bien un **charme gustatif** et qui plus est, au chocolat ! Septimus le glissa dans sa poche, sachant déjà à qui il allait l'offrir.

Il monta ensuite à l'échelle pour ranger la dernière étagère et se trouva alors face à l'araignée la plus grosse et la plus velue qu'il avait jamais vue. Il déglutit. Si Marcia n'avait pas tant insisté pour qu'il chasse jusqu'à la dernière araignée de la bibliothèque, il aurait volontiers laissé celle-ci en paix. Ses huit yeux semblaient le dévisager et Septimus n'aimait guère ses longues pattes couvertes de poils. Il la devinait prête à escalader sa manche s'il lui en laissait l'occasion.

Plus rapide que l'éclair, Septimus referma la main sur l'araignée. L'affreuse créature se débattit avec une force surprenante, tentant de repousser ses doigts poussiéreux, mais il tint bon. Il se dépêcha de descendre l'échelle, dépassant la lucarne qui ouvrait sur l'extérieur de la pyramide dorée. Comme il posait le pied par terre, l'araignée lui mordit la pulpe du pouce.

— Ouille !

Il se précipita vers la porte, ramassa le bocal qu'il

ouvrit d'une main et laissa tomber le monstre à l'intérieur, au grand dam de ses six congénères qui s'y trouvaient déjà. Malgré la douleur, il serra le couvercle à fond. Faisant attention à ne pas lâcher le bocal dans lequel les six petites araignées couraient en rond pour échapper à la grosse, il descendit l'escalier à vis en pierre qui reliait la bibliothèque aux appartements de la magicienne extraordinaire, dame Marcia Overstrand.

Vite, il dépassa la porte pourpre et or de la chambre de Marcia, puis celle de sa propre chambre, descendit encore quelques marches et se dirigea vers le placard à potions qui jouxtait le bureau de la magicienne. Ayant posé le bocal, il examina son pouce. Celui-ci n'était pas beau à voir. Il avait viré au rouge foncé et des marbrures tout à fait intéressantes bordaient la morsure. En plus, c'était douloureux. Septimus ouvrit le coffre à remèdes d'une main et farfouilla à la recherche du tube de **baume arachnéen** dont il pressa tout le contenu sur son pouce, sans grand effet. Au contraire, son état parut s'aggraver. Son doigt était à présent si enflé qu'il semblait prêt à exploser.

Après sa victoire sur DomDaniel, Marcia Overstrand avait retrouvé la tour infestée d'araignées. Elle avait eu beau la **décontaminer** avant d'y ramener la **Magyk**, elle n'avait pu se débarrasser de ces satanées bestioles. Cet échec l'avait profondément irritée, car leur présence indiquait qu'il demeurait des traces de **Magyk noire** à l'intérieur de la tour.

Au début, Marcia était trop occupée pour remarquer que quelque chose clochait, à part les araignées. Pour la première fois, elle avait la responsabilité d'un apprenti, plus les Heap à installer au palais et un paquet de magiciens ordinaires qu'il fallait trier et réintégrer à la tour. Mais vers la fin de l'été, elle avait commencé à soupçonner qu'une ombre la suivait. Elle avait d'abord cru à une illusion, car chaque fois qu'elle se retournait et regardait attentivement, elle ne voyait rien. Mais quand le fantôme d'Alther Mella, son maître et prédécesseur, lui avait avoué qu'il distinguait également quelque chose, ses derniers doutes s'étaient évanouis : elle était bien suivie par une **ombre noire**.

Depuis, Marcia avait patiemment assemblé un **piège à ombres**. Celui-ci, formé de barres et de baguettes moulées dans un **amalgame** spécial, se dressait dans un coin de la pièce. Des volutes de vapeur sombres d'où jaillissaient des éclairs orangés s'enroulaient autour des barres. Quand le **piège** serait achevé, Marcia pénétrerait à l'intérieur avec l'**ombre** et en ressortirait seule. Elle espérait que cela suffirait à chasser la **Ténèbre** (et les araignées) de la tour.

Septimus examinait son pouce (celui-ci avait doublé de volume et sa couleur tirait sur le violet) quand il entendit la porte du bureau de Marcia s'ouvrir.

— Je sors, Septimus, lui lança sa tutrice. Je vais chercher une autre partie du **piège**. J'ai dit au vieux Ratel que je passerais ce matin. Après cela, nous n'aurons plus qu'à récupérer le **chapeau** pour en finir avec cette maudite **ombre**.

— Aargh, grogna Septimus.

Marcia jeta un coup d'œil inquisiteur par l'entrebâillement de la porte.

— Qu'est-ce que tu fabriques dans le placard à potions ? demanda-t-elle d'un ton exaspéré.

Puis son regard tomba sur la main de son apprenti :

— Juste ciel ! Je parie que tu t'es encore brûlé en tentant un **sort de combustion**. Je t'ai déjà dit que je ne voulais plus voir de perroquet aux plumes roussies, Septimus. Cela empeste et d'autre part, ce n'est pas très gentil pour ces pauvres bêtes…

— Aargh… C'était une erreur, marmonna Septimus. Je voulais le transformer en oiseau de feu. Tout le monde peut se tromper. Aïe ! J'ai été mordu.

Marcia entra et Septimus distingua une sorte de remous dans son sillage. Elle se pencha vers lui pour inspecter son pouce, l'enveloppant presque dans sa cape pourpre. Marcia était grande, avec de longs cheveux bruns bouclés et des yeux d'un vert intense, comme tous ceux qui approchaient la **Magyk**. Septimus avait aussi les yeux verts, alors qu'ils étaient gris avant sa rencontre avec Marcia. Celle-ci portait autour du cou l'amulette d'Akhentaten, source de son pouvoir de magicienne extraordinaire, et sa tunique en soie était serrée à la taille par une ceinture en or et platine. Elle était chaussée d'une paire de bottines en python pourpre, choisie avec soin parmi la centaine de paires quasi identiques que contenait sa garde-robe. (Elle en avait constitué un stock depuis son retour.) Septimus, comme à son habitude, était chaussé de vieilles bottes en cuir brun, les seules qu'il possédait. Plus d'une fois, Marcia avait proposé de lui en faire fabriquer une nouvelle paire sur mesure (en peau de python vert émeraude, assortie à sa robe d'apprenti), mais allez savoir pourquoi, il avait toujours refusé.

— C'est une morsure d'araignée ! s'exclama Marcia en attrapant le pouce de Septimus.

— Ouille !

— Son aspect ne me plaît pas.

Septimus partageait l'avis de Marcia. Son pouce était violacé, ses doigts évoquaient des saucisses piquées sur un pain rond et des élancements violents remontaient son bras en direction du cœur. Tout tanguait autour de lui.

— Assieds-toi, dit Marcia d'un ton inquiet.

Elle balaya de la main les papiers qui occupaient le dessus d'une chaise et guida Septimus jusqu'à celle-ci. D'un geste vif, elle cueillit à l'intérieur du coffre une fiole contenant un liquide trouble. Les mots **Venin d'Aragne** étaient griffonnés sur l'étiquette. Elle choisit ensuite une pipette en verre parmi les instruments vaguement effrayants qui étaient alignés à l'intérieur du couvercle du coffre, tels des couverts dans un panier à pique-nique, et aspira le venin en ayant soin de ne pas en avaler une goutte.

— C'est du poison ! protesta Septimus en se débattant.

— Cette morsure porte la trace de la **Ténèbre**, expliqua Marcia. (Elle appliqua son pouce sur l'embout de la pipette et éloigna celle-ci de sa cape.) Le **baume arachnéen** n'a fait qu'aggraver les choses. Dans certains cas, on n'a d'autre recours que de soigner le mal par le mal. Aie confiance en moi.

Il n'existait personne en qui Septimus avait davantage confiance qu'en Marcia. C'est pourquoi il tendit son pouce et ferma les yeux pendant qu'elle versait le **venin d'aragne** sur la morsure et récitait ce qui avait tout l'air d'une **conjuration**. La douleur s'atténua aussitôt et la tête cessa de lui tourner. Peut-être son pouce n'allait-il pas exploser, après tout.

Marcia rangea calmement le matériel dans le coffre et considéra son apprenti. Il était très pâle, ce qui n'avait rien d'étonnant. Sans doute l'avait-elle surmené. Un jour de congé au grand air lui ferait le plus grand bien. Qui plus est, elle n'avait aucune envie de voir rappliquer sa mère, Sarah Heap.

Marcia n'avait pas oublié la visite que Sarah avait faite à la tour peu après l'arrivée de Septimus. Un dimanche matin, quelqu'un avait frappé de grands coups à la porte. Marcia avait ouvert et s'était trouvée nez à nez avec Sarah Heap et une délégation de magiciens de l'étage inférieur venus s'enquérir de l'origine de ce tapage : nul n'avait jamais osé frapper ainsi à la porte de la magicienne extraordinaire.

Devant un auditoire médusé, Sarah avait parlé sans détour à Marcia :

— Mon Septimus et moi avons été séparés pendant dix longues années, et je n'ai pas l'intention d'attendre encore dix ans pour rattraper le temps perdu. Par conséquent, dame Marcia, je vous serais reconnaissante de l'autoriser à se rendre chez nous aujourd'hui pour fêter l'anniversaire de son père.

Au grand mécontentement de Marcia, les magiciens présents avaient salué cette sortie par des applaudissements discrets. La magicienne extraordinaire et son apprenti étaient restés sans voix devant l'aplomb de Sarah, Marcia parce que personne – personne – ne lui avait jamais parlé sur ce ton, et Septimus parce que c'était la première fois qu'il voyait une mère en action. Néanmoins, son discours lui avait plu. En revanche, Marcia n'aurait voulu revivre cette scène pour rien au monde.

— Maintenant, va-t'en ! dit-elle à son apprenti. (Elle n'aurait pas été autrement surprise de voir Sarah Heap surgir du néant et lui demander des comptes.) Il y a longtemps que tu n'as pas passé une journée en famille. Tant que tu seras là-bas, rappelle donc à ta mère que Zelda attend Jenna demain. C'est le solstice d'été et elle doit rendre visite au bateau dragon. Si cela ne tenait qu'à moi, elle serait déjà en route, mais les Heap font toujours tout au dernier moment. À ce soir, Septimus. Tâche d'être rentré au plus tard à minuit. Au fait, tu peux garder le **charme chocolaté**.

— Merci, dit Septimus. Mais je vais bien, vous savez. Je n'ai pas besoin de vacances.

— Taratata ! À présent, file !

Septimus ne put se retenir de sourire. Finalement, cette journée de congé était la bienvenue. Ainsi, il pourrait voir Jenna avant son départ et lui donner le **charme**.

— D'accord. Je serai de retour avant minuit.

Septimus se dirigea vers la porte des appartements. Reconnaissant l'apprenti de Marcia, celle-ci s'ouvrit à son approche.

— Hé ! lui cria Marcia. Tu oublies les araignées !

— Zut…, marmonna Septimus.

2

La voie du Magicien

Septimus posa le pied sur la première marche de l'escalier à vis en argent qui montait jusqu'au sommet de la tour.

— Le hall, s'il te plaît, dit-il.

L'escalier se mit à tourner sur lui-même tel un tire-bouchon géant. Septimus leva le bocal et observa ses occupantes à travers la paroi. Il n'en dénombra que cinq. Il se demanda s'il n'avait pas déjà vu quelque part la grosse araignée velue.

Celle-ci lui lança un regard noir. Pour sa part, elle était certaine de l'avoir déjà vu – quatre fois pour être précise.

À quatre reprises, il l'avait ramassée, jetée dans un pot et balancée à l'extérieur de la tour. Il avait eu de la chance de ne pas se faire mordre plus tôt. Cette fois, à tout le moins, elle avait trouvé de quoi se restaurer à l'intérieur du bocal. Ses deux plus jeunes congénères lui avaient paru particulièrement savoureuses, même si elle avait dû leur courir après pour les attraper. Résignée, la grosse araignée s'installa le plus confortablement possible et se laissa transbahuter une fois de plus.

L'escalier poursuivait sa descente, entraînant lentement Septimus et ses captives vers la base de la tour. Les magiciens des étages intermédiaires le saluaient gaiement au passage tout en vaquant à leurs occupations.

L'arrivée de Septimus avait causé un grand émoi parmi les magiciens. En plus d'avoir chassé un redoutable **nécromancien** de la tour (et par la même occasion du Château), Marcia ramenait un *apprenti* ! Avant Septimus, elle était restée dix ans sans prendre d'élève, au point que les magiciens ordinaires commençaient à faire des gorges chaudes de son mauvais caractère : « Enfin, qu'est-ce qu'elle espère ? Le septième fils d'un septième fils ? Ah ! » Et de fait, elle avait trouvé Septimus Heap, le septième fils de Silas Heap, un magicien misérable et sans talent, lui-même le septième fils de Benjamin Heap, un changeforme tout aussi misérable mais infiniment plus doué.

L'escalier en argent s'immobilisa en douceur au niveau du rez-de-chaussée. Septimus sauta à terre et traversa le hall de la tour à cloche-pied, essayant d'attraper les taches de couleur qui dansaient sur le sol mouvant comme du sable. Des lettres se formèrent devant lui, épelant les mots : BONJOUR APPRENTI, et l'accompagnèrent jusqu'à la double porte en argent massif qui gardait l'entrée de la tour. Quand il prononça le mot de passe, les battants s'écartèrent sans bruit, laissant pénétrer un trait de lumière qui brouilla les couleurs magiques sur le sol.

Septimus sortit au soleil et vit que quelqu'un l'attendait.

— Marcia t'a libéré plus tôt que d'habitude, remarqua Jenna Heap.

Assise sur la dernière marche de l'escalier en marbre qui menait à la tour, elle balançait les jambes dans le vide, donnant des coups de talon contre la pierre tiède. Elle était vêtue d'une simple tunique rouge serrée à la taille par une large ceinture dorée et chaussée de sandales poussiéreuses. Ses longs cheveux noirs étaient maintenus en place par un cercle d'or qui ceignait son front telle une couronne. Une lueur de malice brilla dans son regard pendant qu'elle considérait son frère adoptif. Toujours aussi mal attifé, pensa-t-elle. Les cheveux blonds bouclés de Septimus étaient tout dépeignés et sa robe verte d'apprenti couverte de poussière récoltée dans la bibliothèque. Mais la bague en or glissée à son index droit – l'anneau du maître du dragon – brillait d'un vif éclat.

— Salut, Jen.

Clignant les yeux à cause du soleil, Septimus leva le bocal et l'agita devant la petite fille.

Celle-ci se releva d'un bond, le regard fixé sur les araignées.

— Ne t'avise pas de relâcher ces saletés à côté de moi, dit-elle.

Septimus sauta au bas des marches et se dirigea vers le puits à la limite de la cour. Avec d'infinies précautions, il dévissa le couvercle et vida les araignées dans le seau. La plus grosse, qui venait de croquer une autre de ses congénères, entreprit aussitôt de monter le long de la corde. Soulagées de la voir s'éloigner, les trois autres restèrent dans le seau tandis que Septimus rejoignait Jenna au bas des marches.

— Plus j'en attrape et plus j'en trouve, dit-il à propos des araignées. Pas plus tard qu'aujourd'hui, j'ai reconnu l'une d'elles.

Jenna éclata de rire.

— Ne dis pas de bêtises ! Qui pourrait reconnaître une araignée ?

— En tout cas, je jurerais qu'elle m'a reconnu, s'entêta Septimus. Je crois que c'est pour ça qu'elle m'a mordu.

— Elle t'a mordu ? Quelle horreur ! Où ça ?

— Dans la bibliothèque.

— Je veux dire, à quel endroit ?

— Oh ! Là. (Septimus fit voir son pouce à Jenna.) Regarde.

— On ne voit rien, dit-elle d'un ton dédaigneux.

— C’est parce que Marcia a versé du venin dessus.

— Du venin ?

— Un truc de magiciens, répondit Septimus d’un air dégagé.

— Ma parole ! (Jenna s’esclaffa et tira sur la tunique verte de Septimus.) Vous êtes complètement fous. À ce propos, comment va Marcia ?

Septimus donna un coup de pied dans un caillou qui ricocha sur le sol.

— Marcia n’est pas folle, protesta-t-il. Mais il y a cette **ombre** qui la suit partout. Et ça ne s’arrange pas : je commence à la voir aussi.

— Brrr… Arrête, j’ai la chair de poule.

Jenna renvoya le caillou à Septimus, qui le relança dans sa direction. En échangeant des passes, les deux enfants traversèrent la cour et s’enfoncèrent dans l’ombre d’un portail monumental, en argent incrusté de lapis-lazuli. Cette Grande Arche donnait sur une avenue – la voie du Magicien – qui menait en ligne droite au palais. Chassant l’**ombre** de son esprit, Septimus passa sous la Grande Arche, puis il se retourna vers Jenna et sourit :

— Au fait, Marcia m’a donné congé pour la journée.

— Toute la journée ?

— Jusqu’à minuit. Comme ça, je pourrai voir maman.

— Et moi ! Tu vas devoir me supporter jusqu’à ce soir. On ne s’est pas vus depuis au moins un siècle.

En plus, je pars demain chez tante Zelda pour rendre visite au bateau dragon. Au cas où tu l'aurais oublié, c'est le solstice d'été.

— Comment aurais-je pu l'oublier ? Marcia n'arrête pas de me répéter combien c'est important. Tiens, un cadeau pour toi.

Septimus tira le **charme chocolaté** de sa poche et le tendit à Jenna.

— Oh ! Sep, comme c'est gentil. Euh... qu'est-ce que c'est ?

— Un **charme gustatif**. Il a le pouvoir de transformer tout ce que tu veux en chocolat. J'ai pensé que ça te serait utile chez tante Zelda.

— Eh ! Je n'aurai qu'à transformer sa potée aux choux et aux pilchards en chocolat.

— Une potée aux choux et aux pilchards, soupira Septimus. La cuisine de tante Zelda me manque.

— Tu es bien le seul !

— Je sais. C'est ce qui m'a donné l'idée de t'offrir le charme. J'aurais bien voulu t'accompagner chez tante Zelda.

— Impossible. C'est moi la reine.

— Et depuis quand, je te prie ?

— Enfin, je le deviendrai un jour. Et toi, tu n'es qu'un minable apprenti !

La petite fille tira la langue à son compagnon qui fit mine de la poursuivre.

La voie du Magicien était déserte et resplendissait au soleil. Les grandes dalles de pierre calcaire formaient un chemin jusqu'aux grilles du palais qui brillaient comme de l'or dans le lointain. De hautes torchères en argent se succédaient à intervalles réguliers le long de l'avenue. Chacune supportait une torche noircie qui avait brûlé toute la nuit et que Maizie Smalls, l'allumeuse de torchères, remplacerait le soir venu. Septimus ne se lassait pas de ce spectacle. La chambre qu'il occupait au sommet de la tour donnait sur la voie du Magicien. À la tombée du jour, Marcia le trouvait souvent en train de rêvasser à sa fenêtre alors qu'il aurait dû répéter ses **incantations**.

Jenna et Septimus cherchèrent un peu de fraîcheur dans l'ombre des bâtiments trapus qui bordaient l'avenue. Ces maisons comptaient parmi les plus anciennes du Château. Leurs façades de pierre blanche étaient marquées par la pluie, le gel, la grêle et les batailles qu'elles avaient essuyés au cours des siècles. Elles abritaient les nombreuses fabriques de parchemin et imprimeries qui produisaient les livres, brochures, tracts et traités nécessaires aux habitants du Château.

Moustique, qui remplissait les fonctions de grouillot et saute-ruisseau au numéro 13 de la voie du Magicien, lézardait au soleil quand il aperçut Septimus, auquel il adressa un salut amical. Le numéro 13 tranchait sur le reste des échoppes. D'abord, les papiers entassés derrière ses fenêtres montaient si haut qu'on ne voyait rien de ce qui se passait à l'intérieur. Ensuite, sa façade avait récemment été repeinte en violet foncé, malgré l'avis contraire de la Société de conservation de la voie du Magicien. Le numéro 13 était le siège du Magicus Manuscriptorium SA (Sortilèges Anonymes), chez qui Marcia et la plupart des magiciens se fournissaient régulièrement.

Comme ils approchaient des portes du palais, Jenna et Septimus entendirent le bruit des sabots d'un cheval qui résonnait sur la chaussée derrière eux. En se retournant, ils virent un grand étalon noir monté par un cavalier vêtu de sombre s'arrêter devant le Magicus Manuscriptorium. Le cavalier mit pied à terre, attacha son cheval en un tournemain et entra, suivi par Moustique qui semblait surpris de cette visite matinale.

— Qui cela peut-il être ? demanda Septimus. Je ne crois pas avoir déjà vu ce type par ici. Et toi ?

— Je ne sais pas, dit Jenna d'un ton hésitant. Il a pourtant quelque chose de familier.

Septimus ne répondit pas. Une douleur brusque venait de transpercer son pouce, irradiant dans son bras. Il frissonna, songeant à l'**ombre** qu'il avait aperçue derrière Marcia ce matin-là.

3

Le cavalier noir

Gudrun la Grande montait la garde devant le palais. Flottant à quelques mètres du sol, elle somnolait paisiblement au soleil. Gudrun était une Ancienne, le fantôme d'une des toutes premières magiciennes extraordinaires. Elle était presque invisible en plein jour, de sorte que Jenna et Septimus, occupés à discuter du mystérieux cavalier, la traversèrent sans la voir. Perdue dans son rêve, Gudrun la Grande les salua distraitement, les prenant pour deux apprentis (des jumeaux) qu'elle avait formés à l'époque où la tour du Magicien était à peine sortie de terre.

Quand Alther Mella avait pris en main l'organisation du Château en attendant que Jenna soit en âge de monter sur le trône, il avait décidé qu'on ne verrait plus jamais de soldats faire les cent pas devant le palais, comme pendant les dix années de terreur qu'avait duré le règne des custodes. Par conséquent, il avait demandé aux Anciens de les remplacer. Beaucoup d'Anciens avaient au moins cinq cents ans et certains, telle Gudrun, étaient encore plus vieux. Les fantômes perdaient leur substance avec l'âge, si bien qu'on avait du mal à les distinguer. Jenna n'arrivait pas à s'habituer au fait qu'en franchissant une porte, elle traversait généralement en même temps le second officier de la chambre de la reine ou quelque autre antique dignitaire. Elle s'avisait seulement de sa bévue en entendant une voix chevrotante lui déclarer : « Je vous souhaite la bonne journée, gente damoiselle », lorsque, réveillé en sursaut, le fantôme peinait à rassembler ses esprits. Par chance, le palais n'avait guère changé depuis sa construction et la plupart des Anciens s'y repéraient assez bien. Beaucoup étaient des magiciens extraordinaires, ce qui explique que la vision d'une cape pourpre à la couleur fanée flottant dans le dédale de couloirs et de salles du palais n'avait rien d'inhabituel.

— Je crois que je viens encore de traverser Gudrun, dit Jenna. J'espère qu'elle ne m'en voudra pas.

— C'est une drôle d'idée de faire garder les portes par des fantômes, remarqua Septimus. (Il examina son pouce. À son grand soulagement, il paraissait guéri.) N'importe qui pourrait entrer.

— Justement, c'est le but. Le palais est ouvert à tous les habitants du Château.

— Hum ! Mais il pourrait y avoir des gens qu'il vaudrait mieux laisser dehors.

— Quel rabat-joie ! À mon avis, tu passes trop de temps entre quatre murs, penché sur des grimoires qui sentent le moisi. C'est toi le chat !

Jenna partit comme une flèche à travers les pelouses jaunies par le soleil d'été, séparées en deux parties par une large allée cavalière qui aboutissait aux portes du palais. Ce dernier était un des plus vieux bâtiments du Château. Construit dans le style ancien, avec de petites fenêtres fortifiées et des murs crénelés, il était entouré par un fossé ornemental qui abritait une redoutable colonie de tortues happantes, héritage du précédent occupant des lieux, le custode suprême. Un pont trapu enjambait le fossé et conduisait à deux portes en chêne massif. Par cette belle matinée d'été, celles-ci étaient grandes ouvertes.

Septimus avait appris à apprécier le palais. Le soleil illuminait sa façade de pierre blonde, lui donnant un air accueillant. Du temps où il était soldat, il avait souvent monté la garde devant et la demeure du custode suprême lui paraissait alors sombre et sinistre. Mais à tout prendre, malgré le froid et l'ennui, la charge de sentinelle comportait moins de dangers que la plupart des missions que lui assignait la Jeune Garde.

L'été, Septimus aimait regarder Billy Pot tondre les

pelouses. Billy était l'inventeur d'une « brouteuse à gazon » plus ou moins efficace selon l'appétit des iguanes nains de jardin dissimulés à l'intérieur. Les iguanes nains étaient l'arme secrète de Billy, ou du moins le croyait-il. En réalité, la plupart des gens avaient deviné comment fonctionnait sa brouteuse : Billy poussait celle-ci et les iguanes broutaient la pelouse. Quand ils faisaient la fine bouche, Billy s'allongeait dans l'herbe et les traitait de tous les noms.

Billy Pot élevait des centaines d'iguanes nains dans des cabanes près de la Rivière. Chaque matin, il sélectionnait les vingt iguanes les plus affamés, les enfermait à l'intérieur de la machine et roulait celle-ci jusqu'aux pelouses du palais. Billy espérait qu'un jour, il ne serait pas obligé de recommencer à tondre sitôt qu'il aurait terminé, car il aurait bien aimé prendre des vacances. Mais cela n'arrivait jamais. Quand il avait fini de promener la brouteuse sur toute l'étendue des pelouses, l'herbe avait repoussé et tout était à refaire.

Septimus courait sur l'herbe après Jenna quand il identifia le clic-clac de la brouteuse au loin. Puis il vit Billy Pot pousser l'engin le long de l'étroit sentier qui bordait le fossé afin d'attaquer un nouveau carré de pelouse. Septimus pressa l'allure, déterminé à ne pas se laisser distancer. Mais Jenna était plus grande et plus rapide que lui, même s'ils avaient exactement le même âge.

Arrivée au pont, elle s'arrêta et attendit qu'il la rejoigne.

— Viens vite, Sep, lui dit-elle. Allons trouver maman.

Ils traversèrent et se dirigèrent vers la porte du palais. L'Ancien qui gardait celle-ci était bien réveillé. Assis sur une petite chaise dorée judicieusement placée au soleil, il suivit leur approche d'un regard plein d'indulgence et défroissa sa cape pourpre (lui aussi avait été un magicien extraordinaire très respecté en son temps) avant de sourire à Jenna :

— Bonjour, princesse. (Sa voix était si faible qu'elle semblait venir de très loin.) Je me réjouis de vous voir. Et bonjour à toi, apprenti. Dis-moi, où en es-tu de tes études ? As-tu déjà réussi une **triple transsubstantiation** ?

— Presque, répondit Septimus.

— Très bien, mon garçon, le félicita l'Ancien.

— Bonjour, Godric, dit Jenna. Savez-vous où nous pourrions trouver maman ?

— Justement oui, princesse. Dame Sarah m'a fait part de son intention de se rendre au potager pour ramasser des simples. Je lui ai répondu qu'une fille de cuisine pouvait s'en charger à sa place, mais elle a insisté pour y aller elle-même. Votre mère est une femme admirable, ajouta l'Ancien d'un ton rêveur.

— Merci, Godric. Nous allons la rejoindre au jardin… Hé ! Ça va pas, la tête ?

Septimus lui avait agrippé le bras.

— Jen, regarde !

Il indiqua du doigt un nuage de poussière qui se déplaçait vers le palais.

L'Ancien quitta sa chaise et se laissa flotter jusqu'à la porte.

— Un cheval **noir**… Et un cavalier **noir**, annonça-t-il après avoir scruté l'horizon face au soleil aveuglant.

Sa voix produisait un faible écho. Septimus attira Jenna dans l'ombre.

— Qu'est-ce qui te prend ? protesta la petite fille. C'est le même cavalier que tout à l'heure. Enfin, nous allons voir à quoi il ressemble.

Elle s'avança en pleine lumière au moment où le cheval atteignait le palais. Penché sur l'encolure de sa monture, le cavalier pressait celle-ci au maximum. Sa cape noire ondulait dans son dos. Au lieu de marquer une halte devant la première porte, il traversa Gudrun la Grande et remonta l'allée au galop, juste comme Billy Pot et la brouteuse franchissaient celle-ci pour rejoindre leur carré de pelouse. Billy parvint à éviter le choc, mais la brouteuse eut moins de chance. Faute d'avoir été assez rapide, elle se retrouva en pièces détachées. Les iguanes nains s'égaillèrent dans toutes les directions, laissant Billy planté devant un tas de ferraille.

Sans plus se soucier du désespoir de Billy ni des iguanes qui profitaient de leur liberté retrouvée, le cheval poursuivit sa course effrénée vers le palais. Ses sabots soulevaient la poussière et rendaient un son mat en martelant la terre sèche.

Jenna et Septimus s'attendaient à le voir emprunter le sentier menant aux écuries, mais à leur grand étonnement, il franchit le pont sans ralentir l'allure. Guidé d'une main experte par son cavalier, il passa la porte au galop, traversant Godric. Jenna perçut la chaleur de son corps en sueur au moment où il la frôlait. Au passage, il éclaboussa sa tunique d'écume et s'éloigna avant qu'elle ait pu protester. Ses sabots dérapèrent sur les dalles du hall, faisant jaillir des étincelles, quand il tourna à gauche et s'enfonça dans la pénombre du promenoir, le couloir d'un kilomètre qui constituait en quelque sorte l'épine dorsale du palais.

Le fantôme de Godric se releva et marmonna :

— Le froid… Un froid intense m'a envahi.

Tout tremblant, il se laissa tomber sur sa chaise et ferma ses yeux transparents.

— Vous vous sentez bien, Godric ? demanda Jenna.

— Oui, fit Godric d'une voix à peine audible. Merci, Votre Honneur. Je voulais dire, Votre… Principauté.

— Vous êtes sûr que ça va ?

Jenna considéra le vieux spectre avec inquiétude, mais il s'était endormi.

— Viens, Sep, dit-elle. Allons voir ce qui se passe.

L'intérieur du palais paraissait sombre en venant du dehors. Les deux enfants coururent vers le promenoir dont on n'apercevait pas le bout. Le cavalier était invisible et on n'entendait aucun bruit.

— Disparu, murmura Jenna. C'était peut-être un fantôme…

— Un drôle de fantôme, remarqua Septimus en désignant des traces de sabots poussiéreux sur le tapis rouge fané qui recouvrait les dalles usées.

Avant que le custode suprême accède au pouvoir, le promenoir était rempli de trésors – statues inestimables, tentures et tapisseries précieuses –, mais il n'était plus que l'ombre de lui-même. Durant ses dix années de règne, le tyran avait dépouillé le palais de la plupart de ses objets de valeur pour financer de somptueux banquets. Septimus et Jenna dépassèrent quelques portraits de reines et de princesses de l'ancien temps qu'on avait exhumés de la cave et des coffres aux serrures cassées et aux charnières arrachées. Après trois reines à l'air revêche et une princesse qui louchait, les traces de sabots obliquaient vers la droite en direction de la salle de bal. Les portes de celle-ci étaient grandes ouvertes. Jenna et Septimus entrèrent et suivirent la piste à l'intérieur. Il n'y avait toujours aucun signe du cavalier.

— Ouah ! s'exclama Septimus en franchissant le seuil de la salle de bal. Qu'est-ce que c'est grand !

De fait, à l'époque de la construction du palais, on disait volontiers que la salle de bal aurait pu contenir toute la population du Château. Si ce n'était plus le cas, elle n'en restait pas moins impressionnante : son plafond était plus haut qu'une maison et ses fenêtres monumentales, constituées d'une multitude de carreaux, répandaient une profusion de couleurs sur l'immense parquet ciré. Les panneaux inférieurs, que l'on avait ouverts pour laisser pénétrer le soleil, donnaient sur les pelouses à l'arrière du palais et par-delà, sur la Rivière.

— Il a dû partir par là, hasarda Jenna.

— À moins qu'il n'ait **disparu**, murmura Septimus. Rappelle-toi les paroles de l'Ancien : « Un cheval et un cavalier **noirs**. »

— Ne dis pas de bêtises, le gronda Jenna. Il faisait seulement allusion à la robe du cheval et aux vêtements du cavalier. Cela ne te vaut rien de croupir à la tour avec Marcia et son **ombre**. Je te dis qu'il est ressorti par une fenêtre.

— Tu n'en as aucune preuve, objecta Septimus, piqué au vif.

— Si. Regarde !

Jenna indiquait du doigt un tas de crottin fumant dans l'embrasure d'une des portes-fenêtres. La mine de Septimus s'allongea.

Les deux enfants sortaient prudemment sur la terrasse quand ils entendirent Sarah Heap crier.

4

Simon

— Même pas un petit rat coursier..., disait Sarah Heap en larmes, les bras noués autour du cou du mystérieux cavalier, quand Jenna et Septimus atteignirent le portail du potager. L'homme leur tournait le dos. Il avait mis pied à terre et retenait son cheval d'une main tout en tapotant gauchement le dos de Sarah.

La pauvre femme semblait frêle et minuscule auprès de lui. Ses cheveux fins pendaient sur ses épaules et sa longue tunique bleue en coton (le galon doré qui bordait les manches et l'ourlet de celle-ci signalait son appartenance au palais) ne pouvait cacher combien elle avait maigri depuis son retour au Château. Mais ses yeux verts exprimaient le soulagement tandis qu'elle contemplait le visage du cavalier noir.

— Tu aurais quand même pu écrire pour dire que tu étais sain et sauf, reprit-elle. Nous n'en demandions pas plus. Ton père s'est fait un sang d'encre. Nous pensions ne jamais te revoir. Plus d'un an d'absence, et pas un mot ? Méchant garçon, va !

— Maman, je ne suis pas un *garçon* mais un homme. J'ai vingt ans, au cas où tu l'aurais oublié.

Se sentant observé, Simon Heap se détacha de sa mère et fit volte-face. Il n'eut pas l'air particulièrement ravi en découvrant son plus jeune frère et sa sœur adoptive qui hésitaient à franchir le portail. Il se retourna alors vers sa mère.

— D'ailleurs, tu n'as pas besoin de moi, reprit-il d'un ton boudeur. J'imagine que tu nages dans le bonheur maintenant que tu as retrouvé ton précieux petit chéri. D'autant qu'il ne manque pas de ressources : dire qu'il est devenu apprenti à ma place…

— Simon ! protesta Sarah. Tu ne vas pas recommencer. Septimus ne t'a pas volé ta place. Marcia ne t'a jamais proposé de devenir son apprenti.

— Elle l'aurait fait si ce sale gosse n'avait pas rappliqué.

— Tu n'as pas le droit de dire ça. Septimus est ton frère.

— À condition d'ajouter foi aux visions d'une vieille folle dans une flaque d'eau sale. Pour ma part, je n'en crois pas un mot.

— Je t'interdis de parler de ta grand-tante en ces termes ! dit Sarah avec colère. Et d'abord, je sais ce que j'ai vu – ce que nous avons tous vu. Septimus est mon fils et ton frère. Tu vas devoir t'y faire, Simon.

Septimus se retira dans l'ombre. Ce qu'il venait d'entendre le peinait sans toutefois le surprendre. Il n'avait pas oublié les paroles prononcées par Simon après son souper d'apprenti, au cottage de tante Zelda. Cette nuit avait eu une importance capitale pour Septimus. En plus de devenir l'apprenti de Marcia, il avait enfin découvert qui il était : le septième fils de Sarah et Silas Heap. Mais alors que la fête touchait à sa fin, une violente dispute avait éclaté entre Simon et ses parents. Peu après, le jeune homme avait dérobé un canoë et s'était enfui à travers les marais de Marram, au grand désespoir de sa mère (et de Nicko qui venait juste de s'approprier le canoë en question). Depuis, il n'avait donné aucune nouvelle… jusqu'à ce jour.

— Crois-tu qu'on devrait s'approcher et dire bonjour, Sep ? murmura Jenna.

Septimus secoua la tête :

— Vas-y, toi. Je ne pense pas qu'il ait envie de me voir.

Depuis sa cachette, Septimus vit Jenna pénétrer dans le jardin et se faufiler entre les plants de laitues que le cheval de Simon avait piétinés.

— Bonjour, Simon, dit la petite fille avec un sourire timide.

— Ha ! Je pensais bien te trouver ici, dans ton palais. Bonjour, *Ta Majesté*, fit Simon avec une note de moquerie dans la voix.

— Je ne suis pas encore reine, tu sais, remarqua Jenna, un peu décontenancée.

— Voyez-vous ça ! Après, j'imagine que tu ne t'abaisseras plus à fréquenter nos semblables, pas vrai ?

Sarah soupira :

— Simon, arrête.

Simon regarda sa mère, puis Jenna, et la colère qui assombrissait ses yeux verts céda la place à une émotion plus trouble tandis qu'il considérait le paysage au-delà du portail du jardin. Les pierres tendres du vieux palais, la tranquillité des pelouses… Quel contraste avec le capharnaüm dans lequel il avait grandi avec ses cinq jeunes frères et sa petite sœur adoptive, Jenna ! La différence était telle qu'il se sentait désormais étranger à sa famille – et surtout à Jenna qui, après tout, n'était pas du même sang que lui. Elle n'était qu'un coucou et comme tous ceux de son espèce, elle s'était approprié le nid et avait fini par le détruire.

— Bien, maman, dit-il d'un ton cassant. Je vais arrêter pour de bon.

Sarah eut un sourire crispé. Elle avait du mal à reconnaître son fils aîné dans l'homme qui se tenait devant elle, drapé dans sa cape noire. Et cet homme ne lui était pas sympathique.

— Dis-moi, petite sœur, reprit Simon d'un air forcé, ça te dirait de monter Tonnerre ?

Ce disant, il tapotait fièrement l'encolure de son cheval.

— Je ne crois pas que ce soit une bonne idée, objecta Sarah.

— Et pourquoi donc, maman ? Tu n'as pas confiance en moi ?

Sarah hésita une seconde de trop avant de répondre :

— Bien sûr que si, Simon.

— Je suis un bon cavalier, tu sais. Je viens de passer un an à sillonner les montagnes et les vallées frontalières…

— Comment ? demanda Sarah avec une note de soupçon dans la voix. Qu'est-ce que tu fabriquais du côté des Maleterres ?

— Oh ! des choses, répondit Simon d'une manière évasive.

Soudain, il fit un pas en direction de Jenna. Sarah avança le bras comme pour l'arrêter, mais il la prit de vitesse. D'un geste vif, il souleva la petite fille de terre et la hissa sur le dos du cheval.

— Eh bien, comment trouves-tu Tonnerre ? Il est gentil, pas vrai ?

— Oui…

Le cheval s'agitait, comme s'il était impatient de courir.

— On va juste faire un petit tour, d'accord ?

Pour un peu, on aurait dit le Simon d'autrefois. Il mit le pied à l'étrier et sauta en selle derrière Jenna. Tout à coup, Sarah vit son fils aîné la dominer de toute sa hauteur et s'apprêter à faire Dieu sait quoi sans qu'elle puisse l'en empêcher.

— Simon, je ne crois pas que Jenna…

Mais Simon éperonna son cheval et tira sur les rênes. L'animal virevolta, piétinant le thym que Sarah avait l'intention de cueillir, et partit au galop. Une fois franchi le portail, il tourna le coin du palais. Sarah lui courut après en criant :

— Simon… Simon, reviens…

Mais Simon avait disparu. De petits nuages de poussière flottaient au-dessus du chemin là où le cheval avait posé ses sabots.

Sarah ne s'expliquait pas les raisons de son malaise. Son fils avait emmené sa sœur faire un tour à cheval. Quel mal y avait-il à cela ? Elle chercha Septimus du regard, certaine de l'avoir aperçu aux côtés de Jenna, mais ne le vit nulle part. Elle soupira, croyant avoir rêvé. Mais quand Simon et Jenna seraient rentrés de leur promenade, elle se promit d'aller le chercher à la tour. Jenna partait le lendemain afin de rendre visite au bateau dragon, et il aurait été bien que Septimus la voie avant. Elle n'avait que faire des objections de cette pimbêche de Marcia Overstrand. Septimus aurait dû passer plus de temps avec sa sœur et sa mère. Et si Simon voulait faire l'effort d'apprendre à le connaître, peut-être la situation finirait-elle par s'arranger.

Absorbée dans ses pensées, Sarah s'agenouilla sous le regard de trois iguanes nains en cavale et tenta de sauver au moins quelques brins de thym dans l'attente du retour de Jenna et de Simon.

5

Tonnerre

Jenna se cramponnait à la crinière du cheval pendant que celui-ci, guidé par Simon, traversait au petit galop les pelouses du palais. Les iguanes que Billy Pot était parvenu à rassembler prirent la fuite à son approche.

Jenna aimait beaucoup les chevaux. Le sien vivait dans les écuries du palais et elle le montait chaque jour. Elle était devenue une cavalière intrépide. D'où venait donc le malaise qu'elle ressentait ? De la rage qui semblait animer Simon (ils venaient de franchir les portes du palais à une allure folle), ou de la brutalité dont il faisait preuve envers sa monture ? Les éperons acérés qu'il portait aux talons de ses bottes noires n'étaient pas là que pour la décoration. À deux reprises, Jenna l'avait surpris à labourer les flancs de la pauvre bête et elle n'aimait pas non plus la façon dont il tirait sur les rênes.

Ils remontèrent la voie du Magicien au galop. Simon ne prêtait aucune attention à ce qui se passait autour de lui ni à la présence d'éventuels promeneurs, tel le professeur Ratel van Klampff. Ignorant que Marcia était déjà en route pour sa maison, le professeur se rendait à la tour afin d'entretenir la magicienne extraordinaire d'une affaire importante, loin des oreilles remarquablement aiguisées de sa gouvernante, Una Brakket.

Le professeur van Klampff traversait la voie du Magicien, perdu dans ses pensées (il passait en revue les raisons qui l'avaient amené à soupçonner Una Brakket de desseins qui, pour être mystérieux, ne lui paraissaient pas moins suspects) quand il fut renversé par un grand cheval noir lancé au galop. Cette rencontre était à tout le moins inattendue, mais par un caprice du destin, elle eut lieu à cet instant précis. Et quand le professeur se releva, choqué, contusionné mais indemne, il avait complètement oublié la cause de sa présence dans la rue. Était-il sorti acheter du parchemin, une nouvelle plume, une livre – non, deux – de carottes ? Inquiets, Moustique et d'autres employés des échoppes voisines accoururent vers le petit homme replet à la barbe grise et aux lunettes en demi-lune, mais celui-ci ne faisait que secouer la tête, debout au milieu de l'avenue. Quelque chose lui trottait dans la cervelle ; ça avait l'air important, mais qu'est-ce que cela pouvait être ? De guerre lasse, il décida de rentrer chez lui et s'arrêta en chemin pour acheter trois livres de carottes.

Cependant, Tonnerre poursuivait sa course folle le long de la voie du Magicien. À la vue du cheval, les heureux propriétaires des boutiques, imprimeries et librairies levaient les yeux des manuscrits publicitaires et parchemins promotionnels qu'ils étaient occupés à rédiger, se demandant ce que la princesse fabriquait avec ce cavalier noir. Où allaient-ils de si bonne heure, et pourquoi étaient-ils si pressés ?

Tonnerre arriva bientôt en vue de la Grande Arche. Jenna s'attendait à ce que Simon ralentisse et fasse demi-tour afin de la ramener au palais, au lieu de quoi il tira d'un coup sec sur les rênes, dirigeant le cheval vers l'allée des Coupe-Jarrets. Contrairement à l'avenue, celle-ci était sombre, humide et imprégnée de relents nauséabonds. Une rigole courait au milieu des pavés, charriant un flot de boue jaunâtre.

— Où va-t-on ? cria Jenna.

Les maisons délabrées qui longeaient la ruelle répercutaient le roulement des sabots du cheval, si bien que celui-ci résonnait dans sa tête et l'empêchait d'entendre sa propre voix. Comme Simon ne répondait pas, elle répéta sa question, plus fort :

— OÙ VA-T-ON ?

Simon resta muet. Le cheval vira brusquement à gauche, évitant de justesse la roulotte d'un vendeur de saucisses et de pâtés en croûte, et ses sabots dérapèrent sur la boue.

— Simon ! Enfin, où va-t-on ?

— La ferme ! crut entendre Jenna.

— Quoi ?

— J'ai dit, la ferme. Nous allons là où je t'emmène.

Choquée par le ton haineux qu'il venait d'adopter, Jenna se retourna vers Simon. Elle espérait avoir mal compris ses paroles, mais son regard glacé ne laissait aucun doute sur ses intentions. Elle frissonna, saisie par un pressentiment.

Soudain, le cheval changea à nouveau de direction, comme si Simon cherchait à égarer d'éventuels poursuivants. Il tira sur les rênes et Tonnerre se déporta sur la droite avant de s'enfoncer dans la pénombre du passage de l'Égorgeur. Simon plissait les yeux pour mieux se concentrer sur la conduite de la bête dont les sabots faisaient jaillir des étincelles des pavés. Comme ils se rapprochaient de la lumière qui indiquait le bout du passage, Jenna décida de sauter à la première occasion.

Tonnerre déboucha de la ruelle sur une place baignée de soleil. Jenna prit une profonde inspiration. Elle allait mettre son plan à exécution quand le cheval s'arrêta brusquement sans que Simon y soit pour quelque chose. Une mince silhouette vêtue de vert leur barrait la route. Tonnerre était **figé** sur place.

— Septimus ! s'écria Jenna. (Jamais elle n'aurait

cru éprouver un jour un tel soulagement à le voir.) Comment nous as-tu retrouvés ?

Occupé à se concentrer sur Tonnerre, Septimus ne répondit pas. C'était la première fois qu'il **figeait** une créature de cette taille et il craignait de ne pouvoir parler en même temps.

— Écarte-toi de mon chemin, sale morveux ! lui cria Simon. À moins que tu ne veuilles être piétiné.

Furieux, Simon piqua des deux, mais le cheval ne broncha pas. Jenna saisit la chance au vol. Profitant d'une seconde d'inattention de son ravisseur, elle se jeta dans le vide. Mais Simon fut prompt à réagir. Il l'attrapa par les cheveux et la remit en selle de force.

— Aïe ! Lâche-moi, hurla Jenna en le frappant.

Le jeune homme lui tira violemment les cheveux.

— Ne fais plus jamais ça ! siffla-t-il près de son oreille.

Septimus n'osait pas bouger.

— Lâche... Jenna, articula-t-il.

Son regard vert intense était toujours fixé sur Tonnerre qui avait les yeux grands ouverts et révulsés.

— Quelle mouche te pique, minable ? gronda Simon. Ce ne sont pas tes affaires. Cette fille ne t'est rien.

Septimus tint bon.

— Elle est ma sœur, rétorqua-t-il sans cesser de regarder Tonnerre. Laisse-la partir.

Le cheval s'agitait. Il se sentait tiraillé entre deux maîtres et n'aimait pas cela. Bien calé dans ses étriers, son ancien maître faisait presque partie intégrante de lui et sa volonté était la sienne. Son maître souhaitait qu'il avance, aussi Tonnerre souhaitait-il avancer. Mais un nouveau maître était apparu devant lui et refusait de lui céder le passage, alors que l'ancien lui labourait les flancs avec ses éperons. Malgré ses efforts, le cheval ne parvenait pas à détacher ses yeux bruns de ceux de Septimus. Fasciné, il ne pouvait que geindre en tirant la tête vers l'arrière.

— Laisse partir Jenna, répéta Septimus.

— Sinon quoi ? persifla Simon. Tu essaieras un autre tour de passe-passe sur moi ? Écoute-moi bien, microbe : mon petit doigt contient plus de pouvoir que tu n'en posséderas jamais de toute ta misérable vie. Et si tu ne t'ôtes pas tout de suite de mon chemin, je n'hésiterai pas à m'en servir contre toi. C'est compris ?

Comme Simon pointait le petit doigt de sa main gauche vers Septimus, les deux enfants étouffèrent un cri de surprise à la vue de sa bague. Celle-ci était ornée d'un symbole inversé qui leur semblait étrangement familier.

Jenna parvint à se dégager de l'étreinte de Simon.

— Que t'est-il arrivé, Simon ? cria-t-elle. Tu es mon frère. Pourquoi es-tu aussi horrible avec moi ?

Pour toute réponse, le jeune homme agrippa la ceinture dorée de Jenna de la main gauche tout en se cramponnant aux rênes.

— Que les choses soient claires, princesse, grinça-t-il. Je ne suis pas ton frère. Et toi, tu n'es qu'une bâtarde que mon père a eu la faiblesse de ramener à la maison un soir. Depuis, tu ne nous as causé que des ennuis et tu as détruit notre famille.

Jenna pâlit subitement, comme si on l'avait frappée au creux de l'estomac, et chercha secours du côté de Septimus. Celui-ci était aussi abasourdi qu'elle. Durant une fraction de seconde, leurs regards se croisèrent et Tonnerre sentit qu'il était à nouveau libre. Les naseaux frémissant d'excitation, il banda ses muscles et partit au galop dans la lumière, dévalant à toute allure l'avenue pavée qui menait à la porte Nord.

Hébété, Septimus le vit disparaître dans le lointain. L'effort qu'il avait dû fournir pour le **figer** l'avait épuisé. Dès le départ, le cheval lui avait opposé une résistance autrement plus vive que le lapin sur lequel il avait l'habitude de s'entraîner. Il lui restait une dernière chance de rattraper Jenna. Il secoua la tête pour chasser la confusion que l'enchantement avait semée dans son esprit puis se **téléporta**, tout tremblant, jusqu'à la porte Nord.

6

La porte Nord

Pendant ce temps, Silas Heap et Gringe, le gardien de la porte Nord, disputaient une partie acharnée de Pagaille Poursuite. Silas et Gringe avaient récemment mis fin à un différend de longue date. Quand Simon Heap, le fils aîné de Silas, avait tenté d'enlever la fille unique de Gringe, Lucy, les deux hommes avaient été horrifiés. Gringe avait cloîtré Lucy au sommet de la tour de garde pour lui faire passer l'envie de prendre la clé des champs. Il ne lui avait rendu sa liberté qu'après que Silas lui eut annoncé que Simon s'était enfui dans les marais de Marram en pleine nuit à la suite d'une violente querelle avec sa famille et que nul ne l'avait revu depuis. Gringe savait aussi bien que quiconque que les chances de survivre à une expédition nocturne dans les marais de Marram étaient extrêmement minces.

Après cela, Silas et Gringe s'étaient trouvé de nombreux points communs, à commencer par Lucy et Simon. Également, tous deux gardaient un souvenir ému des parties de Pagaille Poursuite qu'ils avaient jouées dans leur enfance. Si la pratique de ce jeu s'était un peu perdue, elle était autrefois extrêmement répandue parmi les habitants du Château et la finale du championnat de Pagaille Poursuite attirait un public nombreux et enthousiaste.

À première vue, le jeu se composait d'un plateau représentant deux châteaux séparés par une rivière. Chaque joueur disposait d'un assortiment de pièces de tailles et de formes diverses portant les couleurs de leur camp. Le but de la partie était d'amener le plus grand nombre de pièces possible à franchir la rivière afin d'envahir le camp adverse. Le hic, c'est que les pions possédaient une volonté propre et qu'ils se déplaçaient à leur guise.

Cette particularité expliquait la popularité du jeu, mais aussi sa rareté. Tous les **charmes** ayant servi à créer les pièces avaient été détruits lors du Grand Incendie, trois siècles plus tôt. Au fil du temps, la plupart des boîtes étaient devenues incomplètes, les pièces ayant tendance à partir à l'aventure ou en quête d'une boîte de Pagaille Poursuite plus intéressante que la leur. Et si nul ne se plaignait de découvrir qu'une nouvelle colonie de pions avait élu domicile dans sa boîte de jeu, il en allait tout autrement quand vous constatiez que les vôtres, fatigués de votre compagnie, avaient mis les voiles. En l'espace de trois cents ans, un grand nombre de pièces avaient ainsi disparu au fond d'un trou ou dans un caniveau, quand elles ne coulaient pas des jours paisibles au sein d'une colonie clandestine établie sous les lattes d'un parquet.

À l'instar de Silas, beaucoup de magiciens possédaient la version magique du jeu. Dans celle-ci, les châteaux et la rivière étaient réels (quoique en réduction, cela va de soi). Gringe avait toujours rêvé de jouer sur un plateau de Pagaille Poursuite magique. Aussi, quand Silas lui avait confié qu'il possédait une boîte complète et scellée dans son grenier, enfouie parmi les livres, Gringe avait miraculeusement surmonté son aversion historique pour les Heap et lui avait suggéré de l'apporter un de ces quatre, histoire de faire une partie ou deux. Depuis, les deux hommes se retrouvaient régulièrement et attendaient avec impatience ces moments de récréation.

Quelques heures plus tôt, Silas était sorti du palais, sa précieuse boîte de Pagaille Poursuite sous le bras, et avait emprunté le raccourci pour la porte Nord. Il marchait d'un pas lent, car un grand chien-loup hirsute et perclus de rhumatismes trottinait à ses côtés. Maxie avait pris de l'âge, mais il accompagnait toujours son maître dans ses déplacements. Silas Heap portait la tunique bleu foncé et la ceinture en argent des magiciens ordinaires. Si ses cheveux blonds bouclés (la marque de fabrique des Heap) commençaient à grisonner, le vert de ses yeux était toujours aussi vif et il fredonnait un petit air joyeux tandis qu'il cheminait le long des rues ensoleillées : contrairement à Sarah, Silas ne s'inquiétait jamais très longtemps, considérant que les choses finissaient toujours par s'arranger.

Après les salutations d'usage, Silas et Gringe s'étaient installés à l'extérieur de la tour de garde et avaient rangé les pièces sur le plateau en essayant de deviner dans quelles dispositions elles se trouvaient. Les pièces de Pagaille Poursuite étaient versatiles et leur humeur variait considérablement d'une partie à l'autre. Certaines se laissaient aisément manœuvrer, d'autres non. D'autres encore feignaient de vous obéir pour mieux vous trahir à la première occasion, s'écroulaient de sommeil au moment de passer à l'action ou couraient en tous sens comme des dératées, mettant le plateau sens dessus dessous. L'astuce consistait à percer les intentions à la fois de ses propres pièces et de celles de l'adversaire et de mettre ses connaissances à profit pour s'emparer du Château d'en face. Le jeu était chaque fois différent. Certaines parties tournaient à la confusion générale, d'autres à la bataille rangée et d'autres encore – les meilleures – étaient d'une drôlerie irrésistible. Cela explique que la première chose qu'entendit Septimus lorsqu'il se **matérialisa** devant la porte Nord fut le rire tonitruant de Gringe.

— Ha, ha ! Le Gros Poussah t'a bien eu, Silas. Tu ne t'attendais pas à ce qu'il te feinte, pas vrai ? Moi, j'ai tout de suite flairé l'embrouille. Pour le coup, je récupère mon Boulet !

Gringe (un gaillard trapu du genre pinailleur, serré dans un pourpoint en cuir) se pencha et prit une grosse pièce sphérique dans un baquet au pied de la table de jeu. Le Boulet agita ses jambes courtes et potelées et se précipita vers le centre du plateau.

— Hé ! protesta Gringe, dépité de le voir sauter dans la rivière et disparaître. T'as pas le droit, espèce de… Tiens ! V'là ton p'tiot, Silas. D'où c'est-y qu'il arrive, çui-là ? Les Heap, vous avez le chic pour débarquer à l'improviste…

— À d'autres ! s'esclaffa Silas, occupé à persuader une de ses pièces, la Taupe, de se glisser dans le tunnel qui conduisait sous le château de son adversaire. Je vois clair dans ton jeu, Gringe. Une seconde d'inattention de ma part, et ton Botteur en profitera pour balancer ma Taupe dans la rivière. Ce n'est pas à un vieux singe qu'on apprend à faire les grimaces.

— N'empêche que ton p'tit dernier est là. On dirait qu'y mijote un tour de **Magyk**.

L'effet du **sort de téléportation** tardait à se dissiper, de sorte que Septimus apparaissait à Gringe dans une sorte de halo. Couché sous la table, Maxie geignit et son dos se hérissa.

— Bien essayé, Gringe.

Silas tentait d'amener son Bouteur à pousser sa Taupe le long du tunnel, sans succès.

— Bougre de tête de mule, j'te dis qu'il est là ! Bien le bonjour, mon gars. T'es venu voir ton papa ?

Silas se décida enfin à lever les yeux du jeu.

— Oh ! bonjour, Septimus, dit-il, surpris. Tu maîtrises déjà la **téléportation**, à ce que je vois. Mon garçon est doué, confia-t-il à Gringe pour la centième fois au moins. Figure-toi que la magicienne extraordinaire l'a pris comme apprenti.

— Sans blague ? marmonna Gringe.

Le gardien de la porte Nord plongea le bras jusqu'au coude dans la rivière, s'efforçant de repêcher son Boulet. Malheureusement pour lui, il avait oublié que la version de luxe du jeu (celle que possédait Silas) comportait des crocodiles miniatures.

— Ouille ! glapit-il.

— Papa ! cria Septimus. Simon a enlevé Jenna ! Ils viennent par ici. Dis à Gringe de hisser le pont-levis. Vite !

— Quoi ?

Silas voyait son fils remuer les lèvres, mais il n'entendait pas un mot de ce qu'il disait. Septimus n'avait pas fini de se matérialiser.

— Hisse le pont-levis, papa !

Seul le dernier mot parvint aux oreilles de Silas.

— Je t'entends, Septimus. Inutile de hurler.

Au même moment, un bruit de cavalcade s'éleva derrière eux. Il était trop tard ! De désespoir, Septimus voulut se jeter sous les sabots du cheval pour l'arrêter, mais son père l'agrippa et le tira en arrière.

— Attention ! Il a failli te renverser.

Le cheval de Simon les dépassa dans un grondement de tonnerre. Jenna cria quelque chose à Septimus et à Silas, mais le vacarme et les sifflements du vent couvrirent sa voix.

Devant Septimus, Silas et Gringe médusés, le cheval traversa le pont qui trépidait sous son poids. Une fois sur l'autre berge, il vira brutalement à droite, manquant de déraper sur la terre sèche, et poursuivit au galop en direction du nord. Pour avoir longuement étudié les cartes du pays quand il servait dans la Jeune Garde, Septimus ne connaissait que trop le tracé de la route qu'il suivait. Après avoir longé un moment la Rivière, elle franchissait celle-ci au pont Sans Retour. De là, il fallait une journée pour gagner les marches du royaume – les Maleterres, comme on les appelait plus volontiers au Château.

— Non mais, vous avez vu ? s'indigna Silas. Un véritable danger public. Et tout ça pour impressionner sa bonne amie. Si cela ne tenait qu'à moi, les jeunes gens ne seraient pas autorisés à monter des chevaux aussi rapides. La vitesse, il n'y a que ça qui les intéresse…

— Papa ! (Cela faisait un moment que Septimus essayait d'en placer une.) Papa, c'était Simon.

— Simon ? répéta Silas, déconcerté. Tu veux dire, notre Simon ?

— Lui-même. Et il a emmené Jenna.

— Emmené ? Où ça ? Pourquoi ? Enfin, que se passe-t-il ici ? Pourquoi suis-je toujours le dernier informé ?

Silas se rassit. Pour une raison qui lui échappait, la situation était en train de tourner au vinaigre.

— C'est ce que j'essaie de t'expliquer, reprit Septimus d'un ton exaspéré. C'était Simon et il a…

Il fut de nouveau interrompu, cette fois par l'apparition de Lucy Gringe sur le seuil de la tour de garde. Lucy – un beau brin de fille aux yeux noisette, coiffée de deux tresses châtain doré qui lui tombaient à la taille – était vêtue d'une longue tunique blanche d'été qu'elle avait elle-même brodée d'un fouillis de fleurs, et chaussée de lourdes bottes en cuir brun lacées avec des rubans roses. (Lucy était réputée pour l'audace de ses choix vestimentaires.)

— Simon ? dit-elle, toute pâle sous ses taches de rousseur. Tu as dit que c'était Simon ?

— Lucy ! rugit Gringe. Tu sais que je ne veux plus t'entendre prononcer ce nom.

Le malheureux père regardait fixement le plateau de Pagaille Poursuite, se demandant comment une journée aussi prometteuse avait pu virer au cauchemar en si peu de temps. Mais il aurait dû s'en douter : cela se passait toujours ainsi avec les Heap. Ces gens n'étaient bons qu'à attirer les ennuis.

— C'était bien lui, et il a emmené Jenna, affirma Septimus.

Son excitation était retombée à présent qu'il était trop tard pour agir.

— Je ne comprends pas…, bredouilla Silas.

Mais Lucy Gringe avait compris, elle.

— Pourquoi ? gémit-elle. Pourquoi ce n'est pas moi qu'il a emmenée ?

7

La serre

— Il avait tout d'un forcené, Sarah.

Soufflant et haletant, Silas avait déboulé dans la serre située au bout du potager du palais, où il avait trouvé sa femme en train de rempoter des herbes médicinales en compagnie de son amie Sally Mullin.

— Il aurait mis Septimus en bouillie si je ne l'avais pas écarté de son chemin. Et cette pauvre Jenna qui hurlait… C'était atroce !

— Je n'arrive pas à le croire ! bredouilla Sarah.

— Jenna ne hurlait pas, papa, rectifia Septimus qui ne voulait pas alarmer davantage Sarah. Ce n'est pas son style. Elle essayait juste de nous dire quelque chose.

— Quoi ? demanda Sarah. Que vous a-t-elle dit ?

— Je n'en sais rien, avoua Septimus. Le cheval faisait tellement de bruit que je n'ai pas entendu.

— Peut-être voulait-elle prévenir qu'elle serait bientôt de retour, hasarda Sarah. Peut-être Simon l'a-t-il juste emmenée faire un tour le long de la Rivière.

Malgré toute sa bonne volonté, son ton manquait de conviction. Sally, qui vivait au palais en attendant que sa nouvelle « taverne-salon de thé » soit achevée, posa une main sur son épaule afin de la réconforter.

— Tu n'as pas à t'inquiéter, Sarah, dit-elle. Cette tête brûlée voulait juste impressionner sa sœur en lui montrant combien son cheval était rapide. Tous les jeunes gens font ça. Il ne tardera pas à la ramener.

Sarah tourna un regard plein de gratitude vers son amie. Mais dans le secret de son âme, elle sentait bien que son Simon avait changé. Il lui était arrivé quelque chose qui avait fait de lui… Quoi donc ?

Silas peinait à reprendre son souffle. Septimus et lui avaient couru depuis la porte Nord jusqu'au palais, laissant Maxie endormi sous la table de jeu, pendant que Gringe traînait Lucy à l'intérieur de la tour de garde pour l'empêcher de se lancer à la poursuite de son amoureux.

Alther Mella s'agitait nerveusement au-dessus de l'établi. Il avait passé la nuit au Trou-dans-le-Mur (une taverne très courue par les fantômes) et avait un peu tardé à en repartir ce matin-là. Alther était en colère contre lui-même. S'il avait été présent, il aurait pu tenter d'arrêter Simon. Comment ? Il l'ignorait. Mais au moins, il aurait essayé.

Sarah Heap repoussa une mèche de cheveux blonds derrière son oreille tout en jouant distraitement avec des plants de persil.

— Je suis certaine que Simon n'emmènerait jamais Jenna contre sa volonté, affirma-t-elle en piquant son déplantoir dans la terre.

— C'est évident, acquiesça Sally d'un ton apaisant.

— C'est pourtant ce qu'il vient de faire, insista Septimus. Jenna n'avait pas envie de l'accompagner. Quand j'ai **figé** son cheval, il s'est mis en colère et l'a empêchée de fuir.

— Il semblait très fier de son cheval, reprit Sarah. Peut-être l'as-tu contrarié en le **figeant**. Je suis sûre qu'il ramènera bientôt Jenna.

— Maman, il l'a kidnappée !

Septimus sentait la colère monter. Il ne comprenait pas pourquoi Sarah s'obstinait à chercher des excuses à Simon, mais il ne savait pas encore très bien comment fonctionnent les mères.

Alther Mella traversa un tas de pots de fleurs mis au rebut et s'approcha de Sarah.

— Tout est ma faute, s'accusa-t-il d'un air piteux. Si j'avais placé des gardes dignes de ce nom aux portes du palais, au lieu d'une poignée d'Anciens incapables, il ne serait rien arrivé.

— Vous n'avez rien à vous reprocher, lui assura

Sarah. Même un garde aurait laissé entrer Simon. Après tout, c'est un Heap.

— Mais il ne l'aurait pas laissé ressortir, observa Septimus. Pas si Jenna lui avait dit qu'elle ne voulait pas le suivre.

— Ne parle pas sur ce ton à Alther, Septimus, le gronda Sarah. Tu devrais montrer plus de respect à un magicien extraordinaire, surtout à celui qui a formé ta tutrice.

— Le petit a raison, Sarah, soupira Silas.

Alther s'éloigna de l'établi et se laissa flotter jusqu'à Septimus. Comparé aux Anciens, Alther paraissait étonnamment tangible. Bien qu'un peu décolorée, sa robe pourpre semblait presque réelle, jusqu'aux taches de sang à l'emplacement du cœur. Les longs cheveux blancs du vieux spectre étaient attachés en queue de cheval, comme d'habitude, et ses yeux verts brillaient tandis qu'il considérait l'apprenti de Marcia.

— Eh bien, dit-il au jeune garçon, que proposes-tu ?

— Moi ? Vous me demandez mon avis ?

— Oui. Je me disais qu'en tant qu'apprenti de la magicienne extraordinaire, tu aimerais parler en son nom.

— On part à la recherche de Jenna et on la ramène. Voilà ce qu'il faut faire.

D'émotion, Sarah laissa tomber son déplantoir. L'objet traversa le pied d'Alther, qui recula en hâte, et heurta le sol avec un fracas métallique.

— Septimus, je t'interdis d'aller où que ce soit, dit-elle. J'ai déjà bien assez de soucis avec Jo-Jo, Sam, Fred et Erik qui fabriquent je ne sais quoi au fin fond des bois. Ils refusent même de venir voir leur mère ! Sans parler de Nicko qui est parti essayer un nouveau bateau avec le fils Gringe et qui n'a pas encore reparu, alors qu'il avait promis de revenir à temps pour emmener Jenna chez tante Zelda. Je me fais un sang d'encre en pensant à ce qui a pu lui arriver. Et à présent, c'est au tour de Simon et de Jenna de disparaître…

Sur ces mots, Sarah éclata en sanglots bruyants. Silas serra sa femme contre lui.

— Allons, ma chérie, cesse de te tourmenter, lui murmura-t-il. Tout se passera bien.

— Je vais te chercher une tasse de thé bien chaud et une part de bon gâteau à l'orge, dit Sally. Cela ira mieux quand tu auras l'estomac plein.

La petite femme replète s'éloigna d'un air affairé en direction des cuisines. Mais Sarah restait inconsolable.

— Simon et Jenna ont disparu, gémit-elle. Pourquoi Simon aurait-il fait une chose pareille ? Pourquoi a-t-il enlevé sa sœur ?

Alther posa une main diaphane sur l'épaule de Septimus.

— Viens, mon garçon. Ton papa et ta maman ont besoin de rester seuls. Allons trouver Marcia.

Une fois sortis du palais, Septimus et Alther empruntèrent l'allée du Serpent qui les conduisit au fossé du Château.

Ce dernier était entouré d'eau. Il le devait en partie à son emplacement (le Château s'élevait dans un coude de la Rivière) et en partie au fossé que ses constructeurs avaient creusé au pied de ses murailles. Ce fossé large et profond était alimenté par la Rivière avec laquelle il se confondait de chaque côté. Les gens du Château aimaient y pêcher et s'y baigner en été. Depuis peu, il possédait une jetée en bois que les enfants utilisaient comme plongeoir. L'entreprenant Rupert Gringe y louait sa dernière invention, un petit pédalo portant son nom, à tous ceux auxquels il prenait l'envie de barboter et s'éclabousser durant une heure ou deux. Cette nouveauté remportait un franc succès, sauf auprès de deux réfractaires : le professeur Ratel van Klampff et sa gouvernante, Una Brakket, qui avaient le malheur d'habiter juste au-dessus de la jetée et du hangar où étaient entreposés les pédalos « Rupert ».

Septimus ne connaissait que trop le chemin de la maison du professeur van Klampff. Dès le début de son apprentissage, Marcia avait pris l'habitude de l'envoyer tous les samedis matin frapper à la porte du professeur afin de récupérer l'une ou l'autre pièce du **piège à ombres**. Mais même quand le professeur avait terminé une pièce (ce qui arrivait rarement) et qu'il consentait à la lui remettre, Una Brakket l'arrêtait sur le seuil comme il allait ressortir, exigeant qu'il la lui rende. On n'avait pas idée de confier un objet de cette valeur à un morveux de son âge, grommelait-elle. Marcia n'avait qu'à se déplacer en personne. Très vite, le malheureux coursier s'était trouvé ballotté entre les deux femmes qui se livraient une lutte sans merci à distance. Chaque samedi matin, Septimus faisait le pied de grue devant la maison du professeur jusqu'au moment où il ne supportait plus les quolibets dont l'abreuvaient un groupe de garçons, tous pensionnaires du Centre de réinsertion pour les anciens de la Jeune Garde, qui rôdaient en permanence autour de la jetée en se défiant mutuellement de sauter à l'eau.

À son grand soulagement, Alther avait fini par conseiller à Marcia de jeter l'éponge et d'aller chercher elle-même les pièces. Una Brakket n'avait pas entièrement tort : un **piège à ombres** était un appareil complexe à haute valeur magique ajoutée et il n'était pas juste d'imposer une telle responsabilité à Septimus. Rien que pour embêter Una, Marcia mettait depuis un point d'honneur à débarquer chez le professeur dès potron-minet sans s'annoncer.

Une demi-heure plus tôt, les garçons qui traînaient sur la jetée avaient assisté à l'arrivée fracassante de la magicienne extraordinaire. Marcia avait frappé à la porte du professeur van Klampff, juste au débouché de l'allée du Serpent, puis elle avait attendu en tapant impatiemment du pied. (Les semelles de ses bottines en python pourpre claquaient sur les pavés.) Des bruits de pas et des ronchonnements s'étaient élevés à l'intérieur de la maison, puis Una Brakket (celle-ci avait deviné qui était la visiteuse : il n'y avait que Marcia pour frapper avec tant d'insistance et de véhémence) avait fini par lui ouvrir.

À présent, Septimus se trouvait à nouveau devant la porte tant redoutée. Alther ne lui était d'aucun secours : en tant que fantôme, il pouvait choisir ou non d'**apparaître** à quelqu'un et bien évidemment, il préférait ne pas se montrer à une bande de gamins moqueurs. Mais Septimus n'avait pas le choix, lui. Dès que les garnements aperçurent sa tunique verte d'apprenti et sa ceinture d'argent, les lazzis fusèrent :

— Espèce de crâneur, va !

— Oh, le trouillard-euh !

— Hé ! La grenouille ! Approche un peu, qu'on te flanque à l'eau !

Et tout à l'avenant. Septimus les aurait volontiers tous transformés en grenouilles, mais le code de la **Magyk** le lui interdisait et les garçons le savaient pertinemment.

— Nous sommes arrivés, dit-il à Alther.

Il leva le bras et tira d'un coup sec sur le cordon de la sonnette. Loin à l'intérieur de la maison (si loin qu'Alther et Septimus ne purent l'entendre), une petite cloche tinta, ce qui irrita fort la gouvernante. Septimus se prépara à une longue attente.

— Croyez-vous que vous pourrez entrer ? demanda-t-il à Alther, espérant une réponse affirmative.

— Hum… Je l'ignore. Cet endroit m'est familier. Je me rappelle avoir été invité à une soirée dans les environs. Un fameux souvenir : on a tous fini dans le fossé. Je crois que c'était dans cette maison, mais… Bah ! Nous serons fixés dès que j'aurai franchi le seuil.

Les fantômes tels qu'Alther ne pouvaient hanter que les lieux qu'ils avaient connus de leur vivant. Par chance, Alther avait beaucoup parcouru les rues et les allées du Château. Comme magicien extraordinaire, il avait également ses entrées dans la plupart des lieux officiels. Mais il en allait autrement des demeures particulières. Jeune homme, Alther avait une vie sociale très riche. Toutefois, même lui ne pouvait se flatter d'avoir été invité dans toutes les maisons du Château.

La porte s'ouvrit brusquement, révélant une grande femme à l'air revêche et aux cheveux noirs coupés ras.

— Quoi, encore toi ? glapit Una Brakket, puisqu'il s'agissait d'elle.

— Je voudrais parler à la magicienne extraordinaire, expliqua Septimus. S'il vous plaît.

— Elle est occupée.

Septimus insista :

— Cela ne peut pas attendre. C'est une question de vie ou de mort.

La gouvernante lança un regard soupçonneux au jeune garçon. Elle resta un moment silencieuse, réfléchissant à l'alternative dans laquelle elle se trouvait :

laisser entrer Septimus ou encourir les foudres de la magicienne extraordinaire pour lui avoir refusé l'accès à sa maison. Les deux possibilités lui étaient presque aussi désagréables l'une que l'autre.

— C'est bon. Entre.

Septimus s'avança vers la porte, suivi de près par Alther. Mais à peine ce dernier avait-il franchi le seuil qu'un courant d'air le balaya, le projetant à terre dans la rue.

— Zut ! marmonna-t-il en se relevant. Cela me revient à présent. La fête avait lieu dans la maison voisine.

— Tiens ! fit Una, intriguée. On dirait que le vent se lève.

Ayant claqué la porte au nez d'Alther, elle se tourna vers l'apprenti qui se tenait timidement dans le vestibule sinistre, regrettant de n'être pas resté dehors au soleil avec Alther.

— Qu'est-ce que tu attends pour descendre au laboratoire ? lui aboya-t-elle.

8

Le laboratoire

Septimus enjamba un grand sac en papier plein de carottes et suivit Una Brakket le long d'un couloir sombre. Lors de ses précédentes visites, il avait toujours été reçu dans une pièce exiguë donnant sur la rue, mais plus il s'enfonçait dans les profondeurs obscures de la maison, plus il était étonné par les dimensions de celle-ci.

Una Brakket s'arrêta devant une porte basse et alluma une bougie. Aussitôt après, Septimus descendit derrière elle un escalier en bois conduisant à un sous-sol humide qui sentait le renfermé. La cave longue et étroite avait un plafond voûté et résonnait de bruits sinistres (les raclements des pédalos qu'on traînait sur le sol du hangar contigu à la maison). Elle était remplie d'un bric-à-brac amassé au fil des ans : trépieds et becs Bunsen rouillés, caisses en bois débordant de papiers jaunis, instruments scientifiques hors d'usage, et même une paire de patins à glace accrochés au mur.

Una traversa la cave en quelques pas, Septimus trottinant derrière elle, et franchit une nouvelle porte. Peu après, elle tourna l'angle d'un couloir avec sa bougie, laissant Septimus dans le noir complet. Heureusement pour le jeune garçon, l'anneau dragon à l'index de sa main droite se mit à briller, comme chaque fois qu'il se trouvait dans l'obscurité, et il y vit bientôt assez clair pour se repérer.

— Où es-tu passé ? Je n'ai pas que ça à faire, moi !

La voix aigre d'Una Brakket surgit de la pénombre alors qu'elle revenait sur ses pas.

— Les garçons qui descendent ici n'ont pas le droit d'allumer de bougie, dit-elle, remarquant la lumière qui émanait de la main de Septimus.

Ce dernier tenta de protester :

— Mais…

— En temps normal, les garçons n'ont même pas le droit de venir ici, bougie ou pas. D'ailleurs, si ça ne tenait qu'à moi, ils ne passeraient même pas le seuil de cette maison. Les garçons, c'est juste bon à vous causer des ennuis.

— Mais…

— Maintenant, éteins-moi ça et dépêche-toi.

Septimus fourra sa main droite dans la poche de sa tunique et suivit Una Brakket le long d'un étroit tunnel en briques qui serpentait sous les maisons et les jardins du voisinage. Des tourbillons d'air glacé faisaient vaciller la flamme de la chandelle et soulevaient un remugle de moisissure et de terre mouillée. À mesure qu'ils progressaient, le froid devenait plus vif. Septimus frissonna et se demanda avec une pointe d'inquiétude où le conduisait Una Brakket.

Soudain, la gouvernante marqua une halte : une porte en bois massif leur barrait le passage. Una prit le trousseau de clés qui pendait de sa ceinture et introduisit la plus grosse dans la serrure bizarrement placée au milieu du battant. Septimus tentait d'apercevoir ce qu'elle fabriquait quand une sorte de ronflement s'éleva. Una Brakket fit un bond en arrière et atterrit lourdement sur le pied de Septimus.

— Aïe !

— Recule !

Elle poussa brutalement le jeune garçon pour l'éloigner de la porte. Une demi-seconde plus tard, celle-ci bascula devant eux tel un pont-levis miniature et heurta le sol avec un grand fracas.

— Attends-moi ici, aboya Una. C'est moi qui vais prévenir dame Marcia qu'on la demande.

Ayant dit, elle franchit la porte comme s'il s'agissait réellement d'un pont-levis et pénétra dans le laboratoire, suivie de Septimus.

Le laboratoire du professeur Ratel van Klampff était l'endroit le plus étrange que le jeune garçon avait jamais vu, et Dieu sait s'il en avait vu depuis le début de son apprentissage !

La pièce au plafond bas et voûté baignait dans une douce clarté azurée et abritait un labyrinthe bruissant et glougloutant de flacons, bonbonnes, entonnoirs et tubes coudés en verre qui occupait toute sa longueur. Un gaz bleuté auquel le professeur prêtait le pouvoir d'éloigner les **ombres** s'échappait de l'extrémité de l'appareil, diffusant dans le laboratoire une odeur qui rappela à Septimus celle de la courge brûlée.

Le jeune garçon chercha Marcia des yeux à travers la vapeur. Il finit par distinguer sa haute silhouette à l'autre bout de la pièce, aux côtés de celle, plus ramassée, du professeur. Marcia tenait à la main une éprouvette remplie d'un liquide noir et brillant. Elle avait violemment sursauté quand la porte s'était abattue sur le sol et s'efforçait de deviner la cause de ce raffut.

— Qu'est-ce que tu fais ici ? s'exclama-t-elle en découvrant Septimus. Je croyais t'avoir accordé un jour de congé. Je ne voudrais pas que ta mère vienne encore se plaindre.

— C'est à cause de Jenna ! cria Septimus.

Esquivant adroitement Una Brakket qui tentait de le retenir, il courut vers Marcia à travers le brouillard bleuté.

— À cause de quoi ? demanda Marcia.

La magicienne extraordinaire nageait en pleine confusion : le professeur van Klampff venait de l'étourdir de formules mathématiques afin de lui expliquer pourquoi la construction du **piège à ombres** nécessitait autant de temps. Il était en train de lui montrer les moules extraordinairement complexes qui servaient à fabriquer les différentes parties du **piège** quand Septimus avait sonné à la porte. Una Brakket était allée ouvrir en traînant les pieds, au grand soulagement de la magicienne. Jusque-là, la gouvernante n'avait cessé de leur tourner autour telle une mouche à viande, et Marcia avait dû se retenir pour ne pas chasser l'importune.

— Elle est partie !

Septimus atteignit Marcia juste avant qu'Una lui mette la main dessus. Il se cacha vivement derrière sa tutrice qui se trouva prise en sandwich entre son apprenti et l'irascible gouvernante.

— Tu m'en vois ravie, reprit Marcia, désorientée par le ballet auquel se livraient Septimus et Una. Je trouvais que Sarah tardait trop à l'envoyer chez Zelda. Nous ne sommes plus qu'à trois jours du solstice d'été.

— Elle n'est pas chez tante Zelda. Elle a été enlevée !

— Enlevée ?

De saisissement, Marcia lâcha l'éprouvette qu'elle tenait. Le professeur et Una Brakket poussèrent un cri de consternation en voyant le précieux **amalgame** contenu dans le tube en verre se répandre sur le sol.

— Tu plaisantes, j'espère ! s'exclama Marcia, considérant la substance noirâtre et visqueuse qui recouvrait à présent ses bottines en python pourpre.

Agenouillé à ses pieds, le professeur van Klampff tentait désespérément de récupérer au moins quelques gouttes d'**amalgame**.

— J'aimerais bien, dit Septimus, l'air sombre. Mais non.

— Je suis sûre qu'il plaisante, glissa Una Brakket d'une voix aigre. Ou plutôt, il raconte des bobards.

Joignant ses efforts à ceux du professeur, la gouvernante approcha un racloir métallique des pieds de Marcia.

— Laissez mes bottines tranquilles, je vous prie, dit celle-ci d'un ton glacial. Je ne tiens pas à ce que cette cochonnerie s'incruste dedans. D'autre part, ajouta-t-elle en fusillant Una du regard, sachez que Septimus dit toujours la vérité.

— Peuh ! fit Una Brakket en grattant furieusement l'**amalgame**. Regardez-moi ce travail ! Il suffit qu'un de ces petits monstres apparaisse pour qu'il y ait de la casse. J'étais sûre que ça arriverait.

— Jenna, enlevée ? répéta Marcia. (Elle tenta de faire un pas et découvrit que ses pieds étaient collés au sol.) Comment… et par qui ?

— Simon, indiqua Septimus, impatient de se mettre en route. Simon l'a emmenée sur son cheval. Il faut les poursuivre, lancer des traqueurs sur leur piste et…

— Una, j'ai dit stop ! Simon ? Quel Simon ?

— Mon frère. De grâce, Marcia, vite !

— Simon Heap ?

— Oui. J'ai tenté de l'arrêter. J'ai **figé** son cheval, mais…

— Quoi, un cheval entier ? reprit Marcia, très fière de son apprenti. Bravo, mon garçon ! Si tu es capable de **figer** un cheval, tu peux **figer** n'importe quoi. Mais il a réussi à te contrer ?

— Non… Si. Enfin, en quelque sorte. Mais là n'est pas le problème. Le problème, c'est que Jenna a été enlevée et qu'on ne fait rien !

C'était un véritable cri de désespoir que venait de pousser Septimus. Marcia passa un bras autour de ses épaules :

— Calme-toi, mon garçon. Jenna est parfaitement en sécurité avec son frère. Tu n'as aucune raison de t'inquiéter. On dirait que cette morsure d'araignée t'a mis les nerfs à vif. C'est un des effets secondaires du **venin d'aragne**. Viens, il est temps de nous en aller.

Marcia s'adressa ensuite au professeur van Klampff, qui observait d'un air affligé les efforts de sa gouvernante pour récupérer la gelée noirâtre dans un pot :

— Nous allons vous laisser, Ratel. J'espère avoir ma pièce ce soir.

Le professeur faillit s'étrangler :

— Ce soir ? Mais, Marcia, je croyais vous avoir expliqué combien c'était compliqué. La configuration est une opération délicate qui…

— Le moule est déjà prêt, Ratel. Vous venez de me le montrer. Tout ce qu'il vous reste à faire, c'est de fabriquer un peu de cette mélasse et de le verser dedans. Ce n'est quand même pas sorcier !

L'angoisse se peignit sur le visage du professeur :

— L'ennui, c'est qu'Una avait l'intention de sortir. Elle est passionnée de danse folklorique et…

— Vous m'en voyez ravie, l'interrompit Marcia. Assez tergiversé, Ratel. Au travail !

Ratel van Klampff lança un regard craintif à Una Brakket dont la physionomie exprimait un très vif mécontentement.

— M-mais, bredouilla-t-il. Si nous… si je verse l'**amalgame** trop vite, une **ombre** pourrait **apparaître** ici, en plein laboratoire…

— Je suis certaine qu'elle ne ferait pas le poids face à Una, rétorqua Marcia. Je reviendrai chercher la pièce ce soir.

— Et vers quelle heure comptez-vous passer, dame Marcia ? s'enquit Una d'un air guindé.

— Vous le verrez bien, répondit Marcia d'un ton qui aurait frappé de panique n'importe qui d'autre qu'Una Brakket. À présent, si vous voulez nous raccompagner, mon apprenti et moi…

Una Brakket sourit pour la première fois, ou plutôt, les coins de sa bouche se retroussèrent, dévoilant des dents qui reflétaient l'éclairage bleuté du laboratoire.

— Avec grand plaisir, déclara-t-elle.

9

Au numéro 13

Marcia et Alther remontaient la voie du Magicien qui à pied, qui flottant dans les airs, pour regagner la tour. Septimus trottinait dans leur sillage sans perdre une miette de leur conversation.

— Si j'étais toi, disait Alther à Marcia, je passerais au peigne fin la campagne au nord du Château. Simon ne peut pas être allé très loin, et je mettrais ma tête, euh, ma barbe à couper qu'il se dirige vers les montagnes frontalières. En te **téléportant**, tu pourrais couvrir toute la zone en un rien de temps. Je t'aurais bien accompagnée, mais je ne te serais pas d'un grand secours. Je n'appréciais guère la campagne de mon vivant : trop de mauvaises odeurs et de bêtes à cornes aux réactions imprévisibles, si tu veux mon avis. Si je me rendais là-bas, je serais tout le temps **rappelé** au Château. Or, ces **rappels** incessants me vident peu à peu de ma substance. Je me sens encore tout ramolli.

Au grand désespoir de Septimus, Marcia se montra intraitable :

— Il n'est pas question que je m'éloigne du Château en l'absence de la princesse. (Elle marchait si vite que l'apprenti s'essoufflait à vouloir la suivre.) Rappelez-vous ce qui est arrivé la dernière fois où nous étions toutes les deux parties : DomDaniel s'est tout bonnement invité. Qui nous dit que cela ne peut pas se reproduire ? D'autre part, il est inutile de rechercher Jenna ; elle finira bien par rentrer. Je ne crois pas qu'il y ait lieu de s'inquiéter à son sujet. Pour autant que nous le sachions, son frère l'a emmenée faire un tour à cheval...

— Son frère adoptif, rectifia Alther.

— Ne soyez pas aussi tatillon, Alther. Jenna appartient autant à la famille Heap que n'importe lequel des garçons. Elle considère ceux-ci comme ses frères, et eux voient en elle une sœur.

— Pas Simon.

— Vous n'en savez rien !

— Si.

— Comment pouvez-vous être aussi sûr de vous ? Quoi qu'il en soit, comme je le disais, Jenna est partie en balade avec son frère *adoptif* et ce dernier n'a pas voulu qu'elle descende de cheval quand Septimus lui a demandé de le faire. Il n'y a rien d'étonnant à ce que Simon refuse d'obéir à son petit frère : il est jaloux de ce dernier depuis qu'il est devenu mon apprenti.

— Marcia, Septimus est persuadé qu'il s'agit d'un enlèvement, affirma Alther d'un air solennel.

— Septimus n'est pas dans son état habituel. Ce matin, il a été mordu par une araignée **ténébreuse**, ce qui peut causer un délire de persécution. Rappelez-vous la fois où vous aviez vous-même été mordu alors que vous pratiquiez une **fumigation** sur la **capnomancienne** qui menaçait d'empoisonner les clients d'un marchand de pâtés ambulant de l'Enchevêtre…

— Quoi, la vieille folle aux rats ?

— Tout juste. Bref, après cela, vous me prêtiez l'intention de vous pousser par la fenêtre.

— Vraiment ?

— Mais oui ! Vous vous étiez enfermé dans votre bureau et aviez **barricadé** les fenêtres. L'effet de la morsure s'était dissipé au fil des heures. Je suis certaine que d'ici ce soir, Septimus ira beaucoup mieux, Jenna sera revenue de sa promenade et nous regretterons tous d'avoir fait tant d'histoires…

Septimus en avait assez entendu. Écœuré, il s'éloigna discrètement. Il devrait se débrouiller sans l'aide de Marcia. Pour commencer, il allait rendre visite à quelqu'un…

Marcia et Alther poursuivirent leur chemin sans remarquer que Septimus leur avait faussé compagnie.

— Le jeune Simon Heap n'est pas digne de confiance,

affirma Alther.

— C'est vous qui le dites, Alther. Mais quelle preuve avez-vous de ce que vous avancez ? Après tout, Simon est un Heap. Et malgré leurs côtés farfelus – je vous accorde que certains ont carrément une case en moins –, les Heap sont tous d'honnêtes gens. De plus, les origines de leur famille se confondent avec celles de la **Magyk**.

— Les magiciens n'œuvrent pas tous pour le bien, Marcia. Tu l'as appris à tes dépens. Je serais curieux de savoir ce que fabriquait Simon depuis plus d'un an, et pourquoi il a brusquement reparu à trois jours du solstice d'été. Je reste persuadé que c'est lui qui vous a trahis quand vous vous cachiez dans les marais de Marram.

— Foutaises ! Pourquoi aurait-il fait une chose pareille ? Je soupçonne plutôt ce casse-pieds de rat coursier. On ne peut pas se fier à un rat, surtout s'il a tendance à s'écouter parler.

À propos de casse-pieds, je ne suis pas du tout satisfaite de Ratel van Klampff. Ce n'est qu'un vieil enquiquineur et sa gouvernante m'exaspère à toujours rôder et fureter dans les parages. Cela fait une éternité qu'il travaille sur mon **piège à ombres** et chaque fois que je rapporte une nouvelle pièce à la tour, j'ai un mal de chien à assembler le tout. Je n'ai pas encore réussi à mettre la dernière en place.

— Ces **pièges** sont complexes, Marcia. Toutefois, tu n'as pas le choix. Les van Klampff les fabriquent depuis des générations. Ce sont eux qui ont inventé l'**amalgame** et ils sont les seuls à connaître la formule. Le père de Ratel, Otto, m'a débarrassé d'un **spectre** particulièrement nocif, et il lui a fallu deux ans pour cela. Tu vas devoir te montrer patiente, Marcia.

— À moins que le Manuscriptorium ne m'indique un moyen simple et rapide d'en venir à bout, répliqua Marcia.

— Non, dit Alther d'un ton catégorique. Seul un **piège** te débarrassera définitivement de cette **ombre**. Cela n'est pas du ressort du Manuscriptorium. Qui plus est, il y a quelque chose qui me chiffonne chez leur premier scribe hermétique.

— Décidément, vous êtes d'humeur bien soupçonneuse.

À vous entendre, on croirait que c'est vous qui avez été mordu par une araignée.

Connaissant le caractère têtu de Marcia, Alther savait qu'il n'avait aucune chance de la convaincre. Ils avaient de fréquentes prises de bec du temps où il était magicien extraordinaire et elle son apprentie, et même alors, il n'avait pas toujours le dernier mot. Quand Marcia était persuadée d'avoir raison (ce qui était toujours le cas), rien ne pouvait l'en faire démordre. À présent qu'il était un fantôme et elle la magicienne extraordinaire, il n'avait plus qu'à se soumettre.

— Puisque c'est ainsi, permets-moi de me retirer, dit-il d'un air froissé.

Tout à coup, il s'avisa que Septimus avait cessé de les suivre.

— Tiens ! s'exclama-t-il. Où donc est passé le petit ?

— Je vous l'ai déjà dit, Alther, répondit Marcia avec une pointe d'irritation. C'est son jour de congé. J'imagine qu'il est allé voir sa mère. Maintenant, si vous voulez bien m'excuser, j'ai du travail. À plus tard, Alther.

— Ça reste à voir, bougonna Alther.

Marcia s'éloigna à grandes enjambées, sa robe pourpre ondoyant derrière elle tel un étendard. Quand elle dépassa la Grande Arche, Alther aperçut une forme imprécise dans son sillage. Il soupira : l'**ombre** se renforçait de jour en jour. En clignant les yeux et en regardant de côté, il arrivait à distinguer une haute silhouette qui suivait pas à pas son ancienne élève. Plus vite le **piège** serait achevé et mieux cela vaudrait.

Alther s'éleva dans les airs et remonta la voie du Magicien en volant aussi vite qu'il le pouvait pour se défaire du mauvais pressentiment qui l'avait saisi. Bientôt, il dépassa le Manuscriptorium, mais il était trop absorbé dans ses pensées pour remarquer l'apprenti en robe verte qui franchissait au même moment le seuil de l'officine.

Septimus attendit un instant que ses yeux s'habituent à la pénombre. Il se trouvait dans la première salle du Manuscriptorium, là où les clients passaient leurs commandes, déposaient les vieux **sorts** instables qu'ils souhaitaient faire contrôler et récupéraient des exemplaires de formules magiques, de **conjurations** ou même de poèmes hermétiques. Depuis peu, Moustique avait trouvé une source de revenus annexes appréciable dans la revente de cartes d'anniversaire lumineuses, à l'insu de ses supérieurs.

Au grand étonnement du jeune garçon, la pièce était vide. Il se dirigea alors vers l'arrière-boutique et passa la tête dans l'entrebâillement de la porte. Une ambiance studieuse régnait dans cette seconde salle. Le silence était juste troublé par le bruit des plumes grattant le parchemin et par de discrets éternuements et toussotements (les employés du Manuscriptorium étaient sujets aux refroidissements, et cette année, l'épidémie tendait à se prolonger). Vingt et un scribes travaillaient d'arrache-pied dans le demi-jour, assis chacun derrière un pupitre éclairé par une lampe qui pendait du plafond.

— Moustique ? appela Septimus à voix basse. Tu es là ?

Le scribe le plus proche leva les yeux de son ouvrage et désigna le fond de la salle de sa plume :

— Dans l'arrière-cour. Il essaie de **confiner** un **instable** qu'on vient de nous livrer. Tu peux aller le retrouver, mais ne t'approche surtout pas du fût.

— Merci.

Septimus passa au milieu des rangées de pupitres sur la pointe des pieds, s'attirant les regards de quelques scribes qui s'ennuyaient, et sortit discrètement. Un spectacle chaotique l'attendait dehors.

— Attrapez-le ! hurlait Moustique. Il va s'échapper !

Moustique (un garçon râblé aux cheveux bruns en bataille qui comptait trois ans de plus que Septimus) luttait férocement contre un adversaire invisible qu'il tentait d'introduire dans un grand récipient rouge sur lequel on pouvait lire : DANGER ! FÛT TOXIQUE – NE PAS OUVRIR. Deux scribes au teint blême, si maigres qu'un coup de vent aurait suffi à les renverser, observaient la scène sans intervenir.

— Tu veux un coup de main ? proposa Septimus.

Moustique tourna un visage reconnaissant vers son ami.

— C'est pas de refus ! Tu parles d'un fauve ! M'a tout l'air d'un encroleur invisible. Ça faisait des lustres qu'il roupillait gentiment au fond d'un placard quand un abruti s'est amusé à le **réactiver**. Y'en a, j'te jure... Eh ! pose ça tout de suite, espèce de...

L'encroleur avait soulevé le fût de terre et l'avait renversé sur la tête de Moustique. Septimus courut vers son ami afin de le délivrer. Un peu étourdi, Moustique promena son regard autour de la cour, essayant de repérer l'adversaire, alors que les deux scribes terrifiés se recroquevillaient dans un coin, le plus loin possible du fût.

— On doit à tout prix le rattraper, dit Moustique, hors d'haleine. S'il s'échappe, je peux dire adieu à ma place !

Septimus se concentra. Dès qu'il recommencerait à bouger, le **sort** ne manquerait pas de provoquer des turbulences. Soudain, une ondulation parcourut la surface du mur de briques qui entourait la cour. Septimus se précipita vers les deux scribes blottis l'un contre l'autre et abattit le fût sur le sol.

— Aïe ! hurla le plus grand des deux scribes dont le pied était resté coincé sous le fût retourné.

— Je l'ai ! exulta Septimus.

— Ouille, ouille, ouille ! gémit le malheureux scribe, sautant en rond et tenant son pied meurtri.

— Désolé, Vulpin.

Tandis que Septimus pesait contre le fût pour empêcher l'encroleur de fuir, Vulpin s'éloigna en boitillant, appuyé sur le bras de son camarade. Septimus aida Moustique à glisser le couvercle sous le fût, puis les deux garçons redressèrent ce dernier avec précaution avant de l'entourer d'un filet protecteur et de le traîner dans la rue où le service d'enlèvement des **sorts** dangereux viendrait bientôt le récupérer.

— Merci, Sep, dit Moustique. Je te dois une fière chandelle. Si je peux faire quoi que ce soit pour toi en retour…

— Justement, c'est le cas.

— Je t'écoute !

Moustique passa son bras sous celui de son ami et l'entraîna vers une petite cuisine donnant sur la cour où une bouilloire pleine d'eau attendait en permanence sur une plaque chauffante.

— Mon frère Simon est venu chez vous ce matin, reprit Septimus. Tu peux me dire ce qu'il voulait ?

Moustique prit deux grandes tasses sur une étagère et laissa tomber un cube de Coco Bula dans chacune. Le Coco Bula, la boisson préférée des deux garçons, était fabriqué à l'aide d'un **sort gazéifiant** inusable que le Manuscriptorium avait restauré pour le compte d'un client qui n'était jamais venu le rechercher. Si la boisson elle-même était glacée, il fallait de l'eau bouillante pour activer le **sort**.

— Monsieur est servi !

Moustique tendit sa tasse à Septimus et prit place sur un tabouret à côté de son ami.

— Merci.

Septimus avala une gorgée de Coco Bula et sourit. Il avait oublié combien c'était bon. Marcia était hostile aux boissons gazeuses, surtout celles produites par des **sorts**, et cette interdiction n'en rendait que meilleur le Coco Bula que Septimus buvait à l'occasion avec Moustique.

— Je n'ai vu aucun de tes frères aujourd'hui, dit Moustique, perplexe. Je croyais qu'ils vivaient tous ou plus moins dans la Forêt ? On raconte qu'ils se sont acoquinés avec des sorcières de Wendron qui les ont transformés en gloutons.

— Il ne faut rien exagérer, le corrigea Septimus. Simplement, ils ont pris goût à la vie au grand air. On dirait que c'est de famille : nous avons pour grand-père un arbre de la Forêt.

Moustique avala son Coco Bula de travers et faillit s'étrangler :

— Quoi ?

— Hé ! Va cracher ailleurs. Mon grand-père était un changeforme et il est devenu un arbre, expliqua Septimus en frottant la manche de sa tunique.

Moustique siffla, impressionné :

— On ne voit plus beaucoup de changeformes de nos jours. Tu sais où il est ?

— Non. De temps en temps, papa part à sa recherche, mais il ne l'a pas encore retrouvé.

— Qu'est-ce qu'il en sait ?

— Pardon ?

— Comment sait-il qu'il ne l'a pas retrouvé ? Entre nous, rien ne ressemble plus à un arbre qu'un autre arbre.

Septimus s'était souvent fait la même réflexion.

— Je n'en sais rien, avoua-t-il. Mais tu n'as pas répondu à ma question. Tu as forcément aperçu Simon ce matin. Jenna et moi l'avons vu pousser la porte du Manuscriptorium. Jenna te dirait…

Septimus se tut. Il avait encore devant les yeux

l'expression terrifiée de Jenna tandis que le cheval noir l'emportait Dieu sait où.

— La seule visite qu'on ait eue ce matin, c'est celle du Voyageur, dit Moustique.

— Qui ça ?

— Le Voyageur. Il s'est présenté sous ce nom-là. Tout le monde le croit cinglé mais moi, il me file les jetons. Et je te parie que le vieux Vulpin aussi a la trouille de lui, même s'il ne le montre pas. Il se radine parfois avec un paquet destiné au premier scribe hermétique, le vieux Vulpin – tu sais, le père de l'autre ? Tous les deux, ils s'enferment dans le cabinet hermétique pendant des heures, puis le Voyageur repart sans avoir dit un mot à personne. Bizarre, non ? Le vieux Vulpin est toujours blanc comme un linge quand il ressort du cabinet.

— Ce… « Voyageur » a-t-il les yeux verts et des cheveux de la même couleur que les miens ? interrogea Septimus. Ce matin, était-il enveloppé dans une longue cape noire ? A-t-il l'habitude de laisser son cheval – un grand étalon noir – attaché devant la porte ?

— En effet. Ce fichu cheval a mangé toutes les pommes que j'avais apportées pour mon déjeuner, mais je n'ai pas osé le dire à son maître. Franchement, Sep, je ne trouve pas qu'il ressemble à un Heap. Les Heap sont un peu zinzins, si tu vois ce que je veux dire. Mais ils ne font pas peur.

— Mais Simon fait peur, lui, rétorqua Septimus. Il est même terrifiant. Il a enlevé Jenna.

Moustique resta bouche bée de surprise.

— Le Voyageur a enlevé la princesse ? J'arrive pas à le croire !

— C'est bien là le problème. Personne ne veut le croire, pas même Marcia.

10

Le départ

Septimus préparait son sac dans sa chambre.

La petite pièce circulaire qu'il occupait au sommet de la tour du Magicien était toujours propre et bien rangée, car on ne sert pas dix années dans l'armée sans en conserver quelques habitudes. Pour affreuse qu'ait été cette époque de son existence, à présent que la Jeune Garde avait été démantelée et qu'il avait retrouvé sa famille, Septimus commençait à reconnaître la valeur de l'enseignement qu'il avait reçu. Après une brève période durant laquelle sa chambre évoquait le dépotoir communautaire du Château, il avait cessé de se complaire dans le désordre pour la seule raison qu'il n'y avait personne pour le lui interdire. Le plafond et les murs bleu foncé de la pièce portaient d'autres traces de la vie antérieure de Septimus : le jeune garçon y avait représenté dans les moindres détails les constellations dont il avait mémorisé l'emplacement durant les exercices de nuit. Et il avait en permanence dans son placard un sac à dos contenant un équipement de survie conforme au règlement de la Jeune Garde :

– 1 boussole
– 1 lunette
– 1 gourde
– 1 tapis de couchage
– 3 paires de chaussettes
– 1 gamelle
– 1 briquet
– 2 pierres à briquet de rechange
– 1 paquet de mousse sèche pour allumer le feu
– 1 canif
– 1 catapulte
– 1 rouleau de fil de fer
– 1 rouleau de corde.

À cela, Septimus avait décidé d'ajouter quelques objets liés à son nouvel état d'apprenti extraordinaire :

– 1 **charme d'invisibilité**
– 1 **charme de prospection**
– 1 **charme de congélation express**
– 1 kit d'évasion à double effet.

Ainsi que quelques bricoles pouvant servir :

– 1 exemplaire du *Guide du broussard* de Nicolas Mulot
– 1 paquet de Choco Miam inépuisable
– 3 tubes de Volcano à la menthe extraforte.

Avec tout cela, il ne restait plus beaucoup de place dans le sac. Pourtant, Septimus souhaitait emporter une dernière chose. Son choix contrevenait à toutes les règles – l'objet en question était aussi encombrant qu'inutile –, mais le jeune garçon n'en avait cure. Après avoir glissé à l'intérieur le caillou vert irisé que Jenna lui avait offert dans le tunnel sous l'île de Draggen[1], il referma le sac avec difficulté et le hissa sur son dos. Il était plus lourd qu'il ne l'aurait cru.

— C'est toi, Septimus ? appela Marcia comme il passait devant la porte de ses appartements.

Septimus sursauta de surprise.

— Ou… oui, balbutia-t-il.

Agenouillée à côté du **piège à ombres**, Marcia examinait un diagramme extrêmement compliqué, étalé sur le sol devant elle. Durant une fraction de seconde, Septimus distingua une silhouette sombre et terrifiante qui considérait également le papier par-dessus l'épaule de la magicienne extraordinaire. Quand il regarda avec plus d'attention, l'**ombre** s'effaça. Mais il ne faisait aucun doute qu'elle était toujours là, à

1. Voir A. Sage, *Magyk Livre Un*, dans la même collection.

rôder en silence autour de Marcia et à étudier les plans de l'appareil destiné à la piéger. Septimus posa son sac, répugnant à laisser sa tutrice seule avec sa **ténébreuse** compagne.

— C'est quoi, un piédroit ? demanda Marcia de but en blanc.

— Un quoi ?

— Un piédroit. Voici ce qui est écrit : « Fixez la pièce Y au montant D en ayant soin d'aligner les trous P et Q avec les trous correspondants N et O sur le piédroit gauche. » Enfin, où est passé ce fichu piédroit ?

Marcia farfouilla rageusement dans la boîte d'éléments divers que lui avait donnée le professeur van Klampff.

— Vous ne le trouverez pas dans cette boîte, l'avertit Septimus. Il est là, expliqua-t-il en promenant un doigt sur le montant de l'ouverture du **piège**.

L'**amalgame** était aussi froid et poli que du verre au toucher.

— Je ne pouvais pas le deviner, maugréa Marcia.

La magicienne fixa la pièce Y (celle-ci avait la forme d'un triangle allongé) sur le piège en faisant attention à aligner les trous P et Q avec les trous N et O, puis elle épousseta sa tunique d'un air satisfait.

— Merci, Septimus. Il est magnifique, non ? Il ne manque plus que la pièce qui s'insère ici, sur le côté, et le chapeau. (Elle virevolta, cherchant à apercevoir son **ombre**.) Après, tu pourras dire adieu à ce monde, misérable ectoplasme !

Septimus considéra le **piège**. « Magnifique » n'était pas le mot qu'il aurait employé pour le décrire – plutôt « bizarre », ou simplement « affreux ». Il dominait la pièce par sa masse sombre et sa forme étrange évoquait au jeune garçon un arbre creux et noueux. Une fois assemblés, les panneaux que le professeur van Klampff avait mis tant de soin à construire délimitaient un espace vaguement circulaire, ouvert sur le dessus, avec une fente verticale dans laquelle Marcia devrait se faufiler avec son **ombre** (car une **ombre** est obligée de suivre son propriétaire, que cela lui plaise ou non). Quelqu'un (probablement un des magiciens les plus expérimentés de la tour, car Marcia répugnait à imposer une telle responsabilité à son jeune apprenti) placerait alors la dernière pièce – le **chapeau** – au sommet du cône. Marcia n'aurait plus qu'à ressortir, enfin libérée de son ombre qui resterait coincée à l'intérieur du **piège** tel un homard dans une nasse jusqu'à ce que le service d'enlèvement des **sorts** dangereux vienne la chercher.

— Qu'est-ce que tu fais encore là ? s'exclama tout à coup la magicienne. Je croyais t'avoir accordé un jour de congé. Tu devrais te trouver au palais près de ta mère.

— Je pars à la recherche de Jenna. (Septimus ramassa son sac et le chargea à nouveau sur son dos.) Puisque personne ne veut s'en occuper…

Marcia soupira.

— Écoute-moi, Septimus, dit-elle d'un ton patient. Jenna sera bientôt de retour. Tu n'es pas dans ton état normal. Cela n'a rien d'étonnant, après cette morsure d'araignée…

— Je suis parfaitement normal, protesta Septimus.

— Tu es persuadé que je ne te crois pas…

— Pardon, la coupa Septimus. Je *sais* que vous ne me croyez pas.

— … Mais si cela peut te tranquilliser, sache que j'ai **prospecté** les prairies par-delà la Rivière. Un cheval monté par deux personnes se dirige en ce moment même vers la porte Nord. Ce ne peut être que Simon et Jenna qui reviennent de leur promenade. J'ai envoyé Boris…

— Boris ?

— Boris Pincepoule. Il s'est enrôlé hier comme sous-magicien. Je le trouve un peu âgé pour entamer des études de **Magyk**, mais il paraît très motivé. En fait, il opère une reconversion dans le cadre du programme deuxième chance. Auparavant, il était Chasseur dans l'armée…

— Quoi, cette vieille fripouille de Pincepoule ?

— Tu le connais ?

— Il est horrible !

— Allons, pas tant que ça. Bon, j'admets qu'il a une haleine à assommer un bœuf ; il faudra que je lui en touche un mot à l'occasion. Mais le passé est le passé, Septimus. Nous avons le devoir de l'accueillir parmi nous. Ce sera fait la semaine prochaine, au cours du traditionnel souper de bienvenue des magiciens. Je compte sur ta présence.

Septimus se rembrunit.

— Que veux-tu, ce sont les inconvénients du métier, reprit Marcia d'un ton brusque.

Debout près de la porte, l'apprenti courbait le dos sous le poids de son sac. Ses yeux verts exprimaient une tristesse telle que Marcia en eut le cœur serré. Quel dommage que sa sœur ait choisi une de ses rares journées de liberté pour partir en vadrouille ! Marcia savait combien Septimus se sentait proche de Jenna depuis leurs aventures communes dans les marais de Marram.

— Pourquoi n'irais-tu pas attendre le retour de Jenna dehors avec tout ton saint-frusquin ? proposa-t-elle. Il fait un temps superbe. Profites-en ! En poussant jusqu'au pont Sans Retour, tu la verrais venir de loin.

— D'accord, acquiesça Septimus sans conviction.

Marcia lui sourit avec affection.

— Dans ce cas, à plus tard. Quand tu auras retrouvé Jenna, ramène-la directement au palais. D'ailleurs, rien ne t'empêche d'y passer la nuit auprès de ta famille. Ainsi, tu pourrais veiller à ce qu'elle parte bien demain à la première heure. Cela fait une semaine qu'un bateau attend à quai et je commence à craindre qu'elle arrive en retard chez Zelda. (Elle soupira.) Ta mère et sa manie de toujours tout remettre au lendemain ! Je suis persuadée que la défunte reine n'attendait pas le dernier moment pour partir, elle. Le plus curieux, c'est que je n'ai aucun souvenir d'avoir jamais assisté à son départ pour les marais de Marram, et Alther non plus. Pourtant, elle devait descendre la Rivière sur la barge royale… Et après, comment faisait-elle pour traverser les marais ? Parfois, je m'inquiète pour Jenna. Il y a tant de choses que sa mère aurait dû lui transmettre. Qui le fera à sa place ? Comment apprendra-t-elle son métier de reine ?

— J'imagine que nous allons tous devoir l'aider, remarqua Septimus. C'est ce que je m'efforce de faire.

— Je le sais, dit Marcia d'un ton apaisant. À présent, file. Salue Jenna de ma part quand tu la verras, et souhaite-lui un joyeux solstice d'été.

Face à la conviction de Marcia, Septimus commençait à douter. Peut-être ses craintes n'étaient-elles pas fondées et Jenna allait-elle bientôt revenir ?

— Je n'y manquerai pas, dit-il avec un peu plus d'entrain.

À demain.

— C'est ça.

La grande porte violette des appartements de la magicienne extraordinaire s'ouvrit d'elle-même et l'escalier en spirale se mit en branle dès que l'apprenti eut posé le pied dessus. Une fois la porte refermée, Marcia fit quelque chose qui ne lui ressemblait pas : elle se dirigea d'un pas nonchalant vers la chambre de Septimus et entra sans y avoir été invitée. Puis elle s'approcha de la fenêtre et attendit de voir apparaître la minuscule silhouette en vert de son apprenti. Avec son sac à dos et ses cheveux blonds en bataille, celui-ci était facile à repérer, même à cette distance. Elle le suivit du regard tandis qu'il traversait la place au pied de la tour du Magicien. Sitôt qu'il eut disparu dans l'ombre de la Grande Arche, elle s'éloigna de la fenêtre et quitta la pièce en refermant doucement la porte derrière elle.

Septimus prit le raccourci pour la porte Nord, un chemin de ronde étroit qui longeait le mur d'enceinte du Château. L'absence de garde-fou rendait cet itinéraire plutôt effrayant pour les personnes sujettes au vertige, ce qui était le cas de Septimus. À droite, le sentier bordait un à-pic de six mètres donnant sur des toits et des jardins. Le tronçon le plus dangereux surplombait de quinze mètres la route conduisant à l'Enchevêtre, l'énorme bâtiment qui délimitait le Château à l'est et s'étirait sur trois lieues le long de la Rivière. Ce dédale de passages et de salles abritait une population nombreuse et active. C'était là que vivaient les Heap avant qu'ils s'installent au palais à la surprise générale.

À gauche, le chemin de ronde était bordé par les créneaux du mur d'enceinte. Les yeux fixés sur les pierres usées, Septimus se répétait qu'il ne devait surtout pas regarder en bas.

Un jour, il avait commis l'erreur de jeter un coup

d'œil à droite comme il passait au-dessus de la route de l'Enchevêtre. Un frisson aussi violent qu'un choc électrique l'avait parcouru des pieds à la tête et il s'était senti tanguer. Il avait dû s'asseoir et fermer un instant les yeux avant de gagner l'escalier le plus proche à quatre pattes. Mais Septimus était persuadé qu'avec un peu de volonté, on pouvait surmonter ses pires frayeurs. C'est pourquoi il s'obstinait à emprunter le chemin de ronde au lieu d'opter pour un itinéraire plus reposant, quoiqu'un peu plus long.

Ce jour-là, Septimus était trop occupé à échafauder des plans pour se soucier du vide. Si Marcia avait momentanément ébranlé ses certitudes en lui annonçant le retour de sa sœur, au fond de lui, il savait qu'elle se trompait.

Jenna était en danger et il devait coûte que coûte la secourir.

11
Le voyage de Jenna

Septimus avait raison. Les deux cavaliers repérés par Marcia étaient en réalité Jake et Betty Jago, un couple de petits maraîchers en route pour l'Enchevêtre où résidait la mère de Betty. Mais loin de là, au milieu des vergers, un autre cheval noir galopait en direction des collines. Deux personnes étaient montées sur son dos : une enfant brune au front ceint d'un cercle d'or et un grand jeune homme à l'air hagard dont les longs cheveux blonds flottaient au vent. L'étalon commençait à ressentir la fatigue, mais son maître l'éperonnait sans relâche.

Simon dirigeait son cheval, absorbé dans ses pensées. Il n'en revenait pas d'avoir rencontré aussi peu de résistance. Il s'attendait à tout le moins à ce qu'on le questionne à l'entrée du palais, mais personne ne l'avait arrêté. Ces incapables n'ont qu'à s'en prendre à eux-mêmes, songea-t-il avec un sourire cynique. Toutefois, la facilité avec laquelle il avait enlevé Jenna l'effrayait un peu. Connaissant le fichu caractère de la gamine, il craignait en particulier qu'elle ne lui pose des problèmes. Petite, déjà, il lui arrivait de piquer des colères terribles. Mais alors, il trouvait toujours le moyen de la calmer en la faisant rire… Simon secoua la tête avec humeur. Il devait chasser de son esprit le souvenir des années vécues auprès de la petite sœur qu'il chérissait. Ce passé était révolu depuis que Marcia avait fait irruption chez eux le jour du dixième anniversaire de Jenna, détruisant du même coup leur famille et leurs vies. Le bouquet, c'était que leurs parents se soient laissé embobiner par le morveux de la Jeune Garde au point de le prendre pour leur précieux Septimus et que ce petit arriviste lui ait soufflé la seule chose qu'il avait jamais vraiment désirée : la place d'apprenti extraordinaire. Depuis ce jour, Simon n'aimait plus rien ni personne – à part Lucy Gringe.

Au cas où sa tentative d'enlèvement aurait échoué, Simon avait prévu d'emmener Lucy à la place de Jenna. Mais le devoir passait avant les sentiments. Simon était un apprenti consciencieux et entièrement dévoué à son maître. Lucy devrait attendre encore un peu, même si le jeune homme aurait de beaucoup préféré caracoler parmi les pommiers avec sa fiancée en croupe que d'affronter le visage renfrogné de sa captive.

Hormis les quelques mois qu'elle avait passés dans les marais de Marram, Jenna n'avait encore jamais quitté le Château. Elle fut d'autant plus surprise de découvrir combien la campagne était verte et variée. Si elle n'avait pas voyagé en compagnie de Simon, elle aurait pris grand plaisir à cette balade. Il faisait chaud mais sans excès, car des nuages venus de l'ouest avaient peu à peu envahi le ciel, apportant une fraîcheur relative. Maintenant que Simon lui lâchait la bride, Tonnerre allait au trot et même au pas quand il montait une côte, ce qui laissait à Jenna le loisir d'admirer le paysage.

La petite princesse mettait un point d'honneur à cacher sa peur à Simon. En cavalière émérite, elle se tenait très droite en selle et accompagnait les mouvements du cheval le long des chemins poussiéreux qui serpentaient sur des lieues et des lieues à travers la campagne.

À un moment, ils avaient fait halte en bordure d'un champ de luzerne pour permettre au cheval de paître et de se désaltérer dans un ruisseau. Simon avait proposé à Jenna des provisions qu'elle avait refusées car elle n'avait pas faim. En revanche, elle avait bu l'eau du ruisseau, comme Tonnerre. Quand Simon avait annoncé qu'il était temps de se remettre en route, elle avait vivement traversé le ruisseau afin de rejoindre un sentier au bout duquel on apercevait une petite maison et une vieille femme qui somnolait à l'ombre, assise devant la porte. Mais alors qu'elle courait à toutes jambes sur le chemin, elle entendit un bruit de galop derrière elle. Quelques secondes plus tard, Simon la rattrapait et la soulevait sans ménagement pour la remettre en selle. Après cela, ils ne firent plus aucun arrêt.

Comme ils s'éloignaient de la Rivière, les prairies verdoyantes cédèrent peu à peu la place aux coteaux des Basses-Terres. Les cultures maraîchères des petits fermiers furent remplacées par des vignes, des champs de pommiers et de cerisiers parfaitement entretenus et même des houblonnières. Tonnerre allait à une allure régulière, gravissant des côtes de plus en plus raides à mesure que la ligne bleue et brumeuse des montagnes Frontalières paraissait se rapprocher.

Les derniers doutes de Jenna s'envolèrent : Simon n'avait pas l'intention de lui rendre sa liberté. Une partie de la matinée, elle s'était efforcée de croire à une mauvaise farce. À une ou deux reprises, elle avait cru Simon sur le point de tourner bride et s'était jurée de lui passer un fameux savon quand il l'aurait ramenée au Château. Mais Tonnerre continuait d'avancer, abandonnant peu à peu le trot pour le pas, tandis que la pente s'accentuait et que l'air devenait plus vif.

Vers la fin de l'après-midi, alors qu'ils atteignaient les contreforts des Maleterres (des collines à l'aspect sinistre où les troupeaux de moutons paissaient aux abords des carrières d'ardoise), Jenna se décida à rompre le silence.

— Pourquoi m'as-tu emmenée jusqu'ici, Simon ? demanda-t-elle. Et d'abord, où allons-nous ?

Simon resta muet. Mais la vue des montagnes Frontalières qui se dressaient, menaçantes, devant eux le dispensait de répondre à la dernière question de Jenna, et celle-ci n'était pas sûre de vouloir entendre la réponse à la première.

12

Le chantier de Jannit Maarten

En approchant de la porte Nord, Septimus perçut des éclats de voix.

— N'essaie pas de me retenir, père ! hurlait Lucy Gringe. Je ne me laisserai pas enfermer à nouveau. Je ne suis plus une enfant. Ce n'est pas toi qui m'empêcheras de partir à la recherche de Simon.

— Il faudra d'abord me passer sur le corps ! tonna Gringe.

— Avec plaisir !

— Arrêtez ça, vous deux ! intervint Mme Gringe. Je suis certaine que Lucy ne pense pas ce qu'elle dit. Pas vrai, mon cœur ?

— Bien sûr que si ! Sur ce, adieu !

— Tu n'iras nulle part !

— Oh ! Mais si.

— Oh ! Mais non.

Septimus atteignit la porte juste comme Gringe s'engouffrait à l'intérieur de la tour de garde. Quelques secondes plus tard, les lourdes chaînes qui actionnaient le pont-levis commencèrent à s'enrouler autour du treuil dans un bruit étourdissant. Gringe avait entrepris de relever la passerelle.

Lucy connaissait bien ce bruit pour l'avoir entendu chaque matin et chaque soir de sa vie. Évitant adroitement sa mère (une petite femme râblée qui présentait une ressemblance étonnante avec son mari), elle s'élança vers le pont.

— Lucy ! cria Mme Gringe en courant derrière sa fille. Arrête ! Tu vas te faire tuer !

— Tu t'en fiches pas mal ! lui rétorqua Lucy.

Ses longues tresses flottant dans son dos, la jeune fille escalada le tablier du pont qui s'inclinait de plus en plus, espérant franchir d'un bond l'espace grandissant entre la passerelle et la berge opposée. C'était compter sans les qualités athlétiques de Mme Gringe : saisissant sa fille par les jambes, la brave femme la plaqua contre les planches du pont.

Assourdi par le bruit des chaînes, Gringe n'avait aucune conscience du drame qui se déroulait à l'extérieur de la tour. Le visage crispé par l'effort, il continuait à enrouler les chaînes sans se douter que sa fille et sa femme se battaient comme des chiffonnières, celle-ci tentant d'empêcher celle-là d'atteindre le bout de la passerelle. Mais la pente devenait plus raide de seconde en seconde. Pour éviter de glisser, Lucy fut bientôt obligée de se cramponner à un anneau de fer tandis que sa mère s'accrochait à sa botte gauche comme une moule à un rocher.

Transpirant à grosses gouttes, Gringe donna un nouveau tour de manivelle. La passerelle était à présent presque verticale. À bout de forces, Lucy lâcha prise et entraîna sa mère dans sa chute. Les deux femmes atterrirent douloureusement sur les pavés sans cesser de se crêper le chignon. Le pont-levis se referma avec un fracas qui fit trembler le sol. Épuisé, Gringe se laissa tomber par terre et résolut de se montrer plus patient à l'avenir avec le garçon qui relevait habituellement le pont. Pour rien au monde il n'aurait voulu refaire cela dans la précipitation.

Septimus s'éloigna discrètement. Il n'avait pas le temps d'attendre que Gringe se réconcilie avec sa fille et songe à abaisser à nouveau le pont. Il décida de demander à Jannit Maarten de lui faire passer le fossé à bord de son bac, si toutefois elle se trouvait sur son chantier. Septimus estima qu'il y avait de fortes chances pour qu'elle y soit.

Une demi-heure plus tard, le jeune garçon empruntait le souterrain conduisant au chantier de Jannit Maarten. Celui-ci était situé en bordure du fossé, juste à l'extérieur du mur d'enceinte du Château. Le jeune garçon émergea du tunnel suintant d'humidité en pleine lumière et au beau milieu d'un capharnaüm de voiles, cordages, ancres et autres bidules indispensables à la navigation dont il ignorait le nom. Il crut d'abord que le chantier était désert, puis des bruits de conversation parvinrent à ses oreilles. Il se dirigea alors vers le fossé.

— Hé ! Sep. Qu'est-ce qui t'amène ?

La voix qui venait de l'interpeller n'était pas étrangère à Septimus. Nicko Heap avait immédiatement reconnu son frère à sa tunique verte qui tranchait sur le décor. Nicko se tenait debout à la proue d'un bateau long et étroit. D'une taille légèrement supérieure à celle de Septimus, il paraissait beaucoup plus robuste que ce dernier. De même, son visage souriant et bruni par le soleil contrastait avec la pâleur de l'apprenti, conséquence des longues heures qu'il passait chaque jour entre les murs de la tour du Magicien. Une quantité de rubans aux couleurs vives s'entrelaçaient avec ses cheveux blonds raidis par le sel et emmêlés par le vent. Cet été-là, ces rubans faisaient fureur parmi les jeunes matelots du Port, aussi Nicko les arborait-il avec fierté. Pour faire bonne mesure, il en portait également toute une collection autour du poignet. Ses yeux étaient du même vert intense que ceux de tous les enfants ayant été en contact avec la **Magyk**. Si Nicko n'avait aucune envie de devenir magicien, il connaissait deux ou trois **sorts** dont il n'hésitait pas à se servir en cas de besoin. Comme tous ses frères, excepté Septimus, il tenait ses premiers rudiments de **Magyk** de leurs parents, Sarah et Silas.

Un grand jeune homme aux cheveux roux en bataille et à l'expression renfrognée se tenait aux côtés de Nicko. Septimus reconnut le frère de Lucy Gringe, Rupert. La patronne de ce dernier, Jannit Maarten, était quant à elle occupée à amarrer le bateau.

— Nicko, tu es rentré !

Bondissant au-dessus d'un tas de planches et de vieux seaux, Septimus courut vers le ponton. Il ne s'attendait pas à éprouver une telle joie et un tel soulagement à revoir son frère. Mais il était sûr que Nicko l'écouterait et le croirait, lui. Jannit Maarten sourit à l'apprenti, car elle appréciait tous les Heap, sans distinction. Depuis peu, Nicko avait pris l'habitude de leur donner un coup de main, à Rupert et à elle, et ses qualités l'avaient vivement impressionnée.

Jannit était une petite femme robuste, toujours vêtue d'une combinaison bleue crasseuse. Son visage brun sillonné de rides respirait la franchise et la bonne humeur. Une longue et fine tresse de cheveux gris pendait le long de son dos à la mode des marins. Jannit ne vivait que pour les bateaux. Elle dormait dans une minuscule cahute à l'entrée de son chantier et ne s'aventurait que rarement hors des limites de celui-ci.

Jannit n'était pas la seule à construire des bateaux au Château, mais aucun de ses concurrents ne lui arrivait à la cheville. Elle avait pris Rupert Gringe en apprentissage alors qu'il était à peine âgé de onze ans. Depuis, elle racontait à qui voulait l'entendre que c'était la meilleure chose qu'elle avait faite de toute sa vie. Dans son domaine, Rupert faisait figure de prodige. Il avait le compas dans l'œil et savait d'instinct comment un bateau neuf allait réagir aux courants et aux vents. Jannit était presque aussi fière de Nicko. Avec l'aide de Rupert, ce dernier avait entrepris de construire un nouveau bateau pour Sally Mullin, qui avait offert sa bien-aimée *Muriel* aux Heap quand ceux-ci avaient dû fuir le Château, un an plus tôt. Il n'avait pas échappé à Jannit que le garçon avait de la jugeote et était habile de ses mains.

En outre, Nicko était un marin-né – meilleur que Rupert, en fait. C'est pourquoi Jannit s'adressa d'abord au fils de Silas et Sarah, au grand agacement de son assistant :

— Alors, qu'est-ce qu'il donne ?

— Une vraie bûche, grommela Rupert sans laisser à Nicko le temps de répondre.

Jannit se rembrunit. Ce bateau lui tenait particulièrement à cœur. Pourtant, dès le départ, il avait accumulé les avaries. Elle interrogea Nicko du regard.

— Rupert a raison, Jannit. On a chaviré à deux reprises, puis le mât s'est cassé. On a dû le faire réparer au Port.

— C'était si grave que ça ? s'exclama Jannit. Ma parole, j'ai perdu la main !

— Vous n'y êtes pour rien, la rassura Rupert. C'est juste qu'il reste quelques détails à régler.

— Si tu le dis, soupira Jannit. Je suppose que vous avez hâte de revoir vos familles, les garçons. Filez, à présent. Je m'occupe du bateau.

— C'est pas de refus, reprit Rupert. J'ai bien besoin d'un peu de calme et de silence, après être resté coincé sur ce rafiot qui grinçait et craquait de toutes parts.

Septimus se sentit le devoir de prévenir l'assistant de Jannit.

— Euh… Rupert, commença-t-il. Je crains que tu ne trouves pas le calme chez toi. Du moins, pas tout de suite…

Rupert lança un regard soupçonneux à Septimus. Il avait hérité des préjugés de son père envers les Heap, et s'il devait admettre que Nicko n'était pas un mauvais bougre, il était beaucoup plus réservé quant à ce petit crâneur d'apprenti qui la ramenait avec sa tunique vert salade et sa ceinture de chochotte.

— Ouais ? fit-il d'un ton méfiant. C'est quoi, le problème ?

— Eh bien, Simon…

— Je l'aurais parié ! s'emporta Rupert. J'étais sûr que ça avait quelque chose à voir avec ton fichu frère. Cette fois, je vais lui régler son compte !

— Tu ne le trouveras…

Rupert partit comme une flèche, se prit les pieds dans un seau et disparut à l'intérieur du tunnel plus vite qu'il ne l'aurait souhaité.

— … pas, acheva trop tard Septimus.

— Qu'est-ce qui t'arrive, Sep ? interrogea Nicko. T'as l'air tout retourné.

— Simon a enlevé Jenna et personne ne veut me croire, pas même Marcia, débita Septimus d'une seule traite.

— QUOI ?

— Simon a enlevé Jenna et…

— C'est bon, je ne suis pas sourd. Viens t'asseoir et raconte-moi tout depuis le début.

Nicko descendit du bateau et passa un bras autour des épaules de Septimus. Puis les deux frères s'assirent côte à côte au bord du fossé, les jambes pendantes, et Septimus fit à Nicko le récit des événements de la matinée. Plus il parlait et plus son grand frère paraissait soucieux.

— J'imagine que tu ne me crois pas non plus, ajouta Septimus en guise de conclusion.

— Bien sûr que si !

— C'est vrai ?

— Oui. Je sais qu'il y a des gens qui recherchent Jenna. Je comptais en avertir maman et lui dire de faire attention. Apparemment, j'arrive trop tard…

— Comment ça, des gens ? Tu veux dire, d'autres personnes que Simon ?

— Peut-être Simon a-t-il quelque chose à voir avec eux. Ça ne m'étonnerait pas. Rupert et moi, on a dû faire escale au Port pour changer de mât. Ça me fait penser que celui qu'ils nous ont collé est une cochonnerie. Il faudra que j'en touche un mot à Jannit. Pendant que le bateau était sur le chantier, on tuait le temps à l'Ancre Bleue, une taverne près des quais. On y rencontre toutes sortes de gens. C'est là qu'on a fait la connaissance de l'ancienne petite amie d'Alther, Alice Nettles. Elle travaille pour la douane à présent…

— Et alors ? fit Septimus d'un ton impatient, se demandant où Nicko voulait en venir.

— Alors, Alice nous a appris que quelqu'un au Port en avait après Jenna.

— Qui ?

— Ça, j'en sais rien. Alice l'appelait « le mystérieux étranger ». Il arrivait des Lointaines Contrées. Son navire mouillait au large dans l'attente d'un emplacement sur le quai de la Douane, mais lui était descendu à terre à bord d'une chaloupe et avait posé des tas de questions au sujet de la princesse.

— Quel genre de questions ?

— Était-elle toujours en vie ? Où pouvait-on la trouver ? Et patati, et patata. Alice l'a envoyé promener. Elle est douée pour ça.

Septimus considéra l'eau trouble du fossé.

— Tout s'éclaire, déclara-t-il d'un air sinistre. Je parie que Simon est en train de conduire Jenna au mystérieux étranger.

— Il a dû lui promettre une belle somme, remarqua Nicko qui semblait avoir une piètre opinion de son frère aîné.

— Et je crois savoir qui est ce mystérieux étranger.

— Ah oui ? fit Nicko, surpris.

— DomDaniel, murmura Septimus.

— Mais il est mort !

— Il a disparu au fond du marais. Ça ne veut pas dire qu'il soit mort. Pour ce que je sais de lui, il est aussi à l'aise sous terre qu'un poisson dans l'eau.

— Enfin, Sep… Même Simon ne serait pas capable d'une chose pareille. Enfin, je crois.

Septimus plongea son regard dans les yeux de son frère :

— Personne ne veut croire que Jenna soit en danger, aussi je ne suis pas étonné par ta réaction. Mais quoi que vous disiez ou fassiez, j'ai la ferme intention d'aller à sa recherche. (Il se releva et hissa son sac sur son dos.) Préviens Marcia de mon départ. Et aussi papa et maman. À plus tard, Nick.

— Attends un peu, gros bêta, protesta Nicko comme Septimus s'éloignait déjà. Je te crois. Et il n'est pas question que tu t'en ailles tout seul. Comment comptes-tu retrouver Jenna ?

— Je me débrouillerai. Je finirai par y arriver.

— Dans dix ans, peut-être. En revanche, je connais quelqu'un qui nous mènera tout droit à elle. C'est le meilleur pisteur que je connaisse. Je vais demander à Jannit de nous prêter un bateau et nous irons le voir. En attendant, rassieds-toi et fais-moi le plaisir de poser ce sac.

Septimus ne bougea pas.

— Septimus, c'est un ordre, insista Nicko. Je suis plus vieux que toi, alors tu dois m'obéir. Compris ?

— Tu n'es pas beaucoup plus vieux, marmonna Septimus en se rasseyant.

13

La Forêt

Nicko et Septimus hissèrent leur bateau sur une plage de galets dans une petite crique en bordure de la Forêt. Nicko connaissait bien l'endroit ; c'était toujours là qu'il mouillait quand il rendait visite à ses frères.

Ils venaient de parcourir cinq miles vers l'aval de la Rivière avec le jusant. Jannit avait insisté pour leur prêter un lougre, un excellent bateau de pêche possédant une cabine pour le cas où ils auraient dû dormir à bord, mais Nicko avait bon espoir d'atteindre le campement des garçons avant la nuit. Il n'avait aucune envie de s'aventurer dans la Forêt après le crépuscule, par peur des meutes de gloutons qui rôdaient entre les arbres et des nombreuses âmes en peine et autres entités malveillantes qui infestaient l'air. Certains arbres étaient carnivores. À la nuit tombée, leurs branches devenaient des pièges mortels dans lesquels ils emprisonnaient leurs victimes avant de se nourrir de leur sang. Au matin, on ne retrouvait qu'un squelette curé jusqu'à l'os qui se balançait parmi les feuilles.

L'après-midi était bien avancé quand ils abordèrent la plage. Nicko calcula qu'ils disposaient d'environ cinq heures pour atteindre le campement sans courir de risque, ce qui paraissait amplement suffisant.

Septimus n'était plus retourné dans la Forêt depuis l'époque où il servait dans la Jeune Garde et il en gardait de très mauvais souvenirs. Tirées de leur lit en plein sommeil, les malheureuses recrues étaient ensuite conduites dans un endroit désolé, le plus souvent au cœur de la Forêt. Deux de ces exercices de nuit avaient à jamais marqué Septimus. Lors du premier, son meilleur ami, 409, l'avait sauvé d'une meute de gloutons qui l'avaient encerclé et s'apprêtaient à lui sauter dessus. 409 s'était précipité vers lui en poussant des cris tels que le chef de meute était resté interdit. 409 en avait profité pour tirer Septimus à l'écart et le mettre en sécurité. La seconde fois, notre héros avait regretté que les gloutons n'aient pas eu le temps de l'achever. Cette nuit-là, 409 était tombé à l'eau durant le trajet vers la Forêt. La Rivière était agitée et le courant rapide. Soudain, une vague plus forte que les autres avait heurté leur bateau. Déséquilibré, 409 avait basculé par-dessus bord. On n'avait jamais retrouvé son corps. Septimus avait supplié l'élève officier de faire demi-tour afin de porter secours à son ami, mais il avait essuyé un refus catégorique. La vie de 409 n'avait aucune valeur et le but de ces sorties était justement d'éliminer « les faibles, les trouillards et les imbéciles », comme l'avait précisé l'élève officier avant leur départ. Mais d'ordinaire, ceux qui ne revenaient pas de ces exercices étaient simplement victimes de la malchance.

Après s'être assuré que leur bateau était solidement amarré et tout ce qui se trouvait à bord convenablement rangé, Nicko tira un morceau de papier tout déchiré de sa poche.

— Voici la carte, dit-il en montrant le papier à Septimus. C'est Sam qui l'a dessinée.

Septimus distingua des lignes sinueuses qui lui évoquèrent les traces laissées par un escargot sur une vitre.

— Ah ! fit-il.

Il ne pensait pas grand bien de la carte de Sam, mais Nicko semblait confiant.

— T'inquiète, lui dit son frère d'un air rassurant. De toute manière, je connais le chemin. Suis-moi.

Au début, Septimus n'eut aucun mal à suivre Nicko. À la lisière de la Forêt, les arbres étaient largement espacés et les garçons apercevaient le ciel à travers leurs ramures. Nicko s'engagea d'un pas assuré sur un chemin étroit.

Plus ils avançaient, plus les arbres étaient rapprochés et imposants. La lumière du jour céda peu à peu la place à une pénombre verdâtre et un silence pesant s'abattit sur les deux garçons. Le sentier se resserra et la végétation devint plus envahissante, obligeant Septimus à réduire la distance entre son frère et lui. Ni l'un ni l'autre ne parlait, Nicko tâchant de se rappeler le chemin et Septimus étant absorbé dans ses réflexions. Il se demandait ce qu'il fabriquait au cœur de la Forêt quand Jenna se trouvait probablement à des lieues de là, de l'autre côté de la Rivière. Comment s'était-il laissé entraîner dans la direction opposée ? Au bout d'un moment, n'y tenant plus, il demanda :

— Tu es sûr qu'ils voudront nous aider ?

— Sûr et certain, répondit Nicko. Ce sont nos frères, pas vrai ? Les frères, ça se serre les coudes. À part Simon, évidemment.

Septimus appréhendait de rencontrer ses frères. Depuis qu'il avait retrouvé le reste de sa famille, Sam, Fred, Erik et Jo-Jo n'avaient pas quitté la Forêt où ils vivaient en sauvageons. Silas lui avait promis de l'y emmener pour qu'il fasse leur connaissance, mais l'occasion ne s'était jamais présentée. Ou bien Marcia était trop occupée pour laisser Septimus s'éloigner, ou bien Silas se trompait de date.

— À quoi ressemblent-ils ?

— Sam est le roi des pêcheurs. Il attrape tout ce qu'il veut. J'espérais un peu le trouver sur la plage, vu que c'est un de ses coins de pêche favoris. Fred et Erik sont de vrais clowns. Leur farce préférée, c'est de se faire passer l'un pour l'autre. Il faut dire qu'ils se ressemblent tellement que j'ai moi-même du mal à faire la différence. Jo-Jo ne parle pas beaucoup, mais il est très intelligent. Il s'y connaît en herbes et en plantes. Il doit tenir ça de maman.

— Oh ! fit Septimus.

Il tenta de se représenter les quatre garçons, sans succès. Il n'était pas encore habitué à l'idée d'appartenir à une aussi grande fratrie, après avoir vécu les dix premières années de sa vie sans aucune famille.

— Mais si nous sommes ici, reprit Nicko, c'est d'abord pour Lobo, l'enfant-loup.

— Celui qu'ils ont trouvé dans la Forêt ?

— C'est ça. Il vit avec eux, à présent. On suppose qu'il a été élevé par des gloutons. En grandissant, il a cessé de sentir comme leurs petits et ils l'ont chassé de la meute. Quand les garçons l'ont découvert, c'était une vraie bête fauve. Il a mordu la jambe de Sam et griffé Erik. T'aurais vu ses ongles… Une horreur. Sales et recourbés comme des serres. Il est devenu plus docile depuis que Fred et Erik lui ont donné à manger pendant le Grand Gel. Il sent toujours aussi mauvais, mais les quatre garçons aussi. Tu verras, on s'y fait. En tout cas, Lobo est le meilleur pisteur que j'aie jamais vu. Il nous conduira tout droit à Jenna.

— Et ses dents, elles sont comment ? interrogea Septimus, inquiet.

— Affreuses. De grandes canines toutes jaunes. Avec ça, il est aussi velu qu'un singe.

— C'est vrai ?

Nicko se retourna et sourit à son frère :

— Ah ! Ah ! Je t'ai eu !

Comme ils atteignaient une petite clairière, Nicko suggéra de s'arrêter quelques minutes pour consulter la carte. Sitôt que Septimus eut posé son sac, il se sentit si léger qu'il lui sembla qu'il allait s'envoler jusqu'à la cime des arbres.

— Une menthe ? proposa-t-il en tendant le tube de Volcano à Nicko.

Ce dernier considéra le tube violet d'un air suspicieux.

— Ça fait quoi ? demanda-t-il.

Nicko se méfiait des goûts de son frère en matière de confiserie. En particulier, il gardait un très mauvais souvenir d'un chewing-gum autorégénérant à la banane qui **réapparaissait** immédiatement dans sa bouche chaque fois qu'il essayait de le recracher.

— Rien. Ce sont juste des bonbons.

— Dans ce cas, d'accord.

— Tends ta main.

Septimus laissa tomber quelques minuscules billes bleutées dans la main de Nicko. Ce dernier renversa la tête en arrière et fourra toutes les pastilles d'un coup dans sa bouche, comme s'il avalait un médicament.

— Pas toutes…, commença Septimus.

— Mm-rrr-aah !

— … à la fois.

— Argh ! Ça remonte par le nez !

Nicko n'avait pas plus tôt parlé que trois billes à la menthe jaillirent de ses narines.

— Ça arrive. Le truc, c'est de les garder dans la bouche jusqu'à ce qu'elles explosent. Ça réveille, pas vrai ?

— J'ai les yeux qui vont sortir de la tête !

— Moi, en tout cas, j'aime bien. (Septimus versa quelques pastilles dans sa main et rangea le tube dans son sac.) Tu préfères du Choco Miam ?

— Tu veux rire ?

Nicko s'essuya les yeux (qu'il avait pleins de larmes) et déplia la carte de Sam. Puis il regarda autour de lui.

— Tu vois une pierre levée quelque part ? Il devrait y en avoir une dans le coin, dit-il en désignant vaguement un groupe d'arbres. Elle ressemble un peu à un oiseau.

Septimus vit dans la question de son frère la confirmation des doutes qu'il nourrissait depuis le départ au sujet des talents de cartographe de Sam.

— Je ne vois rien, répondit-il. On est perdus ?

— Bien sûr que non !

— Alors, où sommes-nous ?

— Je ne sais pas au juste, marmonna Nicko. Continuons à avancer. Je finirai bien par me repérer.

Septimus sentit croître son malaise à mesure qu'ils s'enfonçaient dans la Forêt. Les arbres étaient de plus en plus rapprochés ; certains avaient des troncs énormes et paraissaient très anciens. L'atmosphère des lieux se transformait peu à peu. À présent, Septimus ressentait distinctement la présence de chaque arbre. Certains étaient bienveillants et d'autres non.

À une ou deux reprises, il crut en voir un bouger à leur passage et il eut la nette impression qu'il se retournait et les suivait du regard tandis qu'ils s'éloignaient. Une clarté glauque filtrait à travers les branches étroitement enlacées. Faute de lumière suffisante, la végétation était moins luxuriante, ce qui facilitait la progression des deux garçons. La plupart du temps, ceux-ci foulaient un épais tapis de feuilles mortes. Par intervalles, des bruissements trahissaient la fuite d'un écureuil ou d'un furet. Ce n'était pas cela qui inquiétait Septimus, mais plutôt les craquements qui résonnaient parfois à travers le sous-bois. Une créature plus imposante déguerpissait à leur approche, à moins qu'elle ne se dirigeât vers eux.

Septimus se sentait de plus en plus mal. Il lui semblait qu'ils marchaient depuis des heures et, pour autant qu'il pouvait en juger, le jour déclinait rapidement. Il n'y avait plus trace de sentier, mais comme Nicko s'entêtait à avancer dans la même direction, écartant les fougères qui leur barraient la route, il le suivait docilement. Jusqu'au moment où ils débouchèrent dans une petite clairière.

Septimus s'arrêta net. Ses derniers doutes s'envolèrent : ils étaient bel et bien perdus.

— Nicko, on est déjà passés par là. Il y a une heure. Tu vois cet arbre creux avec des vesses-de-loup au pied ? Je suis sûr de le connaître.

Nicko s'arrêta à son tour et examina la carte de Sam.

— Impossible, décréta-t-il. Nous sommes là.

Septimus se pencha vers la carte et scruta le point que lui désignait Nicko de son index crasseux.

— Tu veux dire, sur cette fourmi écrasée ?

— Quelle fourmi écrasée ? (Nicko plissa les yeux, mais il ne distinguait presque rien dans la pénombre.) Oh ! s'exclama-t-il au bout de quelques secondes. Cette fourmi-là !

— Avoue-le : on est perdus.

— Mais non, voyons ! Bon, je t'accorde qu'il s'agit d'une fourmi. N'empêche qu'on se trouve toujours sur ce sentier-ci. En poursuivant dans cette direction… euh… On devrait bientôt atteindre le camp. Je t'assure, on est presque arrivés.

Ils se remirent en route. Septimus marchait à la traîne, visiblement mécontent.

— On est déjà passés par là aussi, Nick, remarqua-t-il un peu plus tard. On est en train de tourner en rond.

Nicko s'appuya contre un arbre avec lassitude.

— Je sais, Sep. Je te demande pardon. On est perdus.

14

Perdus

Le jour déclinait rapidement dans la Forêt.

L'air abattu, Septimus et Nicko étaient assis sur le tronc d'un arbre mort. Sa boussole nichée dans sa paume, Septimus tentait de voir quelle direction indiquait l'aiguille frémissante, mais il faisait sombre malgré l'anneau dragon et les tremblements de sa main ne lui facilitaient pas la tâche. La peur s'insinuait en lui, une peur sourde qu'il avait déjà éprouvée à l'approche de la nuit dans la Forêt.

— C'est le crépuscule, murmura-t-il à l'adresse de Nicko. On ferait bien de rester là. Ce n'est pas le moment de bouger… Pas pendant que les choses se transforment.

Pendant ce temps, au Château, Silas et Sarah regardaient le soleil descendre sur l'horizon depuis le toit du palais. Comprenant enfin que Simon n'avait pas l'intention de ramener Jenna, ils furent pris de panique. Comme ils se dirigeaient vers la tour du Magicien pour s'entretenir avec Marcia, ils rencontrèrent cette dernière qui se rendait chez le professeur Ratel van Klampff.

Au cœur de la Forêt, Septimus et Nicko attendaient en silence, assis côte à côte. Sitôt que le soleil eut plongé derrière les collines, la température fraîchit et Septimus sentit que le jour glissait vers la nuit. La Forêt entière parut s'animer tandis qu'une obscurité presque palpable se refermait sur les deux garçons saisis d'appréhension.

— Je suis vraiment désolé, Sep, marmonna Nicko d'un ton penaud.

— Chut ! murmura Septimus. Ne parle pas à moins d'y être obligé.

Nicko se tut et s'efforça de garder son calme. Il n'avait jamais beaucoup aimé la Forêt, même en plein jour. Il s'y sentait prisonnier d'un interminable dédale de troncs et de branches d'où il ne pouvait s'échapper, et il avait horreur de cela. Tant qu'il se déplaçait et voyait où il posait les pieds, il arrivait à supporter cette idée. Mais l'épaisse chape de ténèbres qui pesait à présent sur eux lui donnait envie de hurler. Il avait déjà éprouvé une pareille panique quand il s'était trouvé pris au piège dans le conduit du vide-ordures de la tour du Magicien. Mais ce jour-là, Marcia les avait rapidement libérés. Cette fois, il n'y avait personne pour mettre fin à son calvaire.

— Qu'est-ce qu'on t'apprenait pendant ces exercices de nuit ? murmura Nicko. Je veux dire, vous faisiez quoi ?

— Eh bien, une fois, on nous a donné l'ordre de creuser une fosse et de passer la nuit au fond à attendre qu'un glouton tombe dedans pour le combattre à mains nues. Il ne s'est rien passé – pas dans notre fosse, en tout cas. En revanche, on a perdu trois gars dans celle d'à côté. Ils se sont bien battus, mais le glouton a gagné. Tu aurais entendu ça… C'était horrible. Pour les exercices d'orientation, l'officier attachait un gars à un arbre et on devait le retrouver avant qu'il se fasse dévorer. On n'arrivait pas toujours à temps.

— Oublie ma question, dit Nicko en frissonnant. Je pensais qu'on t'aurait enseigné des techniques de survie.

— En effet. La première consiste à éviter tout ce qui a plus de dents et court plus vite que toi. La deuxième, à faire attention aux arbres carnivores : quand on en repère un, il est déjà trop tard. Et la plus importante…

— Oui ?

— C'est de ne pas traîner dans la Forêt après le coucher du soleil.

— Ah ! Ah ! Très drôle.

— Si tu veux mon avis, murmura Septimus, on ferait bien de chercher un endroit où passer la nuit en sécurité. En haut d'un arbre, par exemple.

— Un arbre carnivore ?

— Tu ne pourrais pas parler un peu moins fort ?

— Oups ! Désolé.

— Si on a la chance de tomber sur un arbre qui ne soit pas carnivore…

— Quoi ? Tu n'es pas capable de faire la différence ?

— Pas quand il fait noir. La nuit, dans la Forêt, on n'a pas d'autre choix que de s'en remettre au sort. Je disais donc, si on arrive à grimper dans un arbre, on sera à l'abri des gloutons. Mais il faudra quand même se méfier des écureuils vampires.

— Génial !

— Également, certains très vieux arbres sont infestés de sangsues. Une fois, j'ai dormi dans l'un d'eux avec l'élève officier. Le lendemain, à mon réveil, j'ai cru qu'il avait revêtu une tenue de camouflage. En réalité, il était couvert de sangsues de la tête aux pieds. (Septimus pouffa.) Bien fait pour lui !

— Stop ! siffla Nicko. Je ne veux plus rien entendre, compris ? Choisissons un arbre et croisons les doigts.

Septimus hissa son sac sur ses épaules et ils se remirent en route. Cette fois, c'était l'aîné qui suivait son cadet. L'anneau dragon de ce dernier brillait si fort qu'il fourra la main dans sa poche pour en atténuer l'éclat. La lumière aurait attiré vers eux toutes les créatures qui se trouvaient à des lieues à la ronde, en particulier les chiches-faces. Septimus avançait lentement à travers les arbres et Nicko marchait derrière lui en veillant à faire le moins de bruit possible. Mais comme il était moins agile que son frère, il arrivait qu'il froisse des feuilles ou casse une branche en posant le pied dessus. Tôt ou tard, quelqu'un ou quelque chose risquait de les entendre. C'est pourquoi il était urgent qu'ils trouvent refuge dans un arbre. Septimus examinait tous ceux qu'ils dépassaient, espérant apercevoir une branche basse qui pourrait leur fournir une prise, sans succès. Dans cette partie de la Forêt, la plus ancienne, les arbres atteignaient tous des hauteurs considérables et leurs ramures s'épanouissaient bien au-dessus du sol.

Soudain, une poigne de fer serra le bras de Septimus.

— Aïe !

— Chut !

Septimus fit volte-face. Cramponné à son bras, Nicko ouvrait des yeux démesurés.

— Sep, c'est quoi ? Là-bas... J'ai vu un truc jaune qui brillait.

Septimus scruta l'obscurité qui s'étendait autour d'eux en regardant de biais, comme il avait appris à le faire dans l'armée. Ce qu'il vit alors justifia ses pires craintes. Ils étaient entourés par une nuée d'yeux jaunes.

— Sales porcs ! murmura-t-il.

— Des porcs ? répéta Nicko. Ouf ! Pendant une seconde, j'ai cru que c'étaient des gloutons.

— Ce sont des gloutons. Et il y en a un paquet.

— Mais tu viens de dire que c'étaient des porcs ! (Nicko avait l'air peiné.)

— Silence ! J'essaie de réfléchir. Passe-moi le **charme** de **congélation express** qui se trouve dans mon sac ! Vite !

— Tu ne peux pas t'en passer ?

— Non. Grouille-toi !

Nicko tenta d'ouvrir le sac à dos, mais ses mains tremblaient si fort qu'il ne trouvait même pas la boucle dans le noir. Septimus était furieux contre lui-même. Il aurait dû sortir le **charme** à l'avance pour le cas où il aurait eu à s'en servir. Mais il détestait la Forêt autant que Nicko, et cette aversion semblait entraver sa faculté de réflexion.

— Je n'arrive pas à ouvrir ta cochonnerie de sac, souffla Nicko avec une note d'effroi dans la voix. Tu ne pourrais pas les **figer** comme tu l'as fait pour le cheval ?

— Pour ça, il faudrait d'abord qu'ils se rangent à la queue leu leu.

— Tu ne peux pas les **figer** à tour de rôle ?

— Non.

Septimus reporta son attention sur les yeux jaunes. Ceux-ci se rapprochaient et se déployaient autour d'eux afin de les encercler, suivant une tactique éprouvée. S'ils attendaient plus longtemps, ils se trouveraient pris au piège.

— Cours ! cria-t-il.

Nicko ne se le fit pas dire deux fois. Septimus partit comme une flèche à travers les arbres, suivi de près par son aîné. Les deux garçons couraient tête baissée, évitant au dernier moment les troncs massifs, bondissant au-dessus des branches tombées et dérapant sur les feuilles mouillées chaque fois que Septimus changeait de direction. À un moment, Nicko risqua un coup d'œil par-dessus son épaule. Les yeux jaunes étaient toujours aussi proches. Les gloutons étaient des chasseurs expérimentés qui ne lâchaient jamais leur proie. Bien mieux, cette course poursuite leur ouvrait l'appétit.

Soudain, Septimus se prit les pieds dans une racine et tomba de tout son long.

— Debout, Sep, haleta Nicko en le relevant de force.

— Aïe ! Ma cheville…

Nicko ne prit pas le temps de s'apitoyer.

— Allez, bouge-toi ! Au cas où tu l'aurais oublié, on a une meute de gloutons à nos trousses.

Septimus se remit en route en boitant, mais dès qu'il tentait d'accélérer l'allure, sa cheville se dérobait sous lui. Il s'arrêta au pied d'un arbre et posa son sac.

— Qu'est-ce que tu fabriques ? s'exclama Nicko, horrifié.

— C'est peine perdue, Nick. Je ne peux plus courir. Pars devant. Je vais essayer de les **congeler** avant qu'ils se jettent sur moi.

— Ne dis pas de bêtises, protesta Nicko. Il n'est pas question que je te laisse.

— Si. Je te rejoindrai plus tard.

— Non, c'est faux. Espèce d'idiot, tu vas te faire bouffer !

— Fiche le camp, Nicko.

— Non !

Au même moment, le dernier glouton de la meute referma le cercle. Les deux garçons étaient cernés de toutes parts. Adossés au tronc rugueux d'un gros arbre, ils virent la sinistre guirlande de loupiotes jaunâtres se resserrer lentement autour d'eux. Ils restèrent pétrifiés, n'en croyant pas leurs yeux. Comme tous les habitants du Château, ils avaient déjà vécu cette scène dans leurs cauchemars, mais la réalité dépassait de loin tout ce qu'ils avaient pu imaginer. Une sorte de beauté presque hypnotique se dégageait de cet instant. Ils étaient environnés de silence, comme si toutes les créatures nocturnes avaient interrompu leurs activités pour assister au drame qui se jouait cette nuit et cette nuit seulement dans leur bout de Forêt.

Ce fut Nicko qui rompit le charme. D'un coup de pied, il renversa le sac qui s'ouvrit et déversa tout son contenu sur le tapis de feuilles mortes jonchant le sol. Les deux garçons tombèrent à genoux et farfouillèrent parmi les affaires éparses, cherchant frénétiquement le **charme** de **congélation express**.

— Tu parles d'un tas de saloperies ! bougonna Nicko. Ce **charme**, il ressemble à quoi ?

— Pas à une saloperie. À un glaçon.

— Mais enfin, où est-il passé ? Où ? Où ?

— Oh ! oh ! Je les sens d'ici.

L'haleine fétide des gloutons (moitié viande pourrie, moitié gingivite, car les gloutons de la Forêt avaient une hygiène bucco-dentaire déplorable) empestait l'atmosphère. Nicko et Septimus relevèrent la tête, pleins d'appréhension, et se trouvèrent presque nez à nez avec le chef de la meute. C'était lui qui donnerait le signal de l'attaque.

Soudain, un grognement long et sourd monta des entrailles de l'animal. L'heure était proche. Les yeux jaunes qui entouraient les garçons flamboyèrent, les gloutons bandèrent leurs muscles et se mirent à saliver. Oubliant un instant leurs maux de dents, ils se léchèrent les babines, dévoilant leurs crocs jaunis.

Le grognement devint de plus en plus fort, de plus en plus menaçant, puis le chef de meute dressa son museau vers le ciel et poussa un hurlement à glacer le sang.

La meute s'élança.

L'arbre auquel étaient adossés les deux garçons se jeta brusquement sur ces derniers.

L'arbre fut plus rapide que les gloutons.

15

L'arbre

Septimus et Nicko furent brusquement soulevés dans les airs par deux longues branches sinueuses qui se balançaient jusqu'alors au-dessus de leurs têtes. Chacune était terminée par cinq rameaux plus courts et agiles, pareils à des doigts. Ces « mains » serraient les garçons comme dans un étau. Après cette attaque aussi soudaine que surprenante, l'arbre ralentit et emporta ses proies vers son sommet dans le froid de la nuit.

Septimus ferma les yeux mais Nicko, pétrifié de terreur, vit peu à peu s'éloigner la meute des gloutons tandis qu'il s'enfonçait dans la ramure et le feuillage de l'arbre immense. Rangées en cercle au pied de ce dernier, les bêtes féroces avaient les yeux fixés sur les deux garçons qui poursuivaient leur ascension, les frustrant d'un savoureux souper.

Comme tous ses congénères, l'arbre bougeait avec une lenteur calculée. À quoi bon se presser quand on a une espérance de vie de plusieurs siècles, qu'on mesure trois cents pieds de haut et qu'on est un des rois de la Forêt ? Au bout d'un temps qui parut interminable à Nicko et à Septimus, leur ravisseur les déposa dans un creux, à l'endroit où les grosses branches se séparaient du tronc. Les rameaux qui emprisonnaient les captifs desserrèrent leur étreinte et restèrent suspendus au-dessus de leur tête, comme pour prévenir toute tentative de fuite de leur part.

— Tu crois qu'il va nous manger tout de suite ? interrogea Nicko d'une voix tremblante.

— J'en sais rien, bredouilla Septimus.

Conscient de la distance qui le séparait du sol, ce dernier n'osait pas ouvrir les yeux.

— Il nous a lâchés, remarqua Nicko. On pourrait tenter de lui échapper…

Septimus secoua la tête. Le vertige le paralysait. Il n'était pas plus capable de bouger que de voler jusqu'à la lune. Nicko jeta un coup d'œil vers le bas. Par une trouée du feuillage, il vit briller les yeux des gloutons affamés qui attendaient que leur souper réapparaisse ou tombe du ciel. Sans doute avaient-ils déjà vécu cette situation par le passé : une malheureuse victime arrachée à leurs griffes par un arbre carnivore, échappant de justesse à l'étreinte mortelle de ce dernier pour se précipiter dans leur gueule hérissée de crocs… Quelle horreur ! songea-t-il avec un frisson. Puis il s'avisa que c'était le sort qui les attendait et poussa un grognement sourd.

— Qu'est-ce qui t'arrive ? marmonna Septimus.

— Rien. On a le choix entre se faire bouffer par un arbre carnivore ou une meute de gloutons. Avoue qu'il y a de quoi hésiter.

Septimus se força à ouvrir les yeux. Ce n'était pas aussi terrible qu'il le craignait. Le ciel était noir et le feuillage dense de l'arbre lui cachait complètement le sol.

— Personne ne nous a encore bouffés, dit-il.

— Ça ne va pas tarder.

Nicko n'avait pas plus tôt parlé que les deux branches qui oscillaient au-dessus de leurs têtes commencèrent à s'abaisser vers eux. Il agrippa son frère par la manche.

— Si on veut se tirer d'ici, lui dit-il, c'est maintenant ou jamais. Cet arbre est lent. Il nous a eus parce qu'on était trop occupés avec les gloutons pour le voir venir. Si on fait vite, il n'aura pas le temps de réagir.

— Tu oublies les gloutons, murmura Septimus. (Il était convaincu que l'arbre pouvait les entendre.)

— Qui sait ? Ils sont peut-être partis. Allez, bouge-toi. C'est notre seule chance de nous en sortir.

Nicko se mit à ramper le long de la branche sur laquelle ils étaient assis.

Bouger était la dernière chose que Septimus avait

envie de faire. Mais il n'avait pas vraiment le choix. Fermant à demi les yeux pour ne pas risquer d'apercevoir l'abîme qui s'ouvrait sous lui, il commença à progresser le long de la branche, centimètre après centimètre. Nicko avait déjà atteint la fourche de l'arbre. Avant d'entamer la descente du tronc, il se retourna et tendit une main à Septimus.

— Grouille-toi. Ma parole, t'es encore plus lent que cet arbre. Allez, c'est quand même pas sorcier !

Septimus ne répondit pas. Il avait envie de vomir et ses mains étaient moites de sueur.

— Ne regarde pas en bas, lui conseilla Nicko. C'est bon, tu y es presque...

Comme Septimus levait les yeux vers son frère, il fut pris de vertige. Un bourdonnement sourd emplit ses oreilles et ses mains lâchèrent la branche.

Il bascula dans le vide.

Sa chute fut trop soudaine pour que Nicko puisse réagir. Il suivait du regard la lente progression de son frère quand tout à coup, celui-ci disparut. Il l'entendit dégringoler de branche en branche et un des gloutons qui attendaient au pied de l'arbre poussa un hurlement. Puis le silence retomba, à peine troublé par le bruissement des feuilles. Nicko resta abasourdi. Il aurait dû tenter de rejoindre Septimus, mais il avait peur de ce qu'il allait trouver. À contrecœur, il entreprit de regagner le sol. Alors qu'il se frayait un chemin à travers le feuillage de l'arbre, une branche longue et souple s'enroula autour de sa taille. Il essaya de se dégager, mais la branche le serrait aussi fermement qu'un câble d'acier. Il décocha un coup de pied rageur à l'arbre.

— Lâche-moi ! cria-t-il. Je dois rattraper mon frère !

Dans sa colère, il arrachait les feuilles et brisait les rameaux qui se trouvaient à portée de sa main.

— Aaaïïïïe ! fit une voix sourde.

Mais Nicko n'entendit rien.

— Espèce de saleté ! rugit le jeune garçon en frappant l'arbre avec les poings. Si tu crois que tu vas nous bouffer, moi ou Sep, tu te trompes !

Laissant libre cours à sa fureur, Nicko se mit à injurier l'arbre, l'affublant de tous les noms grossiers qu'il avait récemment appris au Port ou au contact de Rupert Gringe. Il était le premier surpris par l'étendue de son vocabulaire. L'arbre ne fut pas moins étonné : c'était la première fois qu'il entendait un tel déluge d'insultes.

Tandis que Nicko se déchaînait, l'arbre le maintenait imperturbablement tout en s'affairant auprès de son frère, beaucoup plus bas. Tout à coup, Nicko vit les branches s'écarter et Septimus reparut à ses côtés dans un berceau de feuilles et de rameaux. Le jeune garçon se tut et blêmit. C'était ainsi que procédaient les araignées. À peine une semaine plus tôt, sur le bateau, il avait vu l'une d'elles emmailloter une mouche qui se débattait dans un cocon de soie et aspirer la substance de la malheureuse encore vivante.

— Sep ! s'écria-t-il. Est-ce que ça va ?

Septimus ne répondit pas. Il fermait les yeux et son visage était d'une pâleur mortelle. Une pensée horrible traversa l'esprit de Nicko.

— Sep, murmura-t-il. Est-ce qu'il… il a commencé à te manger ?

Il tenta d'atteindre son frère, mais l'arbre le serrait fermement. Soudain, une voix étrangement sourde l'appela.

— Nicko…

— Sep ?

— Je t'en prie, cesse de t'agiter. Tu risques de tomber. Le sol est loin et les gloutons attendent. Tiens-toi un peu tranquille.

Nicko considéra son frère. Comment pouvait-il lui parler sans remuer les lèvres ?

— Sep, arrête de faire l'idiot.

— Nicko, écoute-moi. Ce n'est pas Septimus que tu entends. Septimus s'est cogné la tête. Il a besoin de repos.

Nicko frissonna. Pour la première fois depuis qu'il avait pénétré dans la Forêt, il eut vraiment peur. Il savait à quoi s'attendre avec les gloutons et l'arbre carnivore. Ceux-ci désiraient ni plus ni moins le manger. Ce n'était peut-être pas gentil, mais c'était compréhensible. Rien de commun avec cette voix spectrale qui semblait venir de partout à la fois. Le pire, c'est qu'elle connaissait son nom !

— Qui es-tu ? murmura Nicko.

— Comment, tu ne le sais pas ? Et moi qui pensais que vous étiez venus spécialement pour moi ! (La voix exprimait la déception.) Personne ne me rend jamais visite. Quand même, mon fils pourrait faire un effort ! Mais c'est sans doute trop lui demander. Aussi, quand j'ai aperçu deux de mes petits-fils…

— Tes petits-fils ?

— Oui, Septimus et toi. Je vous ai immédiatement reconnus. Vous ressemblez tellement à Silas quand il avait votre âge…

Le soulagement envahit Nicko. Une chance pareille, c'était presque trop beau pour être vrai !

— Tu… tu ne serais pas papi Benji, par hasard ? demanda-t-il à l'arbre.

— Bien sûr que si ! Qui croyais-tu que j'étais ?

— Un arbre carnivore.

— Un arbre carnivore, moi ? Est-ce que j'ai l'air d'un arbre carnivore ?

— J'en sais rien. Je n'en ai jamais vu.

— Eh bien, permets-moi de te dire que je n'ai rien de commun avec ces brutes galeuses. Ils n'ont aucune hygiène. Ils empestent la charogne et leurs vilaines feuilles noires sont toutes couvertes de moisissure. Peuh ! C'est à cause d'eux que la Forêt a aussi mauvaise réputation.

— Fantastique ! Je n'en reviens pas. Papi Benji…

Rassuré, Nicko se rassit et son grand-père éloigna la branche qu'il avait enroulée autour de sa taille pour l'immobiliser.

— J'espère que tu n'as plus l'intention de descendre, dit l'arbre. Les gloutons ne renonceront pas de sitôt. Reste tranquille le temps que je fasse ton lit. Surtout, ne bouge pas.

— Compris, papi, fit Nicko d'une voix éteinte.

À présent que le danger s'était éloigné, le jeune garçon se sentait tout ramollo. Tandis qu'il s'abandonnait à la détente, l'arbre entrecroisa ses branches de sorte à former une plateforme qu'il recouvrit d'un matelas de feuilles.

— Là ! dit-il avec fierté. Tu vois que ce n'est pas compliqué. Toi et tes frères, vous pourrez revenir quand vous voudrez et passer la nuit ici. Ton père et ta chère maman aussi.

L'arbre souleva délicatement Septimus et l'étendit sur la plateforme, toujours enveloppé dans son cocon protecteur.

— Je l'ai rattrapé de justesse, expliqua-t-il. Une seconde de plus et il tombait dans la gueule des gloutons. En fait, l'un d'eux a bondi et a tenté de le mordre. C'était moins une.

Nicko se traîna jusqu'à la plateforme et commença à débarrasser son frère de son cocon. Ce faisant, il remarqua qu'une grosse bosse pointait sur son front. Apparemment, il s'était cogné à une branche pendant sa chute.

— Ouille ! marmonna Septimus. Fiche-moi la paix, Nick.

Nicko laissa éclater sa joie en entendant la voix de son frère.

— Sep ! Tu vas bien. C'est merveilleux !

Septimus se redressa et regarda Nicko d'un air vague. Le bleu qu'il avait au-dessus de l'œil le lançait, mais il s'en moquait. Ils étaient sauvés. Assommé par la branche, il avait brièvement perdu connaissance. La voix de l'arbre l'avait tiré de son évanouissement et il avait alors surpris la conversation entre son grand-père et Nicko. Au début, il avait cru à une hallucination. Puis il avait rouvert les yeux, et le soulagement qu'il avait lu sur le visage de son frère avait levé ses doutes. Il tenta d'esquisser un sourire.

— C'est papi Benji, Sep, dit Nicko d'un ton excité. On est sauvés ! Mais il faut que tu dormes, à présent, ajouta-t-il, remarquant la pâleur de son frère. Tu te sentiras mieux après une bonne nuit de repos.

Nicko s'étendit aux côtés de Septimus et l'agrippa pour s'assurer qu'il n'allait pas encore tomber.

Le clair de lune filtrait à travers le feuillage. Papi Benji se balançait doucement dans la brise, berçant les deux garçons. Ces derniers venaient tout juste de s'endormir quand l'écho d'un hurlement parvint à leurs oreilles, suivi par une violente quinte de toux. On aurait dit que quelqu'un faisait des efforts désespérés pour recracher quelque chose. Nicko comprit qu'il s'agissait des gloutons.

— Dis, les gloutons, ça grimpe aux arbres ? demanda-t-il.

Septimus secoua la tête et le regretta aussitôt.

Vaguement inquiets, les deux garçons jetèrent un coup d'œil vers le sol. La meute entière semblait prise de folie. Les gloutons couraient en rond autour du tronc, jappant, couinant, et se frottant furieusement le museau avec leurs pattes.

— Qu'est-ce qui leur prend ? interrogea Nicko.

Septimus éclata de rire.

— Regarde, dit-il. Ils ont mangé mon sac.

— Il était si mauvais que ça ?

— Non, mais ils sont tombés sur les Volcano à la menthe !

16

Les Maleterres

Pendant que Septimus et Nicko s'égaraient au cœur de la Forêt, Simon Heap pénétrait dans les Maleterres avec Jenna.

Tonnerre montait péniblement un sentier qui serpentait à travers une suite presque ininterrompue de carrières d'ardoise, certaines depuis longtemps désaffectées et d'autres présentant des signes d'activité récente, même si elles étaient à présent désertes. La terre éventrée et les rochers brisés créaient une ambiance lugubre qui rejaillissait sur le moral de Jenna. Une longue plainte sinistre descendue des collines désolées tourbillonnait dans l'air au-dessus d'eux. Le vent soufflait de l'est, amassant d'épais nuages gris, et le froid devenait plus vif à mesure que le jour déclinait. Simon s'était enveloppé dans sa cape alors que Jenna grelottait dans sa mince tunique d'été.

— Arrête de trembler comme ça, gronda le jeune homme.

— Je n'ai pas de manteau, moi.

— Crois-moi, tu n'aimerais pas le mien, ricana Simon. Trop imprégné de **Magyk noire** pour ta délicate personne.

— Tu ne devrais pas plaisanter avec ça, Simon.

— Qui te dit que je plaisante ?

Jenna se tut mais continua à grelotter.

— Oh ! Prends ça et fiche-moi la paix, ronchonna Simon, exaspéré.

Il plongea la main dans sa sacoche de selle et tendit quelque chose à Jenna. Celle-ci s'attendait à recevoir une couverture de cheval, aussi fut-elle extrêmement surprise en découvrant une magnifique cape bleu nuit, tissée d'une laine de premier choix tondue sur le ventre d'une chèvre des montagnes. Simon avait prévu d'offrir cette merveille à Lucy Gringe. Il comptait la laisser devant la porte de la tour de garde après avoir glissé un billet dans la doublure en soie dorée à l'intention de la jeune fille. Mais quand il s'était présenté à la porte Nord ce matin-là, le visage dissimulé derrière le col de son manteau pour éviter que Gringe ne le reconnaisse, il avait vu Silas approcher d'un pas guilleret, sa boîte de Pagaille Poursuite coincée sous le bras. Son père était la dernière personne que Simon souhaitait rencontrer, aussi avait-il tourné bride et pris un raccourci vers la voie du Magicien. Occupé à peaufiner sa tactique, Silas ne l'avait même pas remarqué. À cause de ce stupide contretemps, la splendide cape achetée à prix d'or pour sa fiancée drapait à présent les épaules de cette odieuse petite pimbêche, au grand déplaisir du jeune homme.

Jenna s'enroula étroitement dans la cape de Lucy. Si elle ne souffrait plus du froid, elle se sentait très lasse. Les carrières d'ardoise se succédaient tandis que Tonnerre gravissait pas à pas une pente abrupte. Le chemin s'était rétréci. D'un côté, il était bordé par une muraille dressée contre le ciel couvert de nuages, et de l'autre, par un ravin au fond duquel coulait une rivière. Des rochers aux formes tourmentées émergeaient des eaux sombres et agitées de remous. Jenna se demandait quand Simon finirait par s'arrêter. Il ne semblait faire aucun cas de sa fatigue et de celle de son cheval. À une ou deux reprises, Tonnerre avait glissé sur des éboulis entassés au pied de la muraille d'ardoise grise et il s'en était fallu de peu qu'ils tombent tous trois dans le précipice et la rivière en contrebas.

— Holà ! fit soudain Simon. Holà, Tonnerre !

Le cheval ralentit et s'arrêta, puis il s'ébroua d'un air las pendant que Jenna lançait des regards inquiets autour d'elle.

Simon mit pied à terre et prit les rênes.

— Tu peux descendre, dit-il à sa prisonnière. On est arrivés.

Le cœur serré par l'angoisse, Jenna se laissa glisser de la selle et resta près du cheval, hésitant à prendre la fuite. Le problème, c'est qu'elle ne voyait aucun endroit où se cacher.

— Pas de bêtise, lui dit Simon d'un ton tranchant. (À croire qu'il avait lu dans ses pensées.) Tu n'iras nulle part, à moins que tu ne veuilles finir dans l'estomac d'une guivre écailleuse.

— N'essaie pas de m'effrayer, Simon, rétorqua Jenna. Tu sais aussi bien que moi que ces créatures ne sortent que la nuit.

— Ah oui, mademoiselle Je-sais-tout ? Puisque tu es tellement sûre de toi, tu n'as qu'à rester ici et attendre la nuit. Au cas où ça t'intéresserait, sache que la région abrite une importante colonie de guivres.

Jenna n'avait aucune envie de relever le défi. Elle avait entendu des tas d'histoires au sujet des énormes guivres écailleuses qui dévoraient les voyageurs égarés. Certains habitants du Château prétendaient que ces récits n'étaient que des fables inventées par les vieux mineurs pour dissuader les curieux d'approcher des carrières, mais Jenna n'était pas de cet avis. Les yeux fixés à terre, elle s'enveloppa avec soin dans la cape de Lucy pour cacher à Simon combien elle avait peur. Ça lui aurait fait trop plaisir !

— Suis-moi, lui dit le jeune homme en saisissant la bride de Tonnerre.

Il guida le cheval le long d'un sentier qui montait en faisant de nombreux détours. Jenna marchait derrière. De temps en temps, elle se retournait pour vérifier qu'aucune guivre ne les avait pris en chasse. Si ça avait été le cas, quelque chose lui disait que Simon n'aurait pas volé à son secours.

Le chemin s'arrêta brutalement au pied d'une paroi rocheuse.

— Bienvenue chez moi, annonça Simon avec un sourire plein d'ironie.

Il tira une grosse clé de la poche de sa tunique et la glissa dans une anfractuosité de la roche. Le voyant faire, Jenna se demanda s'il n'avait pas perdu la raison. Ça aurait expliqué bien des choses. Puis elle tendit l'oreille et l'entendit murmurer :

— **Maître ton, Nomis devant toi ouvre.**

Un frisson d'horreur l'envahit. Reconnaissant une **incantation inversée**, elle recula de peur d'être contaminée par la **Magyk noire**.

Une partie de la paroi rocheuse se transforma en un volet de fer qui se releva en silence, révélant un passage. L'idée de faire demi-tour et de s'enfuir en courant traversa brièvement l'esprit de Jenna, mais la vision sinistre de la vallée et les mugissements du vent soufflant par-dessus les crêtes des collines n'avaient rien d'engageant. En levant la tête, elle aperçut quelque chose qui lui souleva le cœur : deux yeux rouge pâle fixés sur elle, dans l'obscurité d'un trou parfaitement rond, à mi-hauteur d'une muraille toute proche.

— Tu viens ou pas ? fit Simon en secouant impatiemment la bride de Tonnerre.

Entre la guivre et Simon, Jenna choisit finalement ce dernier, mais sans enthousiasme. Ayant pris une profonde inspiration, elle pénétra dans le passage à la suite du jeune homme et du cheval.

17

L'antre de Simon

Le volet de fer se rabattit derrière eux, les plongeant dans l'obscurité. Pour se rassurer, Jenna se répéta ce que lui disait son père à l'époque où elle avait peur du noir : « Si tu n'y vois rien, dis-toi que rien ne peut te voir… »

Tandis qu'elle se récitait la formule à voix basse, Simon tira quelque chose de sa poche. Ayant mis ses mains autour, il souffla dessus et prononça des paroles que Jenna ne put entendre. Aussitôt, une inquiétante clarté verte filtra à travers ses doigts.

— Nous sommes rentrés, Mouchard !

Simon jeta par terre la boule lumineuse qu'il tenait dans ses mains. Celle-ci rebondit sur le sol et s'éloigna, les éclairant juste assez pour qu'ils puissent se diriger.

— Suis-moi, ordonna Simon à Jenna. (Sa voix résonnait étrangement dans le noir.) Inutile de chercher une issue. Il n'y en a pas. Pour ta gouverne, sache que nous nous trouvons dans un ancien terrier. Mais ne t'inquiète pas, petite sœur, ricana-t-il. La guivre qui l'a creusé a déménagé.

— Une guivre ? bredouilla Jenna.

— Si tu ne me crois pas, tu n'as qu'à étendre le bras et toucher le mur. Poli à l'acide et recouvert d'une bonne couche de bave. On dirait que celle-ci est encore toute fraîche !

Ce fut plus fort que Jenna. Il fallait qu'elle sache si Simon disait la vérité. Elle pointa un doigt vers le mur et toucha celui-ci avec précaution. Il était dégoûtant, aussi lisse et froid que de la glace et enduit d'une substance visqueuse. Réprimant son envie de vomir, elle s'essuya vivement sur la cape de Lucy. On aurait dit que la bave de guivre présentait avec la peau humaine une affinité chimique qui la rendait particulièrement tenace.

Tenant son doigt loin d'elle, Jenna s'enfonça dans la nuit derrière Simon et essaya de se repérer au bruit des sabots de Tonnerre sur le sol glissant. Les nombreux détours du couloir lui donnaient l'impression affreuse de cheminer à l'intérieur de la guivre elle-même.

Apparemment, celle-ci était d'une taille plus que respectable. Pourtant, le tunnel finit par déboucher dans une vaste caverne de forme circulaire.

— La chambre de la guivre, annonça Simon. C'est là qu'elle hibernait et dormait durant le jour.

Apercevant l'expression horrifiée de Jenna dans la lueur verdâtre que répandait la balle, il ricana et ajouta avec une joie maligne :

— Si tu regardes bien, tu verras des marques en creux dans la roche. C'est l'empreinte des anneaux du monstre. Bien sûr, c'est l'acide qui leur donne cet aspect poli.

Il caressa la paroi de la caverne presque tendrement. La bave ne semblait pas l'incommoder le moins du monde.

— Tu comprends, la guivre devait faire demi-tour et sortir la tête de son terrier au cas où un morceau de choix dans ton genre serait venu à passer. Elle dormait ici tout le jour et se mettait en chasse à la tombée de la nuit. Pense à toutes les guivres qui étaient tapies dans leur trou tandis que nous chevauchions parmi les carrières cet après-midi…

Malgré ses efforts, Jenna ne put se retenir de frissonner.

— Et par ici, c'est l'écurie de Tonnerre. Pas vrai, mon garçon ?

Simon donna une tape affectueuse à l'étalon et le conduisit vers sa litière à travers l'immense salle. Une mangeoire était fixée à la paroi, près d'un abreuvoir creusé dans la roche et alimenté par le goutte-à-goutte d'une source souterraine.

Simon ramassa ensuite la balle lumineuse et la plaça dans une niche en hauteur. Sous cet éclairage, la robe du cheval présentait de sinistres reflets cadavériques.

— Je vais m'occuper de Tonnerre, expliqua Simon. Fais comme chez toi, petite sœur.

Il lança à Jenna un tapis de selle qu'il avait tiré d'une de ses sacoches.

— C'est ici que tu vis ? demanda Jenna.

Elle étendit le tapis sur le sol, le plus loin possible du jeune homme, et s'assit en évitant les traces de bave laissées par la guivre.

— Quoi, dans ce taudis ? fit Simon, indigné. Tu me prends pour un clochard ?

Il avait brusquement haussé le ton et les parois de la caverne renvoyaient le son de sa voix.

— N-non, bredouilla Jenna.

Simon la fusilla du regard et reporta son attention sur son cheval, au grand soulagement de la petite fille. Cette occupation semblait le calmer. Le jeune homme ôta sa bride et sa selle à Tonnerre et les accrocha au mur. Quand il eut fini de bouchonner le cheval, il le recouvrit d'un plaid et s'avança vers Jenna.

— Laisse-moi te dire une chose, gronda-t-il en la toisant de toute sa hauteur. Cela n'est qu'une infime partie de mon domaine. Tu n'as pas idée de l'étendue de mes pouvoirs.

Soudain, Jenna prit peur. Simon avait dans le

regard la même lueur démente que lorsqu'elle s'était retournée vers lui dans l'allée des Coupe-Jarrets.

— Debout ! la commanda-t-il. Il est temps que tu découvres la puissance de ton cher frère.

Jenna essaya de temporiser :

— S'il te plaît, Simon, pas maintenant. Je suis fatiguée.

— Tu ne croyais quand même pas que j'allais laisser mon invitée d'honneur dormir dans une écurie ?

Simon l'agrippa par le bras et la releva de force.

— Mouchard ! appela-t-il.

La boule de lumière verte jaillit de sa niche et se précipita vers son maître en faisant des bonds, tel un chiot impatient. D'un coup de pied, Simon l'envoya rouler le long d'un couloir étroit qu'il emprunta à sa suite, poussant brutalement Jenna devant lui.

Jenna avançait avec difficulté en raison du sol argileux et glissant. Bientôt, ils atteignirent le pied d'un escalier abrupt taillé dans l'ardoise.

— **Monte !** ordonna Simon à Mouchard.

La petite balle bondit sur la première marche et entreprit de gravir les suivantes l'une après l'autre.

— Toi aussi, ajouta Simon en donnant une bourrade à Jenna.

Cramponnée à la corde qui tenait lieu de rampe, la petite fille commença à monter derrière la boule de lumière qui, contrairement à elle, ne ressentait pas la fatigue. Simon la suivait de si près qu'elle entendait sa respiration s'accélérer à mesure qu'ils s'élevaient. Au bout d'un moment, la température devint plus fraîche. Jenna comprit qu'ils se dirigeaient vers l'air libre, ce qui la réconforta un peu. Comme Mouchard atteignait la dernière marche, Simon saisit sa prisonnière par l'épaule.

— Attends-moi ici, lui dit-il.

Après avoir expédié la balle devant lui, il franchit une porte voûtée et s'enfonça dans les ténèbres. Tremblant de froid et de fatigue, Jenna s'enveloppa plus étroitement dans la cape de Lucy. Elle avait beau scruter l'obscurité, elle ne distinguait rien de ce qui l'entourait. Quelques gouttes de pluie mouillaient son visage. Elle tira la langue pour les attraper et goûter la fraîcheur de la nuit.

Simon revint quelques minutes plus tard avec un Lampyro, un long tube en verre grouillant de vers luisants qui répandaient une clarté d'autant plus vive qu'il venait de les puiser dans un tonneau. Il fit signe à Jenna d'avancer.

— Tu peux passer la nuit ici si ça te chante, dit-il comme elle refusait de bouger. Mais pour ma part, je ne te le conseille pas. Il y a une pouponnière de magogs au bas de l'escalier. Tu ne l'as pas remarquée en montant ?

Jenna avait fait la connaissance des magogs à bord du navire de DomDaniel. Une fois de plus, elle jugea que Simon représentait un moindre mal. (Sans vouloir diminuer le mérite du jeune homme, il convient de préciser que la plupart des gens auraient préféré plonger la tête la première dans un bassin rempli de piranhas que de passer une demi-seconde en compagnie d'un magog.)

Surmontant ses réticences, elle franchit la porte voûtée sur les talons de son frère.

18

La camera obscura

— Bienvenue dans mon observatoire ! (L'espace d'une seconde, Simon s'était à nouveau glissé dans le rôle de l'aîné qui cherche à impressionner sa petite sœur.) Entre et jette un coup d'œil.

Jenna avait à peine franchi le seuil qu'une angoisse terrible l'envahit. Elle tenta de percer la pénombre du regard. L'endroit était froid, sinistre, et imprégné de **Ténèbre**. Malgré les vers luisants, elle ne distingua qu'un large cercle blanc qui brillait d'un éclat lunaire et donnait l'impression de flotter dans le vide. Simon la poussa dans sa direction, mais elle résista.

— Ne fais pas ta chochotte, insista-t-il. (À cet instant, ses intonations lui évoquaient tellement l'ancien

Simon que Jenna céda.) Ça va te plaire. Tous les gosses adorent ça.

— Je ne suis pas une gosse, objecta Jenna. Je suis…

— Ouais, ouais, je sais. Tu es une altesse de sang royal. Enfin, tu voudrais bien. Quoi qu'il en soit, je vais découvrir la lentille et te montrer ma camera obscura.

Un frisson secoua Jenna. Elle avait déjà entendu ce terme. Cet horrible garçon, l'apprenti de DomDaniel, ne s'était-il pas vanté devant elle de posséder une camera obscura ? Un bruit étrange venu d'en haut lui fit lever la tête, mais elle n'aperçut qu'un immense plafond en dôme au centre duquel était accrochée une longue perche en bois.

— Arrête de rêvasser, la houspilla Simon. Regarde plutôt l'écran.

Jenna baissa les yeux vers le cercle blanc et eut la surprise d'y voir une image extrêmement détaillée du ravin qu'ils avaient traversé un peu plus tôt, avant d'atteindre le repaire de Simon.

— Pas mal, hein ? fit le jeune homme d'un air suffisant. C'est autre chose que les simagrées de cette vieille folle de Zelda. Ce que tu vois là, mon petit, c'est la réalité.

Il faisait allusion à la nuit où les Heap, regroupés sur un pont branlant, avaient vu apparaître leur reflet à la surface de l'eau après que tante Zelda eut demandé à la lune de leur montrer la famille du jeune soldat connu sous le nom de 412. Jenna préféra s'abstenir de tout commentaire.

Simon saisit la perche en bois et commença à tourner autour du disque blanc. Tandis que la perche se déplaçait, de légers craquements se firent entendre au-dessus d'eux : la lentille qui renvoyait les images vers l'écran de la camera obscura avait amorcé un mouvement circulaire. Les réticences de Jenna cédèrent devant l'émerveillement que lui procurait ce spectacle inédit. Les images qui se succédaient sur l'écran étaient nettes dans les moindres détails, quoique étrangement silencieuses.

— Tu ne peux rien me cacher, reprit Simon. (Il marchait très lentement pour lui laisser le temps d'admirer le paysage qui défilait devant ses yeux.) Je vois tout, le Château, ton cher palais et même cette punaise de Marcia et son apprenti, ce petit parvenu qui prétend être mon frère. Rien n'échappe à ma surveillance.

Jenna ne pouvait détacher son regard de l'écran. Tout y paraissait minuscule, comme vu de très loin. Comment Simon faisait-il pour distinguer quoi que ce soit ?

Très loin des Maleterres, par-delà les champs et les prairies, la masse du Château se profilait sur le couchant. En se concentrant, Jenna aperçut des mouettes dans le ciel et des bateaux qui remontaient la Rivière en silence. Le palais était reconnaissable à ses vastes pelouses qui s'étendaient jusqu'à la berge. Soudain, une vague de nostalgie l'envahit. Comme elle aurait aimé se trouver là-bas, auprès des siens !

— Tu veux regarder de plus près ? proposa Simon d'un ton plein d'ironie. Je suis sûr que tu leur manques beaucoup à tous.

Comme Jenna ne répondait pas, il ouvrit un tiroir sous le plateau qui supportait le disque blanc et en sortit une grande loupe cerclée de laiton. Plaçant cette dernière au-dessus de l'écran, il fit claquer ses doigts et récita :

— **Distingue qu'on ce tout grossis.**

Tous les éléments du paysage projeté sur le disque grandirent d'un coup.

— Et voilà ! fit Simon. À présent, je vois tout. Je tiens cette loupe du premier scribe hermétique du Manuscriptorium. Il collectionne les accessoires de **Magyk inversée**. D'après lui, elle aurait appartenu au premier magicien **ténébreux**. Tu vois qui je veux dire, petite sœur ? Ton précepteur d'histoire ne t'a pas encore appris cela ?

Jenna garda le silence. Au fil du temps, elle en était venue à partager la répugnance de Septimus pour tout ce qui avait trait au **Côté Obscur**. L'apprenti de Marcia prétendait même qu'il suffisait de mentionner ce dernier pour qu'il s'invite.

— Eh bien, je vais te l'apprendre, poursuivit Simon. Le premier magicien **ténébreux** n'était autre qu'Hotep-Râ, le maître de ton cher bateau dragon ! Allons, ne fais pas cette tête. Comprends-tu ce que cela signifie ? Les véritables héritiers du Château, c'est nous, les partisans de l'**Autre Côté**. Surtout, ne crois pas que tu reverras un jour ton précieux bateau dragon. Ça ne risque pas d'arriver !

Simon éclata de rire, ravi de l'effet que ses paroles produisaient sur Jenna. Aussi pâle qu'un linge, la malheureuse évitait le regard de son tortionnaire en fixant son attention sur le disque blanc.

Imitant son exemple, Simon reporta son intérêt sur la camera obscura. En l'espace d'une seconde, il retrouva l'attitude du grand frère qui montre et explique.

— Étonnant, non ? (Il promenait la loupe au-dessus de l'écran, faisant ressortir tel ou tel détail du paysage.) Tiens ! Voici la Forêt… Il y a un bateau amarré sur la plage où Sam a l'habitude de pêcher. Sam me manque. Pas grand-chose d'intéressant dans la Forêt. Trop dense. Quoique des fois, la nuit, je vois briller les yeux des gloutons. À présent, remontons la Rivière jusqu'au Château… Voici le chantier de cette bonne vieille Jannit. Où est donc passé mon petit Nicko ? Il est rentré hier avec Rupert. Tu étais au courant, Jenna ? Non, bien sûr. Moi si. Je les ai vus approcher du Château juste avant de me mettre en route. Ah ! La porte Nord. Cet idiot de Gringe est encore en train de se disputer avec son imbécile de fils. Et ma Lucy, où est-elle ? Assise au bord du fossé. Elle attend. Elle devra m'attendre encore un peu. Dirigeons-nous vers la tour du Magicien. Tu vois cette fenêtre, là ? C'est celle du cabinet de travail de Marcia. Elle s'y trouve en ce moment même, en compagnie de son ombre. Regarde comme elle surveille ses moindres faits et gestes… Ça, c'est une bonne ombre ! Maintenant, voyons un endroit qui t'est familier : le palais. Rien ne vaut la chaleur d'un foyer, tu ne crois pas ? Et sauf erreur de ma part, voici mes chers et naïfs parents. À ton avis, que font-ils sur le toit ? Sont-ils montés pour admirer le coucher de soleil ? À moins qu'ils ne se demandent quand leur fils et héritier va leur ramener leur petit coucou…

— Tais-toi ! hurla Jenna. Je te déteste !

Elle se détourna de l'écran où venaient d'apparaître les silhouettes de Silas et Sarah et courut vers l'escalier. Simon était rapide. Il ne lui fallut que quelques secondes pour la rattraper. Mais avant qu'il la saisisse à bras-le-corps, Jenna eut le temps d'apercevoir, cachée dans l'ombre, une chose qu'elle aurait préféré ignorer : un crâne blanc et poli qui souriait de toutes ses dents, posé sur un trône en bois sculpté.

— Il me semble que vous vous êtes déjà rencontrés, déclara Simon. Jenna, permets-moi de te présenter la tête de mon maître, DomDaniel.

19

Chocolat

Jenna n'arrivait pas à dormir. Ça n'avait rien à voir avec le froid qui régnait dans la cellule, le lit étroit et dur, la couverture trop mince et rêche ou ses vêtements imprégnés d'humidité. Si le sommeil la fuyait, c'était à cause de DomDaniel qui surveillait sa porte de ses orbites vides. Dès qu'elle s'assoupissait, l'image d'un crâne ricanant flottait devant ses yeux et la réveillait en sursaut.

Renonçant à trouver le repos, elle s'enveloppa dans la cape de Lucy et passa en revue les événements de la journée. Avant de découvrir le crâne, elle ne croyait pas vraiment que Simon puisse lui vouloir du mal. Dans son esprit, il demeurait le grand frère sur qui elle pouvait toujours compter, celui qui volait à son secours quand elle avait des ennuis et l'aidait à faire ses devoirs. Mais cela, c'était avant qu'il lui raconte comment il avait arraché le squelette de DomDaniel au marais de Marram, le crâne calé dans ses bras, et se présente comme le nouvel apprenti du **nécromancien**.

— Qu'est-ce que tu dis de ça, Ta Majesté ? Et contrairement à son dernier apprenti, cet incapable, j'exécute tous ses ordres à la lettre. En particulier, mon maître souhaite purger le Château des enquiquineuses dans ton genre. Il considère le pouvoir royal comme une entrave intolérable à celui du magicien extraordinaire, et je partage son avis. Avant que la **Magyk** règne à nouveau sur le Château – je ne parle pas ici des singeries de Marcia –, il faudra que *quelqu'un* débarrasse le plancher.

Jenna frissonna au souvenir du regard qu'il avait posé sur elle en prononçant ces paroles.

Elle s'assit au bord du lit et réfléchit. Elle se demanda pourquoi Simon ne l'avait pas déjà éliminée. Il aurait très bien pu la pousser dans un torrent du haut d'une falaise, ou l'abandonner dehors à la merci des guivres. La réponse était évidente : quoi qu'il en dise, Simon cherchait toujours à crâner devant sa petite sœur. À présent qu'il lui avait fait son numéro, qui sait dans quel état d'esprit il serait le lendemain ? Plus rien ne le retiendrait de la livrer en pâture aux guivres ou aux magogs.

Jenna eut un haut-le-corps. Un bruit sourd et régulier lui parvenait à travers le mur. Elle ne douta pas une seconde qu'il provenait du crâne. Comme l'horrible vrombissement s'amplifiait, elle plaqua les mains sur ses oreilles pour ne plus l'entendre. À cet instant, la vérité lui apparut : Simon ronflait. Et s'il ronflait, cela signifiait qu'il dormait alors qu'elle était éveillée. C'était le moment ou jamais de tenter une évasion.

S'approchant de la porte, elle essaya de l'ouvrir. Le verrou était fermé, mais il existait un minuscule espace entre le battant de fer et le mur. Peut-être y avait-il moyen d'y introduire un objet et de manœuvrer le verrou de l'intérieur ? Jenna regarda autour d'elle, mais Simon n'avait pas eu la bonté de laisser une scie à métaux dans sa cellule. Elle fouilla ensuite ses poches. Septimus aurait trouvé une solution, lui. Il ne se séparait jamais de son canif de la Jeune Garde qui pouvait servir à une multitude d'usages – curer les sabots des chevaux, entre autres. Comme il lui manquait à présent !

En évoquant Septimus, il lui revint que ce dernier lui avait offert un **charme chocolaté** ce matin-là. Qu'en avait-elle fait ? Il se trouvait toujours au fond de sa poche de tunique. Elle sortit le **charme** poisseux et le tint dans le creux de sa main le temps de déchiffrer ce qui était écrit dessus :

Saisis-moi, secoue-moi,
Que tiens-tu entre tes doigts ?
Du Tchocolatl Quetzacoatl.

Cela valait la peine d'essayer.

Elle tenta de se rappeler les indications de Septimus. Serrant le **charme** entre ses mains, elle le secoua vigoureusement afin de l'**activer**. Puis elle récita à voix basse la formule inscrite sur la tablette en concentrant ses pensées sur le résultat qu'elle escomptait. Le **charme** ne fut pas long à opérer. Il se réchauffa, devint aussi mou que du vrai chocolat et se mit à bourdonner, comme l'avait prédit Septimus. Il semblait à Jenna qu'elle tenait une petite mouche prisonnière dans ses mains. Quand le **charme** fut presque brûlant, elle le mit en contact avec l'objet qu'elle souhaitait transformer, soit la porte de la cellule.

Elle n'était pas réellement convaincue que le **charme** de Septimus avait le pouvoir de transmuer une porte d'une telle épaisseur en chocolat. Mais quand elle l'appuya contre le battant, à sa grande surprise, le métal piqué de rouille se changea en une surface lisse et fraîche au toucher. Elle huma l'air autour d'elle : un délicieux arôme de cacao avait envahi la cellule. Elle tendit une main hésitante vers le **charme** et constata qu'il avait retrouvé sa température normale. Après l'avoir rangé dans sa poche, elle considéra la porte. À première vue, celle-ci ne semblait pas tellement différente. Mais un examen plus attentif lui révéla que ses gonds et même le rabat de la serrure étaient à présent moulés en chocolat. De toute sa vie, Jenna n'avait vu une telle quantité de chocolat. Malheureusement, elle n'était pas d'humeur à se gaver de friandises.

La fillette découvrit alors qu'il n'est pas si facile de déplacer une plaque de chocolat épaisse de trois pouces, surtout par temps froid. Malgré ses efforts, la porte ne cédait pas davantage que lorsqu'elle était en fer. Elle décida alors de l'amincir en raclant des copeaux, mais le travail avançait si lentement qu'elle risquait d'y passer la nuit.

Contrariée, elle se rassit au bord du lit afin de réfléchir et grignota quelques-uns des copeaux. Ils étaient excellents, encore meilleurs que ceux que vendait la confiserie de la voie du Magicien. Au bout de quelques minutes, le chocolat lui éclaircit les idées et elle entrevit une solution. Ce dont elle avait besoin, c'était d'un objet pointu afin de découper un trou dans la porte. Bien entendu, Simon n'avait rien laissé de tel dans la cellule, mais en furetant, elle eut bientôt la confirmation que même lui ne pouvait penser à tout. Il avait oublié les ressorts du sommier.

Une fois le matelas écarté, il ne lui fallut que quelques secondes pour extraire du sommier un ressort qui avait du jeu. Ainsi outillée, elle entreprit de ménager dans la porte une ouverture assez large pour lui livrer passage. Par bonheur, Simon avait le sommeil lourd et ses ronflements résonnaient toujours aussi fort à travers les murs.

Une heure plus tard, le ressort avait découpé un rectangle au bas de la porte. Il ne restait plus à Jenna qu'à le pousser en espérant qu'il ne fasse pas trop de bruit en heurtant le sol. Elle exerça une légère pression sur un des coins du rectangle. À son grand soulagement, il n'opposa aucune résistance. Avec des gestes mesurés, elle déposa l'épaisse plaque de chocolat sur le sol, puis elle cassa le rabat de la serrure et le glissa dans sa poche pour le cas où elle aurait faim. Elle se faufila ensuite à l'extérieur de la cellule, se releva et essuya ses mains poisseuses sur sa tunique.

Les ronflements de Simon résonnaient dans la pièce circulaire. Jenna trouva ce bruit étrangement réconfortant : à tout le moins, il trahissait une présence humaine. Comme elle dépassait la camera obscura sur la pointe des pieds, elle jeta un dernier regard au tableau fascinant que reflétait le disque blanc et remarqua que Simon avait oublié de ranger la loupe. Elle s'empressa de la ramasser et la fourra dans la poche de sa tunique. Ainsi, son frère aurait quelques difficultés à la localiser une fois qu'elle lui aurait faussé compagnie.

Elle chercha ensuite la réserve de vers luisants. Elle n'eut pas de mal à la repérer : Simon n'avait pas bien replacé le couvercle, de sorte qu'un peu de lumière filtrait par l'interstice. La grande barrique en bois débordait presque de minuscules vers qui gigotaient en tous sens. Jenna choisit un Lampyro parmi une rangée de lampes vides au pied du tonneau et remplit le tube à l'aide d'une louche. Elle n'aimait pas beaucoup ce système d'éclairage, mais elle n'avait pas le choix. Sarah Heap avait proscrit les Lampyros car les vers ne survivaient que quelques heures à l'intérieur du tube. Elle trouvait scandaleux de sacrifier autant de créatures vivantes pour son confort et n'utilisait pour sa part que de bonnes vieilles bougies.

— Pardon, pauvres petits, murmura Jenna en puisant dans la masse grouillante de vers.

Elle omit délibérément de refermer la barrique pour laisser aux vers une chance de s'échapper, puis elle leva la lampe pleine devant ses yeux et s'intéressa au nouveau domicile de Simon Heap.

L'observatoire consistait en une grande salle circulaire, grossièrement taillée dans le flanc de la montagne. Les murs se rejoignaient loin au-dessus de la tête de Jenna, à l'endroit de la lentille de la camera obscura. En apercevant la lune à travers une lucarne en verre dépoli ménagée dans le plafond, la petite fille s'avisa tout à coup que l'observatoire était en grande partie souterrain. Toujours à pas de loup, elle dépassa des étagères sur lesquelles étaient alignés des grimoires de **Magyk noire**, des recueils de **sortilèges** et de **conjurations inversées**. Elle détourna les yeux d'une collection de bocaux d'apparence sinistre contenant des créatures difformes qui nageaient dans un liquide jaunâtre. De temps en temps, une bulle de gaz remontait à la surface de ce dernier, répandant une odeur pestilentielle.

À l'autre bout de la salle, une cage vitrée fermée par une quantité impressionnante de cadenas diffusait une étrange clarté bleutée. Un minuscule serpent noir était lové à l'intérieur.

Les ronflements de Simon provenaient de derrière une grande porte en bois peinte en violet et couverte de symboles **ténébreux**. En passant devant celle-ci, Jenna marcha malencontreusement sur Mouchard. Au prix d'un effort surhumain, elle parvint à transformer le cri qu'elle s'apprêtait à pousser en couinement. Toutefois, les ronflements cessèrent. Jenna retint son souffle. Son frère était-il réveillé ? Devait-elle saisir la chance au vol et fuir en courant ? Pouvait-il entendre ses pas ? Que faire ? Alors qu'elle s'interrogeait, Mouchard se mit à faire des bonds sur place. Chaque fois qu'il touchait le sol, un bruit sourd se répercutait à travers l'observatoire. Horrifiée, Jenna s'empara de la petite balle verte, l'enfonça dans la barrique de vers et referma vivement celle-ci en renouvelant ses excuses à ses occupants.

Marmonnant la formule de **protection** que Marcia lui avait apprise quelque temps auparavant, Jenna passa devant le crâne de DomDaniel. Il lui sembla qu'une paire d'yeux invisibles, enfouis dans ses orbites, surveillaient ses moindres gestes, au point qu'elle détourna la tête. Incidemment, elle se demanda ce que Simon avait fait du reste du squelette.

Dès qu'elle eut dépassé le crâne, elle se mit à courir. Elle franchit la porte à toute allure et dévala l'escalier comme si elle avait DomDaniel à ses trousses. De temps en temps, elle jetait un coup d'œil en arrière pour s'assurer que ce n'était pas le cas.

Arrivée au pied des marches, elle s'arrêta et tendit l'oreille. À son grand soulagement, elle n'entendit aucun bruit de pas. Mais quand elle voulut repartir, son pied glissa et elle tomba à la renverse, laissant échapper le Lampyro dont le contenu se déversa sur le sol. Jenna se releva précipitamment et frotta sa tunique. De la bave de magog. Elle eut un haut-le-cœur et fut prise de panique. Vite, elle ramassa autant de vers luisants que pouvaient en contenir ses mains et s'enfonça dans le tunnel qui menait à l'écurie de Tonnerre.

Elle déboucha dans la chambre de la guivre sans avoir perçu le moindre bruissement suspect : aucun magog derrière elle. Debout près de sa mangeoire, Tonnerre mastiquait la paille que lui avait donnée Simon. Il leva les yeux vers elle à son entrée.

— Salut, Tonnerre, murmura-t-elle.

Après l'avoir longuement considérée, le cheval retourna à son fourrage.

Bien ! pensa-t-elle. Il se souvient de moi. Elle s'approcha doucement et caressa la crinière de l'étalon. Elle trouvait cruel de l'obliger à affronter à nouveau la nuit et le froid, mais elle n'avait pas le choix. Elle décrocha la bride du mur et la montra à Tonnerre qui secoua la tête en soufflant, comme pour protester.

— Chut ! Tout va bien, Tonnerre.

Tout en flattant le cheval, elle sortit de sa poche

un morceau de chocolat qu'elle lui tendit sur sa paume de main. Tonnerre grignota le chocolat et lui lança un regard surpris. Il était probable que Simon ne lui donnait jamais de sucreries. En toute franchise, elle n'avait pas non plus l'habitude d'en offrir à son cheval, mais dans certaines circonstances, la corruption paraît le seul recours possible.

Amadoué par la perspective d'un supplément de chocolat, Tonnerre se laissa harnacher et seller. Jenna s'apprêtait à le conduire à l'extérieur de la caverne quand il lui vint une idée. Elle ramassa une poignée de cailloux et les transforma en pépites de chocolat qu'elle glissa dans sa poche, sauf une qu'elle agita devant les naseaux du cheval.

— Viens vite, mon garçon, murmura-t-elle d'un ton cajoleur. En route !

20

La guivre

— **Maître ton, Nomis devant toi ouvre.**

Les mots avaient du mal à franchir les lèvres de Jenna. C'était la première fois qu'elle prononçait une **incantation inversée**, et elle espérait de tout cœur que ce serait la dernière. Mais le terrier de la guivre était fermé par un volet en fer tellement épais que même si elle l'avait **changé** en chocolat, elle n'aurait jamais été libre au matin. Elle retint son souffle, espérant qu'elle n'avait pas commis d'erreur en répétant la formule.

Elle ne s'était pas trompée. À sa grande satisfaction, le lourd volet pivota vers l'extérieur, laissant pénétrer la clarté diffuse de la lune, tandis qu'un coup de vent poussait quelques gouttes de pluie dans sa direction.

— Allez, viens, Tonnerre.

Le cheval répugnait à sortir, mais Jenna vainquit sa résistance en lui présentant une pépite de chocolat. Il est vrai que le paysage au-dehors n'avait rien d'engageant. La bise s'engouffrait dans le ravin avec des plaintes sinistres, annonçant une averse. Jenna frissonna au contact de l'air glacé. Enroulée dans la cape de Lucy, elle entraîna Tonnerre sur le sentier qui longeait le précipice.

— Tout doux, Tonnerre, tout doux, murmura-t-elle comme le cheval jetait des regards inquiets autour de lui, les oreilles dressées.

La petite fille se mit en selle, se demandant comment l'étalon allait réagir. Tonnerre ne broncha pas (peut-être s'était-il habitué à elle durant le long trajet qu'ils avaient fait ensemble pendant la journée) et quand elle pressa doucement ses flancs, l'invitant à avancer, il partit d'un pas tranquille le long du chemin qui lui avait coûté tant d'efforts quelques heures plus tôt.

Jenna se sentait parfaitement à l'aise sur l'immense cheval. Même s'il appartenait à Simon, Tonnerre avait l'air d'une bonne pâte. Assise très droite sur son dos, Jenna scrutait la paroi rocheuse, à l'affût du moindre mouvement. Elle poussa Tonnerre à prendre le trot. Plus vite ils seraient sortis de ce ravin, mieux cela vaudrait.

À la sortie du premier tournant, Tonnerre s'arrêta net. Un éboulement leur barrait la route.

— Oh ! non, souffla Jenna.

Un amas formé de débris de roche et de blocs d'ardoise les empêchait d'avancer. Sur leur droite se dressait une falaise abrupte et, sur leur gauche, un gouffre s'ouvrait sur un torrent rapide et dangereux.

Ils n'avaient d'autre choix que de retourner sur leurs pas, mais Tonnerre refusait de bouger. Il secouait obstinément la tête, faisant tinter sa bride.

— Chut, Tonnerre, dit Jenna d'un ton apaisant. Allez, fais demi-tour.

De guerre lasse, elle mit le pied à terre et finit par obtenir ce qu'elle voulait grâce à une nouvelle pépite de chocolat. Puis elle remonta en selle et entreprit de rebrousser chemin, le cœur lourd.

Le retour fut plus difficile que l'aller. À présent, Tonnerre avait le vent de face, ce qui le ralentissait. D'un autre côté, il avait hâte de retrouver son écurie. Il fit halte à l'entrée du sentier qui conduisait au repaire de Simon et attendit que Jenna descende et le guide jusqu'à sa litière.

— Non, Tonnerre. On ne retourne pas là-bas. Avance.

Le cheval secoua la tête, faisant à nouveau tinter sa bride.

— Chut ! S'il te plaît, Tonnerre, avance.

Jenna n'osait parler trop fort de peur que Simon ne l'entende. Elle pressa le cheval du talon. Tonnerre se remit en marche avec une mauvaise grâce évidente. Jenna jeta un coup d'œil en arrière, craignant de voir apparaître Simon, mais la portion de tunnel visible par l'ouverture du volet était toujours aussi sombre et vide.

Au-delà du terrier, le terrain s'aplanissait, facilitant leur progression. En revanche, le vent fraîchit et la pluie se renforça. Brusquement, le ciel s'assombrit et des éclairs silencieux illuminèrent les crêtes des falaises. Quelques secondes plus tard, la rumeur du tonnerre parvint à leurs oreilles.

Jenna et son cheval pressèrent l'allure. La lune disparut derrière un nuage, plongeant le paysage dans une obscurité où les éclairs brillaient par intervalles. Cinglés par le vent et la pluie, Jenna et Tonnerre avançaient en regardant fixement le chemin devant eux quand soudain, quelque chose bougea au sommet d'une pile de rochers. Jenna leva les yeux, espérant qu'il s'agissait seulement d'un nuage. Mais l'objet qui avait attiré son attention était autrement plus tangible.

C'était la tête grise et globuleuse d'une guivre.

Il faut longtemps à une guivre pour s'extraire de son terrier, et Jenna avait aperçu celle-ci alors qu'elle venait juste de sortir la tête à l'air libre. Grâce aux récits de voyageurs que Silas citait à tout propos, elle savait que le danger ne résidait pas dans la tête du monstre, mais dans sa queue. Quand il avait repéré une proie, il se servait de sa queue comme d'un lasso pour capturer celle-ci et l'étouffer lentement. Si la guivre n'était pas particulièrement affamée, il arrivait qu'elle épargne sa victime et la garde en réserve dans sa tanière, car elle ne consommait que de la viande extrafraîche.

À l'époque où ils résidaient à l'Enchevêtre, les Heap recevaient parfois la visite d'un homme au regard halluciné que les frères de Jenna avaient surnommé Dan le baveux. Les plus jeunes des enfants avaient peur de Dan, mais Silas leur avait recommandé d'être gentils avec lui. Dan travaillait dans une carrière d'ardoise et nul ne l'avait jamais vu baver avant qu'une guivre le capture et le séquestre durant trois semaines. Il avait survécu en se nourrissant de rats et du mucus qu'exsudait le monstre. Il avait fini par s'échapper, une nuit où la guivre l'avait laissé seul pour se repaître d'un troupeau de moutons et d'un berger inexpérimenté qui s'étaient aventurés dans la carrière. Mais il ne s'était jamais vraiment remis de son aventure.

Jenna n'avait aucune envie de connaître le sort de Dan le baveux, ou pire encore. Deux partis s'offraient à elle : tenter de prendre la guivre de vitesse, ou s'arrêter et faire demi-tour. Dans ce dernier cas, elle serait prise en sandwich entre la guivre et l'éboulement, eux-mêmes séparés par l'entrée du repaire de Simon, lequel devait être réveillé et occupé à la chercher. La seule solution consistait à dépasser la guivre avant que celle-ci ait réussi à dégager la queue de son terrier.

— Accélère, souffla-t-elle en pressant les flancs de Tonnerre.

Mais le cheval continua à avancer au pas face à la pluie et au vent. Jenna regarda à nouveau la guivre. Son terrier se trouvait encore loin, au-dessus de l'entrée de l'ancienne carrière. La tête du monstre était entièrement sortie et ses yeux rougeoyants semblaient rivés sur elle et Tonnerre.

— Dépêche-toi ! hurla-t-elle, soulignant son injonction d'un vigoureux coup de talon. Tu tiens à être mangé ?

En désespoir de cause, elle frappa le cheval avec les rênes. Tonnerre coucha les oreilles et partit telle une fusée, comme si elle l'avait piqué au vif. Ainsi, elle voulait de la vitesse ? Eh bien, elle allait être servie !

Alors qu'ils se rapprochaient de la guivre, il devint évident que la créature les avait repérés. Elle s'extirpait de son terrier avec toute la rapidité dont elle était capable, semblable à une interminable coulée de boue grisâtre.

— Vite, Tonnerre, *vite* ! cria Jenna, assez fort pour couvrir la plainte du vent et la pluie.

Le cheval martelait le sol de ses sabots, les emportant à une allure folle. La guivre continuait à glisser le long de la paroi rocheuse, si vite que Jenna craignit que Tonnerre ne puisse la dépasser avant qu'elle atteigne le sentier. Couchée sur l'encolure du cheval pour offrir moins de prise au vent, elle encourageait celui-ci à l'oreille :

— Allez, Tonnerre ! Allez, mon garçon !

Tonnerre galopait à fond de train, réduisant peu à peu la distance entre eux et la guivre, comme s'il avait compris que leur survie à tous deux dépendait de sa célérité. Entre-temps, le monstre avait atteint le pied de la falaise. Jenna tenta de voir s'il avait extrait sa queue du terrier. Ce n'était pas encore le cas, mais cela pouvait arriver d'une seconde à l'autre. Comme elle reportait son regard devant elle, la guivre s'avança en travers du chemin, leur barrant le passage.

— Saute, Tonnerre ! hurla-t-elle.

Tonnerre sauta. Son corps puissant s'éleva bien au-dessus de l'ignominie grise qui s'étirait sous eux et atterrit juste de l'autre côté. Alors qu'il repartait au galop, la queue de la guivre jaillit du terrier et fendit l'air en sifflant.

Soudain, Jenna entendit un grand fracas : l'extrémité de la queue du monstre venait de décapiter le rocher juste derrière eux. Elle ne put s'empêcher de tourner la tête. La queue les avait manqués de quelques mètres.

Tout en surveillant ses proies de ses yeux myopes, la guivre releva la queue et la fit tournoyer tel un immense lasso. Mais avant qu'elle l'abatte à nouveau sur le chemin, Tonnerre fit un écart et disparut derrière un bloc de rochers.

Tout à coup, quelque chose atterrit derrière Jenna avec un bruit sourd.

La petite princesse fit volte-face, résolue à jeter

toutes ses forces dans la bataille, mais elle ne vit que les rochers qui s'éloignaient rapidement dans la nuit.

— Ouf ! fit une petite voix geignarde. Il était moins une. J'ai failli faire une crise cardiaque.

— Qui-qui est là ? interrogea Jenna. (Cette voix surgie de nulle part l'effrayait presque plus que la guivre.)

— C'est moi, Stanley. Vous ne vous souvenez pas de moi ?

La voix avait pris des accents peinés. Jenna scruta à nouveau l'obscurité et finit par distinguer quelque chose : un petit rat brun qui se raccrochait désespérément à la selle, étalé sur la croupe de Tonnerre.

— Pourriez-vous… vous arrêter une seconde… Le temps que je… m'assoie ? (Le cheval continuait à galoper à travers la nuit, ballottant le rat en tous sens.) Je crois que j'ai atterri… sur mes sandwichs.

Jenna considéra le rat avec surprise.

— Pourriez-vous… au moins… ralentir ? supplia le nouveau venu.

— Ho ! Tonnerre. Tout doux, mon garçon.

L'étalon se remit au pas.

— Ah ! Ça va mieux. (En se cramponnant à la selle, le rat parvint à se redresser.) Je ne suis pas un cavalier très expérimenté, quoique je préfère les chevaux aux ânes. Je ne les aime pas, ni leurs propriétaires. Tous toqués, si vous voulez mon avis. Attention ! Je veux parler des ânes, pas des chevaux. Les propriétaires de chevaux sont des gens parfaitement sains d'esprit, pour autant que j'aie pu en juger. Quoique à la réflexion, j'en ai connu un ou deux qui…

— Le rat coursier ! s'écria Jenna. C'est toi que nous avons tiré des griffes de Jack le toqué et de son âne.

Le rat sourit :

— En plein dans le mille ! Mais votre serviteur n'exerce plus la charge de rat coursier. Disons que j'ai eu avec le Bureau des démêlés qui m'ont valu de passer plusieurs semaines dans une cage sous un plancher. Une expérience que je ne souhaite à personne. J'ai fini par être secouru et recruté par la CIA, murmura-t-il en jetant des regards autour de lui, comme s'il craignait les oreilles indiscrètes.

— La quoi ?

— La Centrale d'Information Animale. Mais, chut ! (Stanley mit une patte devant ses lèvres.) C'est top secret. Moins j'en dirai et mieux cela vaudra.

— Oh ! Je vois.

En réalité, Jenna n'avait pas la moindre idée de ce dont le rat voulait parler, mais elle n'avait aucune envie d'engager la conversation à ce sujet.

— La meilleure chose qui me soit jamais arrivée, reprit Stanley. Ma période d'instruction s'est achevée la semaine dernière. C'est ma première mission. Et savez-vous qui est ma commanditaire ? La magicienne extraordinaire, pas moins ! Les copains de la promo en sont restés comme deux ronds de flan.

— Je m'en réjouis pour toi. Et en quoi consiste ta mission ?

— Objectif prioritaire : repérage et récupération.

— Ah ! Et qu'es-tu censé repérer et récupérer ?

— Vous, Votre Altesse.

21

La grande prairie

Le jour commençait à poindre quand les sabots de Tonnerre dérapèrent sur l'ardoise du sentier au sortir d'un dernier tournant. Jenna constata alors avec bonheur qu'ils avaient enfin atteint la limite des Maleterres. Stanley ne vit rien du tout : cramponné au bord de la selle, le rat fermait les yeux, convaincu qu'ils allaient d'un instant à l'autre basculer dans le précipice qui longeait le chemin et s'écraser sur les rochers en contrebas.

Jenna fit halte et promena son regard sur l'immense prairie qui s'étirait devant eux. Cette vision magnifique lui évoqua son premier matin dans la maison de tante Zelda. À son réveil, elle s'était assise sur les marches devant la porte afin d'observer et d'écouter le marais. Loin sur l'horizon, une bande de nuages rose vif indiquait l'orient alors que la prairie était encore plongée dans la pénombre grise de l'aube. Des nappes de brume planaient au-dessus des canaux et des marécages et un silence paisible enveloppait les fugitifs.

— On y est arrivés, Tonnerre, se réjouit Jenna en flattant l'encolure du cheval. Brave garçon, va !

Le cheval s'ébroua, humant à pleins naseaux l'air salin qui soufflait de la côte, par-delà la prairie. Jenna le conduisit sur un sentier verdoyant et lui lâcha la bride afin qu'il paisse l'herbe tendre. Étalé en travers de la selle, Stanley avait fini par s'écrouler de sommeil et poussait des ronflements sonores.

Jenna s'assit au bord du chemin, le dos appuyé contre la paroi rocheuse, et mordit à belles dents dans une miche de pain rassis dénichée au fond de la sacoche de selle de Simon. Elle fut surprise de découvrir à quel point elle était affamée. En fouillant soigneusement la sacoche, elle trouva un petit sachet de fruits secs et une pomme talée qu'elle dévora, le tout arrosé de l'eau de source glacée jaillissant du pied de la falaise d'ardoise. Puis elle se rassit et s'abîma dans la contemplation du paysage. La brume se dissipait lentement, révélant une multitude de formes rondes à l'aspect laineux (des moutons en train de paître), disséminées à travers la prairie.

Le silence, à peine troublé par les bruits de mastication du cheval et par le cri intermittent d'un oiseau solitaire, avait un effet soporifique. Malgré ses efforts pour garder les yeux ouverts, Jenna s'enroula dans la cape de Lucy et finit par sombrer dans un sommeil sans rêves.

Alors même que Jenna s'endormait, Simon se réveilla et se dressa aussitôt sur son séant. Il se sentait courbaturé et contrarié, sans bien savoir pourquoi. Puis la cause de son mécontentement lui revint tout à coup. Jenna. Il avait enlevé la princesse, comme le lui avait demandé son maître. Ce dernier allait être content, pensa-t-il en se levant. Pourtant, il avait l'estomac noué et rien ne parvenait à dissiper son malaise. Car à présent, il devait s'acquitter de la deuxième partie de sa mission en livrant Jenna aux magogs. Comme il se rendait à l'observatoire, il remarqua que Mouchard n'était pas à son poste, devant la porte de sa chambre.

— Mouchard ! appela-t-il d'une voix furieuse.

Il s'attendait à voir la petite balle accourir, mais il n'en fut rien. De plus en plus mécontent, Simon s'aventura pieds nus sur le sol glacé et se prépara un **Nescaoua** afin de se calmer les nerfs. Avec précaution, il remplit un grand verre d'un liquide marronnasse dans lequel flottaient des filaments de moisissure, ajouta un jaune d'œuf cru et avala le mélange d'un trait. Infect.

À présent qu'il était bien réveillé, Simon chercha

Mouchard du regard. Quand il aurait retrouvé ce petit monstre, il lui ferait passer l'envie de déserter son…

— Eh ! C'est quoi, ce travail ?

Simon se précipita vers la cellule. Une plaque de chocolat de la taille d'une fillette de onze ans gisait sur le sol devant la porte, et il n'avait pas besoin d'ouvrir celle-ci pour savoir que la prisonnière n'était plus à l'intérieur. Il l'ouvrit néanmoins, si violemment qu'elle se fracassa contre le mur et se brisa en mille morceaux de chocolat de premier choix.

Simon poussa un juron. Ses derniers espoirs s'évanouirent à la vue de la cellule vide. Il se jeta par terre et piqua une grosse colère, comme lorsqu'il était petit garçon. Au bout de quelques minutes, il se releva et rassembla ses esprits. Jenna n'avait pu aller bien loin. Mouchard la retrouverait en un rien de temps.

— Mouchard ! cria-t-il à pleine gorge. Si tu ne rappliques pas sur-le-champ, je te promets que tu vas le regretter !

L'observatoire resta désespérément silencieux. Simon sourit. Il commençait à entrevoir la vérité : cette petite dinde de Jenna avait emporté Mouchard afin qu'il l'éclaire. Ils n'avaient pas pu quitter le terrier. Le cours de ses réflexions fut interrompu par un son étrange provenant de la barrique de vers luisants. S'étant approché, il remarqua que celle-ci était fermée. Bizarre… En général, il ne prenait même pas la peine de remettre le couvercle en place, les vers luisants étant trop effrayés pour tenter seulement de s'échapper. Au fait, où était passée la clé du cadenas ? Et quelle pouvait être l'origine de ce bruit ? Il colla son oreille contre la barrique. On aurait dit que quelque chose faisait des bonds à l'intérieur…

Renonçant à chercher la clé, Simon souleva le couvercle à l'aide d'un levier. Mouchard jaillit de la barrique telle une fusée, projetant sur son maître plusieurs centaines de vers gluants.

— J'avais raison ! exulta Simon. Cette idiote a signé son arrêt de mort ! Cherche, Mouchard, cherche !

Simon lança la balle verte et visqueuse à travers la pièce. Dépassant le crâne, Mouchard franchit la porte voûtée et descendit l'escalier en sautant de marche en marche, suivi par le jeune homme. Arrivés en bas, Simon et Mouchard glissèrent sur une traînée de bave de magog et se ruèrent vers le passage qui menait à l'ancienne chambre de la guivre.

— C'est là qu'elle a dû se réfugier, fit Simon, tout essoufflé, comme ils approchaient. Je l'imagine terrifiée, blottie dans un coin. À moins qu'elle n'ait eu la bonne idée de tomber sur un magog en goguette. Crois-moi, Mouchard, elle m'aurait rendu un fier service… Eh ! attention, espèce d'abruti ! (Simon évita de justesse la balle qui venait de faire un bond en arrière.) Qu'est-ce que tu attends ? Ce n'est pas le moment de jouer !

La balle fit une nouvelle tentative pour pénétrer dans la caverne, mais une force invisible la repoussa et elle rebondit sur le nez de son maître. Furieux, Simon saisit la balle au vol, entra d'un pas décidé… et se heurta au cuir épais et visqueux d'une guivre au repos.

Il recula, horrifié. Que s'était-il passé ? Comment le monstre avait-il pu s'introduire dans son repaire ? Soudain, une pensée affreuse lui vint à l'esprit.

— Mon cheval ! hurla-t-il. Elle a mangé mon cheval !

Jenna fut tirée du sommeil par un cauchemar. Engourdie par le froid et l'humidité, elle se dressa avec difficulté et se trouva entourée de moutons curieux qui broutaient nonchalamment. Elle se leva et s'étira. Elle avait perdu assez de temps à dormir ; à présent, il lui fallait reprendre la route avec Tonnerre et trouver le moyen de se rendre chez tante Zelda. Elle se remit en selle et secoua le rat qui ronflait toujours.

— Stanley !

— Heeeiiinn ?

Le rat ouvrit à moitié les yeux et leva vers elle un regard vague.

— Stanley, tu vas apporter un message de ma part à tante Zelda. Tu sais où elle habite et…

Stanley leva la patte d'un air péremptoire :

— Je vous arrête tout de suite ! Comprenons-nous bien : en aucune façon ni en aucune manière, je n'exerce plus la charge de rat coursier. Ma licence a été annulée après cette malheureuse affaire avec la magicienne extraordinaire, et je n'ai pas le moindre désir de reprendre du service. Très peu pour moi, mon petit… Je veux dire, Votre Altesse.

— Mais c'est demain la fête du solstice d'été, objecta Jenna, et je…

— Si vous croyez que je vais à nouveau risquer ma vie dans ces maudits marais, vous vous fourrez le doigt dans l'œil. C'est un miracle que j'aie survécu à ma dernière expédition là-bas, entre le python géant qui ne rêvait que de m'inscrire à son menu et ces saletés de bobelins qui essayaient de m'arracher les orteils avec leurs petites dents pointues, sans parler du frappard qui me harcelait de ses plaintes lancinantes. J'ai cru devenir fou. Je ne comprends vraiment pas qu'une jeune personne aussi cultivée que vous veuille se rendre dans ce cloaque ignoble. À votre place, je…

— Donc, c'est non ? le coupa Jenna.

— Oui. Enfin, non. C'est-à-dire, *oui*, c'est *non*. (Le rat s'assit et regarda autour de lui.) Quel endroit charmant ! J'y venais parfois en vacances avec ma mère quand je n'étais qu'un tout petit rat. Nous avions de la famille dans les environs des canaux qui relient les marais à la mer. Je revois encore les dunes de sable fin le long de la plage. De là, on se rendait facilement au Port en montant à bord d'une charrette tirée par un âne (un frisson secoua Stanley) – ou mieux, sur le dos d'un cheval rapide. Adolescent, j'adorais traîner au Port. Ce n'est pas la compagnie qui manque, là-bas. Vous n'imaginez pas les rencontres que j'ai pu faire. Tenez, je me souviens…

— Dois-je comprendre que tu connais le chemin pour aller au Port ? interrogea Jenna. (Un plan était en train de se former dans son esprit.)

— Évidemment, répliqua Stanley, indigné. Un agent de la CIA est capable de se rendre n'importe où. Je suis aussi fiable qu'une carte – non, plus fiable. Voyez-vous, tout est gravé là ! (Il se donna une tape sur le front.) Je peux vous conduire n'importe où.

— Sauf dans les marais de Marram, remarqua Jenna.

— Euh, oui. Pour ça, il existe une section de rats de marais. Une belle bande de crétins, si vous voulez mon avis. Comme je l'ai déjà dit, il n'est pas question que je remette jamais les pattes dans cet immonde bourbier.

— J'ai compris, soupira Jenna. En avant, marche ! ajouta-t-elle en pressant doucement les flancs de Tonnerre.

— Ah ! c'est comme ça ? Eh bien, à votre guise !

Le rat sauta et retomba maladroitement dans l'herbe. Jenna s'arrêta net.

— Stanley, qu'est-ce que tu fabriques ?

— Vous m'avez dit de marcher, répondit Stanley d'un air bougon. Alors, je marche.

Jenna éclata de rire.

— Je parlais au cheval, idiot ! Reviens ici tout de suite.

— Oh ! Je pensais que vous étiez fâchée parce que j'avais refusé de vous conduire dans les marais.

— Ne dis pas de bêtises. Dépêche-toi de remonter et indique-moi la direction du Port. De là, je saurai comment me rendre chez tante Zelda.

— Vous en êtes sûre ?

— Oui. Stanley, s'il te plaît…

Stanley prit de l'élan, s'éleva dans les airs et atterrit en souplesse derrière Jenna.

C'était une belle journée d'été qui commençait. Par-delà la prairie, très loin sur l'horizon, on distinguait un mince ruban de mer qui scintillait et miroitait au soleil du matin.

En suivant un chemin au sol ferme et caillouteux qui longeait d'invisibles frontières, les trois voyageurs dépassèrent des parcs d'agnelage, des roselières et franchirent des canaux sur de larges ponts de bois. Le cheval allait d'un pas tranquille et Jenna lui permettait de s'arrêter chaque fois qu'il lui prenait l'envie de brouter une touffe d'herbe appétissante. Quand le soleil dispersa les dernières nappes de brume, ne laissant que quelques lambeaux au-dessus des cours d'eau, les vêtements de Jenna séchèrent et la sensation de froid qui l'imprégnait depuis les Maleterres la quitta enfin. Sitôt qu'elle fut en état de réfléchir, ses pensées se tournèrent vers Simon. Que faisait-il à présent ? Inquiète, elle jeta un regard en arrière. La masse sombre de la falaise d'ardoise se découpait sur l'horizon alors que les nuages bas et gris étendaient une ombre dense sur la prairie. Les Maleterres étaient encore bien trop proches à son goût.

— Plus vite, Tonnerre !

Sous son impulsion, le cheval accéléra l'allure. Elle résista à l'envie de lui faire prendre le trot, sachant qu'il était déjà fatigué et qu'ils avaient une longue journée de marche devant eux avant d'atteindre le Port. Assis derrière elle, le rat se tenait à la selle avec l'air désinvolte d'un cavalier expérimenté. Jenna se retourna à nouveau et scruta les Maleterres du regard. Quelque chose lui disait que Simon avait découvert son évasion.

22

Le campement

Quand le jour se leva sur la Forêt, il trouva Nicko et Septimus aux pieds – ou plutôt, au pied – de papi Benji. Le soleil filtrait à travers les feuilles de leur grand-père, semant des taches de lumière vert pâle sur la mousse du sous-bois… et sur les restes du sac à dos de Septimus.

— Mon kit de survie ! se lamenta le jeune garçon. Ces sales bêtes ont tout bouffé !

— Tout sauf nous, observa Nicko. C'est le principal, non ?

Mais Septimus n'écoutait pas. À quatre pattes, il scrutait le sol au pied de l'arbre.

— À ta place, j'éviterais de fourrager dans les feuilles, dit Nicko en grimaçant.

— Pourquoi ? Je cherche quelque chose.

— Sers-toi de ta tête, Sep. Imagine une meute de gloutons attendant leur dîner. Ils s'excitent mutuellement, ils bouffent tout un paquet de Volcano à la menthe extraforte… À ton avis, qu'est-ce qu'ils font ensuite ?

— Il doit être quelque part par là. Ils ne l'ont quand même pas mangé… Je donne ma langue au chat, Nicko.

— Ils posent leur crotte.

— Berk !

Septimus se releva d'un bond.

— Et ils l'enfouissent sous les feuilles, ajouta Nicko.

— Re-berk !

Essuyant ses mains sur sa tunique, Septimus recula et trébucha précisément sur l'objet qu'il recherchait.

— Je l'ai trouvé ! C'est fantastique !

— Quoi ? demanda Nicko, sa curiosité piquée au vif. Qu'est-ce qui est tellement important ?

Septimus ramassa le caillou vert aux reflets irisés qu'il avait glissé dans son sac à dos avant son départ.

— Oh ! fit Nicko, se rappelant brusquement la raison de leur présence dans la Forêt. Je comprends.

— Un cadeau de Jenna.

— Je sais. Je m'en souviens.

Les deux garçons restèrent silencieux tandis que Septimus examinait le caillou. Tout à coup, il laissa éclater sa colère :

— Ces saletés de gloutons, je les déteste ! Regarde ce qu'ils ont fait à mon caillou. Il est fêlé. (Serrant le caillou dans ses mains, il le montra à son frère.) Tu vois ? Là !

Une mince fissure parcourait presque toute la longueur de la pierre.

— Ça pourrait être pire, remarqua Nicko. Il est toujours entier. Un de ces ventres à pattes a dû mordre dedans. Je te parie qu'il l'a regretté !

— J'espère bien. J'aimerais qu'il se soit cassé les dents dessus, dit Septimus en rangeant le caillou dans la bourse qui pendait de sa ceinture d'apprenti.

Il fallut un long moment à Septimus et à Nicko pour prendre congé de leur grand-père. Ils durent promettre plusieurs fois de revenir avec le reste de la famille avant qu'il les laisse partir.

Un peu plus tard, alors que la cheville de Septimus commençait à le lancer et qu'il se demandait s'ils ne s'étaient pas à nouveau perdus, les deux garçons tombèrent sur un large chemin.

— Je sais où on est ! annonça triomphalement Nicko.

— Ah oui ?

La voix de Septimus exprimait le doute.

— Oui. Suis-moi, Sep.

— Il me semble avoir déjà entendu ça…

— Ne te moque pas de moi. Regarde de ce côté. Tu me crois, à présent ?

Tout en parlant, ils avaient atteint le sommet d'une butte peu élevée. Le sentier s'inclinait devant eux et serpentait un moment entre les arbres avant de rejoindre une petite clairière. Septimus distingua un filet de fumée qui s'élevait paresseusement vers le ciel, puis un jeune garçon à l'allure dégingandée émergea d'un amas de branchages et s'étira en bâillant au soleil.

— Erik ! appela Nicko. Hé, Erik !

Le garçon leva vers eux des yeux ensommeillés.

— Viens vite, Sep, reprit Nicko. Il est temps que tu fasses la connaissance de nos frères.

Dix minutes plus tard, Septimus se retrouva seul, assis près du feu de camp. À peine Nicko l'avait-il présenté à Sam, Jo-Jo, Fred et Erik avec l'air d'un prestidigitateur qui sort un lapin de son chapeau que ses quatre frères avaient disparu, emmenant leur cadet. Ils avaient dit qu'ils allaient inspecter les filets que Sam avait jetés à l'eau afin de capturer les poissons qui remontaient la Rivière avec la marée du matin. Si Septimus voulait se rendre utile, il n'avait qu'à rester et surveiller le feu que les garçons entretenaient nuit et jour.

Tandis qu'il contemplait les flammes, Septimus se demandait si toutes les réunions de famille se passaient ainsi. Quoique mort de trac à l'idée de rencontrer ses frères, il pensait que ceux-ci seraient heureux de le voir. Mais les quatre garçons l'avaient regardé comme s'il avait été une grenouille dans un bocal. Et encore, il n'avait pas tardé à comprendre que ce n'était pas lui qu'ils regardaient, mais son élégante tunique verte et sa ceinture en argent qui brillait d'un éclat presque embarrassant au soleil. On aurait dit qu'il cherchait à leur en mettre plein la vue. Il avait alors serré sa cape autour de lui pour se cacher, mais sa précipitation, songea-t-il tristement, avait dû leur paraître affectée, comme s'il avait eu honte de ce qu'il était. Ou alors, ils l'avaient pris pour une chochotte qui avait froid, ou peur, ou… Alors qu'il s'enveloppait frileusement dans sa cape, ses frères avaient marmonné à tour de rôle quelque chose qu'il avait interprété comme un « bonjour », à moins qu'ils ne l'aient traité de « balourd ». À la réflexion, il penchait plutôt pour cette dernière éventualité. Il prit sa tête dans ses mains. À n'en pas douter, ses frères le considéraient comme un parfait crétin.

Il se demandait pourquoi il avait laissé Nicko le traîner jusque-là alors qu'il aurait dû être occupé à chercher Jenna, quand il perçut une présence. En se retournant, il vit qu'un de ses frères (lequel ? Dans sa gêne, il n'avait pas bien associé leurs noms à leurs visages) avait pris place à ses côtés.

— Salut, fit le garçon en remuant les braises avec un bâton.

— Salut, répondit Septimus, regrettant amèrement de ne pas avoir lui aussi un bâton.

— Comme ça, c'est toi le mort ?

— Pardon ?

— Des fois, maman et papa parlaient de toi quand ils croyaient qu'on ne pouvait pas les entendre. Ils disaient que t'étais mort. Mais en fait, tu ne l'étais pas. Bizarre.

Le garçon remua à nouveau les braises.

— Bizarre, en effet, acquiesça Septimus.

Il regarda son frère à la dérobée. Assurément, ce n'était pas Sam. À peine moins âgé que Simon, Sam avait l'apparence et la voix grave d'un jeune homme aux joues mangées par un fin duvet blond. Il avait également été frappé par la tignasse emmêlée, aux longues mèches tortillées comme de la corde, de Fred et d'Erik. Alors, ce ne pouvait être que Jo-Jo. Un peu plus grand que Nicko, quoique beaucoup plus maigre, une profusion de boucles blondes maintenues en place par un bandeau formé de lanières de cuir de différentes couleurs entrelacées… Le jeune garçon surprit le regard de Septimus et sourit.

— Moi, c'est Jo-Jo, dit-il.

— Salut, Jo-Jo.

Septimus ramassa une branche qui traînait par terre et s'en servit pour tisonner le feu. Jo-Jo se leva et s'étira.

— Surveille le feu pendant que je m'occupe du poisson, dit-il. Sam a fait une bonne pêche la nuit dernière. Et Marissa a apporté du pain ce matin.

— Marissa ?

— Une des sorcières de Wendron. C'est elle qui a

fait ça, ajouta Jo-Jo en indiquant fièrement le bandeau de cuir qui ceignait son front.

Encore un peu plus tard, Septimus faisait griller un poisson enfilé sur un bâton au-dessus du feu qui crépitait. Une fois cuit, chaque poisson était partagé en six par Sam qui le faisait ensuite passer aux autres garçons sur un morceau de pain. Septimus n'avait jamais rien goûté d'aussi bon. Tandis qu'ils mangeaient dans un silence serein, Septimus commença à se détendre et à apprécier la compagnie de ses frères. À part Jo-Jo, aucun d'eux ne lui avait adressé la parole, mais ils lui avaient confié un travail : apparemment, c'était lui le cuistot du jour. Dès qu'un poisson était servi, Sam lui en tendait un nouveau pour qu'il le fasse cuire. Bientôt, il sembla à Septimus qu'il avait passé toute sa vie à faire griller des poissons autour d'un feu de camp avec ses frères. Sans les craintes que lui inspirait le sort de Jenna, tout aurait été pour le mieux.

Quand ils eurent fini de manger, Nicko dévoila enfin à ses frères la raison de leur visite.

— Simon, enlever Jenna ? s'exclama Sam. J'y crois pas ! C'est vrai qu'il s'est disputé avec papa chez tante Zelda, mais de là à virer maléfique…

— C'est sûr, acquiescèrent Fred et Erik.

— N'empêche qu'il voulait vraiment devenir apprenti, reprit Fred après quelques minutes de réflexion.

— Tu peux le dire ! approuva Erik. Il n'arrêtait pas de nous rebattre les oreilles avec ça.

— Un jour, raconta Jo-Jo, il m'a dit que si Marcia Overstrand n'avait pas d'apprenti, c'était parce qu'elle l'attendait. Je l'ai traité d'idiot et il m'a donné un coup de pied.

— D'un autre côté, objecta Sam, il aidait toujours Jenna à faire ses devoirs. Il était plus gentil avec elle qu'avec aucun d'entre nous. Alors, pourquoi l'aurait-il enlevée ? Ça n'a pas de sens.

Nicko ressentait la même frustration que Septimus devant l'incrédulité de ses frères. Un silence renfrogné s'abattit sur le cercle des garçons. Assis autour du feu, ceux-ci s'abîmèrent dans la contemplation des flammes et des arêtes éparpillées parmi les cendres. Au bout d'un moment, Septimus n'y tint plus.

— Où est Lobo ? demanda-t-il.

— Il dort, indiqua Jo-Jo. Il ne sort qu'à la tombée de la nuit, comme les gloutons.

— J'aimerais lui parler, insista Septimus.

Jo-Jo s'esclaffa.

— N'espère pas de réponse ! Il est muet comme une carpe. De quoi veux-tu lui parler ?

— Nous avons besoin de son aide, intervint Nicko. J'ai dit à Sep que Lobo pourrait nous aider à chercher Jenna.

— Sa hutte est de ce côté.

Jo-Jo pointa l'index vers ce qui avait tout l'air d'un gros tas de feuilles.

— Viens, Sep, proposa Nicko en se levant. On va le réveiller. Tu comprends, ajouta-t-il à voix basse alors qu'ils se dirigeaient vers la tanière de Lobo, les garçons ne vivent pas au même rythme que nous. Ce sont des créatures de la Forêt, à présent. Ils parlent peu, n'aiment pas se presser et se moquent un peu du monde extérieur. Aussi, on a tout intérêt à se remuer.

Septimus acquiesça. De même que Nicko et tous les habitants du Château, il avait toujours au moins deux fers au feu. Il songea qu'il n'aurait pu vivre dans la Forêt sans devenir fou.

Septimus et Nicko traversèrent le campement tandis que leurs frères continuaient à balancer des bouts de bois et des feuilles dans les flammes pour le plaisir. Le camp Heap n'était pas très étendu. Il comprenait quatre abris de fortune, disposés autour d'un foyer au centre d'une petite clairière. Ces huttes étaient faites de branches de saules que les garçons avaient courbées en forme d'arceaux avant de les planter dans le sol. Les branches avaient continué à pousser et comme c'était l'été, elles étaient couvertes de feuilles. Les quatre frères les avaient garnies de branchages, de longues herbes et de tout ce qui leur était tombé sous la main. Ils couchaient sur des matelas de feuilles, protégés du froid par les couvertures en laine que leur avait données Galen, la guérisseuse dont l'arbre-maison se dressait non loin de là. Depuis, les jeunes sorcières de Wendron leur avaient offert des fourrures et avaient tissé d'autres couvertures aux couleurs vives à leur intention.

La hutte de Sam était la plus grande et la plus solide. Fred et Erik partageaient une cahute branlante alors que Jo-Jo occupait une sorte de tipi garni d'herbes tressées que Marissa l'avait aidé à construire et à décorer.

Le tas de feuilles qui constituait l'abri de Lobo s'élevait en bordure du camp, à quelques pas de la Forêt. Nicko et Septimus en firent deux fois le tour sans trouver l'entrée. Brusquement, Septimus aperçut deux yeux dorés qui l'examinaient à travers les feuilles et fut envahi par un étrange malaise.

— Oh ! s'exclama-t-il.

— Qu'est-ce qui te prend ? On dirait que tu as vu un fantôme, s'esclaffa Nicko. C'est juste Lobo. Il aime bien surprendre les gens. Si ça se trouve, il n'a pas cessé de nous observer depuis notre arrivée.

Septimus avait pâli et son cœur battait à tout rompre. Ces deux yeux fixés sur lui le terrifiaient, presque autant que les gloutons la nuit précédente.

— Ah ! fit-il dans le style laconique des habitants de la Forêt.

Soudain, le tas de feuilles vacilla et une silhouette nerveuse, couverte de terre et de débris végétaux, se dressa devant eux. Lobo lançait des regards furtifs autour de lui, tous ses muscles tendus tel un coureur sur la ligne de départ. Les deux garçons reculèrent instinctivement pour ne pas empiéter sur son territoire.

— Ne le regarde pas en face, murmura Nicko. Pas tout de suite. Ça pourrait l'effrayer.

Septimus observait l'enfant sauvage à la dérobée. À son grand soulagement, il tenait davantage de l'être humain que du glouton et ne puait pas autant qu'il le craignait. En réalité, il sentait moins la bête fauve que l'humus. Il était vêtu d'une courte tunique d'une couleur indéfinissable, serrée à la taille par une vieille ceinture en cuir. Ses longs cheveux bruns étaient embroussaillés, suivant la mode de la Forêt. Après avoir inspecté les environs, il reporta son attention sur les deux garçons – particulièrement sur Septimus, qu'il examina de la tête aux pieds avec une expression vaguement intriguée. L'apprenti sentit renaître la gêne que lui causait son costume extravagant et il regretta une fois de plus de ne pas s'être roulé dans la boue avant d'aborder le camp Heap.

— Salut, dit Nicko après quelques minutes de silence. Ça va ?

Lobo acquiesça de la tête sans détacher ses yeux de Septimus.

— On est venus te demander ton aide, poursuivit Nicko d'un ton calme et posé.

Lobo détourna enfin son regard de Septimus et considéra gravement Nicko.

— On aurait besoin que tu nous aides à retrouver quelqu'un. Quelqu'un qui a été enlevé.

Lobo resta sans réaction.

— Tu comprends ? insista Nicko. C'est très important. Il s'agit de notre sœur.

Durant une seconde, le visage de Lobo exprima la stupeur. C'était au tour des deux garçons de le dévorer des yeux, attendant sa réponse.

Au bout d'un très long moment, Lobo inclina lentement la tête, indiquant qu'il acceptait.

23

Lobo

— Vous devriez aller trouver Morwenna avant de partir, conseilla Jo-Jo à Septimus et à Nicko.

Les deux garçons étaient retournés près du feu afin de prendre congé de leurs frères. Debout derrière eux, Lobo avait les yeux fixés sur Septimus. Mal à l'aise, ce dernier se balançait d'un pied sur l'autre. Il devinait toujours quand on le regardait.

— Morwenna me file les jetons, rétorqua Nicko. Et d'abord, on n'a rien à lui dire.

Jo-Jo se releva tandis que ses frères, allongés sur le dos, continuaient à contempler un coin de ciel bleu qui brillait à travers les feuilles.

— C'est la Grande Mère des sorcières, reprit Jo-Jo.

Rien ne lui échappe. Si ça se trouve, elle sait où est allée Jenna.

— On ferait peut-être bien de lui parler, intervint Septimus. Papa dit que Morwenna a le don de seconde vue.

— N'empêche qu'elle me file les jetons, reprit Nicko. Quand elle te serre dans ses bras, on dirait qu'elle cherche à t'écraser comme une mouche.

— Je vais vous conduire auprès d'elle, insista Jo-Jo. De toute manière, c'est sur votre chemin.

Les trois garçons étendus près du feu entonnèrent d'une même voix un refrain moqueur :

— Il va voir Mar-iiii-ssa, il va voir Mar-iiii-ssa, il va voir…

— Oh ! la ferme, grommela Jo-Jo.

Il partit comme une flèche en direction de la Forêt.

— À la prochaine ! lança Nicko aux garçons restants.

— C'est ça.

— Ouais.

— Salut.

— Euh, au revoir, fit Septimus.

— S'lut.

— Ouais.

— C'est ça.

Nicko et Septimus rattrapèrent bientôt Jo-Jo (ce dernier les attendait derrière un arbre, hors de vue de leurs frères) et ils se mirent en route, suivis par Lobo qui se déplaçait sans bruit. Jo-Jo connaissait cette partie de la Forêt comme sa poche. Au bout d'une demi-heure de marche le long d'un sentier étroit mais visiblement fréquenté, ils arrivèrent au camp d'été des sorcières de Wendron.

Le camp se composait d'un cercle de tipis construits sur le même modèle que celui de Jo-Jo, perchés au sommet de l'unique colline de la Forêt. Si celle-ci ne dépassait pas la cime des grands arbres, elle jouissait d'une bonne exposition et offrait une vue dégagée sur les environs.

Tandis qu'ils gravissaient le chemin qui s'enroulait autour de la butte afin d'atteindre les tipis, un bruit de conversation étouffée parvint à leurs oreilles, puis une voix s'exclama :

— Hé ! ho ! Joby-Jo !

Le visage de Jo-Jo s'éclaira.

— Marissa ! s'écria-t-il.

— Elle t'appelle *Joby-Jo* ? grommela Nicko.

Une jeune fille aux longs cheveux bruns apparut au sommet de la colline et agita le bras en riant.

— Ça te gêne ? rétorqua Jo-Jo.

— Non, non. C'était juste une question, répondit Nicko avec un petit sourire narquois.

Marissa se précipita vers eux.

— Marissa, lui dit Jo-Jo, je te présente mes frères Nicko et Septimus.

La jeune sorcière s'esclaffa :

— Quoi, des nouveaux frères, Joby ? Tu en as encore beaucoup comme ça ?

— Heureusement, non. Je les emmène voir Morwenna.

— Bien. Elle vous attend à l'intérieur du cercle. Je vous accompagne.

Morwenna Mould, la Grande Mère des sorcières de Wendron, était assise sur une natte à l'entrée du tipi le plus élégant. Morwenna était une grande femme à la carrure impressionnante, vêtue d'une ample tunique verte serrée par une large ceinture blanche. Ses cheveux grisonnants étaient retenus par un bandeau en cuir vert et ses yeux bleus au regard perçant surveillaient l'approche des quatre garçons, en s'attardant particulièrement sur Septimus.

Après avoir remercié Marissa, Morwenna se tourna vers les visiteurs et leur sourit :

— Soyez les bienvenus dans la Forêt, Septimus et Nicko. Votre cher père, Silas, m'a longuement parlé de vous. Vous lui ressemblez beaucoup tous les deux. Depuis quelque temps, chaque fois que je me rends dans la Forêt, je tombe sur une version miniature – de moins en moins miniature, à dire vrai – de Silas. Et toutes présentent les mêmes magnifiques yeux verts. Asseyez-vous, les enfants. Je ne vous retiendrai pas longtemps, car vous allez entreprendre un périple hasardeux.

Nicko lança un regard à son frère : c'est quoi, ce charabia ?

Septimus lui répondit d'un haussement de sourcils sans détacher ses yeux de Morwenna. La Grande

Mère des sorcières lui plaisait, même si sous ses dehors maternels il devinait une nature puissante et imprévisible. Pendant de nombreux siècles, les habitants du Château avaient vécu dans la crainte des sorcières de Wendron. Mais depuis que Morwenna avait pris leur tête, celles-ci avaient changé de comportement sans que personne sache pourquoi – personne, sauf Silas Heap. Bien des années auparavant, alors que Silas n'avait encore qu'un fils, il avait arraché la toute jeune Morwenna des griffes d'une meute de gloutons. Pour le remercier, la jolie sorcière avait promis de lui accorder tout ce qu'il désirerait. À sa grande déception, Silas avait demandé que les sorcières de Wendron cessent d'attaquer les voyageurs. Devenue Grande Mère du coven de la Forêt, Morwenna avait tenu parole. Toutefois, nul ne savait combien de temps durerait cette trêve, et chacun jugeait plus sage de ne pas offenser une sorcière de Wendron.

Morwenna reprit d'une voix grave et chantante tandis que les autres l'écoutaient religieusement :

— Le chemin sera long et semé d'embûches. Avant de vous lancer, il y a trois choses que vous devez savoir. La première, c'est que vous trouverez votre sœur au Port. La deuxième, c'est qu'un homme au visage sombre – un étranger pour certains, mais pas pour tous – va également venir la chercher…

Les deux garçons attendirent poliment que Morwenna poursuive, mais la Grande Mère des sorcières resta muette, absorbée dans ses réflexions et dans la contemplation des feuilles qui miroitaient au soleil.

Au bout d'un moment, Septimus n'y tint plus :

— Pardon, Grande Mère, mais quelle est la troisième chose que nous devons savoir ?

— Hein, quoi ? (Morwenna sortit brusquement de sa rêverie.) La troisième chose ? Ah ! oui… N'allez pas au cirque.

Nicko pouffa, ce qui lui valut un coup de coude furieux de son frère.

— Nick, ce n'est pas drôle !

— Si, bredouilla Nicko, les épaules secouées par des hoquets de rire.

Le jeune garçon se jeta à plat ventre sur l'herbe, les mains plaquées sur la tête, et laissa libre cours à son hilarité.

— Je vous prie d'excuser mon frère, Grande Mère, dit Septimus. Il a failli se faire dévorer par un glouton, la nuit dernière, et la peur lui est montée au cerveau.

Il décocha un coup de pied à Nicko, sans résultat. Oubliant toute retenue, son frère poussait des grognements dignes d'un cochon qui se vautre dans la boue.

Morwenna eut un sourire plein d'indulgence.

— Ne t'inquiète pas, Septimus. Je suis habituée aux facéties des jeunes Heap. Avant que tes frères viennent vivre dans notre Forêt, peut-être aurais-je eu un peu de mal à comprendre. Mais à présent, crois-moi, plus rien ne peut me surprendre venant d'un

Heap. Et Nicko ne fait que rire. Il n'y a aucun mal à cela.

Morwenna se leva, aussitôt imitée par Septimus, Jo-Jo, Marissa et Lobo, tandis que Nicko restait étendu sur l'herbe, le corps agité de tressaillements nerveux.

— Nous nous reverrons, les garçons, affirma-t-elle.

Elle sortit de sa poche un petit paquet de feuilles fraîches qu'elle glissa dans la main de Septimus, expliquant :

— Ceci devrait soigner ta cheville et les suites de ta chute de la nuit dernière.

— Merci, Grande Mère, dit Septimus en relevant Nicko.

Ce dernier tenait à peine sur ses jambes et des larmes ruisselaient sur ses joues.

— Je vais emmener mon frère, Grande Mère, reprit l'apprenti. Merci pour vos conseils.

— Fais attention à toi, Septimus, et tu trouveras ce que tu cherches. (Morwenna sourit.) Au revoir, les enfants. Je vous souhaite bon vent et bonne route.

Sur ces paroles, la Grande Mère des sorcières tourna le dos aux garçons et disparut à l'intérieur de son tipi.

Nicko courut jusqu'à la limite du cercle, se jeta à terre et dévala le talus herbeux en roulant sur lui-même, toujours secoué d'un rire irrépressible.

— Nicko, le gronda Septimus quand il l'eut rejoint. On ne doit pas se moquer d'une sorcière de Wendron.

— Par… pardon, Sep. Seulement, l'instant était tellement solennel… On était tous là à boire ses paroles, je m'attendais à ce qu'elle nous dise un truc superimportant, et voilà qu'elle nous sort…

— « N'allez pas au cirque ! » acheva Septimus dans un immense éclat de rire.

Les deux garçons roulèrent jusqu'au bas de la butte où les attendaient Jo-Jo et Lobo.

— Vous avez manqué de respect à la Grande Mère, ronchonna Jo-Jo. Marissa est furieuse. Elle dit que j'ai eu tort de vous conduire jusqu'à elle.

— Oh ! ne sois pas… hic ! ridicule, Jo-Jo.

Nicko avait fini par retrouver son sérieux mais, à présent, il avait le hoquet.

— Vous êtes prêts à y aller ? demanda Jo-Jo. (On devinait au ton de sa voix qu'il espérait une réponse affirmative.) Je vous accompagne jusqu'au bateau.

Nicko et Septimus acquiescèrent. L'un comme l'autre avait hâte de se mettre en route et de quitter la Forêt avant que le jour soit trop avancé.

— Vous comptez toujours l'emmener ? reprit Jo-Jo en jetant un coup d'œil dans la direction de Lobo.

Septimus reporta son attention sur l'enfant sauvage et constata que ses yeux marron étaient toujours fixés sur lui. Enfin, qu'avait-il à le regarder comme ça ? Depuis le temps, il aurait dû être habitué à son costume d'apprenti. Celui-ci était voyant, mais quand même !

— Non, dit-il.

— Mais, Sep, protesta Nicko, on va avoir besoin de lui. C'est même pour cette raison que nous sommes là. Jamais on ne retrouvera Jenna sans son aide. Voilà plus de vingt-quatre heures qu'elle a disparu. Lui seul est capable de suivre une piste après tout ce temps.

— Nous savons maintenant où chercher, objecta Septimus. Morwenna a dit que Jenna était au Port.

Nicko resta sans voix durant quelques secondes.

— Ne me dis pas que tu as cru cette folle de sorcière ? demanda-t-il, stupéfait.

— Nicko ! Elle n'est pas folle.

— Mais c'est quand même une sorcière. Et pire encore, une sorcière de Wendron. Autrefois, elles passaient pour enlever les bébés. Si l'enfant était un garçon, elles l'abandonnaient dans la Forêt à la merci des gloutons. Et quand un voyageur égaré avait la mauvaise idée de leur demander son chemin, il se retrouvait au fond d'une fosse. La tante de Bo Piedplat est restée deux semaines prisonnière des sorcières de Wendron. Depuis…

— La tante de qui ?

— Bo Piedplat. Tu sais, la meilleure amie de Jenna. Une fille sympa avec les cheveux poil de carotte…

— Nicko, essaie de te concentrer. Nous voulons retrouver Jenna. Tu te rappelles ? C'est pour ça qu'on est là. J'ai confiance en Morwenna. Même Marcia lui reconnaît le don de seconde vue. Et pourtant, Marcia considère les sorcières comme du pipi de chat. Je suis convaincu que Jenna se trouve au Port.

— Qu'est-ce qu'elle irait fiche dans ce trou ?

— Simon a dû l'y conduire pour la livrer à cet étranger qui posait tellement de questions à son sujet – c'est toi-même qui m'en as parlé. Morwenna nous a confirmé qu'il était à sa recherche. Nous devons nous rendre là-bas au plus vite.

— D'accord, soupira Nicko. Va pour le Port.

Jo-Jo les guida jusqu'à la plage, où leur bateau était amarré. En dépit des réserves exprimées par Septimus, Lobo les suivait toujours. Quand Nicko eut détaché leur embarcation et que Jo-Jo les eut poussés vers le large, l'enfant sauvage prit de l'élan, bondit et atterrit à bord du bateau juste comme le courant emportait celui-ci vers le milieu de la Rivière.

— Hé ! s'écria Nicko alors que le lougre tanguait dangereusement. Quelle mouche te pique ?

Accroupi sur le pont tel un animal, Lobo avait les yeux rivés sur Septimus.

— Arrête de me dévisager ! s'exclama ce dernier, à bout de patience.

Mais les yeux dorés de Lobo continuèrent à le fixer et soudain, un vague souvenir remonta à sa mémoire. Il s'était déjà trouvé dans cette situation. À bord d'un bateau. Sur la Rivière. En bordure de la Forêt. Avec Lobo.

Un frisson l'envahit. Il s'agenouilla au fond du bateau près de l'enfant sauvage et le dévisagea à son tour.

— Quatre-O-neuf ? murmura-t-il.

Lobo acquiesça de la tête et prononça ses premières paroles depuis quatre ans :

— Toi. Quatre-un-deux.

La marée descendante les emportait à toute allure vers l'embouchure de la Rivière. Assis sur le pont, Lobo et Septimus se tenaient par les épaules, un grand sourire aux lèvres.

— Il est comme toi quand nous t'avons trouvé, remarqua Nicko. Tu ne parlais jamais. Tu ne faisais que nous regarder comme si on était tous fous. J'en avais la chair de poule.

— Oh ! pardon.

— Y'a pas de mal. On t'aimait quand même. Simplement, on ne comprenait pas pourquoi tu ne disais rien. J'imagine que c'était à cause de l'armée. Ça devait être horrible.

— Ça l'était, acquiesça lentement Lobo. (Il n'était pas encore habitué au son de sa voix.) On ne pouvait se fier à personne. Mais moi, j'avais confiance en 412.

Le silence retomba. Nicko s'affaira autour des voiles tandis que Septimus s'abîmait dans la contemplation de l'eau.

— Je les ai suppliés de faire demi-tour, dit-il au bout d'un long moment. Je te le promets. Mais ils n'ont rien voulu savoir. Le sous-off a rigolé. On s'attendait à quoi ? Ces exercices étaient destinés à faire le tri. Alors, forcément, il y avait des pertes.

À l'entendre, on aurait dit que ça lui faisait plaisir. J'ai voulu plonger pour aller te chercher, mais ce sadique m'a mis KO. Quand je suis revenu à moi, la chaloupe s'apprêtait à accoster et les autres m'ont balancé à l'eau pour me ranimer. Je suis désolé. J'aurais dû te sauver.

Lobo resta muet durant quelques minutes, puis il reprit :

— Non, c'est moi qui aurais dû te sauver. J'ai échappé à l'armée et pas toi. J'ai gagné la berge à la nage puis je me suis caché. Le lendemain matin, je t'ai aperçu dans la Forêt, mais je n'ai pas voulu risquer de me faire repérer. J'aurais dû te libérer à ce moment-là.

— Si tu l'avais fait, je n'aurais jamais découvert qui j'étais, objecta Septimus. Tu n'as rien à te reprocher. Et puis, on est tous les deux libres, à présent.

— Libres, répéta rêveusement Lobo en tournant son regard vers le large.

La proue du petit bateau fendait hardiment les eaux vertes et paisibles de la Rivière, les entraînant vers le Port.

24

Le Port

La journée avait été longue et chaude. Jenna, Stanley et Tonnerre cheminaient le long de la plage. La mer étale étincelait au soleil et les dunes se succédaient à perte de vue. Jenna venait de donner au cheval le reste de l'eau qu'elle avait puisée à une source ce matin-là. Quand elle inclina la gourde pour se désaltérer et offrir à boire à Stanley, elle n'obtint qu'un minuscule filet d'eau chaude couleur rouille qui avait goût de métal. Avec un geste d'humeur, elle fourra la gourde dans la sacoche de sa selle et se demanda une fois de plus si c'était vraiment une bonne idée de vouloir gagner le Port en longeant le rivage, comme l'avait suggéré Stanley.

Elle n'avait pas tardé à découvrir que marcher dans

le sable mou fatiguait beaucoup Tonnerre. Elle l'avait alors conduit vers la grève où le sol était plus ferme. Mais au fil des heures, la marée montante avait peu à peu dévoré la plage, obligeant le cheval à piétiner dans le sable sec qui s'écoulait des dunes.

L'après-midi était déjà très avancé quand Tonnerre dépassa laborieusement le pied de la dernière dune. Jenna eut alors l'immense plaisir de voir les maisons du Port se profiler au loin sur le ciel rougeoyant. Malgré la fatigue et les coups de soleil, elle prodigua des encouragements au cheval qui se remit en route d'un pas pesant.

Stanley était bien réveillé à présent. Perché sur la selle derrière Jenna, il jetait des regards curieux autour de lui.

— Dès que j'aperçois le Port, je ne tiens plus en place, lui confia-t-il. Il y a toujours tant de choses à faire, tant de rats à rencontrer… Mais pas cette fois, bien sûr. J'ai une mission à accomplir. Qui aurait pu le croire ? « Stanley au service de Sa Majesté. » Quels débuts fracassants ! C'est Dawnie et son idiote de sœur qui vont être surprises !

Jenna se pencha en avant et flatta l'encolure de Tonnerre.

— Dawnie ?

— Ma moitié. Enfin, mon ex-moitié… Elle est partie vivre chez sa sœur, Mabel. Et entre nous, elle commence à le regretter. Ha ! Mabel n'a pas un caractère facile. Pour être franc, elle est invivable.

Stanley hésitait à placer quelques anecdotes sur les multiples défauts de sa belle-sœur, mais un coup d'œil furtif à Jenna l'en dissuada. La petite princesse avait l'air fatigué et préoccupé.

— Nous serons au Port avant longtemps, affirma-t-il avec aplomb.

— Bien !

Jenna n'était pas aussi rassurée qu'elle s'efforçait de le paraître. L'ombre des dunes s'allongeait rapidement et le vent du large avait fraîchi. Elle n'avait aucune chance d'atteindre le cottage de tante Zelda avant le soir. Elle allait devoir coucher au Port, mais où ? Jenna avait entendu des tas d'histoires sur la pègre dans la bouche de Nicko. À la nuit tombée, aigrefins et malandrins, bandouliers et brelandiers, tire-laine et coupe-jarrets se jetaient sur les voyageurs imprudents afin de les dépouiller. Qu'allait-elle devenir ?

— Vite, Tonnerre, dit-elle. Il faut que nous soyons là-bas avant la nuit.

— Impossible, décréta le rat. Il nous reste encore une heure de route. Au moins.

— Merci de cette précision, Stanley.

Jenna jeta un regard inquiet derrière elle. Tout à coup, elle avait l'impression étrange d'être suivie.

Il faisait nuit noire quand Tonnerre aborda la chaussée qui prolongeait la plage de galets au sud du Port. Contrairement au sable, les pavés résonnaient sous les sabots du cheval et ce bruit causait un malaise à Jenna. Les faubourgs de la ville étaient plongés dans l'obscurité et il y régnait un silence inquiétant. De grands entrepôts délabrés se dressaient contre le ciel sombre de part et d'autre des rues étroites, encaissant celles-ci d'une manière qui évoquait désagréablement les ravins des Maleterres. La plupart des bâtiments étaient déserts, mais comme les murs de briques répercutaient le fracas des sabots de Tonnerre le long des ruelles, une silhouette humaine se découpait parfois dans une ouverture des étages supérieurs et observait brièvement leur progression avant de se retirer dans l'ombre.

Stanley donna une tape dans le dos de Jenna qui poussa un cri d'effroi :

— Aaah !

— Hé ! du calme. Ce n'est que moi.

— Pardon, Stanley. Je suis fatiguée, cet endroit me donne la chair de poule et je ne sais pas où je vais passer la nuit. C'est la première fois que je me trouve seule ici.

Comme elle prononçait ces mots, Jenna s'avisa brusquement qu'elle ne s'était encore jamais rendue nulle part seule.

— Que ne le disiez-vous plus tôt ? Je pensais que le premier magistrat du Port ou quelque autre grand ponte nous accorderait l'hospitalité.

Le rat semblait déçu.

— Non, murmura Jenna.

— Je suis certain qu'il serait trop heureux d'accueillir Votre Maj... Enfin, s'il savait qu'une personne de votre importance était de passage sur ses terres, si j'ose dire, il serait trop honoré de...

— Non ! déclara Jenna d'un ton ferme. Personne ne doit apprendre que je me trouve ici. J'ignore à qui je peux me fier.

— Je vois que M. Heap vous a monté la tête. Mais je ne peux vous blâmer. Cet homme a un caractère épouvantable. Dans ce cas, je suggère que nous descendions chez Florrie Bundy. Son établissement est situé près des docks, à l'écart de l'agitation, et possède une écurie dans l'arrière-cour. Si vous le souhaitez, je peux vous y conduire.

— Oh ! merci beaucoup, Stanley.

Jenna eut la sensation qu'on venait de lui ôter un grand poids. Jusque-là, elle ne mesurait pas à quel point sa situation l'inquiétait. Tout ce qu'elle désirait à présent, c'était trouver une chambre et s'écrouler de sommeil.

— Ce n'est pas exactement une hôtellerie trois étoiles, l'avertit Stanley. Il faudra vous accommoder d'un léger vernis de crasse. Enfin, j'ai bien peur qu'il y ait plus qu'un vernis. Florrie n'est pas ce qu'on appelle une fée du logis. Pour autant, elle n'a pas un mauvais fond.

Jenna était trop lasse pour s'arrêter aux détails.

— Conduis-moi chez elle, Stanley.

Le rat la guida à travers un dédale de hangars plus

ou moins vétustes, jusqu'à un quai grouillant de monde au cœur du quartier marchand. C'était là qu'accostaient les grands navires après des mois de traversée, leurs cales pleines d'épices exotiques, de soieries et d'étoffes précieuses, de lingots d'or et d'argent, de rubis, d'émeraudes et de perles des mers du Sud. En approchant, Jenna vit que l'on déchargeait un imposant vaisseau dont la figure de proue, sculptée par un artiste de grand talent, représentait une femme brune d'une beauté saisissante. Les torches qui éclairaient le quai projetaient de longues ombres mouvantes sur la multitude de marins, de porteurs et de dockers transportant des caisses qui montaient et descendaient la passerelle en file indienne, pareils à des fourmis.

Tonnerre s'immobilisa à la limite de la foule qui s'affairait. Fascinée, Jenna attendit que la voie fût libre en observant le spectacle du haut de sa monture. Quatre débardeurs descendaient la passerelle, titubant sous le poids d'un coffre en or massif. Venait ensuite un matelot portant un vase ornementé, grand deux fois comme lui, d'où s'échappaient des pièces d'or, lui-même suivi par un mousse à la mine réjouie qui ramassait les pièces perdues et les fourrait dans sa poche.

Quand toutes les marchandises furent à quai, les hommes les portèrent en procession jusqu'à un hangar aussi profond qu'une caverne dont l'intérieur était éclairé par une multitude de bougies. Avant de franchir les portes béantes, chacun faisait halte devant une femme à l'allure imposante qui arborait les galons dorés d'un officier supérieur des douanes sur les manches de sa tunique bleue. Quand elle avait examiné l'objet précieux qu'on lui présentait, l'officier adressait quelques mots à deux employés assis derrière des pupitres afin qu'ils l'inscrivent au bas de leur liste. Celle-ci, rédigée en deux exemplaires identiques, s'allongeait rapidement devant le flux ininterrompu de nouveaux trésors. De temps en temps, un grand homme très brun, vêtu d'une somptueuse robe en soie grenat de style exotique, se permettait d'interrompre l'officier. Visiblement agacée, cette dernière restait inébranlable et continuait à dicter ses instructions aux deux scribes. Jenna devina que l'homme était le propriétaire du navire et qu'il contestait l'estimation faite par l'experte.

Son intuition était juste. Quand un bateau avait fini de débarquer sa cargaison, l'officier Alice Nettles remettait à son propriétaire un double de l'inventaire et conservait la clé de l'entrepôt jusqu'à ce que les deux parties s'accordent sur le montant des droits de douane et que ceux-ci aient été dûment acquittés. Cette formalité pouvait prendre quelques minutes ou beaucoup plus, selon que le propriétaire était plus ou moins entêté et impatient de récupérer sa cargaison. Ce soir-là, Jenna était passée devant une demi-douzaine de hangars abandonnés dans lesquels achevaient de pourrir des marchandises confisquées à des navires qui avaient accosté plusieurs siècles auparavant.

À présent que la cale était vide, les hommes avaient ralenti la cadence et certains commençaient à jeter des regards intrigués à Jenna en attendant leur paie. Au grand soulagement d'Alice Nettles, l'armateur étranger s'était désintéressé des marchandises qui affluaient toujours vers le hangar pour contempler une apparition quasi surnaturelle : une enfant montée sur un cheval noir, aux longs cheveux bruns coiffés d'un diadème qui étincelait dans la lumière des torches. Elle était drapée dans une cape bleu nuit qui laissait apercevoir une tunique écarlate bordée d'or. L'homme marmonna une excuse à Alice Nettles. Surprise, celle-ci hocha rapidement la tête et reporta son attention sur l'éléphant doré qu'on lui présentait tandis que l'étranger s'éloignait.

Cependant, Jenna avait pris conscience de la curiosité qu'elle suscitait. Elle se laissa glisser de sa selle et entreprit de se frayer un chemin à travers le groupe compact des hommes. Perché sur la tête de Tonnerre, Stanley s'efforçait de la diriger :

— Un poil plus à gauche… Non, à droite. Ou plutôt, tout droit. Ah ! J'ai repéré une brèche… Manquée ! Il va falloir faire demi-tour.

— Oh ! la ferme, s'emporta Jenna.

À présent, elle avait la certitude d'être suivie. Tout ce qu'elle désirait, c'était s'extraire de la cohue, enfourcher sa monture et fuir au plus vite.

— J'essayais juste d'être utile, ronchonna Stanley.

Ignorant le rat, Jenna continua à fendre la foule.

— Excusez-moi… Pardon, pourriez-vous… ? Merci. Excusez-moi…

Cette fois, elle y était presque ! Elle n'avait plus qu'à dépasser un groupe de marins occupés à démêler une corde. Mais pourquoi diable Tonnerre restait-il en arrière alors qu'elle lui demandait d'avancer ?

— Viens vite, le houspilla-t-elle.

Elle tira d'un coup sec sur la bride et sentit une résistance, comme si quelqu'un ou quelque chose retenait son cheval.

Elle se retourna et étouffa un cri : une grande main d'homme serrait fermement les rênes. Elle crut avoir affaire à quelque matelot mécontent, mais quand elle releva la tête, elle se trouva face à l'étranger qu'elle avait aperçu plus tôt aux côtés de l'officier des douanes.

— Lâchez mon cheval ! protesta-t-elle.

L'étranger la dévisageait avec insistance.

— Qui êtes-vous ? demanda-t-il d'une voix sourde.

— Ça ne vous regarde pas, rétorqua Jenna en s'efforçant de cacher sa frayeur. Laissez-nous.

L'homme lâcha les rênes mais continua à fixer Jenna avec une expression troublée qui mettait la jeune fille mal à l'aise. Elle détourna vivement les yeux et sauta en selle. L'étranger resta planté sur le quai et la suivit du regard tandis qu'elle s'éloignait au trot.

— À gauche, indiqua Stanley, cramponné aux oreilles de Tonnerre. J'ai dit, à gauche !

Le cheval partit comme une flèche vers la droite.

— Ce n'est pas la peine que je gaspille ma salive, marmonna le rat.

Jenna se moquait de savoir où elle allait. Tout ce qui lui importait, c'était de mettre le plus possible de distance entre elle et l'étranger ténébreux.

25

La Maison-de-Poupée

— Je ne suis pas perdu, protesta Stanley. Un agent de la CIA ne se perd jamais. Simplement, je réexamine notre situation.

— Tu ne pourrais pas la réexaminer un peu plus vite ? (Jenna jeta un regard inquiet derrière elle.) On ferait bien de déguerpir avant que cet homme nous rattrape. Je suis sûre qu'il m'a suivie.

Les fugitifs se trouvaient à l'intersection des rues de la Bouline et de la Taverne, dans le quartier le plus misérable de la ville. Jenna avait mis pied à terre après que le rat lui eut demandé de s'arrêter devant une maison qui menaçait ruine, prétendant reconnaître la pension de Florrie Bundy. Malheureusement, il s'était trompé. La maison appartenait en réalité au tristement célèbre coven des sorcières du Port, et ces dernières n'avaient guère apprécié d'être dérangées aussi tard par un rat qui tambourinait à leur porte. L'une d'elles avait failli transformer l'impudent en crapaud, et Stanley n'avait dû son salut qu'à l'intervention de Jenna, qui avait promptement offert une demi-couronne d'argent à la sorcière pour qu'elle annule le sort.

— Je n'y comprends rien, bredouilla Stanley, encore tout tremblant. (Il n'arrêtait pas de frotter ses pattes sur son museau, comme pour s'assurer qu'il était toujours couvert de fourrure et non de verrues.) J'aurais juré que c'était la pension de Florrie.

— Peut-être les sorcières l'ont-elles aussi changée en crapaud, hasarda Jenna.

La rue était très animée malgré l'heure tardive. Un cirque avait dressé son chapiteau dans un pré à l'extérieur de la ville et nos trois amis étaient continuellement bousculés par des passants qui se rendaient à la dernière représentation de la soirée.

Soudain, deux voix familières parvinrent aux oreilles de Jenna dans le brouhaha des conversations.

— Rappelle-toi ce qu'elle a dit : surtout, n'allez pas au cirque.

— Allez, on va bien rigoler. Ne me dis pas que tu crois ces salades ?

Jenna jetait des regards autour d'elle, en vain.

— Septimus ? Nicko ? cria-t-elle.

— C'est bizarre, fit une voix juste derrière une

grosse femme encombrée par deux énormes paniers à pique-nique. Il me semble avoir entendu quelqu'un nous appeler.

— Sans doute des gens qui portent le même nom que nous.

— Qui pourrait porter des noms aussi bizarres que les nôtres ? Surtout le tien.

— Tu trouves que Nicko est un nom courant ? Au moins, le mien veut dire quelque chose…

Soudain, Jenna aperçut la tignasse dorée de Septimus qui paraissait flotter au-dessus d'un des paniers à pique-nique et se précipita vers lui.

— Septimus ! C'est toi… Oh ! Sep.

Septimus resta bouche bée d'étonnement.

— Jen ? dit-il enfin. Hé ! Jen. Dieu merci, tu es saine et sauve. Je n'en reviens pas que tu sois vraiment là !

Pendant que Jenna serrait Septimus dans ses bras, Nicko leur sauta dessus, manquant de les renverser.

— Hé ! On a fini par te retrouver. Ça va, Jen ? Que t'est-il arrivé ?

— Je vous raconterai ça plus tard. Il vous accompagne ?

Jenna venait de remarquer Lobo. Ce dernier se tenait un peu à l'écart, l'air hébété.

— Ouais, répondit Nicko. On te racontera ça plus tard.

— Hum ! Pourriez-vous éviter de m'écraser la queue, je vous prie ? fit la voix de Stanley.

Dans sa joie, Nicko avait malencontreusement posé le pied sur la queue du rat. Il baissa les yeux vers celui-ci, qui lui retourna son regard d'un air mécontent.

— Ça fait mal, reprit-il. Vous n'êtes pas léger, figurez-vous.

— Oh ! Pardon. Hé ! Regarde, Jen. C'est le rat coursier.

— Agent secret, rectifia Stanley. Spécialisé dans le renseignement et la localisation.

— Pourtant, tu n'as pas réussi à localiser la pension de Florrie Bundy, se moqua Jenna.

— Erreur !

Stanley tendit la patte vers une maison peinte de couleurs criardes, attenante au repaire des sorcières. Un panneau rédigé à la main était placardé sur la porte :

LA MAISON DE POUPÉE
Chambres et pension pour clientèle de choix
L'ÉTABLISSEMENT NE FAIT PAS CRÉDIT

— On dirait que Florrie a redécoré et rebaptisé son hôtel depuis mon dernier passage. Suivez-moi.

Dix minutes plus tard, un palefrenier conduisait Tonnerre à l'écurie située derrière la pension, tandis qu'une grosse femme débraillée au regard halluciné prétendant avoir racheté l'établissement à Florrie accueillait les voyageurs. Mme Mérédith (elle s'était présentée sous ce nom) recompta trois fois les pièces que lui tendait Jenna, avant de les glisser dans la poche de son tablier d'un blanc douteux.

Elle guida ensuite Jenna, Nicko, Septimus et Lobo le long d'un escalier poussiéreux.

— Vous allez devoir coucher dans l'annexe, expliqua-t-elle en se tassant contre le mur pour franchir un tournant particulièrement serré. C'est ma dernière chambre. Z'avez de la veine. Le cirque attire beaucoup de monde en ville. Mon établissement est très réputé parmi le public.

— Ah oui ? fit poliment Jenna en enjambant une poupée étendue en travers du passage.

La pension de Mme Mérédith était envahie de poupées de tous modèles et de toutes tailles, enfermées dans des cabinets vitrés, entassées dans des hamacs qui touchaient presque le sol, pendues au plafond ou clouées contre les murs. Il y en avait tout un assortiment le long des marches, et Nicko avait déjà failli trébucher dessus à deux reprises. Quant à Septimus, il feignait de les ignorer. Leur regard mort le mettait mal à l'aise et chaque fois qu'il dépassait l'une d'elles, il ne pouvait se défaire de l'impression qu'elle l'observait.

— Attention à mes bébés ! glapit Mme Mérédith comme Nicko venait à nouveau de marcher sur une poupée. Amusez-vous encore une fois à ça, et je vous garantis que vous passerez la nuit dehors, jeune homme.

— Pardon, bredouilla Nicko qui se demandait pourquoi Jenna tenait tant à loger dans cette maison de fous.

Ils venaient d'atteindre le palier quand des coups frappés à la porte résonnèrent dans tout le bâtiment. Mme Mérédith se pencha au-dessus de la rampe et cria à la bonne qui couchait dans le placard sous l'escalier :

— On est complets, Maureen. Dis-leur de fiche le camp.

Maureen alla ouvrir en trottinant. Jenna scrutait la pénombre de la cage d'escalier, se demandant qui insistait tellement pour être admis à la Maison-de-Poupée. Mais quand la bonne timide et maigrichonne tira la porte, elle réprima un cri et recula vivement. Le visiteur qui se tenait sur le seuil était la personne qu'elle redoutait le plus de voir : l'étranger des docks.

— Qu'est-ce qui te prend, Jenna ? murmura Nicko.

— L'homme qui vient d'arriver… Il m'a suivie depuis les quais. C'est moi qu'il cherche.

— Qui est-ce ?

— Je… je l'ignore. Je crois qu'il a quelque chose à voir avec Simon.

— Qui que ce soit, qu'il aille au diable, décréta Mme Mérédith.

La voix nasillarde de Maureen leur parvint du rez-de-chaussée :

— Désolée, monsieur, mais nous n'avons plus une chambre de libre.

L'étranger paraissait agité et légèrement essoufflé :

— Je n'ai pas l'intention de rester, mademoiselle. Je désirais juste un renseignement. On m'a rapporté qu'une jeune dame montée sur un cheval noir était descendue…

— Dis-lui de fiche le camp, Maureen ! brailla Mme Mérédith.

— Pardon, monsieur, mais je vous prie de fiche le camp, débita Maureen d'un ton pitoyable avant de claquer la porte au nez de l'étranger.

Au grand désespoir de Jenna, celui-ci recommença à tambouriner, mais Mme Mérédith se montra inflexible.

— Maureen, balance-lui donc un seau d'eau de vaisselle ! lança-t-elle d'un air revêche.

Comme Maureen s'apprêtait à obéir à sa patronne, cette dernière reporta son attention sur ses derniers clients.

— Veuillez me suivre, dit-elle en enjambant le rebord d'une grande fenêtre.

Les enfants échangèrent des regards perplexes. Elle n'allait quand même pas les obliger à sauter dans le vide ?

La tête de Mme Mérédith apparut dans l'embrasure de la fenêtre.

— C'est pour aujourd'hui ou pour demain ? gronda-t-elle. Si vous n'êtes pas décidés, je vais chercher le gentilhomme qui vient de frapper à la porte et lui proposer la chambre. Bande d'ingrats, va !

Jenna se dépêcha d'enjamber l'appui de la fenêtre :

— Non, non, ne faites pas ça. Nous arrivons.

On accédait à l'annexe par un pont reliant la Maison-de-Poupée au bâtiment voisin. Septimus ne put le franchir qu'en se cramponnant à Lobo et en évitant de regarder le vide vertigineux qui séparait les deux maisons. Une fois de l'autre côté, Mme Mérédith ouvrit une deuxième fenêtre.

— C'est ici. Pour entrer, débrouillez-vous sans moi. Je ne vais pas passer la nuit à faire des acrobaties.

Septimus jugea l'expérience consistant à contourner Mme Mérédith sur une étroite passerelle en bois qui oscillait à chaque pas encore plus terrifiante que d'être cerné par les gloutons. Tiré d'un côté par Jenna et poussé de l'autre par Nicko, il se laissa tomber à l'intérieur de la chambre et resta étendu par terre, tremblant de tous ses membres, le regard fixé au plafond. Son sort était scellé. Il allait devoir passer le reste de sa vie dans cette annexe, car il ne retraverserait ce maudit pont pour rien au monde.

Quand ils furent tous passés, Mme Mérédith mit la tête à la fenêtre :

— Vous trouverez le règlement sur la porte. À la moindre infraction, je vous flanque dehors. Compris ?

Tous acquiescèrent en silence.

Mme Mérédith reprit d'un ton très professionnel :

— Le petit déjeuner est servi uniquement entre sept heures et sept heures dix. De l'eau chaude est à votre disposition seulement entre quatre heures et quatre heures trente de l'après-midi. Il est interdit de chanter, de danser et d'allumer des feux dans les chambres. Bien qu'ils soient clients de la Maison-de-Poupée, les occupants de l'annexe doivent savoir qu'ils séjournent en réalité sur la propriété du coven des sorcières du Port, avec tous les risques que cela comporte. La direction de l'hôtel décline par avance toute responsabilité pour les désagréments qui pourraient découler de cet arrangement. Au fait, désirez-vous consommer ce rat au souper ? Maigre comme il est, on n'en tirera pas grand-chose, mais Maureen se fera un plaisir de vous cuisiner un potage vite fait, bien fait. Elle et moi, on a un faible pour le potage au rat. Vous n'avez qu'un mot à dire et je l'emmène.

— Non ! se récria Jenna en empoignant Stanley. Je voulais dire, merci. C'est très aimable à vous, mais nous n'avons pas très faim.

— Dommage. Au petit déjeuner, peut-être ? Sur ce, bonne nuit.

Mme Mérédith tira la fenêtre derrière elle et retraversa la passerelle d'une démarche titubante.

— Quel endroit charmant ! ironisa Nicko.

26

Mouchard

À la pointe du jour, alors que le ciel rosissait du côté du levant, une balle verte lumineuse roula sans bruit le long de la rue de la Bouline et fit halte devant la maison des sorcières du Port.

Mouchard rebondit sur place tout en se repérant. Il était satisfait. Il se savait presque arrivé à destination. Depuis que son maître l'avait jeté dehors, il avait scrupuleusement reconstitué le parcours de Jenna, accélérant et s'arrêtant partout où elle en avait fait autant. Cela explique que la petite balle se soit immobilisée à l'endroit même où Jenna avait émis des doutes sur le sens de l'orientation de Stanley, à peine quelques heures plus tôt.

Une balle traceuse opérait toujours de cette manière.

La méthode était efficace, même si elle comportait quelques inconvénients. Ainsi, en fin de journée, quand Mouchard avait entrepris de longer le littoral sur les traces de Jenna, la plage avait disparu sous dix pieds d'eau salée et agitée de vaguelettes. Pour corser la difficulté, le sable gênait beaucoup sa progression. Son maître ne tolérerait aucun retard, aussi Mouchard était-il impatient de poursuivre sa mission. D'un bond, il s'approcha de la porte des sorcières du Port et éprouva aussitôt le besoin urgent de s'en éloigner. Au même moment, une main jaillit de l'intérieur de la maison et se referma sur lui.

— Je l'ai ! fit une voix triomphante.

Mouchard se débattit furieusement, mais la sorcière avait de la poigne.

— Qu'as-tu attrapé, Linda ?

Mouchard aperçut une seconde sorcière, plus âgée, dont le visage pâlit de stupeur quand Linda lui fit voir sa proie.

— Par l'enfer, tu cherches à toutes nous faire tuer ?

— Qu'est-ce que tu radotes ? lui rétorqua la première sorcière. Je crois que tu es de mauvaise humeur à cause de ce rat que tu as manqué tout à l'heure. Et d'abord, c'est *ma* balle. Alors, dégage !

— Linda, je t'en conjure, lâche ça ! C'est une balle traceuse en mission. Elle appartient au Maître !

La sorcière laissa tomber Mouchard comme s'il lui avait brûlé la main. La petite balle rebondit dans la rue et roula jusqu'à la porte de la Maison-de-Poupée. Fascinées, les deux sorcières la virent prendre de l'élan et disparaître dans la fente de la boîte aux lettres à la troisième tentative.

— Dommage qu'elle ne soit pas venue pour l'une d'entre nous, remarqua la plus âgée des deux sorcières. Nous l'aurions **retenue** jusqu'à l'arrivée du Maître. Après ça, nous aurions été dans ses petits papiers.

— Ce sont toujours les mêmes qui ont de la chance, soupira mélancoliquement Linda avant de claquer la porte.

— Nicko ? murmura Jenna. Nicko ?

— Mouaaais ?

— Nicko, quelqu'un frappe au carreau.

— Sûrement l'aut' folle de logeuse. Rendors-toi, Jen, marmonna Nicko, couché sur un sommier défoncé dans un coin du taudis qui leur servait de chambre.

Jenna se dressa sur son séant (son sommier était tout aussi défoncé que celui de son frère) et s'enveloppa dans la cape de Lucy. Le cœur battant, elle tendit l'oreille et scruta la pénombre du regard. On aurait dit que Mme Mérédith s'amusait à lancer une balle contre la fenêtre de leur chambre. Curieux passe-temps, pour quelqu'un d'aussi peu sportif en apparence. Soudain, le brouillard du sommeil se dissipa et la lumière se fit dans l'esprit de Jenna : *Mouchard* !

La jeune fille sauta à bas du lit et manqua aussitôt de trébucher sur Septimus qui dormait à même le sol, enroulé dans une couverture. Le garçon ne broncha pas. Elle s'approcha tout doucement de la fenêtre, les genoux pliés et la tête courbée pour se cacher de Mouchard, même si elle soupçonnait que la balle traceuse n'avait pas besoin de la voir pour connaître sa présence.

C'est alors qu'elle posa le pied sur quelque chose de mou et de vivant. Elle était sur le point de crier quand une main se plaqua sur sa bouche. Une odeur d'humus emplit ses narines et elle vit deux yeux immenses fixés sur elle.

— Chut ! fit Lobo. (Cela faisait cinq minutes qu'il épiait Mouchard, tassé sous la fenêtre.) Il y a une **chose** dehors. J'en ai déjà aperçu une semblable dans la Forêt.

— Je sais, murmura Jenna. C'est moi qu'elle cherche.

— Tu veux que je l'attrape ?

La vitre crasseuse laissait filtrer une clarté verdâtre qui faisait étinceler les yeux de Lobo. Mouchard brillait de plus en plus fort. À présent qu'il avait repéré sa proie, il rassemblait son énergie afin de la **marquer**. Sa mission accomplie, il retournerait auprès de son maître et ce dernier n'aurait alors aucun mal à retrouver la fugitive.

— Tu en serais capable ? interrogea Jenna, persuadée que Mouchard était trop rapide pour l'enfant sauvage.

Lobo sourit, dévoilant des dents sales qui prenaient

une teinte malsaine dans la lumière de plus en plus vive.

— C'est facile. Regarde !

Prompt comme l'éclair, Lobo ouvrit la fenêtre et s'empara de Mouchard. Il repoussa ensuite le battant qui se referma avec fracas.

— À l'attaque !

Réveillé au milieu d'un rêve, Septimus se dressa tel un ressort, les yeux grands ouverts.

— Quoi ? Que… que se passe-t-il ? bredouilla Nicko. Jen ? Pourquoi Lobo est-il tout vert ?

Par un étrange phénomène, la lumière palpitante qui irradiait de la balle prisonnière traversait les mains de Lobo, révélant les contours des os sous la peau, tandis que le reste de sa personne virait rapidement au vert.

Mouchard enrageait à l'idée d'échouer si près du but. À moins de parvenir à **marquer** sa proie, il n'était guère plus utile à son maître qu'une vieille balle de tennis toute râpée. Mouchard en connaissait un rayon sur les vieilles balles de tennis toutes râpées, car il en était à l'origine. Conscient de tout devoir à son maître Simon, il était déterminé à le satisfaire. Rien ni personne ne l'empêcherait d'accomplir sa mission.

Les mains nerveuses du garçon le serraient comme dans un étau. Mouchard concentra son énergie et sa température commença à s'élever, lentement mais sûrement. La manœuvre était risquée, mais la balle traceuse préférait encore se liquéfier et se transformer en flaque de caoutchouc que de trahir son maître.

— Qu'est-ce qui arrive à tes mains, 409 ? s'enquit Septimus, le regard dans le vague. (Il se croyait à nouveau dans le dortoir de la Jeune Garde, avec ses camarades de chambrée.)

— J'en sais rien. C'est à cause de cette **chose** que Jenna m'a demandé d'attraper. On dirait qu'elle chauffe.

— C'est Mouchard, la balle traceuse de Simon, expliqua Jenna. Il l'a lancée à mes trousses. Que va-t-on en faire ?

Septimus secoua brusquement sa torpeur.

— Jenna, surtout, ne la touche pas ! s'exclama-t-il. Compris ?

— Je n'en ai aucune envie. Pouah ! Quelle horreur.

— Tant qu'elle n'a pas été en contact avec toi, elle ne peut pas retourner auprès de Simon et lui indiquer où tu te trouves. Pour le moment, tu es encore en sécurité.

Ses paroles n'eurent pas l'air de rassurer Jenna. La petite princesse paraissait pâle et tremblante à l'intérieur d'un halo verdâtre.

— Ouf ! fit Lobo. Ouh la la !

— Tu te sens bien ? l'interrogea Nicko.

— Ah ! C'est chaud. Je… je ne peux plus la retenir. Aaaah !

Lobo lâcha précipitamment la balle, les paumes des mains à vif.

Mouchard brillait à présent d'un éclat presque insoutenable. Il bondit sur Jenna et la toucha au bras, lui arrachant un hurlement de terreur et de souffrance. La balle se précipita ensuite vers la fenêtre, brisant la vitre au passage, et traversa toute l'épaisseur du pont de bois pour atterrir enfin sur le tas d'ordures du coven des sorcières avec un sifflement assourdissant. Puis elle resta enfouie dans les feuilles de thé, les os de lapin et les têtes de grenouille le temps de refroidir.

Au bout de quelques minutes, elle jaillit triomphalement du tas d'ordures, secoua la couche de feuilles de thé qui l'entourait et fila telle une flèche rejoindre son maître, Simon Heap.

27

Le coven des sorcières du Port

Quelques secondes plus tard, Septimus poussa un cri affolé, brisant le silence stupéfait qui s'était abattu sur l'annexe :

— La passerelle… Elle brûle !

Nicko détacha ses yeux de Jenna (assise par terre, sa petite sœur avait la main plaquée sur la brûlure circulaire qui marquait son bras) et regarda dans la direction indiquée par Septimus. Des flammes s'élevaient du trou aux bords noircis que la balle avait creusé dans le vieux pont en bois sec. Soudain, ce dernier se transforma en une rampe de feu avant de s'écraser six étages plus bas.

— Ah ! les rats, s'écria le jeune garçon d'un ton rageur.

— Les rats n'ont rien à voir dans cette histoire, s'insurgea Stanley. Si vous tenez à trouver un responsable, cherchez plutôt du côté de M. Heap. Je me demande comment va réagir la patronne de l'hôtel quand elle s'apercevra que sa passerelle est partie en fumée.

— Je me fiche pas mal de cette vieille pie, lui rétorqua Nicko. C'est même le cadet de mes soucis. Tu as oublié où nous nous trouvons ?

— Coincés au dernier étage du quartier général des sorcières du Port, dit Septimus d'un ton lugubre.

— Tout juste.

Le silence retomba. Lobo fourra ses mains sous ses aisselles et se mit à sautiller d'un pied sur l'autre, comme s'il exécutait un pas de danse, tâchant d'oublier à quel point il souffrait. Jenna sortit de l'accablement qui l'avait saisie et s'approcha de lui.

— Ça fait très mal ? demanda-t-elle.

Lobo hocha la tête, les mâchoires serrées.

— Il faudrait bander tes plaies pour les protéger. Viens !

Jenna dénoua sa ceinture et entreprit de la déchirer avec ses dents. Septimus et Nicko la regardèrent envelopper soigneusement les mains brûlées de Lobo dans la soie dorée. Toutefois, ils avaient l'esprit ailleurs. L'un comme l'autre cherchait un moyen de fuir la maison des sorcières.

— Écoutez, souffla Septimus.

— Quoi ? murmura Nicko.

Jenna et Lobo tournèrent un regard rempli d'inquiétude vers l'apprenti.

— Vous entendez ? reprit ce dernier.

Tous tendirent l'oreille dans un silence angoissé, redoutant… Quoi ? Un bruit de pas derrière la porte ? Simon Heap frappant au carreau ? Les cris de Mme Mérédith découvrant sa passerelle réduite en cendres ?

— Je n'entends rien, Septimus, avoua Nicko au bout de quelques minutes.

— Justement, il n'y a rien.

— Très drôle, Sep. Ne t'amuse plus à nous faire des frayeurs pareilles, vu ?

— Tu ne comprends donc pas ? Le pont a fait un boucan de tous les diables en tombant dans leur jardin, et les sorcières n'ont même pas bronché. C'est bientôt le matin. Elles ont dû aller se coucher. D'après Marcia, les sorcières **noires** dorment tout le jour et accomplissent leurs méfaits la nuit. On n'a plus qu'à sortir d'ici vite fait, bien fait.

— Facile ! ironisa Nicko. Pour ça, il suffit de traverser une vieille baraque qui craque de tous les côtés sans se faire remarquer, éviter une tripotée de pièges tendus par des sorcières qui n'attendent qu'une occasion pour nous sauter sur le râble et nous changer en crapauds, et enfin neutraliser l'alarme vicelarde qui protège certainement leur porte. Du gâteau !

Jenna releva la tête après avoir terminé le pansement de Lobo.

— Ne sois pas aussi grognon, Nicko, dit-elle. De toute manière, on n'a pas le choix. À moins que tu ne comptes franchir d'un bond le gouffre qui nous sépare de cette affreuse maison pleine de poupées ?

Une fois passée la porte, nos héros se retrouvèrent dans un couloir miteux tendu de toiles d'araignées. Après plusieurs tentatives, et grâce au concours de son frère, Nicko était parvenu à se remémorer sa **formule de silence et d'invisibilité** – « Répète après moi, Nick : **Ni vu, ni connu, Motus et bouche cousue**. Mets-y un peu plus de conviction. Il ne suffit pas de rabâcher comme un perroquet dément » –, et celle-ci avait parfaitement fonctionné jusque-là. À tout le moins, les quatre enfants avaient réussi à quitter la chambre sans que la porte craque, comme elle avait été **programmée** pour le faire. Jenna et Septimus avaient renoncé à s'abriter derrière leur propre **sort d'invisibilité** pour ne pas laisser Lobo seul face aux sorcières.

Ils hésitèrent un long moment sur le palier, ne sachant de quel côté se diriger. Les sorcières du Port n'avaient de cesse d'apporter des améliorations à leur demeure, même si le commun des mortels aurait répugné à employer ce terme pour qualifier le fruit de leurs efforts. Au fil des ans, elles avaient conçu un dédale inextricable de corridors, de culs-de-sac et d'escaliers bancals dont la plupart s'interrompaient brutalement ou menaient à des fenêtres donnant sur le vide. Certaines portes ouvraient sur des pièces dont les sorcières avaient ôté le plancher et négligé de le remettre en place. Les murs étaient percés de gouttières dégoulinantes et tous les dix pas, une latte de parquet pourrie manquait de céder sous votre poids et de vous précipiter à l'étage au-dessous. Pour couronner le tout, la maison était infestée de **canules**, **caquetiers** et **casse-pieds** destinés à faire tourner en bourrique d'éventuels intrus.

Un minuscule **casse-pieds** bleu (une affreuse créature hérissée d'écailles et pourvue d'un œil unique) était suspendu à une ficelle juste à l'extérieur de la chambre. Son seul objectif dans la vie était d'empêcher les gens de faire ce qu'ils avaient décidé. Mais pour y parvenir, il devait d'abord attirer l'attention de sa victime. Ne l'ayant pas remarqué, Jenna se dirigea droit vers lui et le heurta. Elle recula immédiatement, mais il était trop tard : son regard s'était posé sur l'œil bleu et inquisiteur du **casse-pieds**. Ravi de l'aubaine, celui-ci se mit aussitôt au travail, montant et descendant le long de son fil tel un Yo-Yo et s'adressant à Jenna d'un ton bêtifiant :

— Bonzour, ma zolie… Tu es perdue, dis, mon canard en susucre ?

— Oh ! la ferme, souffla Jenna en tentant d'esquiver l'odieuse créature.

— Ah ! ça, c'est pas gentil… Et moi qui voulais t'aider. Bouh-ouh !

— Sep, débrouille-toi pour le faire taire avant que je l'étrangle.

— Je réfléchis. Il faut que tu te calmes, Jen. Efforce-toi d'ignorer cette saleté.

— Méchant garnement ! Tu mériterais qu'on te fasse panpan cucul…

— Sep, reprit Jenna avec humeur. Débarrasse-moi tout de suite de cette maudite chose !

— Te débarrasser de moi ? Oh ! Non.

— Tu vas la boucler, oui ?

— Résiste-lui, Jen ! Il cherche à te faire enrager. Attends une minute. Je crois que j'ai une idée.

— Une idée ? Espèce de canaillou, va !

— Sep, je te jure que je vais le tuer !

— Oooh ! Vilaine fifille, ce n'est pas bien de dire des choses pareilles. Non, non.

Septimus était occupé à fourrager dans sa ceinture d'apprenti.

— Tiens bon, Jen ! J'essaie de mettre la main sur mon **inverseur de sorts**. Ah ! le voici.

Septimus sortit de sa poche un petit **charme** triangulaire qu'il posa à plat sur sa paume, la pointe dirigée vers le **casse-pieds**. Ce dernier lui jeta un regard soupçonneux.

— En voilà un polisson ! protesta-t-il. Ta maman ne t'a pas dit qu'on ne devait pas jouer avec des objets pointus ?

Septimus ne répondit pas. Il prit une profonde inspiration et psalmodia à voix basse afin de ne pas réveiller les sorcières :

Casse-pieds, casse-bonbons,
Oublie ton but et ta mission.

— Bigre ! fit le **casse-pieds** d'une voix à peine audible. Je me sens tout patraque.

— On dirait que ça marche, murmura Septimus. Pour m'en assurer, je vais tenter l'expérience sur moi-même.

— Sois prudent, dit Jenna qui se sentait tout à coup beaucoup moins énervée.

Après avoir prononcé une formule de **protection**, Septimus posa les yeux sur le **casse-pieds**.

— Bonjour, s'exclama celui-ci d'un ton enjoué. Que puis-je pour vous, jeune homme ?

— Tu deviens sacrément doué, glissa Jenna à Septimus.

Ce dernier sourit. Rien ne lui causait autant de plaisir qu'un **sort** réussi. Le **casse-pieds** se balançait au bout de sa ficelle, attendant sa réponse.

— Pourrais-tu nous indiquer la sortie, s'il te plaît ? demanda poliment Septimus.

— Avec joie. Suivez-moi, je vous prie.

La créature bleue se détacha de son fil et atterrit avec légèreté sur ses quatre pattes grêles. À la surprise générale, il dé-tala en direction d'une trappe béante et disparut à l'intérieur.

— Dépêchons-nous, dit Septimus. Nicko, tu passes devant. Ainsi, on ne risque pas de nous entendre.

À la suite du **casse-pieds**, nos héros descendirent une échelle très longue et instable qui s'étirait sur toute la hauteur de la maison. L'échelle n'avait pas l'habitude de supporter un tel poids (aucune des sorcières ne se risquait à l'emprunter), de sorte qu'elle ployait et oscillait dangereusement, au grand effroi de Septimus.

Ils furent accueillis au pied de l'échelle par un concert de feulements hostiles auquel Lobo répondit en feulant encore plus fort.

— Qu'est-ce que c'est que ça ? interrogea Jenna.

— Des chats, chuchota Septimus. Il y en a un paquet. Arrête de les exciter, 409.

Cependant, Lobo avait atteint son but. Les chats s'étaient tus, impressionnés par ce congénère plus gros et plus féroce qu'eux.

Le **casse-pieds** attendit qu'ils soient tous descendus de l'échelle pour reprendre :

— Comme ces messieurs-dames peuvent le constater, nous nous trouvons à présent dans la cuisine, véritable centre névralgique de l'activité ménagère du coven. Pour la sortie, veuillez suivre le guide.

La cuisine du coven empestait le graillon et la nourriture pour chats. Il faisait trop sombre pour que les enfants distinguent quoi que ce soit, hormis le rougeoiement du poêle et les reflets phosphorescents d'une nuée d'yeux qui suivaient leur progression silencieuse à travers la pièce.

Une fois hors de la cuisine, le **casse-pieds** s'engagea dans un couloir étroit, suivi de près par les enfants. Ces derniers voyaient à peine où ils posaient les pieds car la maison entière baignait dans une pénombre sinistre. Des pans d'étoffes noires masquaient les fenêtres et les murs étaient peints dans un marron sale sur lequel se détachaient quelques toiles craquelées représentant des sorcières, des crapauds ou des chauves-souris. Ils venaient de tourner un angle quand un trait de lumière poussiéreuse se dessina sur le sol et une porte s'ouvrit, livrant passage à une sorcière.

Nicko s'arrêta net. Comme il était toujours invisible, Septimus, Jenna et Lobo lui rentrèrent tour à tour dedans alors que Stanley, qui trottait en tête, se trouvait pris dans la lumière.

La sorcière écarquilla les yeux en découvrant Stanley et ce dernier, frappé d'horreur, lui retourna son regard.

— Mais c'est mon rat à moi, pas vrai ? chantonna la sorcière d'une voix étrangement monotone. Petit, petit… Viens vite, que je te transforme en un crapaud bien gras.

Stanley ouvrit et referma la bouche sans émettre aucun son. La sorcière cligna lentement les paupières, puis son regard se posa sur les trois enfants qui tentaient de se dissimuler dans l'ombre.

— On dirait que tu as amené tes amis. Bien, bien… On aime beaucoup les enfants dans cette maison. Et voici le **casse-pieds** que j'ai moi-même accroché la nuit dernière…

— Eh bien, Veronica ? fit le **casse-pieds** d'un ton désapprobateur. Toujours somnambule, à ce que je vois ?

— Moui, marmonna la sorcière. Somnambule, bulletin, tinta…

— Retourne vite te coucher, ordonna le **casse-pieds**. Autrement, tu vas encore tomber dans la trappe et réveiller tout le monde.

— C'est ça. Au dodo. Fais de beaux rêves, mon **casse-pieds** chéri.

La sorcière somnambule s'éloigna d'un pas traînant, le regard dans le vague. Jenna et Lobo s'écrasèrent contre le mur pour la laisser passer.

— Ouf ! fit Septimus.

— Et maintenant, si ces messieurs-dames veulent bien me suivre…

Le **casse-pieds** plongea vivement sous un pan d'étoffe noire tendu en travers du couloir. Septimus, Jenna, Lobo, Stanley et Nicko, toujours invisible, contournèrent le rideau poussiéreux et poussèrent un soupir de soulagement quand ils se trouvèrent face à la porte.

Le **casse-pieds** grimpa le long du panneau de bois comme un lézard à un mur chauffé par le soleil et s'affaira après une impressionnante collection de verrous, serrures et chaînes de sûreté. Jenna adressa un sourire à Septimus. L'instant de la délivrance approchait.

Tout à coup, une voix suraiguë aux accents métalliques se mit à pousser des cris stridents :

— Au secours ! On m'attaque ! À l'aide ! Lâchez-moi !

L'**alarme** qui protégeait un des verrous venait de s'activer !

— Chut, Donald ! souffla le **casse-pieds**. Ce n'est que moi.

Au lieu de se taire, le verrou fit entendre des plaintes bruyantes et répétitives :

— Ooh-ooh-ooh… À l'aide ! Ooh-ooh-ooh… À moi !

Soudain, un remue-ménage mêlé à des piaillements excités éclata au-dessus de leurs têtes. Le coven des sorcières du Port était réveillé. Quelques secondes plus tard, des pas lourds retentirent dans l'escalier, suivis d'un craquement assourdissant et d'un hurlement.

— Daphné, espèce d'idiote ! cria une sorcière. Je venais juste de réparer cette marche, et regarde ce que tu as fait ! Maintenant, elle est fichue.

Daphné répondit par un vague grognement.

— Je sens des intrus ! s'exclama une autre sorcière. Et un rat ! Vite, vite ! Prenons l'autre escalier !

Les murs de la maison tremblèrent, comme si un troupeau d'éléphants parcourait l'étage supérieur. Le coven des sorcières du Port était en route.

— Ooh-ooh-ooh… À l'aide ! Ooh-ooh-ooh… À moi !

Jenna se tourna vers Septimus, affolée :

— Est-ce que tu peux faire quelque chose, Sep ?

— Je n'en sais rien. Laisse-moi réfléchir…

Septimus fouilla à nouveau dans sa ceinture d'apprenti et en sortit un petit paquet sur lequel on pouvait lire **Poudre d'escampette**. Après l'avoir vidé dans le creux de sa main, il balança son contenu sur le **casse-pieds**. Celui-ci toussa, crachota et se mit à bouger en tous sens, tirant les verrous, tournant les clés, ôtant les chaînes si vite qu'on ne distinguait plus ses contours. Pendant ce temps, le verrou qu'il avait appelé Donald continuait à se lamenter :

— Ooh-ooh-ooh… À l'aide ! Ooh-ooh-ooh… À moi !

Soudain, un tintamarre s'éleva dans la cuisine. Les sorcières étaient toutes proches. Mais au même moment, la porte s'ouvrit en grand, plaquant le **casse-pieds** contre le mur. Les fugitifs se ruèrent dehors et remontèrent la rue de la Bouline en courant à toutes jambes, sans même se retourner pour voir si les sorcières étaient lancées à leurs trousses.

Cependant, à l'intérieur de la maison, le plancher du rez-de-chaussée avait fini par céder (cela faisait des années qu'il faisait les frais de l'appétit de la colonie de capricornes qu'élevait Daphné), précipitant l'ensemble du coven dans la cave. Fort heureusement pour les sorcières, leur chute fut amortie par une épaisseur d'immondices qui suintaient sans relâche d'un conduit d'égout percé.

28

La chaussée

À la sortie de la ville, les fugitifs empruntèrent la chaussée conduisant aux marais de Marram. Jenna marchait en tête, suivie par Tonnerre qui s'ébrouait dans la fraîcheur du matin, heureux d'avoir échappé à l'écurie malodorante derrière la Maison-de-Poupée.

Jenna avait insisté pour retourner le chercher, craignant que Mme Mérédith ne le vende au marchand de pâtés qui avait installé sa roulotte près des quais. Après avoir tourné l'angle de la rue de la Bouline, voyant qu'aucune sorcière ne montrait son nez, elle avait donc fait demi-tour et remonté le chemin de terre qui longeait l'arrière des deux bâtiments afin de libérer l'étalon.

La chaussée suivait la ligne de faîte d'un talus qui contournait les champs à la limite de la ville. À travers la brume matinale, Jenna distingua les couleurs fanées d'un chapiteau et respira l'odeur de l'herbe piétinée par les spectateurs du cirque la veille au soir. Malgré ce tableau paisible, elle se sentait les nerfs à vif et sursautait au moindre son ou mouvement brusque. La brûlure que Mouchard lui avait infligée la lançait, lui rappelant en permanence que Simon pouvait la suivre à la trace. Aussi, quand elle aperçut du coin de l'œil une minuscule forme sombre qui se dirigeait vers elle avec un bruit de crécelle, elle paniqua et agrippa le bras de Septimus.

— Ouille ! fit ce dernier. Ça va pas la… Hé ! Qu'est-ce que c'est que ça ?

Comme Jenna se cachait derrière le jeune garçon, la créature volante fonça droit sur elle.

— Aaah ! Vite, enlevez-moi ça ! hurla-t-elle avec des gestes frénétiques pour chasser le gros insecte hérissé de piquants qui s'était posé sur son épaule.

Les garçons s'agenouillèrent afin d'examiner l'insecte. Couché sur le dos dans la poussière du chemin, il agitait lentement les pattes en bourdonnant.

— Ça alors ! s'exclama Septimus en le poussant du doigt. Je le croyais mort !

— Comment est-il arrivé ici ? interrogea Nicko.

Après avoir longuement considéré l'insecte, Lobo jugea qu'il n'était pas comestible. Sa carapace lui paraissait dure et ses piquants indigestes. Il aurait parié qu'il possédait un dard caché.

— Qu'est-ce que c'est ? demanda Jenna.

Elle risqua un coup d'œil par-dessus l'épaule de Septimus, qui lui répondit :

— Ta sentinelle volante.

— Quoi ?

Jenna se laissa tomber à genoux et ramassa l'insecte avec des gestes délicats. Après l'avoir posé à plat sur la paume de sa main, elle fit de son mieux pour ôter la poussière qui le recouvrait. Au bout de quelques minutes, devant les regards fascinés des enfants, la sentinelle se releva en titubant et s'affaira à nettoyer ses ailes et sa carapace verte, comme pour vérifier l'état de son équipement. Soudain, elle s'éleva dans les airs et se posa à l'endroit qu'elle avait choisi un an plus tôt, juste après que tante Zelda l'eut créée, sur l'épaule de sa jeune maîtresse. Jenna reprit courage. À présent, elle aurait de quoi se défendre si jamais Simon reparaissait. Car tout indiquait qu'il le ferait tôt ou tard.

Escorté par quatre frêles silhouettes, le grand cheval avec un rat perché sur sa selle avançait d'un pas lent mais régulier le long de la chaussée. Autour des fugitifs, les prairies avaient cédé la place aux vastes étendues de roseaux qui procuraient des toitures, des paniers et toutes sortes d'objets utilitaires aux habitants du Port. Le soleil poursuivait son ascension, dissipant les dernières nappes de brume qui s'accrochaient aux roseaux, tandis que les marais de Marram reposaient encore sous un linceul de brouillard.

Selon sa propre expression, Stanley avait adopté un profil bas. Il n'était plus d'humeur à plastronner depuis qu'ils avaient dépassé le sentier qui conduisait à la cabane de Jack le toqué. Un an auparavant, il avait vécu là six semaines de cauchemar, prisonnier d'une cage dont il n'avait pu s'échapper qu'en jeûnant assez longtemps pour pouvoir se faufiler entre les barreaux.

La matinée était déjà bien entamée quand le rat com-mença à se détendre. La cabane de Jack le toqué était loin derrière eux, les touffes de roseaux tendaient à s'espacer et une odeur d'eau croupie leur parvenait par bouffées. Bientôt, la chaussée se confondit avec un chemin bourbeux et nos héros firent halte.

Une main au-dessus des yeux, Jenna promena son regard sur les marais, la gorge serrée. Elle n'arrivait pas à repérer le chemin menant au cottage de tante Zelda. La dernière fois qu'elle était venue là avec Nicko, c'était pendant le Grand Gel et le paysage n'avait pas du tout le même aspect sous la neige.

— Je m'étonne que le boggart ne soit pas venu à notre rencontre, dit Septimus. Je suis certain que tante Zelda sait que nous sommes là.

— Je n'en suis pas si sûre, répondit Jenna. Elle est devenue un peu dure d'oreille et sa **clairaudience** s'en ressent. Je vais lui envoyer Stanley pour la prévenir de notre arrivée.

— Je vous demande pardon ? réagit le rat. Je crains d'avoir mal entendu…

— Tu as très bien entendu, lui rétorqua Jenna. Tu vas te rendre chez tante Zelda et lui dire que nous sommes là.

— Désolé de décevoir Votre Majesté, mais comme je l'ai déjà dit, je ne fais plus les marais…

— Sauf si je t'en donne l'ordre, Stanley. Compris ?

Le rat resta sans voix.

— Si tu refuses d'obéir, ajouta Jenna, je te ferai renvoyer de la CIA.

— Mais… mais…

Le rat n'en croyait pas ses oreilles. Septimus et Nicko n'étaient pas moins étonnés. Ils n'avaient jamais vu Jenna aussi déterminée.

— Est-ce bien clair, Stanley ?

— Clair comme de l'eau de roche.

Stanley jeta un regard dépité en direction des marais. Une fois reine, pensa-t-il avec une admiration mêlée d'amertume, cette petite Jenna promettait d'être autrement plus coriace que sa mère.

— Dans ce cas, je ne te retiens pas plus longtemps. Dis à tante Zelda de nous envoyer le boggart ainsi qu'un canoë. Et tâche de faire vite. N'oublie pas que Simon est à mes trousses.

Stanley s'élança le long du chemin bourbeux, sauta

et disparut parmi les carex qui poussaient en bordure des marais.

— J'espère qu'il ne lui arrivera rien, soupira Jenna.

Il lui en avait coûté de menacer Stanley, mais elle n'avait pas vraiment le choix. À présent que Mouchard l'avait **marquée**, ce n'était plus qu'une question de temps avant que Simon apparaisse, aussi avait-elle hâte d'atteindre le cottage de la gardienne.

— C'est un brave petit rat, dit Septimus. Tu verras qu'il sera bientôt de retour avec le boggart.

Les enfants s'assirent au bord de la chaussée. Pendant que Tonnerre se régalait d'une touffe d'herbe tendre, Jenna fit circuler la gourde qu'elle avait remplie à une source avant de quitter le Port. Nicko s'étendit ensuite sur le dos afin de contempler le ciel, heureux de n'avoir rien à faire. En revanche, Lobo ne tenait pas en place. Ses mains le lançaient tellement qu'il finit par se relever et marcher de long en large pour oublier la douleur.

Jenna et Septimus scrutaient attentivement les marais, à l'affût du moindre mouvement inhabituel. De temps en temps, un souffle d'air agitait les roseaux, des clapotements assourdis montaient de l'eau, trahissant la présence d'un ragondin, un oiseau poussait un cri plaintif pour appeler sa compagne et les deux enfants sursautaient. Mais à l'approche de midi, le vent tomba brusquement et la chaleur lourde in-cita les animaux au silence. Jenna et Septimus sentirent leurs paupières se fermer et se laissèrent gagner par la somnolence. Nicko s'endormit. Même Lobo cessa de faire les cent pas et s'allongea, les mains plongées dans l'herbe fraîche.

Le soleil brillait d'un éclat presque insoutenable dans le ciel parfaitement dégagé. Au-delà des marais, une tache sombre venait d'apparaître sur l'horizon.

29

Le Grand Vol

Septimus fut le premier à ressentir la **Ténèbre**. Alerté par un crépitement qui lui fit grincer les dents, il se dressa brusquement sur son séant.

— Qu'est-ce qui se passe ? s'enquit Jenna.

La petite princesse nettoyait les dernières traces de poussière sur les ailes de sa sentinelle volante qui se promenait sur le dos de sa main, sautant de doigt en doigt.

— Là-bas, répondit Septimus. Je n'aime pas du tout cette tache. Elle est trop grosse pour un oiseau.

Jenna cligna les yeux et regarda dans la direction qu'indiquait Septimus. Dans le lointain, au-dessus des marais, une grande forme noire se détachait sur l'immensité azurée du ciel.

— C'est peut-être un milan, dit-elle d'une voix mal assurée.

Septimus secoua la tête et se leva pour mieux voir, une main en visière au-dessus des yeux. Son visage était pâle et concentré.

— Y'a un problème ? fit Nicko d'une voix pâteuse.

Sans un mot, Jenna pointa l'index vers la forme qui se rapprochait. Lobo cessa de marcher de long en large et releva la tête.

— Bizarre, murmura-t-il.

— Qu'est-ce que tu vois ? l'interrogea Nicko avec anxiété. (Il savait que l'enfant sauvage avait des yeux de lynx.)

— Ça ressemble à une énorme chauve-souris... Attends une seconde... Bon sang, qu'est-ce qu'elle va vite ! Non, c'est incroyable !

— Quoi ? fit Septimus d'un ton crispé. Qu'est-ce qui est incroyable ?

— Une espèce d'idiot qui se promène en plein ciel.

— Tu en es sûr, 409 ?

— Sûr et certain, 412.

Jenna sentit la crainte l'envahir.

— Mais c'est impossible ! protesta-t-elle. Personne ne peut voler... Je veux dire, pas comme un oiseau.

— Quelqu'un y est déjà arrivé, à ce qu'on prétend, murmura Septimus entre ses dents.

La tache noire se déplaçait vite et bientôt, il ne fit plus aucun doute qu'il s'agissait bien d'un homme. Il survolait les marais en zigzag, son long manteau noir déployé derrière lui, scrutant le paysage.

— C'est Simon ! s'exclama Jenna, l'air presque incrédule.

— Il faut se cacher, dit Septimus. Jenna, dans les roseaux. Vite !

— Il n'y a pas de quoi s'affoler, déclara Nicko, les yeux fixés au ciel. On est quatre contre un. Et puis, ce n'est jamais que Simon, notre grand frère. Ainsi, monsieur Je-sais-tout a appris à voler ? La belle affaire ! Je parie que Sep en ferait autant. Pas vrai, Sep ?

— Non, Nick. Pas comme ça. Ce que tu vois là, c'est le **Grand Vol**.

— Tu es capable de décoller du sol, non ?

— Seulement de quelques mètres. Même si je m'entraînais un million d'années, je ne volerais jamais aussi bien. En réalité, je n'imaginais même pas que quelqu'un puisse faire ça.

Jenna s'était réfugiée près de Tonnerre et se cramponnait aux guides du cheval. La présence solide de l'animal et son impassibilité la rassuraient tandis qu'elle observait l'approche de l'homme volant. Debout à ses côtés, Septimus était résolu à la défendre coûte que coûte. À cet effet, il sortit d'une poche secrète de sa ceinture le **charme** le plus précieux qu'il possédait : la minuscule paire d'ailes que Marcia lui avait offerte la première fois où elle lui avait demandé de devenir son apprenti. Posé à plat sur sa main, le

charme étincelait au soleil. Quatre mots gravés et damasquinés à l'or fin se détachaient sur l'argent : **Envole-toi avec moi**.

Septimus tenta de se rappeler ce qu'il avait fait ce matin-là, près de la mare du boggart – cela semblait si lointain ! Dès qu'il avait tenu le **charme**, il avait ressenti un fourmillement au passage de la **Magyk**. Il avait répété la formule dans sa tête, s'était imaginé en train de voler, et c'était tout. Pourtant, ça ne pouvait suffire…

— J'étais sûr que tu y arriverais ! s'exclama Nicko d'un ton admiratif.

Les pieds de Septimus avaient quitté le sol de quelques centimètres. Le garçon baissa les yeux et atterrit avec un son mat.

Cependant, Jenna ne pouvait détacher ses regards de la sombre silhouette qui se découpait sur le bleu du ciel. À présent que Simon était proche, elle distinguait ses longs cheveux blonds flottant derrière lui. Attiré par la **marque** de Mouchard, il piqua brusquement sur les roseaux. Alors qu'il paraissait sur le point de se fracasser le crâne sur la chaussée, il se rétablit d'extrême justesse et s'immobilisa. Son visage crispé reflétait sa concentration. C'était la première fois qu'il s'exerçait au **Grand Vol**. Il était retombé trois fois au sol avant de prendre son essor depuis le toit de son observatoire et avait bien failli s'écraser au milieu des marais de Marram, sur un îlot envahi de poules. Rien à voir avec le jeu d'enfant promis par Vulpin père.

À présent, il semblait avoir des difficultés à se maintenir en l'air, comme si le vent le malmenait, et fixait un regard stupéfait sur le groupe des fugitifs. Il venait d'apercevoir une créature qu'il croyait ne jamais revoir, pensant qu'elle avait été mangée par la guivre qui s'était introduite dans son repaire. (Celle-ci s'apprêtait à donner naissance à une dizaine de petits, aussi était-elle affamée et d'une humeur massacrante. Déjà, elle avait dévoré sa colonie entière de magogs.)

— Mais c'est mon cheval ! Espèce de voleuse, vociféra-t-il à l'adresse de Jenna.

Oubliant le danger, les enfants restaient fascinés par le spectacle de Simon flottant en plein ciel.

— Laisse-nous tranquilles, Simon ! cria Jenna d'un ton rageur.

— Et toi, rends-moi mon cheval ! lui rétorqua Simon.

Cette seconde de distraction lui fut fatale. Il tomba comme une pierre et se tordit la cheville en se posant en catastrophe près de Jenna. Celle-ci s'écarta vivement, entraînant Tonnerre à sa suite.

— Fiche le camp, Simon ! gronda Septimus.

Simon s'esclaffa.

— Tu crois me faire peur, demi-portion ? Eh bien, tu te trompes !

D'un geste si rapide que nul ne put l'arrêter, Simon arracha les guides à Jenna et tordit violemment le bras de la petite fille qui poussa un cri de douleur.

— Lâche-la, espèce de porc !

Nicko se rua vers son frère aîné, mais ce dernier l'attendait de pied ferme. Il lui décocha un **éclair paralysant** qui le fit tomber à la renverse et atteignit Lobo au rebond. Quand Nicko tenta de se relever, il lui sembla que sa tête était clouée au sol. La lumière l'éblouissait au point qu'il dut fermer les yeux et le bourdonnement qui emplissait ses oreilles lui donnait la nausée.

— Estime-toi heureux d'être mon frère, lui dit Simon tandis qu'il gisait, pâle comme un linge, en travers de la chaussée. Je ne blesse pas les membres de ma famille, du moins pas mortellement. Pour le reste, je ne vois ici qu'un étranger et deux sales gosses qui ont usurpé notre nom. Celle-ci m'a même volé mon cheval.

— Aïe ! cria Jenna. Simon, tu me fais mal.

— Ah oui ? Ouille ! (Simon toucha son cou.) Saletés de moustiques ! grommela le jeune homme à la vue des quelques gouttes de sang qui tachaient ses doigts.

À son insu, la sentinelle de Jenna s'était posée sur son épaule. Ayant manqué de peu sa jugulaire, elle leva à nouveau son épée aussi tranchante qu'un rasoir. L'insecte avait un peu perdu la main. Depuis qu'il avait été séparé de Jenna au cours de la « tempête du siècle », comme on l'appelait, il avait passé le plus clair de son temps à poursuivre sa bête noire, le Chasseur, reconverti en clown itinérant. Toutefois, il n'avait jamais oublié sa maîtresse. Quand il l'avait aperçue devant le chapiteau du cirque, il avait subitement retrouvé sa raison d'être. Désormais, il n'aurait de cesse de la protéger de ses ennemis.

— Arrête ! s'écria Jenna comme la minuscule épée fondait sur la carotide de Simon.

Elle ne se sentait pas le cœur de laisser la sentinelle tuer son frère adoptif. Le guerrier miniature en armure chatoyante s'immobilisa, perplexe. Pourquoi sa maîtresse l'empêchait-elle d'achever son travail ? Perché sur l'épaule de Simon, les yeux fixés sur sa cible, il devait se retenir de lever son épée et de frapper.

— Arrêter quoi, princesse ? Je t'ai à peine touchée ! Je te fais d'ailleurs remarquer que c'est moi qui suis blessé… comme toujours.

S'étant une fois de plus apitoyé sur son sort, Simon se tut et regarda autour de lui d'un air sombre. La piqûre le lançait, sa cheville le faisait atrocement souffrir chaque fois qu'il tentait de s'appuyer dessus et pourtant, il allait devoir regagner les Maleterres avec cette enquiquineuse de Jenna. Quel plaisir il aurait à l'abandonner dehors, à la merci des bêtes féroces !

— En selle, ordonna-t-il. On s'en va.

— Pas question, lui rétorqua calmement Jenna.

— Ce n'est pas à toi de me dire ce que je dois faire. Allons, dépêche-toi, insista Simon en tirant violemment sur le bras de sa prisonnière.

— Si tu continues, Simon, je dis à ma sentinelle de

terminer ce qu'elle a commencé. Je n'en ai pas envie, mais je le ferai.

— Quelle sentinelle ?

Dans un éclair d'intelligence, Simon comprit ce qui l'avait piqué. Marmonnant un **contresort**, il porta la main à son cou, saisit l'insecte qui se roula immédiatement en boule et l'expédia d'une chiquenaude dans les roseaux.

— Pardon, tu disais ? reprit-il avec un sourire narquois. Maintenant, à cheval !

— C'est toi qui vas monter à cheval. Ensuite, tu vas filer sans demander ton reste !

La voix de Septimus semblait surgir de nulle part. Simon et Jenna levèrent les yeux, surpris. L'apprenti flottait à dix mètres du sol.

Simon lâcha aussitôt Jenna et prit son essor afin de rejoindre son adversaire. Les deux garçons s'affrontèrent du regard devant Jenna médusée. À présent que leur différence de taille n'était plus un problème, Septimus ne craignait plus de tenir tête à son frère.

— Laisse Jenna tranquille, reprit-il en redoublant de concentration. (Parler tout en se maintenant en l'air s'avérait plus difficile qu'il ne l'aurait cru. Chaque fois qu'il s'apprêtait à dire quelque chose, il perdait un peu d'altitude.) Retourne… Oups ! d'où tu viens et… Ah ! emporte ta **Magyk noire** avec toi.

Les yeux de Simon s'assombrirent sous l'effet de la colère. Détail troublant, ses iris étaient sillonnés de reflets verts pareils à des éclairs dans un ciel d'orage.

— Espèce d'imposteur, gronda le jeune homme. Tu crois m'impressionner parce que tu as mis la main sur un de ces minables **charmes ailés** ? Peuh ! On les vend à la douzaine au marché. Tout juste bons à faire du rase-mottes. Aucune vitesse, aucune maniabilité.

Pour illustrer son propos, Simon s'éleva brusquement dans les airs, puis il fondit sur Septimus et se mit à décrire des cercles autour de lui en bourdonnant telle une abeille furieuse, lui coupant toute retraite.

— Un petit prodige dans ton genre ne peut ignorer que l'art du **Grand Vol** était perdu depuis des générations. Eh bien, figure-toi que c'est moi qui l'ai redécouvert.

L'étonnement se peignit sur le visage de Septimus, à la grande satisfaction de Simon. Il avait bien rabattu le caquet à ce morveux ! La suite promettait d'être distrayante. Pas trop tôt !

— Tu aimerais bien que je te dise où je l'ai retrouvé, pas vrai, demi-portion ?

Septimus demeura impassible, absorbé par l'effort qu'il devait fournir pour rester en l'air.

— Crois-moi, reprit Simon, rien ne me ferait plus plaisir que de te renvoyer auprès de cette *chère* Marcia et de son **ombre** fidèle afin que tu leur racontes comment l'apprenti du futur magicien extraordinaire a exhumé l'art du **Grand Vol** de l'oubli. Mais malheureusement pour toi et pour l'exquise Mlle Overstrand, ça m'est impossible. Tu resteras à jamais ici, à tenir compagnie à la bestiole que je viens d'expédier dans les roseaux.

Simon cessa brusquement de virevolter autour de son adversaire et plongea la main dans sa poche avec une lenteur calculée. Septimus ne le quittait pas des yeux, se demandant ce qu'il avait en tête. D'un mouvement rapide du poignet, le jeune homme lui lança un **éclair fulgurant** qu'il esquiva de justesse. Un trait de lumière aveuglant le frôla dans un grondement assourdissant, lui brûlant légèrement la joue et les cheveux, avant de s'abattre sur les roseaux. La déflagration souleva une immense gerbe d'eau boueuse qui retomba sur Nicko et Lobo, dissipant l'effet de l'**éclair paralysant**.

Déséquilibré par l'onde de choc, Septimus se sentit projeté vers Simon. Mais ce dernier ôta sa cape juste avant l'impact et enveloppa son jeune frère dedans. Septimus se débattait furieusement, les bras collés au corps, quand il entendit Simon prononcer une **adjuration**. Aussitôt, la cape se transforma en un énorme serpent noir qui s'enroula autour de lui, l'emprisonnant dans ses anneaux. Le monstre resserrait son étreinte dès qu'il tentait de respirer, si bien que la vie le fuyait un peu plus à chaque seconde.

Simon observait la scène avec un sourire satisfait quand un caillou pointu s'écrasa sur sa main. De surprise, il bascula en arrière.

— Bien visé ! fit la voix de Jenna au-dessous de lui. Vite, vite, recommence !

Lobo n'avait pas attendu son invitation pour recharger son lance-pierres et tirer à nouveau. Un petit caillou rond atteignit Simon à l'œil droit, lui arrachant un hurlement de douleur et provoquant sa chute. À l'instant où le jeune homme toucha le sol, le serpent libéra Septimus afin de suivre son maître. Il atterrit avec un bruit mat et s'enfonça parmi les roseaux en ondulant. Étourdi par le manque d'oxygène, Septimus se serait écrasé par terre si ses compagnons ne l'avaient rattrapé et étendu sur le bord de la chaussée. Préoccupés par son état (l'apprenti était d'une pâleur mortelle et ses lèvres avaient une vilaine teinte bleuâtre), ils ne remarquèrent pas que Simon s'était remis debout. Jenna ne releva la tête qu'en entendant le bruit du galop de Tonnerre sur la chaussée.

Une main plaquée sur son œil meurtri, l'autre cramponnée aux rênes du cheval, Simon Heap filait en direction des Maleterres.

30

Au cœur des marais

— Maintenant ? s'écria Stanley d'un ton incrédule. Vous voulez me renvoyer *maintenant* ?

— Tu as bien entendu, répliqua tante Zelda.

Elle venait d'ôter les pansements improvisés de Lobo et n'aimait pas du tout l'aspect de ses brûlures.

Depuis le seuil du cottage de la gardienne, Stanley apercevait Jenna, Nicko et Septimus, assis au bord du fossé. Jenna avait le bras entouré d'un bandage blanc et Septimus avait retrouvé des couleurs. Nicko agitait gaiement les pieds dans l'eau tiède. Le rat lança un regard admiratif au dragon. C'était le plus beau bateau qu'il avait jamais vu, et Dieu sait s'il en avait vu ! Son long cou recourbé (autrement dit, sa proue) était couvert d'écailles irisées, de même que sa tête dans laquelle s'ouvraient deux yeux couleur émeraude. Le soleil allumait des reflets dorés sur sa coque large et lisse le long de laquelle étaient repliées deux ailes parcheminées. La queue dressée du dragon dessinait un arc au-dessus d'un imposant gouvernail en acajou. Il se dégageait de ce tableau une impression de bonheur et de tranquillité qui incitait Stanley à rester. Toutefois, tante Zelda en avait décidé autrement.

— À ta place, je ne traînerais pas, reprit la gardienne. En partant maintenant, tu as une chance d'avoir quitté les marais avant la nuit. C'est aujourd'hui le jour le plus long de l'année, et les conditions sont idéales pour entreprendre un tel voyage. Par cette chaleur, la plupart des créatures vivantes recherchent la fraîcheur au fond de la boue.

— Sauf les caraches, rétorqua Stanley en se grattant l'oreille. À l'aller, il y en avait toute une nuée qui me suivait. Rien que d'en parler, ça me donne des démangeaisons. Sales bêtes !

Jenna rejoignit le rat sur le seuil de la maison.

— Est-ce qu'elles sont entrées dans ton nez ? l'interrogea-t-elle.

— Je vous demande pardon ?

— Les caraches. C'est comme ça qu'elles se nourrissent. Elles pénètrent par les narines et te bouffent la...

— Inutile de donner des détails, Jenna. Tout le monde ici connaît les habitudes alimentaires des caraches.

La voix de tante Zelda provenait de l'intérieur d'un placard situé sous l'escalier, sur la porte entrouverte duquel on pouvait lire : POTIONS INSTABLES ET POISONS PARTIKULIERS.

— Pas Stanley, objecta Jenna.

— Et il n'a pas besoin d'en savoir davantage. (Tante Zelda ressortit du placard, tenant un bocal plein d'une préparation rosâtre.) Les caraches ne s'attaquent pas aux rats. De surcroît, j'essaie d'obtenir de lui qu'il retourne au Château et informe cette pauvre Marcia – ainsi que ton père et ta mère – que vous êtes tous sains et saufs. Aussi, ce n'est pas le moment de l'effrayer avec les caraches.

— Il refuse d'y aller ?

Le rat leva la patte en signe de protestation.

— Excusez-moi, mais je vous signale que je suis encore là. D'autre part, je n'ai pas à proprement parler refusé d'y aller, Votre Majesté. Simplement, j'aimerais mieux ne pas le faire. Si toutefois vous n'y voyez pas d'inconvénient.

— J'en vois un gros, répondit Jenna. Et tante Zelda aussi.

— C'est bien ce que je craignais. Dans ce cas, je m'incline. Avez-vous un message particulier à l'adresse de la magicienne extraordinaire ?

— Dis à Marcia et à mes parents que nous sommes en sécurité au cottage de tante Zelda et que je suis arrivée à temps pour la fête du solstice d'été.

— Entendu. Je le leur dirai, Votre Majesté.

— Bien. Merci, Stanley. Je n'oublierai jamais ce que tu fais là. Je sais que tu n'aimes pas beaucoup les marais.

— En effet.

Stanley sauta au bas des marches, mais tante Zelda le rappela :

— Une seconde !

Le rat se retourna, espérant qu'elle aurait changé d'avis.

— Veux-tu emporter un sandwich ? Je peux t'en préparer un avec les restes du déjeuner.

— Hum ! fit le rat d'un air méfiant. Un sandwich à quoi, au juste ?

— Au chou. Je l'ai fait bouillir toute la matinée pour qu'il soit bien tendre et goûteux…

— C'est très aimable à vous, mais non merci. Je préfère partir sans tarder.

Sur ces paroles, Stanley descendit en trottinant le chemin qui menait au fossé et franchit le pont en bois avant de s'enfoncer dans les marais.

— J'espère qu'il ne lui arrivera rien, dit tante Zelda.

— Moi aussi, ajouta Jenna.

En fin de journée, Lobo fut pris d'une forte fièvre. Étendu sur le canapé du cottage, les mains enduites de **baume** contre les brûlures sous ses pansements propres, il passait tour à tour du délire à l'inconscience. Assis à ses côtés, Septimus appliquait un linge humide sur son front tandis que tante Zelda feuilletait un gros ouvrage tout écorné intitulé *La Pharmacopée des sorciers*.

— Ces brûlures portent la marque de la **Ténèbre**, murmura-t-elle. Je redoute le pire de la part de ce jeune écervelé de Simon Heap. S'il a réussi à **incuber** une balle traceuse – et avec quel succès ! – Dieu sait de quoi il est encore capable.

— De voler, dit Septimus d'un ton maussade. (Il aurait donné n'importe quoi pour faire tomber la température de 409.) Il maîtrise le **Grand Vol**.

— Le **Grand Vol** ? (Tante Zelda leva les sourcils et son regard bleu de sorcière exprima un vif étonnement.) Es-tu sûr de n'avoir pas été le jouet d'une illusion, Septimus ? Les disciples de la **Ténèbre** sont les rois de l'artifice.

— J'en suis sûr. Sinon, comment aurait-il fait pour nous rejoindre si vite à travers les marais de Marram ?

Pensive, Tante Zelda recommença à tourner les pages du grimoire qui bruissaient sous ses doigts.

— Je ne le crois pas, reprit-elle en examinant une page couverte d'une écriture serrée. Et d'abord, où se serait-il procuré le **charme** ?

— D'après Marcia, il n'existe plus. Elle dit que le dernier alchimiste l'a jeté dans les flammes. Il l'aurait sacrifié afin d'obtenir l'or le plus pur qui soit.

— Peut-être… ou peut-être pas.

— Ah ?

Septimus dressa l'oreille, impatient d'entendre la

version de tante Zelda. Son approche de la **Magyk**, pour différente qu'elle était de celle de Marcia, avait quelque chose de rafraîchissant et il arrivait qu'elle lui apprenne des choses que sa tutrice elle-même ignorait.

Tante Zelda leva les yeux de son livre et considéra le jeune garçon d'un air songeur.

— Ce qui va suivre doit rester entre nous, dit-elle à voix basse.

Septimus fit signe qu'il avait compris.

— Une légende prétend que le dernier alchimiste n'aurait pas **sacrifié** le **charme** du **Grand Vol**, mais qu'il l'aurait gardé. À ce qu'on raconte, le charme était fait de fils d'or pur, tissés par les araignées d'Aurum elles-mêmes. Séduit par sa beauté, l'alchimiste n'aurait pas supporté l'idée de le perdre et il l'aurait **dissimulé**.

— Où ça ?

Tante Zelda haussa les épaules.

— Comment le savoir ? À la cime de l'arbre le plus haut de la Forêt ? Sous son matelas ? Dans ses chaussettes ?

— Oh ! fit Septimus, déçu.

— Pourtant...

— Oui ?

— J'ai toujours soupçonné que le **charme** du **Grand Vol** se trouvait ici.

— Ici ? Au cottage ?

— Chut ! (Tante Zelda tourna une nouvelle page

et plissa les yeux afin de déchiffrer la formule griffonnée dessus.) Naturellement, je l'ai cherché partout. Mais le problème de ces **charmes** archaïques dont l'origine se perd dans la nuit des temps, c'est qu'ils ne réagissent souvent qu'à une touche de **Ténèbre**. Et s'il y a une chose que je ne possède pas et n'ai aucune envie de posséder, c'est bien celle-là.

Le linge posé sur le front de Lobo s'était réchauffé. L'esprit toujours occupé par le **charme** du **Grand Vol**, Septimus se leva et l'apporta dans la petite cuisine de tante Zelda. Après l'avoir plongé dans un seau d'eau fraîche, il l'essora soigneusement, retourna s'asseoir près de son ami et le remit en place avec des gestes délicats. Lobo ne broncha pas.

— Mais…, reprit Septimus.

— Je m'attendais à ce qu'il y ait un « mais », remarqua tante Zelda avec une pointe de malice.

— Qu'est-ce qui te fait dire que le **charme** se trouve ici ? Il y a sûrement une raison.

— Tu sais qu'une gardienne ne peut pas se marier ?

— Oui.

— C'est une bonne chose, car une épouse ne devrait avoir aucun secret pour son mari. Or, notre mission consiste justement à garder des secrets. Mais une des premières gardiennes, Broda Pye, avait contracté une union secrète avec le dernier alchimiste. Je suis persuadée que son époux a **dissimulé** le **charme** ici même. En me fondant sur le journal de Broda, j'ai également acquis la conviction qu'elle en avait conservé une partie pour son usage personnel, de sorte qu'il serait incomplet.

— Mais...

— Oui ? Oh ! Voilà qui est intéressant.

Tante Zelda scruta à travers ses lunettes une page qui donnait l'impression d'avoir été exposée à la flamme d'une bougie.

— Pourquoi l'alchimiste n'a-t-il pas simplement **dissimulé** le **charme** au Château ? s'interrogea Septimus. Je croyais qu'à l'époque, les marais étaient remplis de sandres carnivores et d'autres créatures **ténébreuses**, encore pires qu'aujourd'hui. Pourquoi risquer de perdre le **charme** au fond d'un horrible trou bourbeux ?

Tante Zelda lui lança un regard pénétrant pardessus ses lunettes et déclara d'un air mystérieux :

— Comme dit le proverbe, il y a plusieurs façons de plumer un canard.

Avant que Septimus ait pu lui réclamer des explications, elle lui fourra *La Pharmacopée des sorciers* entre les mains.

— Jette donc un coup d'œil à cette recette, dit-elle en lui désignant la page aux bords roussis. Je crois qu'elle pourrait convenir. Le **contresort** de Boris Biclou apporte l'indispensable touche de **Ténèbre**. Qu'en penses-tu ?

— « Décoction de griffe de chat », lut Septimus. « En cas de soupçon de contamination par la **Ténè-**

bre, il est recommandé d'incorporer à la préparation quelques gouttes du **contresort** numéro 3 de Boris Biclou. Attention ! Ne pas porter à ébullition. Pour la formule complète, voir page XXXV. Appliquez immédiatement sur la brûlure. Durée de stabilité du produit : treize minutes précises. Veillez à respecter les précautions d'usage. » Ça a l'air compliqué, remarqua-t-il.

— Ça l'est, acquiesça tante Zelda. La préparation devrait prendre une heure au minimum. Mais je sais que je possède tous les ingrédients. J'ai toujours un flacon de **contresort** de Biclou en réserve dans mon coffre-fort et j'ai acheté de la griffe de chat il n'y a pas si longtemps, à la dernière Grande Foire du Port.

La brave femme se leva et disparut à l'intérieur du placard à potions, laissant Septimus seul auprès de Lobo. Ce dernier, aussi pâle qu'un mort et aussi inerte qu'une pierre, était toujours dévoré par une fièvre **ténébreuse**. Le cœur rongé d'inquiétude, Septimus ne quittait pas des yeux la porte fermée du minuscule placard. Lors de son premier séjour chez tante Zelda, il avait découvert que celui-ci abritait toutes sortes de potions précieuses et délicates ainsi qu'une trappe donnant accès au tunnel et à l'ancien temple souterrain dans lequel le bateau dragon était demeuré plusieurs siècles. Depuis que la tempête avait emporté les murs du temple, le tunnel aboutissait au carré de choux de tante Zelda et cette dernière l'utilisait comme raccourci.

La silhouette de Jenna s'encadra dans la porte.

— Comment va-t-il ? demanda-t-elle d'un ton anxieux.

— Pas très bien, j'en ai peur, répondit Septimus à voix basse. Tante Zelda est en train de lui préparer une potion très compliquée.

Jenna alla s'asseoir près de Septimus.

— Tu crois qu'il va guérir ?

— Je n'en sais rien. Oh ! Ça a été rapide.

Tante Zelda sortit du placard en trombe, l'air énervé.

— De la maresquine fraîche… Il me faut de la maresquine « fraîche ». Non mais, vous vous rendez compte ? Maudite recette ! Vous voulez bien aller en demander à Boggart ? S'il vous plaît.

Septimus bondit sur ses pieds, mais Jenna l'arrêta :

— Non, Sep. C'est à moi d'y aller. Toi, reste avec Lobo.

— Dis à Boggart que c'est urgent, précisa tante Zelda tandis que la petite fille s'éloignait. Et s'il rouspète, ignore-le.

En effet, le boggart était d'humeur rouspéteuse. Jenna dut l'appeler à trois reprises avant qu'il émerge de sa flaque de boue au milieu d'une nuée de bulles.

— Y'a pas moyen de dormir en paix sous cette chaleur ? ronchonna-t-il en clignant les yeux, ébloui par la lumière du jour. Quoi qu'il y a encore ?

— Je suis vraiment désolée de vous déranger,

s'excusa Jenna, mais tante Zelda a un besoin urgent de maresquine fraîche et…

— De la *maresquine* ? A veut que j'aille lui cueillir de la maresquine ?

— S'il vous plaît. C'est pour le garçon qui a les mains brûlées. Il va très mal.

— Oh ! Ça me navre. Mais ce qui me navre encore plus, c'est de couper ma sieste pour aller me faire roussir la couenne au soleil et bouliquer un tas de limaces dégoûtantes.

Le boggart frissonna et une grosse bulle se forma devant son museau qui évoquait celui d'un phoque. Un souffle d'air fétide parvint aux narines de Jenna qui recula, prise de vertige. L'haleine de boggart était un répulsif réputé, et la chaleur augmentait ses propriétés.

— Dites à Zelda que j'y apporterai sa maresquine dès que possible, déclara le boggart avant de s'enfoncer dans la boue.

Quelques minutes plus tard, il remonta à la surface du fossé entourant l'île. Jenna le vit s'éloigner à vive allure le long des canaux et des rigoles qui conduisaient aux marais. Quand il fut parvenu à la fosse au fond de laquelle poussait la maresquine, il dressa la tête hors de l'eau et prit une profonde inspiration avant de plonger.

Le boggart ferma ses oreilles et ses narines et se laissa couler. Cet excellent nageur pouvait rester en apnée durant plus d'une heure, aussi cette partie de sa mission ne lui causait aucune inquiétude. En revanche, il appréhendait ce qu'il allait trouver à cent pieds de profondeur. Le boggart n'était pas une créature délicate. Néanmoins, les limaces blanches géantes des marais lui donnaient la chair de poule. Il en existait tout un banc au fond de la fosse, et la maresquine prospérait en se nourrissant de leur chair en décomposition. La maresquine agissait comme un puissant catalyseur avec n'importe quelle potion, mais quand de surcroît on l'utilisait fraîche… Le boggart eut un mouvement de tête qui exprimait la désapprobation. Il était à souhaiter que Zelda sache ce qu'elle faisait.

Jenna s'assit au bord du fossé et attendit que le boggart reparaisse. Pour passer le temps, elle ramassa une poignée de galets gris et les chatouilla pour le cas où l'un d'eux aurait été Petrus Trelawney, le caillou de compagnie que Silas lui avait offert pour son dixième anniversaire. Lors de la dernière visite de Jenna chez tante Zelda, Petrus était parti à l'aventure et n'était jamais revenu. La petite fille n'avait pas renoncé à le chercher, mais quand elle les chatouilla, aucun des galets qu'elle avait ramassés n'étira ses petites pattes comme l'aurait fait Petrus. Avec un soupir, elle les lança un à un dans le fossé, espérant que le boggart ne tarderait pas.

Jenna n'était pas la seule à attendre. Non loin de la fosse, un jeune garçon efflanqué était allongé sur une bande d'herbe tendre. Son costume se composait d'un pantalon en patchwork trop large et d'une ample tunique faite dans une étoffe grossière. Tante Zelda avait beau le gaver, Merrin Mérédith, l'ex-apprenti de DomDaniel, était toujours aussi maigre qu'un coucou. Il y avait plus d'un an que la brave femme l'avait ramené à la vie après que son ancien maître l'eut **asséché**. Pourtant, l'expression hagarde de ses yeux gris témoignait encore du traumatisme qu'il avait subi. Dans ses bons moments, Merrin acceptait la compagnie de tante Zelda. Mais quand il allait mal, comme ce jour-là, il ne supportait pas sa présence ni celle de quiconque. Il avait alors l'impression d'être toujours **asséché**, comme s'il n'existait pas vraiment.

Merrin était contrarié. Cela avait commencé avec l'arrivée d'un rat bavard qui avait expédié le boggart et le canoë à l'autre bout du marais afin de récupérer l'horrible princesse. Merrin traînait aux abords du chenal qui conduisait au Port quand le canoë était apparu à l'horizon. Ce qu'il avait vu à son bord n'avait fait qu'augmenter sa rancœur.

Sans aucun doute, la silhouette assise à l'avant était celle de cette pimbêche de princesse. Malheureusement, elle n'était pas seule. Le canoë transportait trois autres passagers. L'un d'eux – un garçon maigre et crasseux qui rappelait à Merrin un loup que son ancien maître avait tenté d'apprivoiser – n'avait pas trop mauvaise allure. Mais les deux autres étaient les dernières personnes que Merrin avait envie de voir. Le premier était l'affreux Nicko, le garçon qui l'avait un jour traité de porc et lui avait tordu le bras. Pire encore, le second était le soi-disant Septimus Heap, l'imposteur qui lui avait volé son identité. Tante Zelda avait beau jeu de lui seriner que son vrai nom était Merrin Mérédith. Dans le fond, qu'en savait-elle ? Toute sa vie, on l'avait appelé Septimus Heap. Pour ridicule qu'il était, ce nom était tout ce qu'il possédait.

Dans un accès de mauvaise humeur, Merrin s'était réfugié aux abords de la fosse. Il était sûr que tante Zelda ne viendrait pas l'y déranger, du moins pas avant la tombée de la nuit. Mais là non plus, il n'avait pu trouver la tranquillité. Le vieux boggart puant était venu l'importuner, à son grand mécontentement.

Couché sur l'herbe, le garçon piquait rageusement un bâton pointu dans la boue, attendant que le boggart s'éloigne. Au bout d'une éternité, il perçut un gargouillement et la tête du boggart creva la surface brune du marécage. Merrin resta coi. Le boggart lui inspirait la même crainte que la plupart des créatures vivantes. La grosse bête s'ébroua, aspergeant Merrin d'eau malodorante.

— Cochonneries de limaces ! dit-il. Ça grouillotte là-dessous. Pour passer, m'a fallu les arracher à pleines pognées. J'en ai pour des jours et des jours à me curer les ongles. Pouah ! (Le boggart frissonna violemment.) Enfin, j'ai la maresquine pour Zelda.

Il leva la patte, montrant au garçon une poignée de serpentins blancs et gesticulants qui se recroquevillèrent immédiatement à la lumière du soleil.

— Oups ! fit le boggart en replongeant la maresquine dans l'eau. Faudrait pas qu'a se fanent.

Sur ces paroles, il fit demi-tour et remonta le chenal en direction du fossé. Dès qu'elle l'aperçut, Jenna courut vers le pont à sa rencontre.

Merrin observa la scène en transperçant un innocent scarabée de son bâton.

31

Dragons

Malgré deux explosions de faible puissance à l'intérieur du placard et le nuage de fumée verte à l'odeur pestilentielle qui s'était échappé de dessous la porte au moment où elle ajoutait la maresquine à la préparation, tante Zelda était parvenue à ses fins. Depuis qu'elle avait versé treize gouttes de décoction de griffe de chat sur sa langue, Lobo dormait d'un sommeil paisible.

Le soleil venait de se coucher. Assis sur les marches de la maison, Jenna, Nicko et Septimus virent les dernières bandes de pourpre qui barraient l'horizon s'effacer graduellement. Le point brillant de Vénus ressortait de plus en plus nettement sur le bleu foncé du ciel. À l'autre bout de la maison, Merrin était occupé à nourrir et à recompter l'impressionnante colonie de fourmis que tante Zelda l'avait autorisé à conserver dans un assortiment de pots vides.

Peu avant minuit, tante Zelda alluma une lanterne : c'était bientôt l'heure du rendez-vous annuel de Jenna avec le bateau dragon. Merrin se trouvait déjà à l'étage, blotti au fond de son lit. Mais il eut beau se répéter qu'il se fichait pas mal de ce que cette bande d'idiots fabriquaient, il finit par céder à la curiosité et s'approcha de la petite fenêtre donnant sur le fossé où était amarré le bateau dragon.

Merrin ne savait pas que le bateau dragon était en partie vivant (connaissant sa propension à faire souffrir les animaux, tante Zelda avait jugé plus sage de lui cacher ce détail). De nombreux siècles auparavant, il était même un véritable dragon qui respirait et vivait en complète autonomie. Fait très rare, l'œuf dont il était issu avait été **incubé** par un homme : Hotep-Râ, le premier magicien extraordinaire. À l'époque, ce dernier était loin d'imaginer qu'il s'établirait un jour au Château et construirait la tour du Magicien. Mais des années plus tard, au cours de la nuit terrible entre toutes où Hotep-Râ, obligé de fuir son pays, avait entamé son long périple vers le nord, le dragon s'était **transformé** en une magnifique nef afin d'aider son maître à échapper à ses poursuivants. C'était très généreux de sa part, car un dragon ne pouvait subir une telle transformation qu'une fois dans sa vie. En se sacrifiant de la sorte, le dragon d'Hotep-Râ se condamnait à demeurer sous cette forme jusqu'à la fin de ses jours.

Le cou et la tête vivante du dragon formaient la proue du bateau et sa queue dentelée, la poupe. Ses ailes soigneusement repliées le long de sa coque en bois faisaient office de voiles. Lors de la **transformation**, les côtes du dragon étaient devenues les poutres qui soutenaient les bordages et son échine, la quille du navire. Une cabine que nul – pas même tante Zelda – n'avait jamais ouverte abritait le battement silencieux de son cœur.

À la clarté de la lanterne, Merrin vit tante Zelda se diriger vers le bateau avec Jenna. Les deux visiteuses s'arrêtèrent devant la proue et levèrent les yeux vers la tête du dragon. Alors celle-ci bougea, plongeant Merrin dans une stupeur sans bornes. La proue du bateau s'inclina lentement vers Jenna, toujours immobile dans le rond de lumière jaune de la lanterne, jusqu'à ce que l'énorme tête se trouve au niveau de son visage. Puis le dragon plongea son regard dans les yeux de la petite princesse, nimbant ses cheveux noirs d'un halo vert émeraude. Le garçon eut l'impression qu'ils se parlaient sans mots. Il vit Jenna étendre le bras pour caresser le mufle de la bête et devina que celui-ci était tiède et doux au toucher. Il éprouva le désir soudain de le caresser à son tour, mais il savait que ce plaisir lui était interdit. Il nota avec satisfaction que ni l'imposteur, ni la petite teigne n'y avaient droit. Cachés dans l'ombre à quelques pas de la princesse, les deux garçons assistaient passivement à la scène, tout comme lui.

Jenna approcha ensuite son oreille de la gueule du dragon et son sourire céda la place à une expression soucieuse. Merrin se demanda ce que le bateau avait pu lui dire. Son sport favori consistait à épier les conversations et à percer à jour les desseins secrets des gens. Cette habitude remontait à l'époque où il était l'apprenti de DomDaniel et où presque personne ne lui adressait la parole. C'était pour lui le seul moyen d'entendre une voix humaine qui ne criait pas. À présent, intrigué par le rituel qui se déroulait au bord du fossé, il sautillait nerveusement derrière la fenêtre, pestant contre son éloignement.

Ce que Merrin ignorait, c'est que nul ne pouvait entendre ce que le dragon disait à Jenna. Son intuition était juste : les reines du Château avaient toujours communiqué par la pensée avec le bateau, et ce depuis l'origine. Chaque année, le jour de la fête du solstice d'été, la reine venait voir le dragon quand le pouvoir de celui-ci était à son zénith. Cette tradition séculaire perdurait depuis qu'Hotep-Râ avait dû embaucher des ouvriers pour réparer son navire qui avait fait naufrage près de l'embouchure de la Rivière. Ces entrevues avaient toujours lieu dehors, car le soleil et l'air vif des marais avaient un effet roboratif sur le bateau dragon. Mais en vieillissant, Hotep-Râ avait vu ses pouvoirs décliner et ses plans contrariés. Craignant pour la sécurité de son navire, il l'avait fait murer à l'intérieur d'un antique temple qui s'étendait sous l'île où résidait désormais tante Zelda. Depuis lors, les gardiennes s'étaient succédé auprès du bateau, suivant en cela les instructions d'Hotep-Râ, et les souveraines du Château avaient continué à lui rendre visite chaque solstice d'été. Si nul ne connaissait la raison de cette coutume, les archives d'Hotep-Râ ayant disparu, les gardiennes comme les reines la savaient aussi indispensable à la sécurité du Château que la présence de la souveraine dans l'enceinte de ce dernier.

Cependant, la visite arrivait à son terme. Jenna mit les bras autour du cou du dragon, comme pour lui dire au revoir. Quand elle le lâcha, l'animal mythique redressa lentement la tête et reprit sa position initiale, redevenant le magnifique bateau qu'il était auparavant. Jenna lui jeta un long regard avant de rebrousser chemin avec tante Zelda. Quand elles furent près du cottage, Merrin les perdit de vue. Tout à coup, il avait très envie de dormir. Curieusement, la scène muette à laquelle il venait d'assister semblait avoir sur lui un effet soporifique. Au lieu de se poster au sommet de l'escalier pour espionner selon son habitude, il retourna se coucher et s'endormit aussitôt. Pour la première fois depuis une éternité, son sommeil fut exempt de cauchemars.

En bas, tante Zelda avait allumé un feu avec des branches de pommier et servi aux enfants un verre de jus de chou et de carotte sauvage pour célébrer la nuit la plus courte de l'année. Le solstice d'été revêtait une grande importance pour toutes les sorcières blanches, et particulièrement pour celles de l'île de Draggen. Tante Zelda était l'héritière d'une longue lignée de gardiennes, mais aucune avant elle n'avait eu l'idée d'amarrer le bateau dragon devant le cottage, comme une vulgaire barque de pêcheur. Toutes celles qui l'avaient précédée conduisaient la reine jusqu'à la trappe située dans le placard à potions et l'escortaient le long du tunnel menant au temple où Hotep-Râ, le premier maître du dragon, avait enfermé celui-ci.

Assis devant la cheminée, le nouveau maître du dragon sirotait son jus de chou et de carotte sauvage en tripotant l'anneau d'or qui ornait l'index de sa main droite.

— Quel est le problème, Jenna ? demanda-t-il. Qu'a dit le dragon ? Raconte !

Jenna ne répondit pas. Elle continua à regarder les flammes, perdue dans ses réflexions. Tante Zelda vint s'asseoir près d'eux et fit la leçon à Septimus :

— On ne doit jamais demander à une reine – ou à une future reine – ce que lui a dit le dragon. Même dans les temps anciens, quand les magiciens extraordinaires connaissaient encore l'existence du bateau dragon, aucun n'aurait osé l'interroger.

— Je suis sûr que Jen n'y voit aucun mal. Pas vrai, Jen ? Et puis, si elle vient d'apprendre une mauvaise nouvelle, il n'y a aucune raison pour qu'elle porte ce poids toute seule.

Jenna détourna les yeux du feu.

— Je n'en veux pas du tout à Septimus d'avoir posé la question, dit-elle.

— Je n'en doute pas, reprit tante Zelda. Mais il est important que tu saches comment les choses doivent être faites, et comme ta mère – la pauvre ! – n'est pas là pour te l'enseigner… eh bien, je me sens le devoir de te transmettre tout ce que je sais.

— Oh ! fit Jenna avant de se renfermer dans son mutisme. Ça ne me gêne pas de vous répéter ce que m'a dit le dragon, ajouta-t-elle au bout de quelques secondes. Au contraire. Il m'a dit qu'un **agent de la Ténèbre** approchait de cette maison et qu'il n'était plus en sécurité ici…

— Balivernes ! s'exclama tante Zelda. Il est placé sous ma protection. Quand même, c'est moi la gardienne de cette île…

Jenna reprit d'une voix ferme et basse, les yeux fixés sur les flammes : ce qu'elle avait à dire était tellement pénible qu'elle ne se sentait pas le courage de regarder tante Zelda.

— Le dragon a dit qu'il s'attendait à la venue d'un **agent de la Ténèbre** depuis que la tempête avait emporté le temple et qu'il demeurait dehors.

— Dans ce cas, pourquoi n'en a-t-il pas parlé lors de ta dernière visite ? maugréa tante Zelda.

— Je n'en sais rien. Peut-être n'avait-il pas envie qu'on l'enterre à nouveau. C'est humain – enfin, si l'on peut dire… Il aime le soleil et le grand air.

— Très juste, acquiesça tante Zelda. Ce serait terriblement dommage de le cacher à nouveau. Il est si beau… Je lui parle tout le temps à présent qu'il est dehors.

Jenna hésita. Comment tante Zelda allait-elle réagir à la requête du bateau dragon ?

— Il dit qu'il doit s'en aller, murmura-t-elle.

— Quoi ? fit tante Zelda, suffoquée.

— Il voudrait que son nouveau maître l'emmène loin d'ici pour le protéger, comme l'avait fait le premier en l'enfermant dans l'ancien temple. Je suis désolée, tante Zelda. Il estime qu'il est temps pour lui d'achever son voyage en se rendant au Château.

— Mais c'est moi sa gardienne, protesta tante Zelda. J'ai fait le serment de veiller sur lui quoi qu'il advienne, et je tiendrai parole. Je ne peux pas le laisser partir. Ça m'est impossible.

Elle se leva avec effort du tabouret sur lequel elle était assise et demanda :

— Je vais me préparer un sandwich au chou. L'un de vous en veut-il aussi ?

Jenna et Nicko firent non de la tête tandis que Septimus hésitait. Les sandwichs au chou de tante Zelda lui manquaient depuis qu'il vivait à la tour. Lors de son dernier anniversaire, Marcia lui avait fait la surprise de lui en offrir un, mais il n'avait pas le même goût que l'original. Néanmoins, il déclina l'offre de sa bienfaitrice car il ne se sentait aucun appétit.

Il se demandait avec inquiétude ce qu'il allait faire du bateau dragon et des objections que tante Zelda ne manquerait pas de soulever le moment venu quand une sensation de piqûre le fit tressaillir. Pensant qu'il s'agissait de Bert, la chatte de tante Zelda, il fit le geste de chasser l'importune. Depuis qu'elle avait revêtu la forme d'une cane, Bert avait l'habitude de donner des coups de bec à quiconque osait lui voler sa place devant l'âtre. Toutefois, il n'y avait aucune trace de Bert dans la pièce.

— Qu'est-ce qui t'arrive, Sep ? l'interrogea Nicko.

— Quelque chose m'a pincé. Pourtant, Bert n'est pas là... Ouille ! Ça recommence. (Septimus se leva d'un bond.) Aïe ! C'est dans ma poche.

— Berk ! fit Jenna. Ce doit être un crampillon. Ils grouillaient autour de moi pendant que j'attendais Boggart. Débarrasse-toi de cette saleté, Sep. Jette-le vite dehors !

Septimus se dirigeait vers la porte quand tante Zelda revint, un sandwich monumental à la main.

— Qu'est-ce qui se passe, ici ? demanda-t-elle.

— Sep s'est fait mordre par un crampillon, expliqua Jenna. Il s'est glissé dans sa poche.

— Sales petits monstres ! Veille à l'expédier au-delà du fossé, Septimus. Je ne tiens pas à ce qu'il rentre dans la maison.

Septimus ouvrit la porte et retourna la poche de sa tunique. À sa grande surprise, celle-ci était vide. Pendant qu'il s'interrogeait, une petite tête jaillit d'un accroc de la bourse qui pendait de sa ceinture et le mordit de toutes ses forces.

— Argh !

Septimus se mit à sautiller en rond, secouant frénétiquement sa main pour se débarrasser de la minuscule créature verte qui avait planté ses dents dans son index droit, juste au-dessus de l'anneau dragon.

— Juste ciel ! s'exclama tante Zelda. Qu'est-ce que tu as là ?

— Enlevez-moi ça ! hurla Septimus en détournant les yeux pour ne pas voir son agresseur.

Au même moment, la créature reprit son souffle. Comme elle n'avait pas encore appris à respirer tout en mordant, elle lâcha prise alors que Septimus secouait à nouveau la main et fut violemment projetée dans les airs, manquant de peu la collection de balais suspendus aux poutres du plafond. Quand elle atteignit la moitié de sa trajectoire, elle déploya ses ailes miniatures et les agita en vain avant d'atterrir sur Jenna.

Celle-ci resta alors médusée devant le bébé dragon qui reposait sur ses genoux.

32

Boutefeu

— Je crains que tu n'aies pas le choix, confia tante Zelda à Septimus alors qu'elle pansait son doigt. En te mordant, le dragonnet t'a **imprégné** de son essence. L'ennui, c'est qu'il risque de devenir encombrant en grandissant. Tu vas devoir te procurer un manuel pratique d'éducation du dragon. Toutefois, je n'ai pas la moindre idée de l'endroit où trouver cela à l'heure actuelle.

Septimus ne pouvait détacher ses yeux des morceaux de la pierre que Jenna lui avait offerte lors de leur premier séjour sur l'île. Elle l'avait ramassée dans le tunnel menant au temple où était caché le bateau dragon, la nuit où le jeune garçon l'avait aidée à échapper au Chasseur. Depuis, Septimus avait pieusement gardé son cadeau, le premier qu'il avait jamais reçu. En fait, le caillou précieux était une épaisse coquille verte dont les débris tenaient à présent dans ses mains en coupe. Tandis qu'il contemplait ceux-ci, Septimus se demanda comment il avait pu tomber un jour sur un œuf de dragon.

De fait, les chances que cela arrive étaient infimes. Septimus l'ignorait, mais il existait en tout et pour tout cinq cents œufs de dragon à travers le monde et aucun être humain n'avait assisté à l'éclosion de l'un d'eux depuis des lustres. On les trouve d'ordinaire dans d'anciens repaires de dragon et la plupart des gens les conservent pour leurs qualités décoratives. Tous ne sont pas verts. On en rencontre beaucoup de bleus et plus rarement des rouges. Mais quelle que soit leur couleur, la plupart échouent derrière des vitrines ou dans de vieilles boîtes à chaussures, sans la moindre chance d'éclore. Car pour donner naissance à un dragonnet, un œuf doit être soumis à un certain nombre de conditions précises dans un laps de temps donné. La dernière éclosion connue avait eu lieu cinq siècles plus tôt, sur une minuscule île déserte où un marin avait trouvé refuge après que son bâtiment eut coulé. Un matin à son réveil, le naufragé avait eu la surprise de constater que son caillou bleu fétiche avait engendré un compagnon extrêmement turbulent.

De même que le malheureux matelot, Septimus avait accompli à son insu toutes les opérations indispensables à la maturation d'un œuf de dragon dormant. Tout abord, il avait activé l'incubation en le conservant près de la cheminée lors de son premier séjour chez tante Zelda. Pour lancer le processus, un œuf de dragon exige d'être exposé à une température supérieure à quatre-vingts degrés durant au moins vingt-quatre heures. Ensuite, il doit demeurer au chaud et être constamment remué pendant un an et un jour, deux conditions que Septimus avait remplies en le gardant en permanence dans sa poche. En plus de la chaleur, un dragonnet a besoin de croire que sa mère l'emporte partout avec elle et qu'elle prendra soin de lui quand il aura brisé sa coquille. Dans son esprit, l'immobilité est synonyme de mère absente. À force d'être secoué et bringuebalé, le futur dragon avait acquis la certitude que sa mère débordait de vie et d'énergie. Au bout d'un an et un jour, la minuscule créature est quasiment prête à naître. Mais même à ce stade, rien n'est gagné. Faute d'un choc assez fort pour le réveiller, le dragonnet meurt au bout de six mois sans avoir vu la lumière du jour. Normalement, sa mère profite de ce délai pour trouver un endroit où mettre au monde et élever sa progéniture. Une fois installée dans son nid, elle mord très légèrement l'œuf. Heureusement pour le dragon de Septimus, les gloutons s'étaient substitués à sa mère quand ils s'étaient cassé les dents sur l'épaisse coquille. Après cela, il reste encore une condition à remplir. En réalité, c'était Simon et non Septimus qui avait complété le processus en apportant à l'œuf la touche de **Ténèbre** sans laquelle il n'aurait pu éclore.

Pour satisfaire à cette dernière exigence, chaque mère dragonne a sa propre méthode. Certaines enlèvent une **créature** afin de la montrer à l'œuf ; d'autres déposent ce dernier devant la maison d'une sorcière **noire** et l'y laissent toute une nuit, en espérant l'y retrouver le lendemain matin. D'autres encore sont suffisamment imprégnées de **Ténèbre** pour se passer de ces subterfuges. Quand la cape de Simon, une fois changée en serpent, s'était enroulée autour de Septimus et de l'œuf, elle avait déclenché le compte à rebours qui devait conduire à la naissance du dragonnet, douze heures plus tard.

— Je ne connais pas grand-chose aux dragons, du moins aux nouveau-nés, reprit tante Zelda en achevant à la fois le pansement de Septimus et la dernière bouchée de son sandwich. Mais je sais qu'il est conseillé de les baptiser au plus vite. Un dragon resté trop longtemps anonyme ne répond pas quand on l'appelle. D'après ce que je sais, ils n'ont déjà que trop tendance à vous ignorer, même quand les circonstances sont favorables. En outre, il ne doit pas quitter son maître durant les premières vingt-quatre heures. C'est pourquoi je te suggère de le rendre immédiatement à Septimus, Jenna.

Jenna cueillit le minuscule lézard ailé sur ses genoux et le tendit à Septimus.

— Tiens, dit-elle avec une pointe de regret. Qu'est-ce qu'il est mignon !

Septimus considéra le dragon qui dormait, roulé en boule sur la paume de sa main. Il semblait étonnamment lourd pour sa taille, frais au toucher et aussi lisse que l'œuf dont il était issu.

Nicko s'étira et bâilla bruyamment.

— Je tombe de sommeil, dit-il.

— Personne n'ira au lit tant qu'on n'aura pas baptisé ce dragon, décréta tante Zelda. Quelqu'un a-t-il une idée ?

Septimus bâilla à son tour. Il se sentait beaucoup trop fatigué pour inventer un nom pour son dragon. Soudain, ce dernier ce redressa et toussa pour expulser des fragments de membrane vitelline. Au même moment, deux flammèches jaillirent de ses narines et brûlèrent la main de Septimus.

— Aïe ! Il crache du feu… Eh ! J'ai trouvé. Je vais l'appeler Boutefeu.

— Continue, l'encouragea tante Zelda.

— Comment ça ? demanda Septimus en suçant ses doigts.

— Les dragons sont sensibles à l'étiquette, expliqua tante Zelda. Tu dois dire… Laisse-moi réfléchir. Ah ! Voilà. **Ô compagnon fidèle et ami sincère, Toi qui me suivrais jusqu'en enfer, Je te nomme Boutefeu**. Ou Patapouf, ou Casimir, ou… Bref, le nom que tu lui as choisi.

Septimus regarda le dragon posé sur sa main et répéta d'une voix lasse :

— **Ô compagnon fidèle et ami sincère, Toi qui me suivrais jusqu'en enfer, Je te nomme Boutefeu**.

Le dragonnet fixa sur lui ses yeux verts qui ne cillaient jamais et expulsa un nouveau fragment de membrane vitelline.

— Beurk, fit Septimus.

Septimus ne dormit pas beaucoup cette nuit-là. Boutefeu ne tenait pas en place. Chaque fois que son jeune maître s'assoupissait, il lui mordillait les doigts ou aiguisait ses griffes sur ses vêtements. Dans un mouvement de colère, Septimus le fourra dans la bourse où il conservait l'œuf avant son éclosion, après quoi le dragonnet finit par se calmer.

Le lendemain matin, les enfants se réveillèrent beaucoup trop tôt. Boutefeu avait voltigé jusqu'à la fenêtre et se cognait de façon répétée contre la vitre, tel un papillon affolé qui aurait tenté de s'échapper.

— Je t'en prie, Sep, marmonna Nicko d'une voix ensommeillée. Fais-le tenir tranquille.

Pendant que son frère tentait de se rendormir, la tête sous son oreiller, Septimus se leva afin de rattraper Boutefeu. Il commençait à comprendre les avertissements de tante Zelda. Comme le dragonnet lui lacérait la main avec ses petites griffes pointues, il le remit dans sa bourse.

Le soleil déjà haut brillait à travers un voile de brume. Septimus se sentait trop bien réveillé pour retourner se coucher. Il jeta un coup d'œil à ses compagnons qui s'étaient déjà rendormis, pelotonnés sous leurs édredons. Afin d'éviter que Boutefeu ne les dérange, il décida d'emmener celui-ci respirer pour la première fois l'air des marais.

Il referma doucement la porte derrière lui et descendit le sentier qui menait au bateau dragon. Quelqu'un se trouvait déjà là.

— Quelle belle matinée, soupira tante Zelda.

Septimus s'assit près d'elle sur le pont en bois qui enjambait le fossé.

— Je me suis dit que le bateau dragon – enfin, la dragonne puisque apparemment, il s'agit d'une femelle – voudrait faire la connaissance de son bébé, expliqua-t-il. J'imagine que c'est elle qui a pondu l'œuf dont Boutefeu est issu.

— Je suppose que oui, quoique avec les dragons, on ne sache jamais. Mais Boutefeu t'a **imprégné**. Aussi, à ta place, j'éviterais de compliquer la situation. Tiens, j'ai trouvé ceci pour toi. Il me semblait bien l'avoir rangé quelque part.

Tante Zelda tendit à Septimus un petit livre vert dont la reliure offrait une ressemblance pour le moins suspecte avec du cuir de dragon. L'ouvrage était intitulé *100 trucs et astuces pour survivre avec un dragon*.

— Ce qu'il t'aurait fallu, reprit tante Zelda, c'est *L'Almanach des premières années du lézard ailé*. Mais je doute que même la bibliothèque de la pyramide en possède un exemplaire. Malheureusement, le livre était rédigé sur un parchemin très inflammable, de sorte qu'on ne le trouve plus nulle part. Toutefois, celui-ci devrait t'être utile.

Septimus prit le livre qui sentait le moisi et survola d'un œil distrait le texte de présentation au dos :

« Ce livre m'a sauvé la vie. En effet, sa couverture est si épaisse qu'aucune dent de dragon ne peut la transpercer. Chaque propriétaire de dragon devrait toujours l'avoir sur lui. »

« Grâce aux conseils contenus dans cet ouvrage, je n'ai perdu qu'un doigt pendant que je dressais Quenotte. »

« Quand Gribouille est entré dans ma vie, tous mes amis m'ont tourné le dos. Sans ce livre, je serais probablement devenu fou. À présent, j'ai la permission de sortir de l'asile tous les dimanches et mes amis ne me manquent plus du tout. »

— Super, commenta Septimus d'un ton sinistre. Merci beaucoup, tante Zelda.

Le silence retomba. Absorbé chacun dans ses réflexions, Septimus et tante Zelda écoutaient les hôtes du marais s'activer sous l'effet de la chaleur qui commençait à dissiper le brouillard. De même que

Jenna, Septimus avait appris à identifier chaque créature rien qu'à l'oreille. Un bruit de succion trahissait l'approche d'une nixe, un claquement de mâchoires celle d'un crampillon alors qu'un flic-flac indiquait la présence d'un nid de jeunes anguilles. Bientôt, les rayons du soleil chassèrent les derniers lambeaux de brume, laissant voir un ciel bien dégagé qui annonçait une nouvelle journée de canicule.

Soudain, tante Zelda fut saisie d'un tressaillement qui alerta Septimus. Le visage rond et ridé de la brave femme exprimait une vive anxiété et ses yeux bleus étincelants fixaient un point au-dessus de l'horizon. Elle se leva subitement et agrippa la main de Septimus.

— Ne regarde pas le ciel, dit-elle d'une voix sourde. Ne cours pas. Nous allons rentrer à la maison sans presser le pas.

Une fois à l'intérieur, tante Zelda s'adossa contre l'épaisse porte en bois. Elle était très pâle et on pouvait lire une grande tristesse dans son regard.

— Jenna a raison, murmura-t-elle pour elle-même. La dragonne… Elle ne peut pas rester ici plus longtemps.

— Pourquoi ? Qu'est-ce que tu as vu ? l'interrogea Septimus, même s'il connaissait déjà la réponse.

— Simon. Il plane au-dessus des marais, pareil à un vautour.

Septimus prit une profonde inspiration, espérant desserrer le nœud qu'il avait à l'estomac.

— Ne t'inquiète pas, tante Zelda, dit-il. La dragonne sera bientôt en sécurité au Château. C'est moi qui vais l'y conduire.

Comment comptait-il s'y prendre ? Cela, il ne le savait pas lui-même.

33

Décollage

Merrin observait le bateau dragon à travers sa lunette. Il avait arraché cette dernière à un terrier de bobelins au cours d'une expédition solitaire dans les marais et l'avait soigneusement dissimulée à tante Zelda. Le jeune garçon aimait bien faire des cachotteries à son hôtesse, même si celle-ci ne tardait jamais à le démasquer. Mais il avait réussi à préserver ce secret en enterrant sa trouvaille au pied d'un rocher sur le tertre herbeux qui bordait la fosse de cent pieds. Merrin savait qu'il ne risquait rien tant que tante Zelda ne le verrait pas utiliser la lunette, car elle était incapable de traverser la tourbière mouvante qui entourait la fosse : seul Merrin était assez léger et agile pour emprunter le sentier de pierres de gué qui affleurait sous la boue.

Merrin avait vu juste en supposant que la lunette appartenait à son ancien maître, DomDaniel. La **Ténèbre** qui en émanait lui rappelait agréablement le passé. Faute d'être heureuse, son existence d'alors offrait davantage d'intérêt que celle qu'il menait à présent, coincé au milieu d'un marécage pestilentiel avec un tombereau de choux et une vieille sorcière enquiquinante pour seule compagnie. Il appliqua la lunette devant son œil, vérifia qu'un reflet de soleil ne risquait pas de trahir sa présence et sourit en songeant qu'il était toujours en vie alors qu'il ne restait de DomDaniel qu'un paquet d'os soigneusement curés par les bobelins des fagnes. Bien fait pour lui, pensa-t-il avec une joie maligne. Le vieux **nécromancien** n'avait qu'à se montrer moins cruel avec son loyal apprenti.

Les chenaux qui quadrillaient les marais débordaient sous l'effet de la marée de syzygie, car on était le lendemain de la nouvelle lune. L'îlot de Merrin était à présent cerné par une eau noire et tourbeuse. La chaleur écrasante maintenait le marais dans une profonde torpeur. Étendu dans l'herbe, Merrin avait passé l'après-midi à observer avec perplexité les allées et venues entre le cottage et le fossé. Tante Zelda, d'ordinaire si sûre d'elle, errait comme une âme en peine le long de la berge. La princesse et la petite teigne lui prodiguaient des paroles de consolation tout en s'occupant de dresser le mât du bateau. Quant à l'imposteur, il était resté une éternité sur le pont, ce qui avait profondément irrité Merrin. (Lui n'avait pas le droit de monter à bord.) Il avait tenté de comprendre ce qu'il fabriquait, mais cet idiot restait les bras ballants devant la barre du bateau pendant que la teigne, debout sur la berge, pérorait à n'en plus finir.

— Enfin, Sep, disait Nicko. Tu l'as déjà piloté une fois, donc tu peux recommencer. Inutile de paniquer.

— Mais je n'ai rien fait, Nick. Je te le jure. Le bateau se pilotait tout seul.

Septimus considérait la barre en acajou élégamment recourbée sans oser y toucher. La dernière fois qu'il l'avait eue en main, le bateau dragon s'était animé et avait pris le large.

— Ça devrait être encore plus facile maintenant que tu portes l'anneau dragon, remarqua Nicko. Je ne vois pas ce qui t'inquiète. Diriger un bateau est un jeu d'enfant.

Septimus baissa les yeux vers sa bague. Malgré tout le prix qu'il lui accordait, à cet instant précis, il aurait préféré ne l'avoir jamais trouvée. Pourquoi était-ce lui le maître du dragon, et non un navigateur émérite tel que Nicko ?

— Courage, Septimus, lui lança tante Zelda pardessus le bastingage. Parfois, les circonstances vous forcent à prendre des décisions qui vous répugnent. Je n'ai pas envie de voir partir la dragonne et tu n'as pas envie de me l'enlever. Pourtant, nous n'avons pas le choix. Tout ce qui importe, c'est sa sécurité.

Septimus détacha ses yeux de la barre et demanda :

— Que vas-tu devenir sans elle ?

— Je soignerai les mains de Lobo et garderai un œil sur ce mauvais garnement qui rôde du côté de la fosse de cent pieds en s'imaginant que je ne les vois pas, lui et la lunette **ténébreuse** qu'il a récupérée.

— 409 va rester ici ? Avec cet horrible apprenti ?

— Lobo est trop faible pour voyager, Septimus. Mais Merrin ne va pas tarder à s'en aller. J'ai l'intention de le rendre bientôt à sa mère.

— Sa mère ? s'exclama Septimus.

Tante Zelda sourit.

— Eh oui ! Même Merrin a une mère. Et j'ai tout lieu de croire que c'est elle qui vous a hébergés au Port.

— Tu veux dire que ce serait une sorcière ? Oh ! Je comprends mieux. C'était sûrement la plus méchante du lot, Veronica. Maintenant que j'y songe, elle lui ressemblait un peu.

Tante Zelda secoua la tête.

— Aussi étonnant que ça puisse te paraître, je crois que Merrin est le fils de Mme Mérédith.

— Brrr… Tous ces bébés morts, quelle horreur ! Elle est pire qu'une sorcière. Quand comptes-tu le conduire à la Maison-de-Poupée ?

— Dès que je pourrai laisser Lobo seul toute une journée. Pour ça, il faut attendre que la fièvre tombe.

Les brûlures mettront plus de temps à cicatriser. Elles sont tellement imprégnées de **Ténèbre** que je vais devoir me procurer à nouveau de la maresquine fraîche.

Septimus se rembrunit.

— Il va guérir, dis ?

— Oui. Je te le promets. Je le ramènerai au Château sitôt qu'il sera rétabli.

— Tu vas venir au Château, toi ?

Septimus n'avait pu cacher sa surprise.

— À vrai dire, plus rien ne me retient ici. Et les gardiennes ont toujours eu l'habitude de se rendre au Château de temps en temps. Je suis certaine que Marcia se fera une joie de m'accueillir. Après tout, elle a bien profité de mon hospitalité…

Septimus tenta d'imaginer tante Zelda dans les appartements de Marcia et l'amusement se peignit sur son visage, ce qui n'échappa pas à la brave femme.

— Voilà qui est mieux ! dit-elle d'un air approbateur.

Dix minutes plus tard, Septimus faisait ses adieux à Lobo. Comme il lui promettait de prendre rapidement de ses nouvelles, Lobo lui dit avec un pâle sourire :

— À moins que ce ne soit moi qui vienne prendre des tiennes.

Il referma aussitôt les yeux et se rendormit pendant que Septimus sortait de la maison sur la pointe des pieds et enfermait soigneusement Boutefeu dans le sac ignifugé et indéchirable que lui avait dégoté tante Zelda. Le dragonnet avait dormi à poings fermés toute la journée, mais son maître craignait par-dessus tout qu'il ne se réveille et ne l'importune tandis qu'il s'efforcerait de piloter le bateau.

Une fois Boutefeu en sûreté dans un casier situé sous la barre, les enfants s'apprêtèrent à larguer les amarres. Tante Zelda observait avec inquiétude un petit nuage gris qui planait haut dans le ciel, juste au-dessus du cottage. Alors qu'ils s'affairaient sur le bateau, elle avait trouvé bizarre de le voir venir du nord-est quand elle aurait juré que le vent soufflait de l'ouest. Puis son étonnement avait cédé la place à l'appréhension, car le nuage n'avait pas bougé d'un pouce depuis une demi-heure, un comportement pour le moins inhabituel pour un nuage.

Cependant, l'heure du départ avait sonné.

— J'ai un cadeau pour toi, Jenna, déclara tante Zelda.

Elle se dressa sur la pointe des pieds et déposa quelque chose dans la main de la petite fille.

— La clé de la chambre de la reine, expliqua-t-elle. Tu pourrais en avoir besoin au palais.

Jenna découvrit avec surprise une lourde clé en or dont l'anneau était incrusté d'une émeraude circulaire qui lui rappela l'œil de la dragonne. Elle avait exploré le palais de fond en comble depuis qu'elle s'y était installée avec Sarah et Silas, mais elle n'avait vu nulle part de chambre de la reine.

— Cette chambre, où est-elle ?

— Ça, je ne peux pas te le dire. Mais tu le découvriras le moment venu. Tu peux en être sûre.

— Et ce moment, tante Zelda, quand arrivera-t-il ?

— Quand tu deviendras reine à ton tour.

— Ah ! d'accord. (Jenna ne se sentait guère plus avancée.) En tout cas, merci pour la clé. Elle est très jolie.

Tante Zelda recula et dit d'un ton un peu trop enjoué :

— Et maintenant, filez d'ici ! Vous n'avez déjà que trop traîné.

Elle jeta un nouveau coup d'œil au nuage qui projetait une ombre sur la proue du bateau.

— Éloigne-toi le plus possible du pont, lança-t-elle à Septimus. La dragonne a besoin d'élan pour prendre son envol.

— Compris, tante Zelda.

— N'oublie pas de tenir le cap au nord.

— Oui, tante Zelda.

— Et pour l'amour du ciel, ne va pas trop vite… À moins d'y être forcé.

— Non, tante Zelda.

— Évite de la faire voler jusqu'au Château, ou tu risques de la fatiguer. Veille bien à ce qu'elle se pose quand vous aurez atteint la Rivière.

— Je n'y manquerai pas, tante Zelda.
— Ah ! Et puis…
— Tante Zelda, je te promets que tout ira bien.
— Je le sais. Pardon.

Tante Zelda s'écarta du bateau et contempla une dernière fois sa coque étincelante, les reflets irisés qui jouaient sur sa tête et sa queue, afin de s'en imprégner. Elle espérait que ce souvenir meublerait sa solitude à venir.

Septimus respira à fond et se tourna vers Nicko :
— Paré ?
— À vos ordres, capitaine !
— Prête, Jen ?

Debout à la proue, Jenna avait les bras noués autour du cou de la dragonne. Elle souffla quelque chose à l'oreille de celle-ci puis leva le pouce.

Le cœur de Septimus se mit à battre la chamade. Il n'y avait plus moyen de reculer. Plein de nervosité, il plaça sa main droite sur la barre.

La dragonne fit pivoter sa tête et fixa son regard couleur émeraude sur la frêle silhouette de son maître. C'était lui qui l'avait délivrée de sa prison souterraine. Il lui sembla qu'il avait changé. Il ne portait plus le bonnet rouge qu'elle affectionnait et paraissait plus grand et solide. Surtout, son aura magique s'était renforcée. Néanmoins, il était resté le même petit garçon craintif qui désirait faire de son mieux. Séduite, la dragonne décida de le conduire là où il voudrait aller.

Septimus ne la quittait pas des yeux, ignorant qu'il venait de passer le test avec succès. Il serrait la barre d'une main moite, se demandant ce qu'il allait faire ensuite.

— Elle voudrait connaître notre destination, dit brusquement Jenna.

— Dis-lui que je l'emmène là où elle souhaitait aller, au Château.

La dragonne donna l'impression d'acquiescer. Puis son regard chatoyant se porta vers tante Zelda et elle inclina son énorme tête jusqu'à ce qu'elle repose sur l'herbe aux pieds de la gardienne. Celle-ci s'agenouilla et l'entoura de ses bras.

— Au revoir, ma beauté, lui murmura-t-elle, les yeux remplis de larmes. On se reverra bientôt.

Comme tante Zelda atteignait la porte du cottage, la dragonne commença à s'animer. Au plus fort de la marée, le fossé débordait presque d'eau brune et saumâtre. L'imposante créature s'ébranla et s'éloigna du pont en glissant tel un cygne entre les berges herbeuses. Arrivée à la première courbe, elle s'immobilisa et regarda devant elle d'un air indécis. Elle ne pouvait aller plus loin. D'un autre côté, jamais encore elle n'avait disposé d'aussi peu d'espace pour s'envoler. Du temps où elle parcourait le monde avec son premier maître, Hotep-Râ, il arrivait fréquemment que ce dernier, lassé par la monotonie de la traversée, lui demande d'accélérer l'allure. Mais elle prenait alors son essor au milieu de l'océan, loin de tout rivage.

Avec difficulté, la dragonne dégagea ses ailes du lit étroit du fossé et les dressa au-dessus de son mât. Mais les deux étés brûlants et l'hiver glacial qu'elles avaient passés le long de ses flancs les avaient ankylosées. Quand elle voulut les étendre, leurs articulations gémirent et on entendit un craquement sinistre. On eût dit deux grandes mains qui s'étiraient péniblement au sortir d'un long et profond sommeil. Septimus, Nicko et Jenna se bouchèrent les oreilles et retinrent leur souffle, craignant que la peau parcheminée de la dragonne ne se déchire sous l'effort. Mais l'exercice assouplit les membranes tendues entre ses doigts et les enfants furent bientôt rassurés en la voyant fièrement déployer ses ailes immenses dont les écailles vertes miroitaient au soleil.

La dragonne prit une profonde inspiration. Son équipage perçut une trépidation quand elle se mit à brasser l'air chaud, faisant voler leurs cheveux devant leurs yeux. Avec une lenteur majestueuse, elle continua à abaisser et relever successivement ses ailes, rassemblant ses forces, puis elle fit un brusque bond en avant qui retourna l'estomac des enfants.

— Stop ! hurla tante Zelda à pleins poumons, mais le bruissement des ailes géantes couvrit sa voix.

Le cou tendu, tous ses muscles bandés, la dragonne parcourut la longueur du fossé dans un bouillonnement d'écume et s'arracha de la surface de l'eau à la dernière seconde, emportant la moitié du pont au milieu d'un fracas assourdissant.

Le bateau prit rapidement de l'altitude, puis il vira brutalement sur l'aile et s'éloigna en direction de la Rivière, semant les débris du pont au-dessus de la fosse de cent pieds, au grand effroi de Merrin.

Après des siècles d'attente, la dragonne était en route pour le Château.

34

Dans les airs

Tante Zelda assista à l'envol du bateau dragon, l'estomac noué. Le spectacle dépassait l'imagination. Quand la dragonne avait combattu le vaisseau de DomDaniel, la *Vengeance*, elle n'avait fait qu'entrevoir la scène au milieu des éclairs. Mais à présent, le bateau se détachait nettement sur le ciel bleu, sa coque dorée flamboyait dans la lumière de ce bel après-midi d'été et des reflets irisés parcouraient ses ailes massives. En voyant le bateau sur lequel elle avait veillé durant tant d'années prendre son essor et s'élever au-dessus des marais, tante Zelda eut le souffle coupé.

Mais si son estomac s'était subitement entortillé sur lui-même pour former un nœud inextricable, ce n'était pas dû uniquement à l'émotion. Au moment où la dragonne s'élançait le long du fossé, le nuage suspect avait brusquement fondu sur elle et craché une boule de lumière aveuglante dans sa direction. C'est alors que tante Zelda avait crié, mais nul ne l'avait entendue et de toute manière, il était trop tard pour arrêter le bateau.

Tante Zelda ramassa une planche brisée, la seule à être tombée de son côté. Son examen confirma ses pires craintes : le bois était calciné et encore brûlant au toucher. Le pont avait été détruit par un **éclair fulgurant**.

Elle leva les yeux et retint son souffle. Le bateau dragon était toujours visible. Conçu pour les longues distances, il survolait les marais à une allure lente et régulière afin d'économiser ses forces. La tête fièrement dressée, il agitait les ailes en cadence, suivi à bonne distance par un minuscule nuage gris. Tout à coup, les jambes de tante Zelda se dérobèrent sous elle. Elle tomba à genoux et commença à se ronger les ongles, ce qui ne lui était pas arrivé depuis le jour où elle avait passé l'examen final du diplôme de sorcière et connu les affres de l'attente des résultats.

Si les passagers du bateau dragon avaient à peu près retrouvé leurs esprits, dans l'émotion du départ, aucun n'avait remarqué l'**éclair** qui avait failli les atteindre. De même, aucun ne se doutait que Simon Heap les avait pris en chasse. Jenna était debout à la proue, Septimus tenait la barre et Nicko, qui avait le plus grand mal à admettre qu'un bateau puisse voler, venait tout juste de rouvrir les yeux. Les ailes de la dragonne brassaient l'air avec régularité, soufflant dans leur direction des bourrasques étonnamment violentes qui, combinées avec le mouvement de roulis, lui donnaient l'impression de se déplacer en haute mer plutôt qu'à mille pieds du sol. Le jeune garçon commençait à se détendre quand quelque chose attira son regard.

— Il y a un drôle de nuage qui nous suit, remarqua-t-il.

Toute l'attention de Septimus était concentrée sur ce qui se passait devant lui. Toutefois, l'inquiétude qui perçait dans la voix de son frère l'incita à se retourner. Un nuage gris anthracite fonçait droit sur eux avec une célérité pour le moins inhabituelle chez un nuage.

— Simon ! s'exclama-t-il.

— Oh ! La barbe. (Nicko cligna les yeux et regarda en direction du soleil, lequel était déjà bas sur l'horizon.) Tu crois vraiment que c'est lui, Sep ?

— C'est un nuage **ténébreux**. Il me semblait bien avoir perçu quelque chose, mais j'avais mis ça sur le compte de ma peur de voler.

— Qu'est-ce qu'il va faire, à ton avis ?

— Je n'en sais rien, confessa Septimus. Mais il n'est sûrement pas venu juste pour dire « Bonjour, c'est un chouette bateau que vous avez là ».

— Hum ! On ferait peut-être bien d'activer le mouvement.

— Encore faudrait-il que je sache comment ! Je vais poser la question à Jenna...

Avant que Septimus ait pu prononcer un mot, les ailes de la dragonne se mirent à battre à un rythme plus rapide et le vent qui cinglait le visage des enfants forcit brutalement.

Mais le nuage ne se laissa pas distancer. Il les suivait aussi sûrement que s'ils l'avaient traîné au bout d'une ficelle.

— Le voilà ! cria tout à coup Nicko.

Septimus se retourna juste comme Simon jaillissait du nuage et s'élançait dans leur sillage. Quelques secondes plus tard, il flottait à quelques mètres de la poupe du bateau dragon. Septimus considéra son frère aîné avec attention. Il semblait différent, mais en quoi ? Soudain, il s'avisa que Simon portait un bandeau sur l'œil droit. Cher vieux 409, pensa-t-il avec un sourire.

— Espèce d'idiot ! vociféra Simon. Je vais te faire ravaler ton sourire. Fais-moi atterrir cette espèce de... de *mutant* grotesque !

— Qu'est-ce qu'il raconte ? demanda Septimus à Nicko.

— Je n'ai rien entendu. Sûrement des âneries !

— Livrez-moi la Pouline et vous aurez tous les deux la vie sauve !

— Il va se fatiguer à brailler comme ça, commenta Nicko.

— Garde l'œil sur lui, Nicko. Fais gaffe à ce qu'il ne nous balance pas un nouvel **éclair**.

— Il serait pas cap. Pas à cette hauteur.

— Que tu crois !

— Posez-moi tout de suite cet engin ou vous ne me laisserez pas le choix ! insista Simon.

Ni Septimus ni Nicko n'avaient remarqué que Jenna les avait rejoints à la poupe du bateau.

— Cette fois, ça suffit ! s'emporta-t-elle. J'en ai assez qu'il me pourchasse !

Elle avait haussé la voix pour couvrir le bruit de soufflerie qui accompagnait la descente en piqué du bateau dragon. Bien que gênée par le vent qui rabattait ses cheveux devant ses yeux, elle sortit de la poche de sa tunique la loupe qu'elle avait dérobée à la camera obscura.

— Qu'est-ce que c'est que ça ? s'exclamèrent Nicko et Septimus d'une même voix.

— Regardez !

Jenna orienta la loupe afin de concentrer les rayons du soleil et déplaça lentement le point lumineux ainsi obtenu jusqu'au visage de Simon. Ce dernier ne réagit pas tout de suite, mais au bout de quelques secondes, les enfants le virent porter la main à sa joue, puis il hurla et fit une embardée. Jenna tenta de ramener le rayon vers lui, mais il parvint à l'esquiver en volant en zigzag. Simon avait perçu la **Ténèbre** qui émanait de la loupe et il lançait des regards égarés autour de lui, cherchant la source de la force obscure qui le traquait. Il ne fut pas long à découvrir la vérité.

— Toi ! dit-il d'un ton furieux en apercevant la loupe dans la main de Jenna.

Tremblant de rage, il décrocha un **éclair fulgurant** de sa ceinture et menaça :

— C'est la dernière fois que tu me mets des bâtons dans les roues !

Un roulement de tonnerre ébranla l'air ; une boule de lumière aveuglante jaillit de la main de Simon et fondit sur la dragonne. Jenna, Nicko et Septimus eurent le réflexe de se jeter à terre. Au même moment, un heurt violent déséquilibra le bateau. Sous le choc, la dragonne se cabra et le pont s'inclina presque à la verticale, expédiant les enfants contre le franc-bord. Un bruit sinistre d'os brisés et d'étoffe déchirée résonna autour d'eux et la chose qu'ils redoutaient le plus arriva : le bateau tomba en chute libre.

Jenna se força à ouvrir les yeux. L'aile droite du bateau pendait le long de son flanc, laissant derrière elle une traînée de fumée noire. La dragonne agitait frénétiquement son aile indemne, cherchant à rétablir son équilibre avant de s'écraser au milieu des marais. Cramponnée au bastingage, Jenna l'encourageait mentalement. Au prix d'un effort immense, la géante parvint à étendre son aile blessée parallèlement à l'horizon afin de se stabiliser. Le pont bascula lentement de côté. Toutefois, le bateau tombait toujours.

Laissant les garçons à la proue, Jenna progressa mètre par mètre le long du franc-bord, jusqu'à la tête de la dragonne.

Le rire de Simon retentit au-dessus d'eux. Si son tir avait un peu manqué de précision (le fait de ne voir que d'un œil l'irritait prodigieusement), il avait blessé le dragon et s'apprêtait à lui porter le coup de grâce. Il s'approcha du bateau, un sourire narquois aux lèvres, et décrocha un troisième et dernier **éclair fulgurant** de sa ceinture.

— Vas-y ! souffla Jenna à l'oreille de la dragonne.

Tout à coup, celle-ci détendit sa queue dentelée qui miroita brièvement au soleil et frappa Simon de plein fouet, le projetant vers le ciel telle une balle de golf. Le jeune homme décrivit une courbe parfaite à travers les airs mais à mi-parcours, les lois de la gravité se rappelèrent à son souvenir. Sa trajectoire s'infléchit peu à peu, l'entraînant inexorablement vers le sol et vers la fosse de cent pieds où il fut englouti.

Merrin était en pleine dispute avec tante Zelda quand Simon Heap le frôla et s'abîma dans la fosse en l'aspergeant copieusement d'eau brunâtre. Cet incident n'arrangea pas l'humeur de l'apprenti. Il en avait par-dessus la tête des interdictions de tante Zelda. Qu'est-ce que ça pouvait lui faire s'il avait une lunette ? Elle était aussi méchante que DomDaniel – non, pire. Lui au moins l'autorisait à conserver des affaires. Enfin, des affaires dont personne d'autre n'aurait voulu.

La querelle avait éclaté alors que Simon venait de lancer son dernier **éclair**. Quand un grondement assourdissant avait ébranlé le cottage, tante Zelda avait détourné la tête. Un reflet de soleil avait alors attiré son regard vers la fosse de cent pieds et elle avait vu Merrin jubiler en observant la bataille aérienne à travers sa lunette. La nature **ténébreuse** de cette dernière n'était déjà pas pour lui plaire, mais elle avait été désagréablement frappée par l'expression presque extatique du garçon. Il paraissait plus heureux qu'elle ne l'avait jamais connu. Heureux de voir les trois personnes qu'elle aimait le plus au monde confrontées à la perspective d'une chute mortelle.

— Pose-moi immédiatement cette lunette ! cria-t-elle avec colère.

Merrin sursauta de surprise, puis il feignit de n'avoir pas entendu. Pour rien au monde il n'aurait manqué ce spectacle. Cela faisait des années qu'il ne s'était pas autant amusé.

— Je ne supporterai pas une seconde de plus cette horreur ! reprit tante Zelda. Maintenant, tu vas me faire le plaisir de la jeter dans la fosse.

— Dans tes rêves ! répliqua Merrin sur le ton de la provocation.

Si les deux belligérants étaient trop occupés pour remarquer le mouvement de queue de la dragonne, ils ne purent manquer la gerbe d'eau bourbeuse soulevée par le plongeon forcé de Simon.

Simon Heap coula jusqu'au fond de la fosse et dut se frayer un passage à travers une forêt de maresquines qui s'accrochaient à ses vêtements afin de remonter à la surface. Quarante-cinq secondes plus tard, il émergeait à l'air libre, couvert de la tête aux pieds de limaces décomposées. Il dégageait une telle puanteur que l'estomac de Merrin se révolta. Toutefois, le garçon se sentit bizarrement attiré par le nouveau venu, au point qu'il lui tendit la main pour l'aider à s'extraire de la fosse. Simon s'affala sur l'herbe verte telle une loque visqueuse et vomit quelques limaces. Assis à ses côtés, Merrin ne pouvait détacher ses yeux de l'inconnu tombé du ciel. Fallait-il y voir un signe du destin ? Un moyen inespéré d'échapper aux remontrances de tante Zelda et au chou à tous les repas ? Pris de remords, il chercha sa bienfaitrice du regard, mais elle avait disparu à l'intérieur de la maison.

Simon se redressa, recracha au moins un seau d'eau saumâtre et s'avisa brusquement de la présence de Merrin.

— D'où tiens-tu ça ? l'interrogea-t-il.

— Quoi donc ? répondit Merrin d'un ton froissé. Pourquoi les gens qui lui adressaient la parole donnaient-ils toujours l'impression de lui reprocher quelque chose ?

— Cette lunette.

— Nulle part. Je… je l'ai trouvée. Elle est à moi.

Simon le jaugea du regard. Un garçon pas banal, assurément. Peut-être y avait-il quelque chose à en tirer. Mais que

faisait-il là, au milieu de nulle part ?

— Tu habites avec la vieille sorcière ?

— Non ! se récria Merrin, comme si Simon venait de lancer une accusation particulièrement grave contre lui.

— Ne me raconte pas d'histoires. Sinon, qu'est-ce que tu ficherais dans ce trou paumé ?

Merrin se permit de sourire.

— Pour un trou paumé, c'en est un ! Et cette bicoque ridicule, pleine de potions minables… La vieille n'est qu'une amatrice.

Simon plissa les yeux.

— Et toi ? demanda-t-il d'une voix sourde.

— Moi ? J'ai été l'apprenti du meilleur **nécromancien** qui ait jamais existé. Il avait toute confiance en moi.

Simon eut un mouvement de surprise. Ainsi, il avait devant lui l'ancien apprenti de DomDaniel. Pourtant, ce dernier était persuadé de l'avoir **asséché**. Le gamin était peut-être plus coriace qu'il n'en avait l'air. Une idée germa dans l'esprit de Simon.

— Il doit terriblement te manquer, dit-il d'un air compatissant.

— C'est sûr, murmura Merrin. (Il ne lui fallut

guère que quelques secondes pour se persuader que son maître lui manquait vraiment.)

Simon le considéra avec attention. Ce n'était pas l'allié dont il avait rêvé, mais il y avait moyen de s'entendre avec lui. Et il mourait d'envie de mettre la main sur sa lunette.

— J'aurais un travail pour toi, déclara-t-il. Ça te dirait ?

Merrin fut interloqué.

— Quel genre de travail ?

— Le même que ce que tu faisais avant.

— C'est-à-dire ? demanda Merrin d'un air soupçonneux.

— Pour te répondre, il faudrait déjà que je sache ce que tu faisais, lui opposa Simon, exaspéré.

Soudain, la voix furieuse de tante Zelda déchira le silence.

— Merrin ! Éloigne-toi vite de ce méchant homme. Reviens sur-le-champ !

Ayant des affaires plus urgentes à régler, elle se dépêcha de rentrer.

Merrin vit son ample robe en patchwork disparaître à l'intérieur de la maison. Comment cette vieille folle osait-elle lui parler sur ce ton ? Qu'est-ce qui lui faisait croire qu'il allait lui obéir ?

Cependant, Simon s'impatientait :

— Alors ? C'est oui ou c'est non ?

— C'est oui.

— Tope là !

Merrin saisit la main que Simon lui tendait. Avant qu'il ait pu comprendre ce qui lui arrivait, une douleur atroce lui déchira l'épaule, comme si celle-ci s'était déboîtée, et ses pieds quittèrent le sol. En le tirant sans ménagement, Simon parvint à prendre juste assez de hauteur pour survoler le cottage de la gardienne. Toutefois, une des jambes de Merrin accrocha le toit de chaume de la maison et le garçon perdit une de ses bottes.

— À l'aide ! hurla-t-il, regrettant déjà sa décision irréfléchie.

Son cri se répercuta le long du tuyau de la cheminée, effleurant à peine les rêves fébriles de Lobo. Quant à tante Zelda, elle était trop stupéfaite pour y prêter attention : le garçon qu'elle avait sauvé d'une mort affreuse et entouré de soins vigilants venait de la quitter pour replonger dans l'abîme auquel elle l'avait arraché.

35

Atterrissage

Le bateau dragon perdait rapidement de l'altitude. Septimus lui avait évité de justesse de s'écraser sur une petite île envahie par des poules, mais la manœuvre avait usé les dernières forces de la dragonne. Celle-ci avait la tête basse, le regard terne et son aile indemne tremblait de fatigue.

— Dis-lui que nous sommes presque arrivés, cria-t-il à Jenna qui déversait un flot ininterrompu d'encouragements à l'oreille de la dragonne. J'aperçois la Rivière. Si elle pouvait tenir encore quelques minutes…

Nicko jeta un coup d'œil par-dessus le bastingage. Ils survolaient une vaste étendue dont la couleur verdâtre trahissait une forte proportion de boues mouvantes.

— On se rapproche du sol, Sep, remarqua-t-il. Faudrait envisager un atterrissage forcé.

— Ah oui ? répliqua Septimus avec une pointe d'agressivité. Où ça ?

— J'sais pas. Dans un endroit plat.

— Plat et grouillant de bobelins, par exemple ?

— C'est bon, pas la peine de t'énerver…

Septimus ne pouvait détacher ses yeux de la Rivière.

— Tout ce que je veux, c'est conduire la dragonne en sécurité. Hééééé !

Le bateau avait fait une brusque embardée.

— Tiens bon, grommela Septimus entre ses dents. Tu vas y arriver. Allez, encore un effort.

Nicko exhortait intérieurement la dragonne à poursuivre. Il se sentait impuissant et s'il y avait bien une chose qu'il détestait, c'était de se sentir impuissant sur un bateau.

Soudain, celui-ci gîta dangereusement.

— On n'y arrivera pas, Nick, déclara tout net Septimus.

— Possible. Va falloir se poser en catastrophe. Tu t'en sortiras ?

— À vrai dire, je manque un peu de pratique. Ça fiche la trouille.

— Je sais.

Au même moment, la dragonne perdit à nouveau de l'altitude et Septimus sentit son estomac se retourner comme une chaussette.

— Le sol se rapproche, remarqua Nicko avec une mine de six pieds de long.

— J'ai vu. Accrochez… Eh ! Qu'est-ce que… Oh non ! Manquait plus que ça.

Un petit nuage venait d'apparaître au-dessus de l'horizon et fonçait sur eux à toute allure.

— On dirait que Simon n'a pas compris la leçon, dit Nicko. Ça m'étonnerait qu'il soit venu nous donner un coup de main. Nom d'un chien, qu'est-ce qu'il va vite !

En quelques secondes, le nuage les rejoignit et les enveloppa d'un épais voile blanc.

— Tu vois quelque chose, Sep ? demanda Nicko à travers le brouillard.

— Non. Où est-il passé ?

Septimus agrippait la barre d'une main tout en amorçant un **éclair paralysant**. Cette fois, Simon ne l'emporterait pas au paradis. S'ils devaient tous finir au fond du marais, il serait du voyage.

Tout à coup, Jenna poussa un cri :

— La dragonne dit qu'elle se sent soulevée ! Le nuage la porte !

Au même moment, Septimus sentit que la dragonne se détendait. Elle cessa de tressaillir à chaque battement d'aile et les craquements et grincements terrifiants qui accompagnaient chacune de ses tentatives désespérées pour se maintenir en l'air cessèrent. Désormais, ils glissaient à travers l'azur dans un silence à peine troublé par les sifflements du vent.

— Ça n'a rien à voir avec Simon, hein ? murmura Nicko.

— Non, répondit Septimus. C'est… À vrai dire, je ne sais pas ce que c'est.

— Je me demande où on va, reprit Nicko, impressionné par l'irréalité de leur situation.

Le nuage lui rappelait quelque chose ou quelqu'un, mais il n'aurait su dire quoi ou qui. Septimus se tenait sur ses gardes. En lui, le soulagement avait cédé la place à un vague malaise. Il n'aimait pas voir le contrôle du bateau lui échapper. Il avait beau bouger la barre en tous sens, le bâtiment ne lui obéissait plus.

La voix de Jenna perça à nouveau le brouillard.

— Arrête de tripoter la barre ! cria-t-elle à Septimus.

— Qu'est-ce que tu dis ?

— La dragonne te demande d'arrêter de tripoter la barre. On va se poser.

— Où ? firent les deux garçons d'une seule voix.

— À votre avis, espèces d'idiots ? Sur la Rivière, bien sûr !

Le bateau piqua brusquement du nez. Septimus se cramponnait à la barre, hésitant sur la marche à suivre, quand l'odeur de la Rivière parvint à ses narines. Comment allaient-ils se poser alors qu'il n'y voyait rien ? Ils risquaient de heurter une autre embarcation, ou de ne pouvoir se redresser à temps et de couler à pic. Si seulement cette fichue purée de pois voulait bien se dissiper… Comme s'il avait lu dans ses pensées, le voile de brume s'enroula sur lui-même, formant un petit nuage compact, et partit telle une flèche à travers les marais, dans la direction d'où il était venu.

Mais Septimus ne lui prêtait déjà plus attention. Il ne pouvait détacher son regard des eaux sombres de la Rivière qui se rapprochait à toute allure. Ils allaient trop vite. Beaucoup trop vite.

— Ralentis ! cria-t-il à la dragonne.

À la toute dernière seconde, le bateau étendit les ailes du mieux qu'il put, redressa la tête en abaissant la queue et se posa à la surface de l'eau avec un bruit d'explosion. Après quelques rebonds, il poursuivit sur sa lancée, dépassant un groupe de vieux pêcheurs réputés dans toute la région pour leur sens de l'exagération. Quand ceux-ci racontèrent leur aventure à la taverne de la Vieille-Truite, quelques heures plus tard, ils ne furent pas vraiment étonnés que personne ne les croie. D'ailleurs, à la fin de la soirée, ils n'étaient eux-mêmes plus très sûrs de ce qu'ils avaient vu.

La dragonne finit par ralentir juste avant un méandre, à un mille en amont, et présenta son aile intacte au vent. Mais comme l'autre pendait misérablement le long de son flanc, elle se mit à tourner sur elle-même telle une toupie jusqu'à ce que Nicko décide de ramer pour rétablir l'équilibre.

Jenna vint s'asseoir près de Septimus qui n'avait pas lâché la barre.

— Bravo pour cet atterrissage, Sep.

— Merci, Jen.

— Ce nuage, reprit Jenna, songeuse. C'est lui qui nous a empêchés de nous écraser, non ?

Septimus acquiesça de la tête.

— Son odeur me rappelait quelque chose, intervint Nicko.

— La maison de tante Zelda, annonça gaiement Jenna.

— Quoi ? Où ça ?

— Le nuage… Il sentait le chou bouilli.

Cependant, au cottage de la gardienne, Lobo s'éveillait d'un profond sommeil. Pour la première fois depuis qu'il avait touché Mouchard, ses mains ne lui faisaient pas mal. Il se redressa avec difficulté, se demandant où il était. La mémoire lui revint lentement. Il se rappela son dialogue avec Septimus avant le départ de celui-ci ainsi que la disposition de la maison. En revanche, il était certain de n'avoir jamais vu l'énorme bonbonne de verre qui remplissait l'embrasure de la porte. Ce spectacle l'intrigua au plus haut point. Un bouchon de liège géant était posé aux pieds de tante Zelda qui scrutait le ciel avec anxiété par-dessus la bonbonne. Pour autant qu'il pouvait en juger, celle-ci avait à peu près la même taille et la même silhouette que la brave femme.

Voyant qu'il était réveillé, tante Zelda s'approcha et s'assit près de lui avec un soupir. Lobo leva vers elle un regard ensommeillé.

— 412 va bien ? marmonna-t-il.

— Espérons-le, répondit tante Zelda en surveillant la bonbonne du coin de l'œil. Ah ! le nuage…

Quelques volutes vaporeuses flottèrent jusqu'au seuil de la maison et s'engouffrèrent dans le goulot de la bonbonne. Peu après, un long ruban de brume entra à son tour dans la pièce et suivit le même chemin. Tante Zelda se releva d'un bond, courut vers la bonbonne et considéra le tourbillon nébuleux à travers la paroi.

Quand la bonbonne fut pleine jusqu'au goulot, tante Zelda tira un minuscule flacon d'une des nombreuses poches de sa robe en patchwork, se dressa sur la pointe des pieds et versa une goutte d'un liquide scintillant à l'intérieur. Le nuage se mit à tournoyer de plus en plus vite, jusqu'à former un petit cube blanc qui faisait penser à un marshmallow.

— Bien ! soupira tante Zelda. Mon **concentré de nuage** est à nouveau prêt à l'emploi.

Elle ramassa à deux mains le bouchon en liège et le coinça dans le goulot. Puis elle poussa à travers la pièce la bonbonne au fond de laquelle le **concentré de nuage** roulait telle une bille, ouvrit une porte dissimulée derrière une bibliothèque et manœuvra l'énorme récipient afin de le caser dans un placard.

Après avoir refermé le placard, elle sortit et se dirigea lentement vers le bout de l'île. Elle scruta attentivement l'horizon, espérant apercevoir le bateau dragon, en vain. Secouant la tête, elle regagna la maison. À présent, elle se sentait prête à affronter Simon Heap et à récupérer ce sale garnement de Merrin avant qu'il soit trop tard.

Mais alors qu'elle descendait le sentier vers le fossé, elle trébucha sur une botte solitaire. L'ayant ramassée, elle remarqua que des brins de paille étaient coincés dans les œillets. Il était trop tard pour sauver Merrin.

36

Retour

Aux premières lueurs du jour, tandis que son maître épuisé somnolait à la barre, le bateau dragon contourna le rocher du Corbeau et continua à progresser le long du fossé sous le regard indifférent des mouettes et celui, stupéfait, d'Una Brakket.

Depuis quelque temps, la gouvernante du professeur van Klampff avait le sommeil agité. Comme presque chaque nuit, elle avait été réveillée par un cauchemar où il était question de Marcia Overstrand, même si elle en avait oublié les détails. Assise devant la fenêtre, elle reprenait lentement ses esprits quand elle vit passer le bateau dragon. Croyant rêver encore, elle se pencha au-dehors pour vérifier si Marcia se trouvait à bord. Bien entendu, son apprenti, ce sale morpion, tenait la barre. Par conséquent, Marcia ne pouvait être loin. Una Brakket soupira et se prit à souhaiter que son rêve s'achève, si possible avec la disparition définitive de Marcia Overstrand. Elle se rassit et regarda le bateau s'éloigner en direction du chantier de Jannit Maarten, s'attendant à voir surgir son ennemie jurée.

Le chantier de Jannit Maarten était désert quand le bateau accosta. Nicko sauta sur le ponton, une corde bleu azur à la main, dans l'intention de l'amarrer à un poteau. Mais la dragonne semblait avoir d'autres projets. Elle continua à avancer à une allure lente mais régulière.

— Eh ! cria Nicko. Elle va percuter le quai ! Fais quelque chose, Sep !

Septimus sortit brusquement de sa torpeur :

— Elle ne veut rien savoir, Nick ! Jen, dis-lui d'arrêter !

On entendit un plouf. Nicko venait de lâcher la corde pour éviter d'être entraîné dans l'eau. Septimus commença à paniquer. Comment arrête-t-on un bateau, surtout s'il est doué d'une volonté propre ?

— Elle dit qu'elle n'est pas encore arrivée ! rapporta Jenna.

— Où ça ? cria Septimus.

Le dragon poursuivait en direction d'un cul-de-sac situé à l'extrémité du chantier qu'on appelait l'encoche.

— Chez elle ! reprit Jenna. Attention, Sep ! Elle compte s'engouffrer là-dedans !

La dragonne vint se placer face à l'entrée de l'encoche. Nicko, qui courait à présent à ses côtés, aperçut le mur – un mur en pierre de taille, comme celui qui formait l'enceinte du Château – au fond de l'impasse. À l'allure où filait le bateau, la collision semblait inévitable.

— Non ! hurla-t-il à pleins poumons. Sep, arrête-la !

Mais Septimus était impuissant ; la dragonne ignorait les ordres de son maître. Debout à la proue, Jenna vit le haut mur de pierre foncer vers eux. Elle se jeta à plat ventre sur le pont et se prépara au choc.

Elle entendit Nicko pousser un cri de stupeur. Au même moment, l'air fraîchit et l'obscurité se fit autour d'elle. Une forte odeur de souterrain humide vint frapper ses narines. Tandis que la dragonne s'immobilisait, elle osa relever la tête et découvrit l'intérieur d'une vaste grotte aux parois incrustées de lapis.

— Tu peux ouvrir les yeux, Sep, dit-elle. Nous sommes arrivés à destination.

À l'autre bout du chantier, une bougie s'alluma derrière la vitre d'une cabane branlante. Jannit Maarten venait de se réveiller en sursaut. Quelques secondes plus tard, la porte de la cabane s'ouvrit et Jannit lâcha la bougie qui s'éteignit.

— Par Neptune ! s'exclama-t-elle. Qu'est-ce que c'est que ça ?

Tel un renard courant après une poule, elle partit comme une flèche à travers le chantier, sautant au-dessus des bateaux et du fouillis qui encombrait la cour, et se retrouva bientôt aux côtés de Nicko. Elle resta sans voix en découvrant la dimension cachée de son cher chantier. Certes, celle-ci faisait un peu trop m'as-tu-vu à son goût. Pour sa part, elle n'aurait jamais eu l'idée de décorer un hangar avec des cailloux bleus ni de couvrir ses murs de gribouillis sans queue ni tête, sans parler des baguettes dorées qui encadraient la porte. Mais les dimensions de la caverne lui parurent aussi stupéfiantes que le bateau qu'elle abritait. Jannit n'était pas quelqu'un d'émotif. Pourtant, elle éprouva tout à coup le besoin de s'asseoir sur un canot retourné.

— Tu as quelque chose à voir là-dedans, Nicko ? demanda-t-elle d'une voix étrangement fluette. C'est toi qui as trouvé l'entrée ?

— Non, c'est la dragonne. Elle savait…

Incapable de poursuivre, Nicko repassa dans son esprit la scène incroyable dont il venait d'être témoin. La dragonne s'engouffre dans l'encoche, la tête dressée. Et juste comme elle va se fracasser, une vive lumière jaillit d'un disque d'or que Nicko n'avait encore jamais remarqué, situé dans la partie supérieure du mur. Puis la dragonne souffle le feu par ses naseaux et les pierres qui paraissaient si solides fondent au contact des flammes, révélant l'intérieur éblouissant de la caverne. Pleine de majesté, la dragonne pénètre dans celle-ci en glissant sur l'eau et s'arrête sans à-coup. Nicko n'avait jamais rien vu d'aussi beau, et il regrettait que Jannit n'ait pu assister à ce véritable miracle.

Septimus et Jenna descendirent du bateau et empruntèrent un des trottoirs de marbre blanc qui bordaient la caverne afin de rejoindre Jannit et Nicko à l'extérieur. Dans un silence recueilli, ils regardèrent la dragonne prendre possession de l'abri tel un cygne s'installant dans son nid.

— Quand j'étais petite, reprit Jannit au bout d'un moment, j'ai lu quelque chose dans ce goût-là. Ma tante m'avait offert un livre magnifique. Comment s'appelait-il, déjà ? Ah oui ! *Cent contes étranges et curieux pour les enfants qui s'ennuient*. C'est lui qui m'a donné la passion des bateaux. Mais bien sûr, ça ne peut pas être le bateau dragon dont il parlait…

— En effet, ajouta un peu trop vite Septimus. Ce n'est qu'une légende.

Jannit lança un regard pénétrant à l'apprenti de Marcia.

— Si tu le dis…, reprit-elle.

Jenna et Septimus laissèrent le bateau dragon sous la garde de Nicko et Jannit pour se rendre à la tour du Magicien. Avant de se mettre en route, Septimus avait jeté un coup d'œil à l'intérieur de son sac ignifugé et constaté avec soulagement que Boutefeu était toujours plongé dans un profond sommeil.

À présent, les deux enfants cheminaient d'un pas fatigué à travers la ville déserte. C'était la nouvelle lune, aussi faisait-il nuit noire. Toutefois, Jenna et Septimus se sentaient en sécurité dans les rues du Château. Ils les connaissaient comme leur poche, contrairement à celles du Port, et savaient quelles étaient les ruelles à éviter et les raccourcis les plus commodes. Les abords de la voie du Magicien étaient éclairés par le rayonnement des torches. Nos deux héros s'engagèrent dans une venelle étroite et bientôt, Septimus poussa le vieux portail en bois qui donnait accès à la cour du Magicien.

Ils avaient convenu que Jenna passerait la nuit à la tour et regagnerait le palais au matin. Quand ils furent au sommet de l'escalier de marbre, Septimus murmura le mot de passe et les lourdes portes en argent s'écartèrent en silence.

Les deux enfants franchirent le seuil sur la pointe des pieds. Jenna déchiffra distraitement les mots aux couleurs sourdes qui dansaient sur le sol : BIENVENUE À NOTRE PRINCESSE ET À L'APPRENTI. CONTENTS DE VOUS VOIR SAINS ET SAUFS. BIENVENUE À TOI, BOUTEFEU. L'intérieur de la tour paraissait toujours aussi étrange à Jenna. L'odeur de **Magyk** qui imprégnait l'air lui tournait un peu la tête et elle avait du mal à percevoir les sons les plus proches, comme s'ils étaient hors de portée d'oreille. Le sol lui donnait l'impression de s'enfoncer sous ses pieds tandis qu'elle et Septimus se dirigeaient vers l'escalier d'argent. Quand celui-ci entra en rotation, les deux enfants épuisés s'assirent sur les marches et attendirent qu'il les amène au sommet de la tour.

L'escalier était en mode nocturne, de sorte qu'il se déplaçait lentement et en silence. Jenna posa la tête sur l'épaule de Septimus et compta machinalement les étages qui défilaient. Une clarté diffuse aux reflets pourpres éclairait chaque palier et des ronflements assourdis s'échappaient des appartements de quelques vieux magiciens. Avant d'atteindre le vingtième étage, Jenna et Septimus se levèrent et se préparèrent à descendre. Soudain, Jenna saisit le bras de son compagnon.

— Regarde ! murmura-t-elle.

— Qu'est-ce qu'il fiche ici, celui-là ? souffla Septimus.

Les deux enfants sautèrent en silence sur le palier et s'approchèrent des appartements de Marcia sur la pointe des pieds.

Posté devant la porte cramoisie, un grand échalas vêtu de la robe marron à parements bleus des sous-magiciens et coiffé d'un drôle de bonnet en tissu écossais qui couvrait les oreilles et s'attachait sous le menton dormait à poings fermés sur une petite chaise en bois, la tête inclinée sur la poitrine.

— C'est qui ? demanda Jenna.

— Pincepoule !

Le dormeur se réveilla en sursaut.

— Hein ? Quoi ? fit-il en jetant des regards effarés autour de lui.

Puis il aperçut Septimus et aboya :

— Qu'est-ce que tu veux, 412 ?

Septimus se mit au garde-à-vous. Ç'avait été plus fort que lui. Durant une fraction de seconde, il s'était à nouveau cru à l'armée, sous les ordres du répugnant Pincepoule.

Brusquement, Pincepoule se rappela où il était et à qui il s'adressait. Saisi d'horreur, il bredouilla :

— Hum ! Je vous prie de m'excuser, apprenti. Je ne sais pas ce qui m'a pris. Désolé. Je ne voulais pas vous offenser.

Comme Septimus, choqué, restait sans voix, Jenna crut bon d'intervenir.

— Nous allons passer la nuit ici. Pourriez-vous nous ouvrir, s'il vous plaît ?

Pincepoule scruta la pénombre du regard. Comme il avait la vue basse (ce qui faisait de lui un très mauvais Chasseur en second), il n'avait pas remarqué que Septimus était accompagné. Quand il reconnut la princesse du Château, il se leva si vite qu'il renversa sa chaise.

— Saperlipopette ! Pardon, Votre Altesse. Je ne vous avais pas vue.

Jenna sourit, pas mécontente de l'effet qu'elle produisait.

— Ce n'est pas grave, Pincepoule. Vous voulez bien nous laisser passer, à présent ?

— Non. Mille excuses, mais j'ai reçu des instructions. Personne ne doit franchir cette porte. Raisons de sécurité. Vous m'en voyez navré. Je regrette infiniment.

— Pourquoi cela ?

— Pas la moindre idée, reprit Pincepoule d'un air penaud. Je ne fais qu'obéir aux ordres, Votre Altesse.

Septimus jugea qu'il en avait assez entendu.

— Dégage, Pincepoule. Que ça te plaise ou non, nous entrons.

Il fit un pas en direction de la porte. Sitôt qu'elle eut identifié l'apprenti extraordinaire, celle-ci pivota sur ses gonds et les enfants entrèrent, au grand désespoir de Pincepoule qui se tordait nerveusement les mains.

Les appartements de Marcia étaient plongés dans l'obscurité.

— Pourquoi Pincepoule ne voulait-il pas nous laisser passer ? murmura Jenna. J'espère qu'il n'est rien arrivé de grave…

Septimus s'immobilisa, tous ses sens en alerte. L'anneau dragon brillait de plus en plus fort à son doigt.

— Je ne perçois aucune présence inhabituelle, dit-il au bout de quelques secondes. Juste celle de l'**ombre**. Et il me semble entendre… Oui, j'entends Marcia respirer. Écoute !

— Je n'entends rien du tout, Septimus.

— Non ? Pas étonnant. En ce moment, j'apprends

à **détecter** le souffle humain. C'est comme ça que papa t'a trouvée, tu sais. C'est aussi grâce à cela que Marcia m'a découvert sous la neige. Je ne suis pas encore aussi doué qu'eux, mais suffisamment pour entendre Marcia.

— Oh ! Mais comment sais-tu que ce n'est pas l'**ombre** qui respire ?

— Parce qu'elle ne respire pas, bécasse. Elle n'est pas vivante. En plus, elle n'est pas humaine.

La réponse de Septimus n'était pas faite pour rassurer Jenna.

— Il fait drôlement sombre, là-dedans, remarqua-t-elle.

Septimus effleura de la main une bougie posée près de la grande cheminée en pierre. La mèche s'alluma instantanément, projetant des ombres mouvantes sur le mur et sur le **piège à ombres**. Tapi dans un coin, celui-ci évoquait une araignée géante attendant qu'une proie vienne se prendre à sa toile. Jenna frissonna. Quelque chose dans son aspect lui rappelait l'observatoire.

— Tu as froid, Jen ?

Septimus fit claquer ses doigts. Un fagot de branchages sauta aussitôt dans l'âtre et s'enflamma. Puis deux grosses bûches s'échappèrent du coffre à bois et s'empressèrent de suivre le même chemin. Bientôt, une douce clarté se répandit dans la pièce, dissipant quelque peu les craintes de Jenna.

— Tu peux prendre la chambre des magiciens

invités, proposa Septimus. Elle est très jolie. Viens, je vais te la montrer.

Jenna eut un mouvement de recul en songeant à l'**ombre** qui attendait en haut, près de Marcia.

— Non merci, Sep. Je préfère dormir ici, devant la cheminée.

Septimus remarqua combien elle était pâle. Son séjour chez Simon, au contact de la **Ténèbre**, l'avait visiblement affectée.

— D'accord, dit-il. Je vais rester avec toi.

Un peu plus tard, la haute silhouette de Marcia s'encadra dans la porte et considéra les deux enfants blottis sous un tas de précieuses couvertures pourpres. Elle s'attarda un moment sur le seuil et sourit. Cette peste d'ex-rat coursier n'avait pas menti. Jenna et Septimus étaient sains et saufs. Même si elle n'en avait jamais douté, elle était contente de les revoir.

Marcia s'éloigna sur la pointe des pieds. L'**ombre** jeta un regard mauvais aux deux formes endormies et une lueur soufrée brilla dans ses yeux. Puis elle tourna les talons et gravit les degrés de pierre glacés à la suite de Marcia.

37

La quête du Draxx

— Grand Dieu ! Qu'est-ce que c'est que ça ? s'écria Marcia d'un ton hargneux.

Elle avait déjà oublié le soulagement qu'elle avait éprouvé la nuit précédente, en constatant que Jenna et Septimus étaient sains et saufs. Il convient de préciser que Marcia n'était pas au mieux de sa forme. En ouvrant les yeux ce matin-là, elle avait vu l'**ombre** étalée sur son oreiller. Cela n'avait rien d'inhabituel en soi : au fil des semaines, l'**ombre** n'avait cessé d'acquérir de la substance. Mais jusque-là, elle était toujours restée muette. Or, Marcia avait été tirée du sommeil par une voix sépulcrale qui répétait inlassablement son nom. Marcia… Marcia… Marcia…

Dans un mouvement de colère, elle avait lancé une

de ses bottines en python pourpre sur l'horrible chose. Mais bien sûr, la bottine avait traversé l'**ombre** avant de briser un petit pot en verre qu'Alther lui avait offert du temps de son apprentissage, un jour où elle avait réussi à maîtriser une **projection** particulièrement ardue. La destruction de ce souvenir l'avait affectée plus qu'elle ne l'aurait cru, d'où sa mauvaise humeur. Après avoir descendu l'escalier deux à deux, elle avait fait irruption dans la cuisine et houspillé la cafetière en lui ordonnant de « se remuer ». Une fois son petit déjeuner avalé, elle était décidée à se rendre chez le vieux Ratel et à ne plus le lâcher tant qu'il ne lui aurait pas livré la dernière pièce du **piège**.

— Septimus ! appela-t-elle d'une voix sonore.

L'apprenti se dressa sur son séant. Durant quelques secondes, il se demanda où il était. Mais Marcia eut vite fait de lui rafraîchir la mémoire.

— La tour du Magicien, dit-elle en croisant les bras, est un lieu dédié à la **Magyk**, non une ménagerie.

— Hein ?

— Regarde mes belles couvertures… Elles sont pleines de trous ! J'ignore d'où tu ramènes cette mite géante, mais tu vas me faire le plaisir de la renvoyer.

— Quelle mite géante ? demanda Septimus, complètement perdu.

— Mmmh ? marmonna Jenna en émergeant de dessous les couvertures.

— Oh ! bonjour, Jenna, fit Marcia. Je suis contente de vous voir. Le rat m'a rapporté – en fait, cette satanée bestiole n'a pas arrêté de jacasser, le plus souvent pour dire des inepties – que vous étiez parvenue à temps au cottage. Félicitations.

— Merci.

Jenna s'assit et passa un pied à travers un des trous de la couverture. Elle agitait les orteils, comme si elle était surprise de les voir, quand quelque chose de vert se jeta sur elle.

— Aïe ! cria-t-elle.

— Boutefeu ! s'exclama Septimus, interloqué.

Tante Zelda l'avait prévenu que les dragonnets étaient sujets à de brusques poussées de croissance, mais il était loin de s'attendre à cela. Boutefeu s'était échappé du sac ignifugé en le déchirant avec ses dents et il avait à présent la taille d'un petit chien. Septimus saisit le dragon et l'éloigna du pied de Jenna.

— Ça va, Jen ?

— Je crois... En tout cas, j'ai encore tous mes orteils.

Jenna frotta son pied égratigné, puis elle considéra Boutefeu qui dardait sa langue verte sur la main de Septimus, réclamant son déjeuner.

— Dis, Sep... Il n'était pas aussi gros hier soir ?

— Non.

Septimus n'osait pas regarder Marcia, s'attendant à des remontrances. La réaction de la magicienne extraordinaire confirma ses craintes.

— Septimus, on avait dit pas d'animaux. Ni perroquet, ni iguane, ni tortue, ni...

— Mais Boutefeu n'est pas un animal de compagnie. C'est un instrument de **Magyk**, comme le lapin sur lequel je m'exerce…

— Un dragon n'est en rien comparable à un lapin. Tu n'as pas idée des tracas…

Au même moment, Boutefeu réussit à échapper à Septimus et se précipita vers les pieds de Marcia, comme pour lui donner raison. La vue des bottines en python avait fait resurgir le souvenir de l'antagonisme ancestral entre dragons et serpents, jusque-là profondément enfoui dans sa mémoire reptilienne. Qui plus est, il aurait volontiers pris un en-cas avant le petit déjeuner. Dans son inexpérience, Boutefeu était loin de soupçonner que les bottines de Marcia n'étaient qu'une illusion de serpent et qu'elles abritaient les pieds d'une magicienne aussi puissante qu'irritable qui vouait à ses chaussures une tendresse inversement proportionnelle à celle que lui inspiraient les bébés dragons. Une fusée verte se rua sur le pied droit de Marcia et entreprit de le mâchonner.

— Ouille ! hurla Marcia en secouant furieusement le pied.

Mais Boutefeu avait pris des forces depuis que Septimus l'avait décroché de son doigt, deux jours plus tôt. Il résista et planta fermement ses minuscules crocs pointus dans la peau de serpent.

— **Desserre les dons !** parvint à articuler Marcia.

Boutefeu mordit de plus belle.

— **Défère les dents !**

Boutefeu tint bon et tira violemment sur la bottine.

— **Desserre les dents** !

Boutefeu lâcha enfin prise et retourna auprès de Septimus, comme si la peau de python pourpre avait perdu tout intérêt à ses yeux. Assis aux pieds de son maître, il leva vers Marcia un regard penaud.

La magicienne se laissa tomber sur une chaise afin d'examiner son pied meurtri et sa bottine abîmée. Les deux enfants retenaient leur souffle.

— J'imagine que ce… ce fléau ambulant t'a **imprégné** ? demanda Marcia après un long silence.

— Euh… oui, avoua Septimus.

Marcia soupira.

— C'est bien ce que je craignais. Comme si je n'avais déjà pas assez de soucis… Sais-tu quelle est la taille d'un dragon adulte ?

— Je vous demande pardon, murmura l'apprenti. Je m'occuperai bien de lui. Je lui donnerai à manger, je le promènerai, je l'éduquerai… Promis !

Marcia resta de marbre.

— Ce n'est pas moi qui suis allé le chercher, tenta de se justifier Septimus. Il est sorti du caillou que m'avait offert Jenna.

Marcia se radoucit quelque peu.

— Vraiment ? Eh bien, ce n'est pas banal. Cela faisait une éternité qu'aucun homme n'avait assisté à l'éclosion d'un œuf de dragon. Quoi qu'il en soit, tu devras le garder dans ta chambre pour le moment. Je ne tiens pas à ce qu'il fasse de nouveaux dégâts.

Surtout, Marcia voulait épargner à l'innocent dragonnet d'être infecté par la **Ténèbre**. S'il était appelé à devenir le compagnon de son apprenti, mieux valait le préserver de tout contact avec la **Magyk noire**. Mais cela, elle ne pouvait pas le dire à Septimus.

Marcia insista pour que Jenna lui raconte les moindres détails de son évasion du repaire de Simon. En entendant le récit de l'arrivée du dragon au Château, elle esquissa un sourire triomphant.

— Ainsi, c'est moi sa gardienne à présent, déclara-t-elle.

— Pas sûr, objecta Septimus. Je pense que tante Zelda...

— Foutaises ! le coupa Marcia. De quelle utilité lui serait-elle, coincée sur son île à des lieues d'ici ? La dragonne a eu mille fois raison de chercher refuge au Château. Pincepoule !

Pincepoule entrouvrit timidement la porte.

— Vous m'avez appelé, dame Marcia ?

— Oui. Rendez-vous immédiatement au chantier de Jannit Maarten avec un groupe de treize magiciens. Ils devront veiller sur le bateau dragon, fût-ce au péril de leur vie. Compris ?

— Treize magiciens... Le bateau dragon... au péril de leur vie... Compris. Autre chose, dame Marcia ?

— Il me semble que c'est assez pour le moment.

— Euh... Bien, dame Marcia.

— Une seconde !

Pincepoule s'arrêta net.

— Oui ? fit-il d'un air anxieux.

— À votre retour, vous partagerez notre déjeuner.

L'ancien Chasseur en second parut se décomposer, mais il se ressaisit bien vite.

— Merci beaucoup, dame Marcia, bredouilla-t-il avant de se retirer.

Pincepoule fut au supplice durant tout le déjeuner. Assis du bout des fesses sur sa chaise, il ne savait quel comportement adopter avec les deux enfants et à plus forte raison avec Marcia qui lui inspirait une sainte terreur.

— Je vous avais dit d'empêcher les magiciens d'entrer, rappela Marcia d'un ton acerbe. Mais pas mon apprenti. C'était pourtant clair !

Cependant, le fourneau avait laissé bouillir le café pour la deuxième fois de la semaine. Le fourneau n'était pas du genre lève-tôt et le petit déjeuner représentait pour lui une source de tension et d'angoisse. Il ne pouvait compter sur la cafetière pour l'épauler : fatiguée des criailleries incessantes de leur patronne, celle-ci était incapable de se concentrer sur son travail. Pour couronner le tout, un dragon lui mordillait le pied. Le café bouillant coula sur la plaque brûlante avec un grésillement avant de se répandre sur le sol.

— **Nettoyage !** glapit Marcia.

Aussitôt, une lavette sauta de l'évier et s'employa à réparer les dégâts.

Pincepoule toucha à peine au repas. Il tortillait nerveusement son bonnet entre ses doigts tout en jetant des regards inquiets à Boutefeu. Blotti dans un coin près du fourneau, celui-ci dévorait goulûment son porridge.

Après le repas (durant lequel Boutefeu engloutit deux poulets rôtis, trois miches de pain, un seau de porridge, une nappe, un gallon d'eau et le bonnet de Pincepoule), Marcia emmena le dragon à l'étage supérieur. Restés seuls dans la cuisine, Septimus, Jenna et Pincepoule l'écoutèrent dans un silence gêné traîner le dragonnet récalcitrant sur le parquet et barricader la porte de la chambre de l'apprenti. Pincepoule tenait à la main les cache-oreilles amovibles que Boutefeu avait recrachés, tout trempés de salive, peu après lui avoir arraché son bonnet qu'il avait avalé tout rond.

Jenna se leva de table :

— Je vous prie de m'excuser, mais il est temps que j'aille rassurer papa et maman. Tu viens avec moi, Sep ?

— Peut-être plus tard, Jen. Marcia a sûrement du travail à me confier.

— Et comment !

Marcia fit irruption dans la cuisine, les cheveux en désordre.

— Tu vas faire un saut au Manuscriptorium et te procurer le manuel de Draxx, *J'élève mon dragon*. Veille à ce qu'on te donne bien l'édition ignifugée spéciale magicien, et non la version papier bon marché. Elle ne durerait pas cinq minutes.

— Inutile, dit Septimus d'un ton dégagé. J'ai déjà ceci.

Il agita devant Marcia son exemplaire de *100 trucs et astuces pour survivre avec un dragon.*

— Quoi, ce recueil d'inepties ? Peuh ! Où as-tu trouvé ça ?

— C'est tante Zelda qui me l'a donné. Elle m'a également conseillé...

— ... *L'Almanach des premières années du lézard ailé*, compléta Marcia. Encore un tissu d'âneries. De toute manière, on ne trouve plus ni l'un ni l'autre. Ils étaient imprimés sur un papier extrêmement inflammable. Ce sera le Draxx ou rien.

Jenna et Septimus sortirent en hâte des appartements de la magicienne extraordinaire, tentant d'ignorer les coups sourds qui provenaient de la chambre de Septimus, et se mirent immédiatement en route pour le Manuscriptorium.

De son côté, Marcia différa sa visite au professeur van Klampff pour donner ses instructions aux treize magiciens chargés de surveiller le bateau dragon. À présent que celui-ci se trouvait au château, elle ferait voir à Zelda comment se comportait une gardienne digne de ce nom.

Jenna et Septimus s'engagèrent dans la voie du Magicien, redoutant un peu de voir surgir un cavalier noir, mais tout semblait normal. De rares nuages blancs voguaient dans le ciel, voilant passagèrement l'éclat du soleil. À cette heure de la matinée, l'avenue était pleine de clercs vaquant à des occupations importantes (c'est du moins l'impression qu'ils donnaient) et d'acheteurs qui cherchaient leur bonheur parmi les livres et les parchemins entassés sur les éventaires à l'extérieur des boutiques.

— Qu'est-ce qui arrive à Marcia ? demanda Jenna alors qu'ils approchaient du Manuscriptorium. Elle est encore plus grincheuse que d'ordinaire.

— J'ai remarqué, répondit Septimus d'un ton maussade. Je crains que l'**ombre** ne soit en train de prendre le pouvoir sur elle. Si seulement je pouvais faire quelque chose pour l'en empêcher…

Jenna prit un air soucieux.

— Et si tu venais vivre quelque temps avec nous, au palais ? proposa-t-elle.

— Je te remercie, mais je ne peux pas laisser Marcia seule avec cette horrible **chose** qui la suit partout. Elle a besoin de moi.

Jenna sourit ; elle n'en attendait pas moins de Septimus.

— Si la situation empire, promets-moi d'en parler tout de suite à maman. D'accord ?

Septimus serra la petite fille dans ses bras.

— D'accord. Au revoir, Jen. Embrasse papa et maman pour moi. Dis-leur que je passerai bientôt les voir.

Il attendit que Jenna ait disparu à l'intérieur du palais pour pousser la porte du Manuscriptorium.

Une voix joyeuse surgit de la pénombre.

— Salut, Sep !

— Salut, Moustique !

La tête du jeune scribe apparut brusquement au-dessus du comptoir.

— Que puis-je pour toi, ô puits de sagesse sans fond ? Dis donc, t'aurais pas un truc pour **rechercher** les objets perdus ? J'ai paumé le porte-plume préféré du vieux Vulpin. J'ai cru qu'il allait me faire un caca nerveux.

— En principe, je n'ai pas… Et puis, zut ! Prends donc mon **aimant**.

Septimus tira un petit aimant en fer à cheval de sa ceinture et le tendit à Moustique.

— Pointe les deux branches de l'**aimant** dans la direction où tu crois avoir perdu le porte-plume et pense très fort à celui-ci. Mais ça ne marche que si tu te trouves près de l'objet que tu as égaré. L'aimant n'est pas très puissant. J'en recevrai un meilleur quand j'aurai passé mon diplôme de **recherche appliquée**.

— Merci, Sep.

Moustique prit l'aimant et plongea à nouveau sous le comptoir. Quelques minutes plus tard, il se releva, brandissant triomphalement un porte-plume noir.

— Tu m'as sauvé la vie, vieux frère ! (Moustique rendit son **aimant** à Septimus.) Il y a une raison spéciale à ta visite ? Si je peux faire quelque chose pour toi…

— En fait, oui. J'aurais besoin du livre de Draxx, J'élève mon dragon.

— Quelle édition ? Augmentée, imperméable, ignifugée ? Parlante ou animée ? De luxe ou économique ? À reliure rouge ou verte ? Neuve ou d'occasion ? Grand format ou…

Septimus l'interrompit :

— Ignifugée, s'il te plaît.

— Hum ! fit Moustique en se mordant la lèvre. Pas facile. Je ne suis pas sûr qu'on ait ça en magasin.

— Pourtant, tu disais…

— En principe, on a toutes les éditions que je t'ai citées. Mais en pratique, non. Le Draxx est un ouvrage très rare. La plupart des exemplaires ont été mangés ou sont partis en fumée. Sauf l'édition ignifugée, j'imagine.

Devant la mine déconfite de son ami, Moustique ajouta à voix basse :

— Écoute, puisque c'est toi, je vais te faire une faveur. Je vais t'introduire dans la réserve. C'est là que sont conservés les titres menacés d'extinction. Si le livre que tu cherches se trouve quelque part, ça ne peut être que là. Suis-moi !

Septimus se glissa derrière le comptoir. Après avoir vérifié que personne ne pouvait les voir, Moustique ouvrit une porte étroite camouflée en panneau de boiserie dont l'intérieur était renforcé par des planches épaisses. Puis il mit un doigt sur ses lèvres :

— Et maintenant, plus un bruit. On n'a pas le droit d'entrer là. Évite les mouvements brusques. Les livres qu'on garde ici sont du genre ombrageux.

Septimus fit signe qu'il avait compris et pénétra dans la réserve derrière Moustique. Sitôt que ce dernier eut refermé la porte, l'apprenti se crut revenu dans la Forêt, au milieu des gloutons, tant la réserve empestait le fauve. Quand ses yeux furent habitués à la pénombre, il aperçut une double rangée d'étagères, si hautes qu'elles touchaient presque le plafond, sur lesquelles des livres étaient entassés derrière des barreaux rouillés. À pas prudents, les deux garçons s'avancèrent entre les deux bibliothèques, accompagnés par un vacarme de grognements et de raclements.

— Excuse le désordre, chuchota Moustique en ramassant des parchemins lacérés auxquels adhéraient des paquets de poils et sur lesquels Septimus distingua des traces de sang. La nuit dernière, y'a eu du grabuge entre une brochure sur l'alligator et une monographie sur le yéti. Un crétin qui ne connaît pas son alphabet les avait rangés côte à côte. Je t'assure que c'était pas beau à regarder. Voyons… Dinosaures… Drosophile… Non, je suis trop loin. Ah ! Les dragons devraient se trouver par ici. Pendant que tu jettes un coup d'œil, je vais m'assurer que personne ne me cherche de l'autre côté. Faudrait pas éveiller les soupçons…

Sur ces paroles, Moustique s'éloigna, laissant son ami seul au milieu d'une foule de livres à plumes, à fourrure ou à écailles.

Septimus se boucha le nez (en partie à cause de l'odeur et en partie parce qu'il sentait venir un énorme éternuement) et se mit à inspecter le dos des livres, cherchant à repérer le nom de Draxx. Or, les pensionnaires de la réserve n'aimaient pas qu'on les regarde avec insistance. Ils s'agitaient nerveusement et quelques-uns parmi les plus gros et les plus velus émirent des grondements sourds et menaçants. Mais aucun d'eux ne concernait Draxx ni même les dragons.

Septimus examinait un livre à écailles qui ne comportait aucun nom à travers les barreaux quand Moustique lui donna une tape sur l'épaule.

— Argh ! glapit-il.

— Chut ! Ton frère est à côté.

— Nicko ? Qu'est-ce qu'il veut ?

— Pas Nicko. Simon.

38

Le cabinet hermétique

— Simon ? souffla Septimus, estomaqué. Qu'est-ce qu'il fiche encore ici ?

— Il est venu voir le vieux Vulpin, comme d'habitude. (Moustique fit une moue désapprobatrice.) Ces deux-là, ils sont comme cul et chemise ! Amène-toi.

Moustique saisit Septimus par la manche et l'attira vers le bout de la rangée d'étagères. Puis il s'agenouilla près du mur et se releva aussitôt, tout tremblant : la *Formule de l'antivenin de serpent zombie* venait d'émettre un sifflement sonore.

— Ouf ! Il m'a flanqué une de ces trouilles ! J'ai horreur de tout ce qui rampe. Toi qui ne crains pas les serpents, approche-toi. Tu entendras mieux.

Septimus se glissa entre son ami et la *Formule de l'antivenin de serpent zombie.*

— Entendre quoi ? demanda-t-il.

Moustique lui désigna une bouche d'aération.

— Le cabinet hermétique se trouve de l'autre côté du mur, expliqua-t-il. C'est là que ton frère et le vieux Vulpin s'enferment pour faire leurs messes basses. On m'a ordonné de condamner la bouche d'aération, mais ça cocottait grave. Il faut faire circuler un peu d'air, de temps en temps. Si tu tends l'oreille, tu entendras tout ce qu'ils disent.

Septimus s'agenouilla et tout à coup, la voix de Simon lui parvint aussi clairement que si son frère s'était trouvé à ses côtés. Apparemment, il n'était pas content :

— Je vous dis qu'il y a quelque chose qui cloche avec le **charme** que vous m'avez donné ! Il est complètement imprévisible. J'ai de la chance d'être encore entier. J'ai failli lâcher mon nouvel assistant au-dessus des sables mouvants. Entre nous, ça lui aurait fait les pieds, à cette espèce d'ingrat. Je lui offre la chance de sa vie, et à peine avons-nous décollé que ce butor change d'avis !

— Vous n'êtes pas censé transporter des passagers, rétorqua le premier scribe hermétique d'un ton pincé. L'art du **Grand Vol** ne se résume pas à un service de taxi !

— Oh ! Inutile de monter sur vos grands chevaux,

Hugh. Je compte sur vous pour arranger ça. Il doit exister un moyen de le booster un peu.

— Le booster ?

Les accents outrés d'Hugh Vulpin traversèrent la bouche d'aération.

— Nous parlons du **Grand Vol**, un art réservé à une poignée d'initiés, et vous me demandez de le booster ? Ce **charme** est le plus ancien que j'aie eu entre les mains. Regardez-moi ces fils d'or ; ils ont été tissés par les araignées d'Aurum, rien de moins ! Tellement purs et soyeux qu'on ose à peine les toucher.

Simon poussa un soupir exaspéré.

— Pour l'amour du ciel, Hugh ! Je ne nie pas que votre machin fasse de l'effet. Mais à quoi bon, s'il manque de tuer son utilisateur ? En plus, j'ai des doutes sur son authenticité. Il ne fait pas la moitié de ce que vous m'aviez promis.

Hugh Vulpin faillit s'étouffer d'indignation.

— Simon, je puis vous assurer qu'il s'agit du véritable **charme** du **Grand Vol**. Je l'ai cherché durant de longues années, pour finir par le découvrir à l'endroit exact où je m'attendais à le trouver : caché dans l'épaisseur de la couverture de ce livre. (Hugh Vulpin tapota la couverture de l'ouvrage en question pour souligner ses paroles.) Ce charme mérite qu'on le respecte, et non qu'on le *booste* !

La voix de Simon se teinta de menace :

— À propos de respect, vous seriez bien inspiré de m'en témoigner un peu plus. C'est aujourd'hui le grand jour. Tout est presque en place. Si tout se passe comme prévu, vous aurez bientôt affaire à un nouveau magicien extraordinaire. Un qui soit digne de ce nom. Et ma modestie dût-elle en souffrir, à un apprenti – votre serviteur – d'une autre trempe qu'un ex-troufion incapable de faire la différence entre une **incantation** et une chaussette trouée.

— Je vous ai dit que je ne faisais pas de politique. À mon avis, nous n'avons déjà connu que trop de changements. Pour ma part, je n'ai rien à reprocher à l'actuelle magicienne extraordinaire ni à son apprenti.

— À votre place, je n'en dirais pas plus, rétorqua Simon d'un ton glacial. À moins que vous n'ayez envie de finir **asséché** ?

Hugh Vulpin émit un couinement terrifié :

— Quoi ?

— Vous avez très bien entendu. Dépêchez-vous d'arranger ce **sort**. Je ne plaisante pas. Je serai de retour dans une heure et alors, il vaudrait mieux pour vous qu'il fonctionne.

— Je verrai ce que je peux faire…

— Vous avez intérêt. À part ça, vous serez certainement heureux d'apprendre que c'est la dernière visite que je vous fais. J'ai apporté la pièce manquante. Vous voyez ?

Simon frappa légèrement sur un objet qui sonnait creux et partit d'un grand rire.

— Vous n'auriez pas dû, objecta Hugh Vulpin. Qui que ce soit, c'est un manque de respect…

— Ce n'est pas à vous de me dire ce que je dois faire, gronda Simon. Croyez-moi, vous saurez bien assez tôt de qui il s'agit. À présent, veuillez ouvrir la porte.

Il y eut un grincement, puis le silence retomba.

— Sale petit prétentieux ! Ça se prend pour…

Au même moment, Vulpin referma bruyamment un épais volume, de sorte que Septimus ne put entendre la fin de l'appréciation qu'il portait sur son frère aîné.

— Un *nouveau* magicien extraordinaire ? De qui parlait-il ? demanda Septimus à Moustique tandis qu'ils se dirigeaient vers la sortie entre les deux rangées d'étagères.

— Te bile pas, Sep, dit Moustique comme ils atteignaient la porte de la réserve. Ici, personne ne prend ton frère au sérieux. Des cinglés dans son genre, on en reçoit tous les jours. Ils s'imaginent pouvoir régner sur le monde avec une poignée de **sorts ténébreux**.

— Je souhaite que tu dises vrai.

Moustique ne répondit pas. Mais quand ils furent de retour dans l'officine, il se tourna vers Septimus et proposa :

— Tu sais quoi ? Je m'en vais distraire le vieux Vulpin. Pendant ce temps-là, tu n'auras qu'à te faufiler à l'intérieur du cabinet et lui faucher le **charme** du **Grand Vol**. Ça devrait lui rabattre son caquet.

Moustique s'enfonça dans la pénombre du Manuscriptorium. Il reparut quelques minutes plus tard et fit signe à Septimus d'approcher.

— Grouille-toi ! La chance est avec nous. Le vieux Vulpin a ses vapeurs. Il est allé s'allonger. Suis-moi !

Septimus était bien connu des scribes du Manuscriptorium, ce qui explique qu'aucun d'eux ne releva la tête quand les deux garçons s'engagèrent dans le couloir conduisant au cabinet du premier scribe hermétique. Le passage était sombre et étroit, car il tournait sept fois sur lui-même avant de déboucher dans une petite pièce blanche éclairée par une unique bougie. Le cabinet hermétique était sommairement meublé et de forme circulaire pour éviter que des **charmes** ou des **sorts** incontrôlables ne se réfugient dans les coins. Une table ronde occupait presque tout l'espace et une colonne sculptée aussi grande que Septimus était poussée contre le mur. Mais l'apprenti ne s'attarda pas sur ces détails. À peine avait-il franchi le seuil de la pièce que son regard tomba sur le **charme** du **Grand Vol** qui traînait sur la table, fixé à la ceinture de Simon, auprès d'un épais volume.

— Mais c'est le livre de Marcia ! s'exclama-t-il.

— Chut !

— Je le reconnais, reprit Septimus. Elle l'avait emporté quand elle est retournée au Château durant le Grand Gel, avant de tomber dans le piège que lui avait tendu DomDaniel. Ce dernier le lui a dérobé et depuis, elle le cherche partout.

L'apprenti souleva le livre et lut :

— *L'Art de vaincre la Ténèbre*. C'est bien ça !

— Comment est-il arrivé entre les mains de Vulpin ? demanda Moustique, perplexe.

— En tout cas, il peut lui dire adieu, prédit Septimus. Dès que je l'aurai avertie, Marcia accourra pour le récupérer.

Moustique se promit *in petto* de prendre la tangente lorsqu'il apercevrait Marcia dans les environs du Manuscriptorium.

— Prends vite le **charme** et filons, dit-il, craignant de voir Hugh Vulpin réapparaître à l'improviste.

Le **charme** du **Grand Vol** était plus petit que Septimus l'aurait cru. Il avait la forme d'une flèche en or délicatement ouvragée, avec des ailerons bizarrement tordus. Septimus se demanda si les difficultés évoquées par Simon ne provenaient pas de là. Mais comme il tendait la main vers lui, la ceinture se tordit sur la table et se **transforma** en un petit serpent rouge à la tête ornée de trois étoiles noires qui s'enroula aussitôt autour du **charme**. Le serpent fixa ses yeux jaunes sur Septimus et se dressa vivement, prêt à attaquer.

— Aaah !

Moustique plaqua une main sur sa bouche pour étouffer le râle épouvanté qui avait jailli de sa gorge, mais il était trop tard. Quelqu'un l'avait entendu.

Une voix hésitante s'éleva à l'autre bout du passage :

— Hé ho ? Y'a quelqu'un là-dedans ?

— Tirons-nous d'ici en vitesse, souffla Moustique à son compagnon.

— Hé ho ? répéta la voix.

— Tout va bien, Bécasseau, cria Moustique. L'apprenti extraordinaire s'est trompé de chemin. Je le reconduis vers la sortie.

— Ah ! Bien. Vous m'avez fait des émotions, tous les deux. M. Vulpin m'a confié la surveillance du cabinet.

— Pas de problème, Bécasseau, reprit Moustique d'un ton enjoué. On arrive tout de suite. Inutile d'entrer. (Puis, à voix basse.) Nom d'un chien, Sep. Grouille-toi !

Septimus ne pouvait se résigner à abandonner le charme. Le serpent et lui continuaient à se jauger quand la voix aigrelette de Bécasseau résonna dans la pièce :

— Ah ! content de vous revoir, monsieur Vulpin.

Septimus et Moustique échangèrent un regard paniqué.

— Qu'est-ce que vous fichez, Bécasseau ? maugréa le premier scribe hermétique. Ôtez-vous de mon chemin !

— Oups… Pardon, monsieur. C'était votre pied ?

— Ça l'est toujours, Bécasseau. Vous voulez bien cesser de l'écraser ?

— Tout de suite, monsieur Vulpin. Désolé.

— Pour l'amour du ciel, retournez à votre pupitre et arrêtez de vous excuser.

— Pardon… Euh, tout de suite, monsieur Vulpin. Maintenant, si vous le permettez, je vais me faufiler… J'y suis presque… Oh ! Pardon.

— Bécasseau…

Bécasseau s'excusa à nouveau et battit en retraite derrière son pupitre. Entre-temps, Moustique avait actionné un levier en cuivre encastré dans le mur. Un sifflement retentit et cette fois, il ne provenait pas du serpent. Une trappe circulaire dissimulée sous la table se souleva lentement, laissant pénétrer un courant d'air glacé.

— Descends vite, Sep ! dit Moustique d'un ton pressant.

Septimus lança un regard plein de regret au serpent toujours enroulé autour du **charme**. Le sifflement produit par l'ouverture de la trappe, en lui faisant croire à la présence d'un rival, avait excité la fureur du reptile. Cependant, le bruit des pas de Vulpin se rapprochait. Septimus saisit le livre de Marcia et se glissa à travers la trappe, suivi de près par Moustique.

39

Les tunnels de glace

Le volet de la trappe se referma en silence derrière les deux garçons. Septimus frissonna. Il faisait extrêmement froid et sombre sous le cabinet hermétique. Son anneau dragon commença à émettre une douce clarté dorée, comme chaque fois qu'il se trouvait dans le noir.

— T'es rudement bien outillé ! s'exclama Moustique, admiratif. Mais j'ai mieux là-dedans, ajouta-t-il en ouvrant une petite boîte en fer-blanc.

Celle-ci abritait une pierre plate qui répandait une vive lumière bleutée et faisait scintiller les murs blancs.

Septimus regarda autour de lui, s'attendant à découvrir une sorte de cave. Il fut étonné de constater qu'ils se trouvaient dans un long tunnel blanc qui s'étirait à perte de vue devant et derrière eux.

— C'est le premier endroit où le vieux Vulpin aura l'idée de nous chercher, murmura Moustique en jetant un coup d'œil inquiet vers la trappe. Ne restons pas là.

Il décrocha du mur une large planche bordée de chaque côté par une bande de métal, la posa sur le sol blanc du tunnel et prit place dessus.

— Monte ! dit-il à son ami.

Septimus voulut s'approcher, mais son pied glissa et il tomba à la renverse.

— Ouf ! On se croirait sur de la glace. C'est quoi, ce truc ?

— De la glace. Fais vite, Sep.

— De la glace ? En plein été ? Où sommes-nous, Moustique ?

— Dans les tunnels de glace, pardi. Où veux-tu qu'on soit ?

— Je ne sais pas, moi. Dans une cache secrète sous le cabinet hermétique. Qu'est-ce que c'est que ces tunnels ?

— Je croyais que t'étais au courant. T'es l'apprenti numéro un, non ? Monte !

La luge était à peine assez grande pour deux. Septimus venait de se glisser derrière Moustique quand il s'aperçut qu'il avait laissé *L'Art de vaincre la Ténèbre* sur la glace.

— Attends, Moustique ! Il n'y a plus de place pour le livre de Marcia.

— Mets-le sous tes fesses, répliqua Moustique, exaspéré. Remue-toi, Sep. Le vieux Vulpin ne va pas tarder à pointer son vilain nez.

Septimus se releva, laissa tomber le livre sur le traîneau et s'assit dessus. Ces tunnels ne lui plaisaient pas du tout. Ils étaient balayés par un vent glacé dont la plainte lugubre lui faisait dresser les cheveux sur la tête.

— Accroche-toi, ça va décoiffer ! conseilla Moustique.

La luge partit si vite que Septimus faillit être précipité par terre. Mais elle n'avait pas encore atteint la première courbe qu'un sifflement caractéristique emplit le tunnel : la trappe se soulevait à nouveau. La luge fit une embardée et s'arrêta contre un mur. Moustique referma vivement sa boîte en fer-blanc tandis que Septimus fourrait sa main dans sa poche pour étouffer le rayonnement de l'anneau. Immobiles dans le noir, les deux garçons retinrent leur souffle. Tout à coup, un trait de lumière venu d'en haut déchira l'obscurité et la tête chafouine du premier scribe hermétique se découpa dans l'ouverture de la trappe, pareille à un abat-jour fantaisie d'un goût douteux. Après avoir regardé d'un côté et de l'autre, il s'adressa à un interlocuteur invisible. La réverbération faisait paraître sa voix plus impressionnante qu'au naturel.

— Ne dites pas de bêtises, Bécasseau. Je ne vois Moustique nulle part. Pourquoi diable serait-il descendu dans le tunnel ? Ce n'est pas le jour de l'inspection ! Et pourquoi aurait-il emporté le livre ? Au lieu de rejeter la faute sur autrui, vous feriez mieux d'assumer vos responsabilités…

Son sermon fut interrompu par la fermeture de la trappe.

— Tirons-nous d'ici ! murmura Septimus entre ses dents.

Moustique rouvrit sa boîte en fer-blanc et les deux garçons s'élancèrent le long du tunnel. Guidée par une main experte, la petite luge filait à toute allure et prenait aisément les larges virages. Au bout de quelques minutes, Moustique ralentit. Septimus se détendit un peu (il se cramponnait si fort à la luge qu'il avait les doigts blancs) et jeta un coup d'œil en arrière.

— Inutile de nous presser, déclara Moustique. Personne ne risque de nous rattraper. Nous avons pris la seule luge **enchantée**.

— Tu en es sûr ?

— Un peu, oui ! Je te signale que c'est ma luge. C'est moi qui suis chargé des inspections.

— Tu inspectes quoi ? demanda Septimus alors que la luge abordait une longue montée. Et pour quelle raison ?

— Ça, je l'ignore. On ne m'a rien dit. Mais chaque semaine, je descends pour vérifier qu'il n'y a pas de fissure dans la glace ni d'obstacle sur la voie et m'assurer que toutes les trappes sont bien **scellées**.

— Parce qu'il en existe d'autres ?

— Oui, des tas. Toutes les vieilles maisons en possèdent une dans leur cave. Maintenant baisse la tête et retiens-toi de respirer quoi qu'il arrive. Voici Hilda.

Septimus esquiva de justesse un mince ruban de brume qui accourait vers eux en gémissant et en tournoyant le long des parois étincelantes du tunnel. Le **coquemard polaire** survola la luge lancée à toute vitesse et s'enroula brièvement autour des deux garçons, les glaçant jusqu'aux os. Une couche craquante de givre recouvrit les cheveux de Septimus tandis que l'air contenu dans ses narines et sa bouche se solidifiait. Durant une fraction de seconde, il crut qu'il allait étouffer. Puis le **coquemard** s'éloigna aussi vite qu'il était venu, poursuivant sa lugubre chanson et son errance sans fin à travers les tunnels.

— Ouf !

Moustique expira bruyamment tout en guidant la luge dans une nouvelle montée.

— C'est bon, Sep. Hilda est repartie. Elle ne repassera pas avant une heure. D'ici là, on sera rendus à la tour du Magicien.

— Ces tunnels mènent à la tour ? demanda Septimus en cherchant sa respiration.

— Entre autres. Ils relient entre eux le palais, la tour, la plupart des boutiques de la voie du Magicien et les vieilles baraques qui longent le fossé. Oups ! Un virage en épingle à cheveux…

— Argh ! Pas si vite, Moustique ! Mais comment se fait-il qu'ils soient gelés en plein été ? Ce n'est pas naturel !

Moustique resta dans le vague :

— Ça a dû arriver il y a longtemps, pour une raison ou une autre. Maintenant, personne ne veut prendre le risque de les dégeler, de peur de libérer ce qui se trouve sous la glace.

— Et qu'y a-t-il dessous ?

— J'en sais rien. Cramponne-toi !

La luge fit un écart pour éviter deux pâles silhouettes vêtues de robes grises en loques et Septimus faillit tomber.

— Désolé ! (Moustique redressa la luge et poursuivit.) Je déteste traverser les fantômes, surtout ces deux-là. Chaque fois, ils me demandent la sortie. Ça me tape sur les nerfs.

Les patins de la luge glissaient sans effort sur la glace lisse. Emportée par son élan, elle dévorait les montées avec la même facilité que les descentes. Septimus s'était habitué aux courants d'air et aux âmes errantes qui croisaient parfois leur route. Il commençait à prendre plaisir à la balade quand la luge s'arrêta net. Moustique referma précipitamment sa boîte en fer-blanc. Un pinceau de lumière jaune tombait d'une ouverture dans le plafond du tunnel, à quelques mètres d'eux.

— Qu'est-ce qui se passe ? interrogea Septimus à voix basse.

— On a **descellé** une trappe.

Le cœur de Septimus se mit à battre plus fort.

— Qui ?

— Ça vient de la maison van Klampff.

— Regarde ! souffla Septimus. Quelqu'un descend !

Deux pieds chaussés de patins à glace pendaient du plafond. Septimus pensa qu'ils appartenaient à Una Brakket, Ratel van Klampff ayant trop d'embonpoint pour passer à travers la trappe. Durant quelques secondes, les patins se balancèrent dans la lumière, comme si leur propriétaire hésitait, puis une silhouette familière s'élança dans le vide et atterrit sur la glace avec une souplesse féline. Ramassé sur lui-même tel un fauve prêt à bondir, Simon Heap promena son regard autour de lui.

— Qui va là ? lança-t-il au hasard, car ses yeux n'étaient pas encore habitués à l'obscurité.

— Simon ! murmura Septimus, abasourdi.

— Quelqu'un a prononcé mon nom. (La voix de Simon résonnait d'une façon sinistre dans le tunnel.) Qui est là ?

— Moustique, je t'en prie, sors-nous d'ici !

Moustique ne demandait pas mieux. La luge fit un tête-à-queue.

— Hé ! s'exclama Simon.

À sa grande surprise, il venait de reconnaître la tunique verte de l'apprenti de Marcia.

— Qu'est-ce que tu fiches ici, sale morveux ?

— Moustique, il nous poursuit ! hurla Septimus.

La luge filait à toute vitesse, mais Simon était un patineur émérite.

— T'inquiète pas, on va le distancer !

Sous la conduite de Moustique, la luge négocia un nouveau tournant et traversa les deux fantômes qu'ils avaient esquivés un peu plus tôt. Des voix confuses se répercutèrent le long du tunnel :

— Excusez-moi… La sortie, s'il vous plaît… Pourriez-vous nous indiquer… ? La sortie, tie, tie…

— On l'a semé ? s'enquit Moustique.

— Non !

— Accroche-toi. C'est parti !

La luge tourna dans un tunnel secondaire et freina brutalement. Moustique sauta à terre, poussa Septimus et la luge dans un renfoncement et tira la porte derrière eux. Essoufflé, il se laissa tomber par terre et sourit à son ami :

— Une niche de service. Pas de risque qu'il nous trouve ici !

Septimus roula sur le sol et resta étendu sur le dos, les yeux fixés au plafond. La niche était creusée dans l'épaisseur de la paroi et fermée par un bloc de glace qui ne laissait voir aucun interstice. Le jeune garçon supposa qu'il en était de même à l'extérieur.

— Moustique, tu es génial !

— N’en fais pas trop, Sep. Tu veux un **Mastick** ?

— Un quoi ?

— C’est chaud et c’est bon. J’en ai toujours une provision dans cette niche, pour lutter contre les coups de froid.

Moustique exhuma une petite boîte de dessous une couverture et une pelle. Il l’ouvrit et inspecta son contenu.

— Voyons, il me reste banane et haddock et… euh, betterave. Désolé, mais je crois que j’ai mangé les meilleurs.

— Les meilleurs quoi ?

— Bâtons à mâcher. Tu veux quel parfum ?

— Banane.

— Banane et haddock ?

— S’il te plaît. Tante Zelda prépare une quiche à la banane et au haddock absolument délicieuse.

— Ah oui ? Tiens, tu n’as qu’à prendre tout le paquet.

Dix minutes plus tard, Moustique écarta prudemment le bloc de glace qui fermait la niche et risqua un œil dehors. Si Simon avait disparu, des traces dans le sol indiquaient qu’il était passé une première fois devant leur cachette et s’en était retourné sans s’arrêter. Soulagés, les deux garçons remontèrent sur la luge et rebroussèrent chemin jusqu’au tunnel principal.

— Tu sais quoi ? dit Moustique. On va prendre le raccourci vers la tour du Magicien. Je préférais l’éviter parce que c'est un peu les montagnes russes. Mais plus vite on sortira d'ici et mieux ce sera. Qu'est-ce que tu en dis ?

— Ça me va !

Quelques minutes et de nombreux détours plus tard, Moustique arrêta la luge et montra du doigt une inscription dans la glace. Des lettres noires de style ancien épelaient les mots TOUR DU MAGICIEN tandis qu'une flèche tarabiscotée désignait un tunnel beaucoup plus étroit qui s'enfonçait dans l'obscurité.

— Cramponne-toi, Sep. Va y avoir du sport !

La luge tourna dans le couloir menant à la tour. Elle attendit quelques secondes, comme si elle rassemblait son courage, puis le sol parut s'ouvrir devant eux et ils basculèrent dans une sorte de gouffre, au grand effroi de Septimus.

— Hou-houuuuuu !

L'écho du cri de Moustique accompagna leur plongée vertigineuse le long d'une paroi presque verticale. À peine avait-elle touché le fond que la luge repartit à l'assaut d'une montée presque aussi abrupte. Arrivée au sommet, elle s'élança dans le vide et atterrit sur le plat avec un violent cahot. Septimus se remettait tout juste de ses émotions quand Moustique prit un virage à la corde, puis un deuxième encore plus serré. À ce moment-là, les routes de Septimus et de la luge se séparèrent. Moustique donna un coup de frein qui souleva une gerbe de givre, fit demi-tour et revint lentement sur ses pas pour récupérer son ami.

— Pas mal, hein ? dit-il avec un grand sourire. Et encore, tu ne m'as pas vu faire un triple axel...

Septimus se releva péniblement.

— Merci, Moustique. Une autre fois, d'accord ?

— De toute façon, on est arrivés. N'oublie pas le pourboire pour le chauffeur !

La luge s'était immobilisée au pied d'une arche monumentale taillée dans un énorme bloc de glace. Les lettres T et M étaient gravées au-dessus du frontispice.

Après un moment d'hésitation, Septimus ramassa *L'Art de vaincre la Ténèbre* et se tourna vers son compagnon :

— Tu viens ?

— Moi ? fit Moustique, surpris.

— Tu ne peux pas retourner au Manuscriptorium. Qu'est-ce que tu dirais à Vulpin ?

— Zut ! J'avais pas pensé à ça.

Moustique mit pied à terre et attacha la luge à un anneau d'argent.

— Pour éviter qu'elle ne parte en vadrouille, expliqua-t-il. Autrefois, tout le monde en avait une, et on raconte que celle de la tour du Magicien avait des pouvoirs spéciaux. La mienne est la seule luge **enchantée** qui existe encore, aussi je ne voudrais pas qu'elle disparaisse.

— Je comprends. On y va ?

Moustique suivit Septimus à contrecœur. Une fois passée l'arche, ils arrivèrent au pied d'un escalier.

Assis sur la première marche, un fantôme quasi transparent vêtu d'une robe pourpre dormait à poings fermés.

Septimus s'arrêta si brusquement que Moustique lui rentra dedans. Déséquilibré, le jeune garçon traversa le vieux spectre qui se réveilla en sursaut.

— Hein ? Quoi ? Qui va là ?

— C'est… c'est moi, bredouilla Septimus. L'apprenti.

— L'apprenti ? Quel apprenti ? fit le fantôme d'un air soupçonneux.

— L'apprenti extraordinaire.

— Impossible. Tu ne ressembles pas du tout à mon apprenti.

Septimus choisit ses mots avec soin afin de ménager le vénérable spectre :

— Désolé de vous l'apprendre, mais vous n'êtes plus magicien extraordinaire. Vous êtes un fantôme. Pour tout dire, vous êtes mort.

— Hi ! hi ! Je t'ai bien eu. Évidemment que je suis mort. Sinon, crois-tu que je resterais ici à m'ennuyer à cent sous de l'heure ? Comment t'appelles-tu, mon garçon ?

— Septimus Heap.

— Eh bien, Septimus Heap, dépêche-toi de monter.

— Et mon ami aussi ?

— Pourquoi pas ? Maintenant, disparaissez, tous les deux. Une fois en haut, vous n'aurez qu'à prendre à gauche et à prononcer le mot de passe pour vous retrouver dans le placard à balais attenant au grand hall.

— Merci mille fois !

Le vieux magicien extraordinaire s'installa confortablement et referma les yeux.

— Il n'y a pas de quoi, dit-il. Je te souhaite bonne chance, mon petit. M'est avis que tu en auras besoin.

40

Moustique à la tour

Septimus entrouvrit la porte du placard et jeta un regard prudent à l'extérieur. Il attendit qu'un petit groupe de magiciens ordinaires qui discutaient de la pluie et du beau temps soient passés pour sortir avec Moustique. L'apprenti de Marcia avait parfaitement le droit de se trouver dans le placard à balais, mais il ne tenait pas à ce qu'un troupeau de magiciens curieux s'interrogent à n'en plus finir sur les raisons de sa présence dans ce lieu pour le moins incongru.

— Suis-moi, dit-il à son ami.

Mais Moustique resta rivé sur place, fasciné par le ballet des lettres multicolores sur le sol.

— Il a écrit mon nom ! (Sa voix habituellement bourrue avait pris des accents excités.) Le sol… Il m'a dit « BIENVENUE MOUSTIQUE ». C'est trop bizarre !

— Oh ! Il fait pareil avec tout le monde, répliqua Septimus d'un air dégagé, oubliant sa propre stupéfaction la première fois où il avait franchi le seuil de la tour.

— Et maintenant, il écrit « BIENVENUE À NOTRE PRINCESSE ». Elle est là pour de vrai, Sep ?

Moustique avait souvent aperçu Jenna alors qu'elle se promenait dans la voie du Magicien, mais pas un instant il n'avait imaginé faire un jour sa connaissance.

— Qui ça, Jenna ? Ça m'étonnerait. Elle vient de retourner au palais.

Au même moment, les portes en argent de la tour s'écartèrent et Moustique eut l'immense surprise de voir Jenna surgir dans une lumière éblouissante. Durant une seconde, Septimus partagea la stupeur de son ami. Il n'était point tant étonné de l'entrée de Jenna (connaissant le mot de passe, celle-ci était libre d'aller et venir à sa guise) que par cette brusque irruption de l'été. Son séjour dans les tunnels de glace lui avait fait oublier qu'à l'extérieur, le ciel était bleu et le soleil radieux.

— Salut, Sep, fit Jenna. Il faudrait que tu passes voir maman. Je lui ai dit que tu étais sain et sauf, mais elle m'a répondu qu'elle tenait à s'en assurer.

— D'accord, Jen. Mais avant, j'ai une affaire urgente à régler. Simon est là.

— À la tour ?

— Non, là, répéta Septimus en pointant l'index vers le sol.

Jenna parut perplexe.

— Quoi, à la cave ?

Septimus baissa la voix et expliqua :

— Il existe tout un réseau de tunnels de glace sous le Château. C'est là que je l'ai vu. Il se déplaçait en patins.

Jenna éclata de rire.

— Ne dis pas de bêtises, Sep. On est en été. Il fait trop chaud pour patiner.

— Chut ! On pourrait nous entendre.

Septimus adressa un sourire innocent aux magiciens qui revenaient sur leurs pas.

— Bonjour, Pascalle. Bonjour, Thomasin. Bonjour à tous.

— Bonjour, apprenti, répondirent les magiciens d'une seule voix.

Septimus attendit qu'ils soient sortis pour poursuivre.

— Ce n'est pas tout, Jen. Simon n'a pas menti. Il possède bien le **charme** du **Grand Vol**. Je l'ai vu de mes propres yeux ; il l'avait laissé dans le cabinet hermétique. J'ai tenté de le prendre, mais il était gardé par un serpent et…

Jenna le regarda d'un air incrédule.

— Des tunnels de glace… Le cabinet hermétique… Un serpent ? Qu'est-ce que c'est que cette histoire, Sep ? Je croyais que tu étais parti chercher un exemplaire du livre de Draxx ?

— En effet. C'est là que j'ai rencontré Moustique. Puis les événements se sont enchaînés.

Moustique se balançait gauchement d'un pied sur l'autre. Il se sentait comme un poisson hors de l'eau. Si on lui avait dit qu'il allait se retrouver à la tour du Magicien, en présence de la princesse… Évidemment, cette dernière ne lui prêtait aucune attention. Et son meilleur ami, Septimus, lui paraissait tout à coup à mille lieues du garnement avec qui il chahutait et sur lequel il s'amusait parfois à recracher son Coco Bula par le nez.

— Bonjour, Moustique, dit Jenna.

— Quoi ? Vous… vous connaissez mon nom ? balbutia Moustique, interloqué.

— Je viens de le lire par terre, expliqua Jenna en souriant. D'autre part, tu ressembles trait pour trait à la description que Sep m'a faite de toi.

Moustique devint rouge comme une pivoine.

— Sep vous a parlé de moi ?

— Bien sûr. Il dit que tu es son meilleur ami.

— Oh !

Moustique resta sans voix. Il suivit Septimus et Jenna jusqu'à l'escalier en argent et faillit tomber à la renverse quand celui-ci entama sa révolution. Il arriva au sommet tout étourdi. À côté de ça, les tunnels de glace lui semblaient une partie de plaisir. Soudain, son cœur fit un bond dans sa poitrine. Il venait d'apercevoir la grande porte pourpre qui menait aux appartements de Marcia. Personne de sa connaissance, pas même le vieux Vulpin, n'avait jamais eu accès à cet étage de la tour. La magicienne extraordinaire recevait les visiteurs dans le grand hall. Aucun n'était jamais admis dans ses appartements.

Pincepoule roupillait sur sa chaise. Septimus s'avança vers la porte qui le reconnut et s'ouvrit aussitôt devant lui. D'une bourrade amicale, il poussa Moustique vers le seuil, l'invitant à entrer.

— N'aie pas peur, dit-il pour le rassurer. Ce n'est quand même pas le palais.

Il ne croyait pas si bien dire. Les appartements de Marcia, d'ordinaire si coquets, semblaient avoir été dévastés par une tornade. Les meubles renversés gisaient sur le sol au milieu d'un bric-à-brac de pots, de vases et d'assiettes brisés.

Moustique ne fut pas étonné. C'était tout à fait ainsi qu'il se représentait l'intérieur d'un magicien d'après les récits de son oncle déménageur à l'Enchevêtre.

— Qu'est-ce qui s'est passé ? interrogea Jenna.

La gorge de Septimus se serra. Il manquait quelque chose au décor, un élément qui dominait la pièce depuis presque un an. Puis il s'avisa tout à coup que l'objet en question était toujours là, mais en pièces détachées.

— Le **piège à ombres** ! s'exclama-t-il. Il est complètement démoli ! Marcia… Où est-elle passée ?

— Peut-être l'**ombre** l'a-t-elle emmenée ? hasarda Jenna.

Soudain, elle agrippa le bras de Septimus.

— Regarde ! murmura-t-elle.

Quelque chose bougeait sous les rideaux de soie pourpre qui avaient été arrachés de la fenêtre et jetés en tas sur le sol.

— L'**ombre**... Elle est là !

— Sortons vite !

Mais comme les enfants battaient en retraite vers la porte, la chose cachée sous les rideaux se rua sur eux. Elle trébucha sur une pile de coussins violets éventrés et entra en collision avec une table isolée qui se fracassa par terre. Une longue queue verte jaillit de dessous les tentures, renversant le dernier vase intact.

— Boutefeu ! s'écria Septimus, partagé entre la consternation et le soulagement. Vilain dragon, qu'est-ce que tu as fait ?

En entendant son nom, le dragon qui avait à présent la taille d'un poney se dépêtra des rideaux et caracola vers son maître en fouettant de la queue.

— Assis, Boutefeu. Assis ! ordonna en vain Septimus.

Boutefeu frotta sa tête contre la tunique de l'apprenti et frappa violemment le sol avec sa queue, créant une onde de choc qui fit dégringoler la suie le long du tuyau de la cheminée.

— Ton nouveau protégé, Septimus ? fit une voix familière qui provenait du tas de suie.

Alther se matérialisa dans l'âtre et se mit à flotter à travers la pièce.

— Je n'en reviens pas que tu aies réussi à convaincre Marcia de t'autoriser à garder un dragon ici. Si j'en avais un, je te tirerais mon chapeau. Ah ! bonjour, Jenna. Et voici le garçon du Manuscriptorium.

— Bonjour, Alther, répondit Jenna avec gratitude.

Comme souvent, Alther venait d'apparaître à point nommé. Trop impressionné pour parler, Moustique se contenta de sourire.

De son côté, Septimus disputait âprement à Boutefeu un morceau du **piège à ombres** que le dragon avait entrepris de mastiquer. Il finit par lui arracher une longue barre noire que Boutefeu lui reprit aussitôt avec un grand coup de queue qui traversa les genoux d'Alther.

Alther avait horreur qu'on le traverse. Cela lui soulevait le cœur.

— Tu aurais intérêt à te procurer un exemplaire du manuel de Draxx, dit-il avec une pointe d'humeur.

— Oui, je sais, répliqua machinalement Septimus.

Boutefeu et lui étaient parvenus à un compromis, chacun conservant une moitié de la barre, et Septimus considérait la sienne d'un air stupéfait.

— Alther, dit-il, il y a quelque chose à l'intérieur. On dirait un os.

41

Infiltration

Boutefeu ronflait bruyamment devant la cheminée. Alther avait bien tenté de le ramener dans la chambre de Septimus, mais depuis sa dernière poussée de croissance, il était trop gros pour emprunter l'escalier. Par bonheur, Septimus avait découvert les restes mâchonnés de *100 trucs et astuces pour survivre avec un dragon*. Bien que le livre fût trempé de salive, il avait réussi à déchiffrer une **suggestion soporifique** qui avait parfaitement fonctionné, à sa grande surprise.

Les trois enfants s'étaient ensuite attelés à la tâche macabre consistant à extraire un assortiment d'os humains des débris du **piège à ombres**.

— Et moi qui pensais qu'on faisait des trucs barjos

au numéro 13 ! s'exclama Moustique. C'est tous les jours comme ça, ici ?

Le jeune garçon s'ingéniait à disloquer les parties incurvées du piège qui se révélèrent abriter une série complète de côtes.

Septimus fit la grimace en dégageant un os long et mince d'un des angles du meuble.

— Non, seulement le dernier jeudi de chaque mois, répondit-il.

Moustique tendit une nouvelle côte à Jenna qui alignait les os par terre.

— Tu veux dire que tous les der… Oh ! (Il s'interrompit, remarquant le sourire de Septimus.) Ah ! Ah ! J'ai failli marcher. Ça fait quatorze avec celle-ci, Votre Altesse.

— S'il te plaît, Moustique, appelle-moi Jenna.

— Oh ! pardon, Jenna. Donc, ça nous fait quatorze côtes et il y en d'autres à l'intérieur. Regardez comme c'est astucieux. Elles sont si bien cachées qu'on aurait pu rester un million d'années sans rien soupçonner. Ah ! En voici une autre. Et de quinze !

— Hum, charmant. Merci, Moustique.

— De rien, Votre Alt… Jenna.

Jenna considéra les os étalés devant elle telles les pièces d'un puzzle morbide. Un squelette humain prenait lentement forme sur le précieux tapis chinois de Marcia à mesure que les deux garçons lui tendaient de nouveaux éléments.

— Ça donne quoi pour le moment ? demanda Septimus après quelque temps.

Jenna fit appel à ses souvenirs des cours d'anatomie hu-maine de l'école.

— Eh bien, nous avons deux bras presque complets et huit doigts. On n'a pas retrouvé les pouces – enfin, c'est ce qu'il me semble. Il y a aussi tout plein de petits os dont je ne sais pas où ils vont. Peut-être dans le poignet ? Il manque encore une jambe et le crâne – Dieu merci !

— Ah ! ah ! fit Septimus d'un air sombre en retirant une pièce de forme allongée de dessous le canapé retourné. Je crois que nous tenons la deuxième jambe.

— C'est vraiment glauque, marmonna Moustique.

Il tendit à Jenna une poignée d'osselets que la petite princesse déposa avec précaution à leur emplacement supposé. Puis elle se releva et contempla son œuvre. Elle avait à présent devant les yeux un squelette entier moins la tête. Alther flotta jusqu'à elle. Il miroitait légèrement et paraissait encore plus transparent qu'à l'ordinaire, comme chaque fois qu'il était soucieux.

— Qu'y a-t-il, oncle Alther ? s'enquit Jenna.

— On dirait une **infiltration**. Visiblement, elle est incomplète, mais j'aimerais savoir jusqu'à quel point.

— On n'a qu'à compter, suggéra Jenna.

— Encore faudrait-il savoir combien il y a d'os dans un squelette, objecta Septimus. Moi, en tout cas, je l'ignore.

— Moi aussi, avoua Jenna.

— Il y en a deux cent six, affirma Moustique.

— Moustique, tu me surprendras toujours. Tu en es sûr ?

— Sûr et certain. Je les ai comptés. C'est une des épreuves que j'ai dû passer avant d'être embauché au Manuscriptorium. Le patron m'a laissé une minute devant un squelette, puis il l'a démonté et m'a demandé de le reconstruire. J'ai trouvé deux cents os. Le vieux Vulpin m'a dit qu'il y en avait trois de plus dans chaque oreille, si petits qu'on ne les voit pas. Ça fait deux cent six au total.

— Tu devrais prendre ma place, Moustique, remarqua Jenna. Tu es plus qualifié que moi pour ce travail.

Moustique frissonna.

— Berk ! Non merci. Je déteste toucher les os. Ça m'agace les dents.

Jenna eut l'air tellement déçue qu'il se laissa fléchir.

— C'est d'accord. Si vous y tenez, je veux bien m'en charger.

Moustique se livra aussitôt à un comptage sinistre. Après quatre vérifications, il s'assit sur ses talons et poussa un soupir de soulagement :

— Ouf ! Terminé. Tous les os sont là. À part le crâne, bien sûr.

— Il ne manque que lui pour que l'**infiltration** soit complète, observa Alther.

— Pourquoi un squelette humain ? interrogea

Septimus. Je croyais qu'on utilisait des os de rat ou de serpent ?

— D'ordinaire, oui. Mais cela ressemble affreusement à une **infiltration personnelle**, la forme la plus meurtrière qui soit.

— Pardon, intervint Moustique. C'est quoi, une **infiltration** ?

— Merci d'avoir posé la question, dit Jenna. Je n'en sais pas plus que toi.

Moustique rougit jusqu'aux oreilles.

— Un procédé **ténébreux**, murmura Alther. (Suspendu au-dessus du squelette, il examinait celui-ci avec attention.) Une **infiltration** permet de pénétrer dans un endroit qui serait inaccessible autrement. Le magicien – cette méthode est habituellement réservée aux magiciens en raison de son caractère risqué – se débrouille pour que la personne visée introduise elle-même les os dans le lieu où il souhaite se rendre. Il ne suffit pas de les lancer par la fenêtre, par exemple. Sitôt que le dernier élément – le crâne – a franchi le seuil de la pièce, la créature se reconstitue et exécute la mission qu'on lui a confiée. Il est à peu près impossible de l'arrêter. Mais l'**infiltration personnelle**, réalisée avec un squelette humain, est une des pires inventions de la **Ténèbre**. Elle provoque la mort immédiate de la cible par simple contact. Le pire, c'est que la malheureuse victime est condamnée à demeurer un an et un jour dans un **tohu-bohu**. Après mon passage à l'état de fantôme, j'ai poireauté un an et un jour dans la salle du trône. Ce n'était déjà pas drôle, mais si j'avais dû rester tout ce temps dans un **tohu-bohu**… Je préfère ne pas y penser. Quelle horreur !

— Alther, fit Septimus, l'estomac noué par l'angoisse. La **cible**… c'est Marcia, pas vrai ?

— Je crains que oui, apprenti. Ce que je ne m'explique pas, c'est comment Ratel a pu faire une chose pareille…

— Faire quoi, Alther ?

À la surprise générale, la porte pourpre venait de s'ouvrir. Marcia entra en coup de vent, portant un objet qui ressemblait à un carton à chapeau de dimensions respectables. Son **ombre** la suivait de près.

— Aaah ! s'exclama-t-elle. Ce n'est pas possible ! Ah ! le monstre, le monstre…

— Marcia, lui annonça Alther, tu es la **cible** d'une **infiltration**. J'ai besoin de savoir ce que contient cette boîte.

— Ne vous mêlez pas de ça, Alther. Septimus, j'exige que tu nous débarrasses immédiatement de ce dragon. C'est un ordre !

Au lieu d'obtempérer, Septimus se précipita vers Marcia et l'entraîna vers la porte.

— Sortez vite ! lui dit-il. Il ne faut pas que vous restiez ici.

— Mais enfin, je ne te permets pas ! protesta Marcia en tentant de l'écarter.

Alors que Septimus poussait brutalement Marcia

vers la sortie, la dernière pièce du **piège à ombres** – le **chapeau** – tomba et se fracassa par terre. Devant l'assistance médusée, un crâne blanc émergea des débris et roula vers les os déjà disposés sur le sol. Il ne lui fallut que quelques secondes pour trouver sa place parmi eux.

L'**infiltration** était désormais complète.

42

Identification

Le squelette se leva avec difficulté, vacilla sur ses jambes comme s'il cherchait son équilibre et s'élança tout à coup vers Marcia, pareil à une marionnette de cauchemar.

Pâle mais pleine de sang-froid, Marcia recula lentement, réfléchissant à un plan.

Alther avait les yeux fixés sur l'**ombre** qui la suivait pas à pas, et ce qu'il voyait avait tout lieu de l'alarmer. L'**ombre** n'était plus l'entité informe et voûtée qu'il avait pu observer dans les appartements de sa protégée au cours de l'année écoulée. Elle s'était redressée en même temps qu'elle acquérait de la substance et ses yeux jaune pâle brillaient d'excitation tandis qu'elle flottait dans le dos de Marcia, attendant son heure.

— Ellis Crackle ! s'écria le vieux fantôme.

L'**ombre** se tourna vers lui en entendant son nom.

— Alther, ce n'est pas le moment de plaisanter, gronda Marcia.

— Marcia, ton **ombre**… C'est Ellis Crackle.

— Figurez-vous que j'ai un problème plus urgent.

Marchant à reculons, Marcia enjamba un coussin déchiré. Le squelette continua à avancer vers elle, imitant ses moindres gestes comme l'aurait fait son reflet. Ses os s'entrechoquaient avec un cliquetis désagréable quand il bougeait. Marcia recula à nouveau. Le squelette fit un pas de plus dans sa direction.

— Alther, pour l'amour du ciel, c'est sérieux !

La panique perçait dans la voix de Marcia.

— Je sais, lui rétorqua posément Alther. Je ne vois qu'une solution.

Marcia fit un nouveau pas en arrière. Le squelette fit un pas en avant. Alther flottait à un mètre du sol aux côtés de son élève.

— Tu dois l'**identifier**.

— Impossible ! Je ne sais pas qui il est.

Jenna le savait, elle. Elle n'avait cessé d'y penser pendant qu'elle assemblait le squelette.

— C'est DomDaniel, affirma-t-elle.

Marcia détacha ses yeux du paquet d'os ambulant et les posa sur Jenna.

— Que dites-vous ?

Jenna fixa son regard sur Marcia, ne pouvant supporter la vue du crâne grimaçant et des orbites vides qui lui semblaient suivre ses moindres mouvements quand elle se trouvait à l'observatoire.

— C'est lui… DomDaniel. Simon m'a montré son crâne, puis il s'est vanté d'avoir arraché ses os aux marais.

— Es-tu sûre de ce que tu avances, ma princesse ? demanda calmement Alther.

— Oui, mille fois oui.

Dans son affolement, Marcia marmonnait toute seule :

— Et si ce n'était pas lui ? Il pourrait bluffer… En fait, je suis sûre qu'il bluffe… Il est capable de m'avoir **adressé** un des malheureux matelots qui se trouvaient à bord de son horrible rafiot… À moins qu'il ne veuille me faire croire que ce n'est pas lui… Il affectionne trop ce genre de besogne pour la confier à un autre… Oh ! Alther !

— Fais confiance à Jenna. Tu dois absolument l'**identifier**. Allons, dépêche-toi !

Alther parlait en détachant bien les mots, comme à l'époque où Marcia n'était encore que son apprentie et qu'il lui donnait ses instructions.

Entre-temps, le squelette avait presque rejoint sa **cible**. Quand il avança son bras droit vers elle, le sang se retira du visage de Marcia.

— Si je me trompe, murmura-t-elle, c'en est fini de moi.

— Tu n'as rien à perdre, lui objecta Alther. S'il te touche, c'en est fini de toute façon.

Le squelette fit un grand pas en avant. Marcia recula d'autant et se retrouva coincée contre la porte. Un claquement de doigts : deux barres d'argent s'arrachèrent du mur et vinrent barricader la porte, puis celle-ci se **verrouilla** d'elle-même avec un bruissement soyeux. Marcia eut un sourire amer. À tout le moins, le reste de la tour échapperait au chaos que ne manquerait pas de déchaîner une **infiltration** réussie. Adossée à la porte, elle se prépara à entrer en action. Une puissante vague de **Magyk** l'enveloppa, faisant ressortir le vert de ses yeux et auréolant sa longue cape pourpre de reflets scintillants.

Tout à coup, le squelette fit mine de se jeter sur elle. Marcia leva la main et cria :

— **Identification !**

Le squelette s'arrêta net. Il darda sur Marcia un regard moqueur, pour autant que ses orbites vides permettaient d'en juger, croisa les bras et se mit à taper du pied par terre, l'air de dire : Vas-y, étonne-moi. Qu'est-ce que tu attends ?

— Il sait ce que je m'apprête à dire et ça ne lui fait rien, murmura Marcia, déconcertée. Jenna doit se tromper.

— Il bluffe, affirma Alther avec une conviction qu'il était loin de posséder.

Marcia ne fut pas dupe. Néanmoins, elle lui adressa un sourire crispé.

— Prenez bien soin de Septimus, Alther. Je reviendrai m'enquérir de lui dans un an et un jour.

— C'est promis. À présent, fais ce que tu dois faire.

Marcia étendit le bras et pointa l'index vers le squelette. Puis elle respira profondément et psalmodia :

La main sur le cœur,
Par mon sang et sur ma vie,
Je t'identifie…

Sa voix se brisa. Elle jeta un regard plein de tendresse à Septimus, à Jenna, à Alther et même à Moustique, craignant de ne plus les revoir de son vivant.

— **… DomDaniel !**

Un hurlement à vous glacer le sang s'éleva.

Jenna étouffa un cri d'horreur, pensant qu'il provenait de Marcia. Cependant, l'affreuse plainte se prolongeait et tourbillonnait dans la pièce. Ne pouvant en supporter davantage, Moustique se jeta par terre et fourra sa tête sous un coussin. Jenna se boucha les oreilles alors que Septimus, tous ses sens en alerte, ne perdait pas une miette du spectacle. La **Magyk** qui se jouait devant lui était la plus puissante qu'il avait jamais approchée. Il désirait la ressentir jusqu'à s'en imprégner, mais surtout, il brûlait d'y prendre part.

Septimus fit un pas en direction de Marcia.

Celle-ci resserra sa cape autour d'elle pour se protéger, le dos calé contre la porte. Le squelette tendit les bras vers elle afin de s'emparer de l'amulette d'Akhentaten qu'elle portait en sautoir. La brume violine qui l'entourait s'épaissit et s'assombrit, estompant ses contours et ceux de son adversaire.

Alther secoua la tête. Cette plainte incessante le troublait. L'**identification** ne se déroulait pas comme prévu.

Septimus se trouvait à présent à la limite du nuage magique.

— Non ! lui cria Alther. Éloigne-toi, Septimus. C'est dangereux !

Septimus ignora l'avertissement. Alors que le hurlement atteignait son paroxysme, il pénétra dans le champ de la **Magyk** et s'enfonça dans un silence ouaté qui provoquait une impression de ralenti. Il savait que Marcia l'avait vu. Elle remuait les lèvres sans qu'il en sorte le moindre son et leva la main comme pour l'empêcher d'approcher.

Une fois plongé au cœur de la **Magyk**, Septimus s'efforça de comprendre ce qui se passait. La forme de DomDaniel se superposait à présent à celle du squelette – il reconnut immédiatement le chapeau conique du **nécromancien**, ses cheveux en désordre et son long manteau noir. L'horrible spectre tendait toujours ses petites mains grassouillettes vers l'amulette. Marcia l'avait correctement **identifié**. Alors, pourquoi ne disparaissait-il pas ? La raison de ce contretemps lui sauta brusquement aux yeux. Le combat était inégal.

De même qu'Alther, Septimus distinguait désormais

à la place de l'**ombre** un jeune homme au regard halluciné, aux lèvres retroussées par un rictus féroce. Debout derrière Marcia, l'ancien apprenti de DomDaniel, Ellis Crackle, tentait d'annuler les effets de l'**identification**.

Septimus se dirigea vers Marcia avec des mouvements lents, comme s'il se déplaçait sous l'eau. Quand Ellis Crackle fit le geste de le repousser, il tendit le bras vers lui et les paumes de leurs mains entrèrent en contact. Un froid intense pénétra Septimus. Au prix d'un violent effort mental, il plongea ses yeux verts dans les yeux jaunes d'Ellis Crackle et **figea** l'infortuné apprenti de DomDaniel.

L'**ombre** d'Ellis Crackle jaillit du brouillard pourpre au milieu d'un nuage de fumée noire et tournoya à travers la pièce telle une toupie, cherchant désespérément une issue. À cet instant, le plus cher désir d'Alther était de la voir disparaître. C'est pourquoi il fit une entorse à ses principes et se permit d'**agir** sur la réalité. Un courant d'air ouvrit la plus grande fenêtre des appartements de Marcia ; l'ombre fut aspirée au-dehors et s'évapora à la chaleur.

La lumière du jour contrastait si vivement avec la pénombre de la pièce qu'il fallut quelques secondes à Jenna pour distinguer la silhouette humaine qui se découpait sur le bleu du ciel à l'extérieur de la tour. Puis elle reconnut Simon Heap, posé en équilibre instable sur une plateforme en bois qui s'avançait au-dessus du vide dans le prolongement de la fenêtre.

Alther **ordonna** à la fenêtre de se refermer, mais Simon repoussa le battant et sauta à l'intérieur. Jenna recula et Moustique, qui venait juste d'émerger de dessous son coussin, entoura ses épaules d'un bras protecteur. Toutefois, ce n'était pas Jenna qui intéressait Simon, mais le squelette.

À présent qu'Ellis Crackle avait disparu, le brouillard magique se dissipait peu à peu, révélant trois silhouettes dont une en voie de désintégration.

Simon se précipita vers DomDaniel qui tendait toujours le bras vers la gorge de Marcia.

— Me voici, maître ! hurla-t-il.

Dans son impatience à rejoindre DomDaniel, Simon remarqua à peine que Marcia était encore en vie, ce qui signifiait pourtant que leur plan avait échoué. Mais quand il atteignit les derniers lambeaux de brume violine, il s'arrêta net et la consternation se peignit sur son visage.

DomDaniel n'avait pas bonne mine. En réalité, Simon ne l'avait jamais vu en aussi mauvais état, même lors de leur première rencontre, alors que son squelette venait à peine de s'extraire de la boue. À tout le moins, les os récurés par les bobelins étaient propres et relativement présentables. Ils ne se liquéfiaient pas avec un bruit de succion qui vous soulevait l'estomac.

— C'est m-moi… V-votre nouvel ap-apprenti, bredouilla Simon, s'avisant brusquement de la présence de Marcia et de Septimus.

Marcia se cramponnait au bras de Septimus et leurs

visages terreux exprimaient le même mélange de soulagement et de répulsion alors que DomDaniel s'écoulait sur le sol. L'**identification** produisait son effet.

Simon finit par comprendre que les choses ne se déroulaient pas comme prévu.

Un rire inhumain résonna dans la pièce.

— Imbécile ! Je t'avais demandé d'éliminer la Pouline, et que vois-je ? Non contente de t'avoir échappé à trois reprises, elle est encore revenue à la tour pour reconstituer mon squelette, comme s'il s'agissait d'un jeu de construction. Tout est ta faute, espèce d'incapable. Mais ne crois pas que je t'aie jamais considéré comme mon apprenti. Tout au plus étais-tu un garçon de courses. Mon véritable apprenti était ici depuis le début, sous sa forme d'**ombre**… **ombre**… **ombre**…

La voix de DomDaniel s'éteignit progressivement. Une flaque noire nauséabonde se répandit autour des bottes de Simon.

— Sale traître ! hurla le jeune homme. Après tout ce que j'ai fait pour toi et tes os dégoûtants… Tu m'avais promis !

Simon se mit à donner des coups de pied dans la mare fangeuse qui s'étalait à présent à la place de DomDaniel, éclaboussant tout autour de lui, tel un enfant qui aurait joué à disperser un tas de feuilles.

— Arrête ! cria Marcia. Simon, ne m'oblige pas à te faire sortir.

Simon recula.

— Ne vous inquiétez pas, je m'en vais. Je n'apprécie pas la compagnie des imposteurs. (Il s'interrompit et jeta un regard furieux à Septimus.) Mais vous ne vous débarrasserez pas de moi aussi facilement. On m'a promis que je serai l'apprenti du magicien extraordinaire et je suis bien décidé à le devenir.

Simon courut vers la fenêtre, l'ouvrit et se hissa sur la corniche extérieure. Le temps de rassembler son courage, il sauta sans même s'assurer que le **charme** du **Grand Vol** était prêt à fonctionner. Son sort lui importait peu à présent que ses espoirs étaient réduits à néant. Pendant qu'il tombait dans le vide, le **charme** s'activa et il s'éleva lourdement au-dessus de la place qui s'étendait au pied de la tour, semant l'émoi parmi un groupe de magiciennes ordinaires qui revenaient de faire du shopping. Désormais, il ne vivrait plus que pour se venger.

À l'intérieur des appartements de Marcia, les deux barres en argent coulissèrent tandis que la grande porte se **déverrouillait** en silence. Au même moment, quelqu'un frappa timidement.

— Excusez-moi, fit Pincepoule à travers la porte. Euh, tout va bien ?

43

L'envol

Assise sur la chaise de Pincepoule, Marcia serrait *L'Art de vaincre la Ténèbre* dans ses mains. La porte violette de ses appartements était à nouveau **barricadée**, mais cette fois, tout le monde hormis Boutefeu se trouvait dehors. Réunis sur le palier, nos héros percevaient les échos des **sorts nettoyant**, **réparateur** et **anti-Ténèbre** en cours à l'intérieur. En donnant des coups de pied aux restes de DomDaniel, Simon avait accidentellement éclaboussé Boutefeu, si bien que Marcia avait jugé plus prudent de soumettre le dragonnet au **sort anti-Ténèbre**.

Se sentant de trop, Pincepoule faisait des efforts maladroits pour alimenter la conversation.

— Vous avez programmé un **sort nettoyant** de

cinq minutes, dame Marcia ? demanda-t-il. (Cela faisait à peine une semaine qu'il avait abordé les **tables de durée**.)

— Cinq minutes ! répéta Marcia avec un ricanement de mépris. Il faudra plus de cinq minutes pour éliminer la **Ténèbre** qui souille cet endroit. Sans parler des dégâts causés par un certain dragon. Non, j'ai activé un **sort illimité**.

— Illimité ? Juste ciel !

Pincepoule s'imaginait passant le reste de son existence coincé sur le palier, à échanger des politesses avec Marcia Overstrand, et cette perspective n'était pas faite pour le réjouir.

— Un **sort illimité** dure aussi longtemps que nécessaire, expliqua Marcia. Il ne s'interrompt qu'après avoir accompli sa tâche. Vous feriez bien de vous en inspirer, Pincepoule. Si j'ai bonne mémoire, l'article sur les **sorts illimités** figure à la toute dernière page des **tables de durée**.

— Oh ! Euh… Maintenant que vous le dites, ça me revient.

Pincepoule n'en menait pas large, mais Marcia avait des préoccupations plus urgentes.

— Alther, vous allez vous rendre chez Ratel van Klampff et sa mégère de gouvernante et me les ramener sur-le-champ. J'ai hâte d'entendre leurs explications.

— Rien ne me ferait plus plaisir, mais je n'ai pas pu franchir le seuil de leur maison. (Le vieux fantôme secoua la tête d'un air dépité.) Je suis désolé de t'avoir si mal conseillée. Sachant ce qu'Otto van Klampff a fait pour moi, je n'aurais jamais imaginé que son fils nous trahirait.

— Ne vous flagellez pas, Alther. Si quelqu'un est à blâmer, c'est Una Brakket. Et Hugh Vulpin. Vous m'aviez mise en garde contre ce dernier, mais je ne vous ai pas écouté.

— Tu n'étais plus toi-même, rétorqua Alther. Tu étais sous l'emprise de l'**ombre**.

— Je n'ai pas davantage cru Septimus quand Simon a enlevé Jenna. Je refusais de me rendre à l'évidence.

— Encore une fois, tu n'y pouvais rien. L'**ombre** t'avait aveuglée.

Marcia se dressa tel un ressort tandis que Pince-poule se précipitait pour rattraper sa chaise avant qu'elle ne tombe.

— À présent, j'y vois clair. **Ombre** ou pas, j'ai été bien inspirée de faire surveiller la maison de Ratel van Klampff. Simon n'a pas pu apporter tous les os en un seul voyage. Il devait préparer son coup depuis des mois. Ce qui est sûr, c'est qu'il n'est pas entré par la rue. Mes espions l'auraient vu.

— Tes espions ? demanda Alther. Quels espions ?

— Les pensionnaires du Centre de réinsertion. Une poignée de gentils garçons qui aspirent à devenir magiciens…

— Gentils ? s'indigna Septimus. Ils sont horribles,

oui ! Chaque fois que j'allais là-bas, ils me donnaient des noms d'oiseaux.

— C'était pour ne pas éveiller les soupçons. Ils se sont montrés très efficaces et consciencieux. Songe qu'ils étaient sur la jetée nuit et jour, et ce par tous les temps… Ils feront d'excellents magiciens d'ici quelques années.

Septimus eut une inspiration subite :

— Simon… Il est passé par les tunnels de glace, pas vrai ?

Marcia parut surprise.

— Chut ! Pas devant… Pincepoule, rendez-vous de ce pas à l'allée du Serpent et ramenez-moi Ratel van Klampff ainsi qu'Una Brakket. Enfermez-les dans la chambre forte attenante au grand hall en attendant que je les interroge. Ensuite, vous irez chercher Hugh Vulpin et lui réserverez le même traitement. Compris ?

Pincepoule salua et se dirigea vers l'escalier en spirale, soulagé de ne plus avoir à faire assaut de civilités.

Quelques minutes plus tard, un ronron discret avertit nos amis que la porte était sur le point de s'ouvrir. Ils pénétrèrent ensuite dans une pièce remise en état, nettoyée de fond en comble et exempte de la moindre trace de **Ténèbre**. Le visage de Marcia s'éclaira brièvement, jusqu'à ce que son regard tombe sur Boutefeu.

— L'espèce de monstre ! s'exclama-t-elle d'un air incrédule. Il est vautré sur mon beau tapis chinois !

Boutefeu ne lui prêta guère attention, car il était

occupé à déplier ses ailes pour la première fois. Le duvet qui les recouvrait était tombé, saupoudrant le tapis de Marcia d'une épaisse couche de poussière verte. À présent, le dragonnet éprouvait une envie irrésistible de se servir de ses ailes toutes neuves, et Marcia connaissait assez son espèce pour savoir que rien ne pourrait l'en empêcher.

— Nous allons devoir le faire sortir et le conduire à la rampe de lancement, dit-elle. Il n'est pas question qu'il prenne son **envol** ici.

— Quelle rampe de lancement ? demanda Septimus.

— Celle qui est dehors, répondit Marcia avec un geste de la main en direction de la fenêtre qu'avait ouverte Alther.

— Ah !

Septimus venait de comprendre pourquoi on distinguait un petit dragon en plein vol, gravé dans la pierre du linteau de la fenêtre en question.

— Ne t'inquiète pas, reprit Marcia. Elle a beau être très ancienne, elle est parfaitement sûre. Les magiciens extraordinaires ont l'obligation de l'entretenir en cas de besoin, même si elle doit servir de piste d'atterrissage à des idiots dans le genre de Simon Heap.

Boutefeu se laissa attirer sur la rampe de lancement grâce à une boîte de biscuits que Septimus avait trouvée sous l'évier. Les biscuits étaient un peu détrempés, mais il en fallait davantage pour dégoûter le dragon.

Assis sur la plateforme, celui-ci se remplissait la panse en contemplant béatement le Château qui s'étendait sous lui tel un plateau de Pagaille Poursuite géant.

Cependant, Marcia faisait ses recommandations à son apprenti :

— Pour ton premier vol, je t'interdis les figures compliquées. Un petit tour et tu te poses dans la cour. Veux-tu un navigateur ?

— Un quoi ?

Septimus jeta un coup d'œil par la fenêtre et sentit ses jambes flageoler.

— Draxx, règle numéro 16b, article VIII : « Pour mériter son titre, le navigateur (ou la navigatrice) devra participer à l'**envol** du dragon. » Si tu en veux un, c'est maintenant ou jamais.

— Désolé de ne pouvoir t'aider, dit Moustique. (Lui et Marcia tentaient de faire passer la queue du dragon par-dessus le rebord de la fenêtre.) Je suis lié par contrat au Manuscriptorium pour encore cinq ans. J'ai droit à une journée de congé toutes les deux semaines – et encore, pas toujours. J'ai peur de ne pas être assez disponible. Quoique avec tout ça, je ne suis pas sûr de conserver mon travail…

— Bien sûr que si, rétorqua Marcia. En revanche, je n'en dirais pas autant de Vulpin.

— Mer… merci, bredouilla Moustique.

— Je veux bien être ta navigatrice, proposa Jenna. Enfin, si tu acceptes.

— Tu parles sérieusement, Jen ?

Septimus reprit un peu confiance à l'idée de ne pas affronter le vide seul.

— Bien sûr. Ce serait un grand honneur pour moi.

Boutefeu venait d'achever le dernier biscuit. Pour ne pas en perdre une miette, il dévora également la boîte, puis il huma l'air du soir. Un frisson électrique le parcourut, comme tous ses congénères avant leur envol. Dans son impatience, il souffla bruyamment par les naseaux et frappa violemment le sol avec sa queue, manquant de renverser Marcia et Moustique.

— Tu ferais bien de te dépêcher, Septimus, conseilla Marcia. Il ne faut pas qu'il décolle sans toi. J'aimerais que le Château n'ait pas à subir les ravages d'un dragon sans maître durant Dieu sait combien d'années.

Au prix d'un effort surhumain, Septimus enjamba le rebord de la fenêtre et prit pied sur la plateforme. Tu vas y arriver, se répétait-il. Tu es monté tout en haut d'un arbre de trois cents pieds, tu as traversé une passerelle branlante au dernier étage de la maison des sorcières et volé à bord d'un bateau. C'est bien la preuve que tu n'as pas le vertige. Mais ses jambes restaient sourdes à ses arguments. Elles lui semblaient aussi molles que de la gelée oubliée au soleil un jour d'été.

— Courage, Sep !

Jenna le guida vers l'extrémité de la plateforme en bois.

Septimus chancela alors que le vent qui soufflait au sommet de la tour ébouriffait ses cheveux.

— Tout va bien, lui murmura Jenna. Regarde ! Boutefeu t'attend.

Sans savoir comment, Septimus se retrouva quelques secondes plus tard à califourchon sur le dos du dragon, calé dans une dépression en avant des épaules. La position semblait tout à fait naturelle et lui procurait un sentiment de sécurité inattendu. Si les écailles du dragon étaient lisses, leurs bords légèrement rugueux l'empêchaient de glisser et les crêtes osseuses qui parcouraient le cou musculeux de Boutefeu telle une crinière épousaient parfaitement ses mains.

La situation de Jenna était beaucoup moins confortable.

— Tu pourrais avancer un peu ? dit-elle. Je suis coincée contre les ailes.

En se tortillant, Septimus parvint à faire une place à son équipière.

— Bien ! fit Alther, flottant à leurs côtés. Il y a trois choses que vous devez vous rappeler. Premièrement, le décollage. Au début, Boutefeu va se laisser tomber comme une pierre. Ça se passe toujours ainsi lors d'un premier vol. Mais c'est l'affaire d'une ou deux secondes. Aussitôt après, il reprendra de l'altitude. Deuxièmement, la conduite. Un coup de talon à gauche pour tourner à gauche, et inversement. Deux coups à gauche pour descendre, deux coups à droite pour monter. Tu peux aussi tenter de le diriger à la voix. C'est un dragon intelligent ; il devrait comprendre. Troisièmement, je resterai près de vous. Ne craignez rien, tout ira bien.

Septimus acquiesça, plein d'appréhension.

Les visages inquiets de Marcia et de Moustique apparurent à la fenêtre.

— Prêts ? demanda Marcia.

Septimus dressa le pouce en l'air.

— C'est parti ! cria Marcia. Ho ! Hisse !

Marcia et Moustique poussèrent Boutefeu de toutes leurs forces, sans le moindre succès.

— Non mais, je rêve ! gronda Marcia en poussant de plus belle. Tu vas te remuer, espèce de gros lourdaud ?

Tel un plongeur de haut vol qui regretterait son choix en découvrant ce qu'on attend de lui, Boutefeu avança en traînant les pieds et se cramponna à l'extrémité de la planche. Septimus ferma les yeux, se préparant à l'inéluctable. Le dragon lança un regard hésitant à l'abîme qui s'ouvrait devant lui et à la cour tout en bas. Jenna sentit frémir ses ailes, puis plus rien.

— Bougre d'idiot ! vociféra Marcia. Ne crois pas que tu vas ramener ta graisse comme si de rien n'était ! Si tu ne veux pas qu'il t'en cuise, je te conseille de sauter tout de suite !

En unissant leurs forces, Marcia et Moustique soulevèrent le bout de la queue du dragon et la jetèrent sur la plateforme.

L'indécision de Boutefeu céda la place à la panique. Si Marcia n'appartenait pas à son espèce, elle possédait la plupart des traits de caractère que l'on prête aux mères dragons, si bien qu'il avait du mal à faire la différence.

— Maintenant, vole ! hurla Marcia avant de refermer la fenêtre.

Boutefeu se le tint pour dit. Il s'élança depuis le tremplin et tomba à pic. Il dépassa les dix-neuvième, dix-huitième et dix-septième étages. Ses passagers tétanisés virent ensuite défiler les seizième, quinzième et quatorzième étages. Au treizième, Boutefeu comprit ce qu'il devait faire. Au douzième, il trouva le moyen de mettre son idée à exécution. Au onzième, ses ailes restèrent collées. Au huitième, alors que Jenna et Septimus frisaient la crise cardiaque, il parvint enfin à les déployer et les présenta au vent telles deux immenses voiles vertes avant de décrire une magnifique courbe qui le ramena au niveau du sommet de la tour. Derrière la fenêtre, le visage blême de Marcia s'illumina tandis que Moustique poussait un triple hourra.

— Le ciel soit loué ! murmura Alther.

Le vieux fantôme, presque transparent d'émotion, exécuta une chandelle afin de rejoindre le dragon et ses passagers.

— Ça va ? leur cria-t-il.

Il avait du mal à les suivre : en même temps qu'il découvrait l'usage qu'il pouvait faire de ses ailes, Boutefeu avait pris goût à la vitesse.

Septimus acquiesça.

— N'oublie pas, reprit Alther. Un petit tour et tu te poses dans la cour.

Septimus fit non de la tête. Il venait d'apercevoir au loin une silhouette sombre, aux mouvements saccadés, dans laquelle il avait reconnu Simon Heap. Celui-ci venait tout juste de franchir la ligne des toits des maisons accolées au mur du chantier de Jannit Maarten et accourait dans leur direction.

— Va, Boutefeu ! dit Septimus au dragon. Rattrape-le !

44

La chute

Pendant ce temps, au chantier, Jannit s'était mise au travail sur le bateau dragon. Après l'avoir remorqué hors de sa « maison », elle s'apprêtait à l'y faire rentrer à reculons afin qu'il puisse contempler le monde extérieur. Jenna avait particulièrement insisté sur ce point, arguant que cette requête émanait de la dragonne elle-même. Nicko, encore mal habitué à l'idée que le bateau était une créature vivante, ne comprenait pas bien l'importance de ce détail, mais Jenna s'était montrée intraitable.

Jannit examinait le bateau d'un œil critique depuis son petit remorqueur. Elle et Nicko avaient posé une éclisse à son aile brisée avant de la fixer le long de la coque. Toutefois, la fracture semblait sévère et exsudait un liquide vert qui s'égouttait dans l'eau. La dragonne elle-même avait mauvaise mine, les écailles ternes, le regard éteint, la tête et la queue pendantes.

— Elle est mal en point, lança Jannit à Rupert Gringe qui dirigeait les opérations avec Nicko depuis le pont du bateau.

— J'vois pas ce qu'on peut faire, maugréa Rupert. J'suis d'avis de la laisser à ces charlatans avec leurs boniments.

Les trois magiciens que Jannit avait choisis parmi les treize adressés par Marcia parce qu'ils avaient l'air pas trop ennuyeux protestèrent à mi-voix. Des charlatans, eux ?

Nicko garda le silence. S'il n'aimait pas la façon dont Rupert avait formulé sa remarque, il n'était pas loin de lui donner raison. On ne répare pas un bateau vivant par des moyens ordinaires.

— Qu'est-ce que… ? s'exclama Rupert en apercevant un mouvement loin au-dessus de lui. On dirait qu'un idiot s'est jeté dans le vide du haut d'un toit. Attendez… Nom d'une bernacle ! Il vole !

Le cœur serré, Nicko leva les yeux et murmura :

— Simon !

— Quoi, ton Simon ?

— D'abord, ce n'est pas mon Simon, rétorqua Nicko avec indignation. Il est dangereux. Rentrons vite le bateau.

Mais Rupert Gringe, fasciné, ne pouvait détacher son regard de la silhouette noire qui venait d'apparaître au-dessus des murs du Château et se dirigeait vers eux en zigzaguant tel un corbeau blessé.

— C'est bien lui, l'entendit murmurer Nicko.

Puis il brandit le poing et cria en direction de Simon :

— Espèce d'enquiquineur ! Si tu ne veux pas que je vienne te botter les fesses, t'as intérêt à fiche le camp !

— Rupert, souffla Nicko. Je t'en prie, ne l'énerve pas.

— Il n'a encore rien vu. (Rupert haussa à nouveau la voix.) Heap ! Arrête de sautiller comme une donzelle au bal du solstice d'hiver. Viens te battre si t'es un homme !

— Rupert, fit Nicko d'un ton suppliant. Écarte-toi. Il a un **éclair fulgurant**.

— Ben voyons ! Et ma tante Gertrude, c'est la reine de Saba. Ah ! Il vient par ici. Parfait. Approche, Heap. Sois pas timide.

Simon Heap avait toutes les peines du monde à se maintenir en l'air. Alors qu'il se dirigeait vers la tour du Magicien, il lui était brusquement apparu que le premier scribe hermétique n'avait pas amélioré le **charme** du **Grand Vol** comme il le lui avait pourtant demandé. Il n'avait pas osé le lui rapporter, craignant d'arriver en retard à son rendez-vous avec DomDaniel et de compromettre ses débuts d'apprenti extraordinaire. Ce que Simon ignorait, c'est qu'Hugh Vulpin aurait été bien en peine de réparer le **charme** sans les codes et les clés contenus dans *L'Art de vaincre la Ténèbre*.

Simon venait de franchir les murs du Château et il faisait appel à toute sa volonté pour ne pas tomber. Le bateau dragon était en vue. Cette fois, il ne pouvait le manquer. La troisième tentative sera la bonne, pensa-t-il. Ou la mauvaise pour un certain mélange contre nature de bateau et de dragon. Survolant tant bien que mal le chantier, il décrocha son dernier **éclair fulgurant** de sa ceinture. Ses réserves avaient fondu en un rien de temps et Merrin s'était révélé incapable d'en préparer de nouveaux. Mais ça n'avait pas d'importance : le bateau était une cible facile et il ferait d'une pierre deux coups en donnant une bonne leçon à ce butor de Rupert.

Simon amorça l'**éclair fulgurant**.

On entendit un grand cri suivi d'un double plongeon. Nicko venait de pousser Rupert dans le fossé et avait sauté derrière lui. Déçu de ne pouvoir rendre la monnaie de sa pièce au fils Gringe, Simon lança néanmoins l'**éclair** qui traversa l'air dans un grondement de tonnerre. Avec une agilité surprenante, les trois magiciens se jetèrent également à l'eau.

L'**éclair** s'abattit sur la poupe du bateau, traversa la coque dorée comme un couteau pénétrant dans du beurre et explosa en touchant le fond du fossé. Un geyser s'éleva vers le ciel.

Bouche bée d'horreur, Jannit vit la dragonne s'enfoncer lentement dans l'eau bouillonnante au milieu d'un nuage de vapeur. Jamais personne n'avait osé s'en prendre à un bateau confié à ses soins. Ramassant le premier objet qui lui tombait sous la main – un énorme marteau – elle le lança vers Simon. Jannit avait de la force. Le marteau décrivit une courbe à travers les airs, manquant de peu sa cible. Peu après, un dragon novice évitait de justesse son premier (mais non son dernier) projectile aérien, grâce à la vigilance de sa navigatrice.

Quand il aperçut Boutefeu, Simon n'en crut pas ses yeux (ou plutôt *son* œil, car il portait toujours un bandeau). Pourquoi son soi-disant frère surgissait-il toujours au pire moment, comme un mauvais rhume ? Et d'abord, qu'est-ce qu'il fabriquait sur un dragon ?

Le succès qu'il venait de remporter en coulant le bateau avait rendu Simon trop sûr de lui. Même en panne d'**éclairs fulgurants** et affligé d'un **charme** défectueux, il se sentait invincible. Il pousserait un de ces deux gêneurs dans le vide, puis le second, et le tour serait joué. Adieu l'usurpateur et la petite peste couronnée !

Simon fondit sur le dragon, visant Septimus.

La navigatrice hurla à son approche :

— Descends, Sep !

Septimus donna deux coups de talon dans le flanc gauche du dragon qui plongea vers la forêt de mâts en contrebas.

— À droite ! cria Jenna. Pose-toi sur le ponton !

Un coup de talon à droite, deux autres à gauche et

Boutefeu piqua sur le ponton vers lequel Jannit dirigeait son remorqueur, tirant trois magiciens dans son sillage.

Simon ne se laissa pas démonter. Mais alors qu'il allait se jeter sur Septimus, le **charme** du **Grand Vol** manifesta une tendance alarmante à dévier vers la droite, si bien qu'il entra en collision avec le nez de Boutefeu. Les dragons ont le nez sensible, surtout les jeunes. Mécontent, Boutefeu desserra instinctivement les dents pour arracher un morceau de son agresseur quand il sentit poindre un éternuement colossal.

— Aaaah… Aaaah… Tchoum !

Comme si on venait d'ôter le bouchon d'une bouteille de soda secouée avec trop d'ardeur, un flot brûlant de salive jaillit de la gueule de Boutefeu et atteignit Simon à l'estomac, lui coupant le souffle. La bave de dragon est une substance corrosive : il ne lui fallut que quelques secondes pour traverser les vêtements du jeune homme et ronger sa ceinture rouge ornée des trois étoiles noires de DomDaniel. Simon effectuait une troisième pirouette dans les airs quand le **charme** du **Grand Vol** faussa compagnie à sa ceinture et tomba en tournoyant pour achever sa course dans la boîte à outils de Jannit.

Privé de soutien, Simon piqua vers le sol.

Septimus ne prit pas le temps de la réflexion.

— Sauve-le ! ordonna-t-il à Boutefeu.

Boutefeu réagit au quart de tour. Il plongea, s'élança vers Simon et le rattrapa juste avant qu'il ne s'écrase. Puis il atterrit sur le ponton à l'endroit exact où reposait l'aile du bateau dragon quelques minutes plus tôt. Sa navigatrice sauta aussitôt à terre, furieuse.

— Enfin, Sep, qu'est-ce qui t'a pris ? dit-elle sur un ton de reproche.

Septimus ne répondit pas.

— Il... il n'est pas mort ? demanda-t-il à Jannit qui avait étendu Simon sur le ponton et s'affairait autour de lui.

Le jeune homme gisait par terre, complètement inerte. La bave du dragon avait rongé sa robe noire, ses cheveux blonds et bouclés étaient trempés de sueur et il avait les yeux fermés. Jannit s'agenouilla et colla l'oreille contre sa poitrine.

— Non, murmura-t-elle. J'entends battre son cœur. Il est seulement inconscient.

Au son de sa voix, Simon cligna des paupières et gémit.

— Par ici, vous trois, lança Jannit aux magiciens. Pour une fois, rendez-vous utiles.

Les trois magiciens dégoulinants accoururent docilement.

— Aidez-moi à le transporter jusqu'à la remise, leur dit Jannit.

Jenna et Septimus regardèrent Jannit et les trois magiciens prendre qui un bras, qui une jambe et porter Simon jusqu'à un minuscule local en briques adossé au mur du château et doté à la fois d'une lourde porte en fer et de trois verrous bien huilés.

— Je ne comprends toujours pas pourquoi tu as fait ça, dit Jenna d'un air renfrogné.

— Quoi donc ? demanda Septimus en caressant le nez meurtri de Boutefeu.

— Sauver Simon.

Septimus leva les yeux, surpris par la véhémence de Jenna.

— Que voulais-tu que je fasse ?

— Le laisser tomber. C'est ce que j'aurais fait, moi.

D'un coup de pied rageur, Jenna envoya un caillou dans le fossé.

Septimus secoua la tête.

— C'est quand même mon frère, dit-il avec tristesse.

45

La tour de guet

Nicko avait insisté pour porter le masque – il n'allait quand même pas laisser Rupert renflouer le bateau dragon sans lui. Toutefois, Jannit avait été longue à convaincre. Nicko n'avait encore jamais plongé avec le masque qu'elle avait conçu afin d'inspecter les parties des bateaux situées sous la ligne de flottaison. Son invention consistait en une plaque de verre ovale bordée d'une bande de cuir souple qui s'adaptait exactement au visage grâce à une lanière passée derrière la tête. Le verre épais et résistant était d'une couleur un peu trouble qui nuisait à la visibilité, mais cela valait toujours mieux que d'essayer de garder les yeux ouverts dans une eau très chargée en limon.

Nicko était un bon nageur. Dès leur plus jeune âge, Silas avait coutume d'emmener ses fils à une petite plage de sable qui se trouvait à l'extérieur du Château, au-delà du pont Sans Retour. C'est là que Nicko avait pris ses premières leçons de natation. Mais il n'avait encore jamais pratiqué la plongée et à présent que Rupert et lui bataillaient pour arracher la tête de la dragonne à la vase qui nappait le fond du fossé, il lui tardait de pouvoir respirer un grand coup.

Enfin, Rupert dressa le pouce en l'air et les deux jeunes gens remontèrent à la surface, tirant la proue du bateau derrière eux. Jannit les attendait avec une large bande de toile qu'elle glissa prestement sous l'énorme tête.

— Bien joué, les garçons, dit-elle.

Avec des gestes très doux, elle amena la tête et le cou de la dragonne jusqu'au quai et les étendit sur le seul et unique tapis persan qu'elle avait jamais possédé.

Jenna observait la scène en silence. Elle avait refusé d'accompagner Septimus quand il avait proposé de reconduire Boutefeu à la tour du Magicien. Ne voulant pas prendre le risque de voler sans navigatrice, le jeune garçon était alors parti à pied, suscitant un vif intérêt chez tous les passants qu'il croisait.

Jenna s'agenouilla près de la dragonne, guettant en vain un signe de vie. Sa tête reposait sur le tapis, immobile, et ses yeux étaient clos. Jenna essuya soigneusement la boue de ses oreilles dorées et frotta ses paupières lisses avec le bord de sa robe, sans obtenir la moindre réaction.

Jannit s'accroupit à ses côtés et considéra la dragonne d'un œil professionnel. Sa tête ne semblait pas avoir subi de dommage, mais comment en être sûre ? Avait-elle affaire à un bateau ou à une créature vivante ? La dragonne respirait-elle sous l'eau ? Sinon, s'était-elle noyée ou avait-elle été tuée par l'**éclair fulgurant** ? Jannit se sentait complètement dépassée.

— Elle est morte ? murmura Jenna, exprimant tout haut les craintes de Jannit.

— Je… je l'ignore, Votre Altesse. (Jannit était un peu gênée de voir la princesse couverte de boue, le visage ruisselant de larmes.) Mais une fois que les garçons l'auront retirée du fossé, on fera le nécessaire pour la réparer. Je vous promets que sa coque sera comme neuve.

— Vous pourriez lui faire ouvrir les yeux ?

— Euh… Ça, je n'en sais rien.

Jannit ne promettait jamais rien à moins d'être sûre de tenir parole.

— J'ai quelque chose à faire, dit Jenna en se relevant. Vous voulez bien rester près d'elle jusqu'à mon retour ?

Jannit acquiesça. Jenna traversa le chantier en hâte, disparut à l'intérieur du tunnel suintant d'humidité et ressortit dans une rue baignée de soleil. Puis elle gravit le plus proche escalier menant au chemin de ronde qui longeait le mur du Château et prit la direction de la tour de guet de la porte Est. C'est ta dernière chance, pensait-elle alors qu'elle courait le long de l'étroite corniche en dépit du précipice qui bordait celle-ci. La pierre était si usée qu'à une ou deux reprises, son pied glissa et elle faillit tomber. Ralentis, se dit-elle. Tu ne seras d'aucun secours à la dragonne si tu te brises le cou.

Le mur d'enceinte faisait de nombreux détours pour contenir les maisons qui avaient poussé sans plan défini. Jenna ne quittait pas des yeux la tour de guet qui se dressait à quelque distance, face à la Forêt. Comme elle marchait d'un bon pas, elle se retrouva bientôt à son pied, énervée, en sueur et tout essoufflée.

Tandis qu'elle cherchait sa respiration, l'odeur âcre d'une rangée de boîtes à ordures pleines à ras bord parvint à ses narines. Juste à côté, un écriteau aux lettres presque effacées était cloué sur la petite porte en bois de la tour :

BUREAU DES RATS COURSIERS
SERVICE CLIENTÈLE
LOCATION DE RATS ASSERMENTÉS ET LONGUE DISTANCE
OUVERT EN PERMANENCE

Accroché sous l'écriteau, un panneau plus récent indiquait :

FERMÉ

Il en fallait davantage pour décourager Jenna. Elle poussa la porte en bois et manqua de trébucher en pénétrant dans une petite pièce sombre.

— Savez pas lire ? fit une voix grincheuse émergeant de la pénombre. On est fermés.

— Sur la porte, il est écrit que vous êtes ouverts en permanence, objecta Jenna.

— Et le second panneau dit que nous sommes fermés, lui rétorqua la voix. Revenez demain. Excusez-moi, mais j'étais sur le point de partir.

— Ça m'est égal. Il me faut de toute urgence un rat coursier. C'est une question de vie ou de mort.

— Peuh ! Vous dites tous la même chose.

Le préposé (un rat brun plutôt corpulent) ramassa son porte-documents et se dirigea vers la porte. Jenna lui barra le passage. Le rongeur leva la tête et distingua pour la première fois le visage de son interlocutrice.

— Oh ! Je… euh, je vous demande pardon. Je n'avais pas reconnu Votre Majesté.

— Ce n'est pas grave. Contentez-vous d'acheminer mon message.

Ne pouvant atteindre la porte, le rat regagna sa

table, ouvrit son porte-documents et parcourut une liste de noms.

— Hélas ! soupira-t-il. Je ne demanderais pas mieux que d'obliger Votre Majesté, mais tous nos coursiers sont occupés. C'est pour ça que je m'apprêtais à fermer le bureau. Je pourrai traiter votre commande au plus tôt demain matin.

— Il sera trop tard.

L'expression du vieux rongeur se teinta d'inquiétude.

— Je suis navré, Votre Majesté. La conjoncture est difficile. L'épidémie qui a sévi récemment dans les égouts a emporté quelques-uns de nos meilleurs éléments, et la moitié de mon personnel est actuellement en congé. D'autre part, nous avons reçu tellement de commandes pour des missions à longue distance que j'ai perdu le compte…

— Dans ce cas, le coupa Jenna, envoyez-moi un rat de la CIA. Stanley est-il disponible ?

Le rat se composa un masque impassible.

— La CIA ? Désolé, mais ce nom m'est inconnu.

— Vous me prenez pour une idiote ? fit Jenna, exaspérée. Vous avez très bien compris.

Le rat s'entêta :

— Vraiment, j'ignore de quoi vous parlez. À présent, il faut que j'y aille. Si vous le souhaitez, je puis vous envoyer un coursier au palais demain à la première heure.

Jenna était à bout de patience.

— Écoutez, martela-t-elle. Je veux un rat de la CIA sur-le-champ. Si je n'obtiens pas satisfaction, je vous promets qu'il n'y aura bientôt plus de CIA, sans parler du Bureau des rats. Compris ?

Le rat déglutit et fourgonna dans ses papiers.

— Je... je vais passer un appel d'urgence, dit-il.

Jenna eut alors la surprise de le voir se pencher par la petite fenêtre placée près de son bureau.

— Stanley ! cria-t-il. Oh ! Stanley, amène ta graisse. Fissa !

Au bout de quelques secondes, Stanley pointa le museau à la fenêtre.

— Du calme, Humphrey. T'as le feu aux moustaches, ou quoi ?

Tout à coup, il aperçut Jenna.

— Oh ! fit-il.

— Une requête spéciale pour toi, expliqua Humphrey, l'air de s'excuser.

Stanley ne parut guère enthousiasmé.

— Ah !

Jenna ne lui laissa pas le temps de réagir :

— Stanley, je veux que tu apportes un message urgent à tante Zelda. Il faut qu'elle vienne sans tarder. Il n'y a qu'elle qui puisse...

Stanley leva la patte dans une attitude familière.

— Non, dit-il d'un ton catégorique.

— Quoi ? s'exclama Jenna. (Même Humphrey semblait choqué.)

Stanley enjamba le rebord de la fenêtre et prit pied sur le bureau.

— Désolé, mais je ne suis pas disponible ce soir.

— Mais si ! se récria Humphrey.

— Mais non, rétorqua Stanley. Dawnie m'a invité à dîner. Apparemment, elle s'est encore fâchée avec sa sœur. Par le passé, j'ai trop souvent sacrifié mon couple à mon travail. Je ne commettrai pas deux fois la même erreur.

— Mais..., protesta Jenna.

— Je sais ce que vous allez me dire, Votre Majesté. Je suis désolé, mais ce soir, je donne la priorité à Dawnie, dussé-je perdre mon emploi. À présent, veuillez m'excuser, mais j'aimerais récupérer un bouquet dans la poubelle de la fleuriste avant que les éboueurs la vident.

Stanley inclina sèchement le buste et passa la tête haute devant Jenna. Abasourdie, celle-ci lui tint la porte et le vit sauter du haut du mur avant de disparaître derrière la crête d'un toit.

— Eh bien, fit Humphrey. Vraiment, je ne sais quoi dire...

— Moi non plus. Il était mon dernier espoir. De toute manière, j'imagine que tante Zelda serait arrivée trop tard. J'ai peur que le temps ne nous soit compté. Bonne nuit.

— Bonne nuit, Votre Majesté...

Jenna referma doucement la porte et reprit le chemin du chantier.

46

Dans la remise

À l'intérieur de la remise, Simon Heap ouvrit les yeux et poussa un gémissement. Pendant une seconde, il se crut dans le donjon numéro un, puis il aperçut un mince trait de lumière qui pénétrait par une minuscule fenêtre munie de barreaux et se détendit. Le donjon numéro un était **scellé** dans l'obscurité et si l'endroit où il se trouvait à présent sentait très mauvais, il était loin d'égaler la pestilence du pire cachot du Château. Le custode suprême lui avait un jour fait les honneurs de celui-ci, et le jeune homme n'était pas près d'oublier ce qu'il avait vu.

Simon se dressa très lentement sur son séant. Il souffrait d'une migraine terrible et se sentait tout contusionné, mais pour autant qu'il pouvait en juger, il n'avait rien de cassé. Il demeura un instant perplexe devant l'état de sa tunique, puis la mémoire lui revint tout à coup : le dragon… Le morveux… Le **charme** du **Grand Vol**… Perdu ! Simon gémit de plus belle. Il n'était qu'un raté. Ni Marcia ni DomDaniel n'avaient voulu de lui pour apprenti. Après tout ce qu'il avait fait pour ce dernier ! Son ignoble carcasse arrachée à la boue, les voyages répétés au Manuscriptorium pour apporter ses os à ce prétentiard d'Hugh Vulpin dont le nez pointu s'allongeait d'un pied chaque fois qu'il le voyait et, pire que tout, les expéditions mortelles le long des tunnels de glace afin de les livrer à Una Brakket, à l'insu du vieux Ratel. À une ou deux reprises, il avait même aidé l'horrible mégère à plonger ces saletés d'os dans l'**amalgame** pour qu'elle ne rate pas le début de son cours de danse folklorique. Fallait-il qu'il soit bête ! Et pour couronner le tout, son soi-disant frère rappliquait sur le dos d'un dragon. Non content de lui avoir piqué sa place, ce péteux avait son propre dragon. Tout ça à même pas douze ans. Mais enfin, comment faisait-il ?

Prostré sur le sol de la remise, Simon s'apitoyait complaisamment sur son sort. Personne ne l'aimait. Tout allait de travers dans sa vie. C'était trop injuste.

Au bout de quelques minutes, la colère reprit le dessus. Le jeune homme se leva et se mit à inspecter sa cellule. Il leur ferait voir à tous ce qu'il en coûtait de s'en prendre à Simon Heap. Pour commencer, il allait leur fausser compagnie. Il pesa de toutes ses

forces contre la porte, sans résultat. Mais des murmures apeurés s'élevèrent à l'extérieur.

— Il essaie de sortir…

— Qu'est-ce qu'on peut faire ?

— Vous croyez qu'il est dangereux ?

— Oh ! quelle mauviette, celui-là…

— Arrêtez de vous chamailler, tous les deux. Dame Marcia ne va pas tarder à arriver.

Simon sourit. Grand bien lui fasse ! Malheureusement, il ne serait plus là pour l'accueillir. À présent, Simon Heap savait où il se trouvait.

Des années auparavant, Jannit avait étendu son chantier à l'ancien quai de la douane. Le petit bâtiment de briques dans lequel on enfermait jadis les marins ivres et les individus suspects était tout ce qui restait du poste des douaniers, et Jannit l'avait gardé pour y entreposer son précieux matériel. Il possédait toujours une lourde porte en fer munie de trois verrous extérieurs qu'on ouvrait au moyen d'une grosse clé en cuivre. Simon était prêt à parier que la trappe menant aux tunnels de glace était également restée en place.

Il tomba à genoux et entreprit de déblayer la saleté qui s'était accumulée sur le sol au fil des siècles. Par bonheur, Jannit avait eu l'obligeance de mettre à sa disposition une pelle d'assez bonne facture. Bientôt, le fer de l'outil buta contre du métal à une profondeur d'environ un pied.

La trappe **scellée** ne résista pas longtemps aux

mains expertes du jeune homme. Un souffle d'air froid jaillit du tunnel au moment où il se glissait dans l'ouverture.

Le détachement de magiciens au grand complet (Jannit avait couru chercher les dix qu'elle avait éconduits sur la jetée où ils s'adonnaient à la pêche à la ligne) montait la garde autour de la remise quand Marcia pénétra sur le chantier, suivie par Sarah et Silas Heap.

Les malheureux parents de Simon avaient insisté pour l'accompagner quand elle leur avait exposé la situation. N'en croyant pas leurs oreilles, ils étaient résolus à avoir une explication avec leur aîné.

— Cette fois, avait dit Sarah, il sera obligé de nous écouter. Il ne pourra pas s'enfuir comme à son habitude.

Jannit les escorta jusqu'à la remise. Sa silhouette râblée paraissait minuscule auprès de Marcia dont la longue robe pourpre faisait des vagues dans la brise du soir.

— C'est ici, dame Marcia, indiqua Jannit en s'arrêtant à l'extérieur du cercle de magiciens. Ça fait deux bonnes heures qu'il est là-dedans. Il doit être réveillé. Il a pris un grand coup sur la tête en voulant attaquer le dragon.

— Juste ciel ! s'exclama Sarah, pleine d'angoisse. J'aimerais tant qu'il renonce à ses bêtises…

— Nous ne pouvons que partager ton souhait,

Sarah, rétorqua sèchement Marcia. Malheureusement, je crains qu'il n'ait dépassé le stade des « bêtises ». En ce qui le concerne, j'emploierais plutôt le terme de malveillance caractérisée.

— Oh ! Silas, gémit Sarah. Qu'allons-nous faire ?

— Nous allons lui parler, répondit Silas d'un ton apaisant. Nous verrons bien ce qu'il dira. À présent, cesse de t'inquiéter. Simon est un grand garçon.

Les deux magiciens en faction devant la porte s'écartèrent respectueusement pour permettre à Marcia d'entrer. Jannit tira les verrous, fit tourner la grosse clé de cuivre dans la serrure et ouvrit la lourde porte en fer. Sarah se précipita à l'intérieur.

— Simon ! Simon… Simon ?

— Vous étiez au courant ? lança Marcia à Jannit.

Celle-ci regardait sans comprendre la trappe en métal brillant qui tranchait sur le sol crasseux de la remise.

— Non, fit-elle avec brusquerie.

Déjà qu'elle n'aimait pas beaucoup les manières de Marcia, elle trouvait carrément insupportable cette nouvelle irruption de l'inconnu dans son environnement familier.

— C'est… c'est quoi ? bredouilla Sarah.

La malheureuse se raccrochait à son mari, anéantie par la fuite de Simon.

— Rien, répondit précipitamment Marcia. En tout cas, rien qui te regarde. J'exige que cette trappe soit **scellée** sur l'heure. Où est passé Alther ?

Alther Mella se laissa flotter jusqu'à son élève.

— Alther, reste-t-il des Anciens ayant fréquenté les tunnels de leur vivant ? Tant qu'on n'aura pas vérifié tous les **sceaux**, je tiens à faire garder chaque trappe.

— Le seul Ancien qui ne soit pas complètement gâteux surveille déjà celle de la tour, Marcia. Quant à moi, je n'ai jamais mis les pieds dans ces fichus tunnels. Personne ne le faisait à mon époque.

— Personne n'est censé le faire non plus à la nôtre, hormis le scribe chargé de leur entretien. Décidément, Hugh Vulpin devra répondre à beaucoup d'interrogations.

Marcia réfléchit un moment, puis elle reprit :

— Alther, vous voulez bien accompagner un magicien au Manuscriptorium et rapporter de la **cire** ? À tout le moins, nous pourrons **sceller** cette trappe-ci.

— Je vous prie de m'excuser, intervint Jannit, mais la barge du Port est arrivée. J'attends une livraison.

Sur ces paroles, Jannit s'éloigna en direction du ponton où s'apprêtait à accoster un bateau long et étroit chargé de caisses et de paniers empilés.

N'ayant aucune envie de voir Simon Heap de plus près, Jenna était retournée au chevet de la dragonne. Elle la caressait et lui parlait doucement à l'oreille, espérant qu'elle réagirait. En relevant la tête, elle vit Jannit attraper la corde qu'on lui lançait depuis la barge et amarrer celle-ci à un bollard. Aussitôt après, elle fut frappée d'horreur en reconnaissant parmi les passagers du bateau le mystérieux étranger qui l'avait abordée au Port.

Debout sur le pont, l'homme surveillait la manœuvre et se préparait à sauter à terre. Ses longs cheveux noirs étaient retenus par un bandeau argenté et sa tunique de soie rouge chiffonnée et pleine de taches semblait avait souffert durant le voyage. Cachée derrière la tête de la dragonne, Jenna l'entendit s'adresser à Jannit d'une voix grave imprégnée d'un léger accent :

— Je vous prie de m'excuser, madame, mais on m'a rapporté que la princesse se trouvait dans les environs. Pourriez-vous me le confirmer ?

— On peut savoir qui la demande ? lui retourna Jannit d'un air soupçonneux.

L'étranger se montra évasif :

— Quelqu'un qui la cherche.

Soudain, son regard fut attiré par l'activité qui régnait autour de la remise.

— N'est-ce pas le magicien extraordinaire que j'aperçois là-bas ? reprit-il.

— Vous voulez dire, la *magicienne* extraordinaire, le corrigea Jannit.

Mais l'inconnu ne l'écoutait déjà plus.

— Je vous demande pardon, dit-il machinalement avant de s'éloigner. Je dois m'entretenir avec lui.

Comme il s'approchait de la cellule, il s'adressa au groupe :

— Excusez-moi, pourrais-je parler au magicien extraordinaire ?

Marcia se retourna brusquement vers lui. L'homme parut décontenancé. Il se mit à fourrager dans la poche de sa tunique, cherchant quelque chose.

— Alther ? dit-il d'une voix hésitante. C'est vous ?

Marcia ne répondit pas mais elle devint toute pâle.

— Ah ! enfin, je les ai trouvées.

D'un air triomphant, l'étranger sortit de sa poche une paire de lunettes cerclées d'or qu'il ajusta sur son nez avec précaution. La stupeur se peignit alors sur son visage.

— Milo ? fit Marcia d'une voix étranglée. Milo Benda ?

Un sourire éclaira le visage hâlé de l'homme.

— Marcia Overstrand ! s'exclama-t-il. Vous m'en direz tant… Ce bon vieil Alther a pris sa retraite ?

— Euh… Pas exactement. Ça alors, Milo ! Je n'en crois pas mes yeux.

Muet de saisissement, l'étranger acquiesça de la tête alors que Marcia le serrait étroitement dans ses bras devant le regard horrifié de Jenna.

— Où étiez-vous passé ? demanda Marcia. Tout le monde vous croyait mort.

Marcia lâcha l'étranger et son regard se posa enfin sur le bateau dragon.

— Juste ciel ! s'exclama-t-elle. Jannit ! Que s'est-il passé ici ?

Occupée à inspecter un tonneau rempli de boulons

que venait de décharger la barge du Port, Jannit ne répondit pas. Elle vit Marcia se précipiter vers la dragonne, suivie de près par l'étranger **ténébreux**, et remarqua que la princesse fuyait tel un lapin apeuré à leur approche pour disparaître à l'intérieur du tunnel. Qui aurait pu l'en blâmer ? L'expression de la magicienne extraordinaire n'annonçait rien de bon.

47

La chambre de la reine

Jenna filait à toute allure le long des allées et des ruelles menant au palais. Elle serrait dans sa main la clé en or que lui avait confiée tante Zelda, celle de la chambre de la reine. Malheureusement, elle n'avait aucune idée de l'emplacement de cette fameuse chambre et il y avait peu de chances que celle-ci contienne quelque chose susceptible de sauver le bateau dragon. Mais elle n'avait pas le choix : à l'évidence, Marcia était en cheville avec l'étranger et elle ne pouvait lui faire confiance.

Jenna savait à présent ce qu'avait pu éprouver Septimus quand Marcia refusait de croire à son enlèvement par Simon. Comme elle tournait le coin d'une rue, elle se cogna contre Boutefeu.

— Ouf !

— Jen ! s'exclama Septimus. J'allais justement te rejoindre. Boutefeu ne tenait plus en place. Il a presque entièrement dévoré l'abri que les sous-magiciens lui fabriquaient et…

Soudain, il remarqua l'expression égarée de Jenna.

— Hé ! qu'est-ce qui se passe ?

— C'est la dragonne… Je crains qu'on ne puisse plus rien pour elle. Et pour tout arranger, l'étranger du Port vient de débarquer… Il est venu me chercher !

— Quoi ?

— Le pire, c'est que Marcia le connaît. Elle semblait vraiment heureuse de le voir. Elle l'a même serré dans ses bras !

Septimus resta muet de stupeur. Jamais, au grand jamais il n'avait vu Marcia serrer quiconque dans ses bras.

— Accompagne-moi au palais, Sep. Je vais tenter de trouver la chambre de la reine. Elle contient peut-être une potion ou autre chose qui puisse sauver la dragonne…

— D'accord, Jen. Ça vaut la peine d'essayer. Allez, viens, Boutefeu. Par ici. J'ai dit, par ici ! Je croyais que tu ignorais l'emplacement de cette chambre ?

— D'après tante Zelda, je devrais la découvrir le moment venu. Qui sait, c'est peut-être le bon jour ?

Les deux enfants avançaient à vive allure quand ils furent retardés par un incident pour le moins embarrassant. Constatant que Septimus était resté en arrière, Jenna s'arrêta et le vit planté au milieu de la voie du Magicien, en réflexion devant un énorme tas de crottin de dragon. Ne sachant quel parti prendre, le jeune garçon allait s'éloigner comme si de rien n'était quand une voix s'éleva :

— Hep ! vous, là-bas !

Septimus fit volte-face. Un homme à la mine sévère, vêtu d'une tunique rayée d'aspect grossier, courait derrière lui. Quand il l'eut rejoint, il lui colla un sac et une pelle dans les mains.

— Société de préservation de la voie du Magicien, dit-il en ahanant. Service de l'entretien de la voirie. Vous avez commis une infraction en souillant la voie publique. Veuillez ramasser les déjections de votre animal et les emporter.

Septimus considéra d'un œil critique le sac que l'homme venait de lui remettre.

— J'ai peur qu'il ne soit trop petit, objecta-t-il faiblement.

Toutefois, il se mit au travail tandis que Jenna tenait le sac ouvert.

Billy Pot s'apprêtait à remiser sa brouteuse à gazon au terme d'une journée de travail particulièrement fatigante : une fois de plus, les iguanes nains n'en avaient fait qu'à leur tête. Son visage s'éclaira quand il vit Jenna, Septimus et Boutefeu venir vers lui à travers la pelouse. Il avait respiré du crottin de dragon pendant sa formation de soigneur d'iguanes et n'avait jamais oublié cette odeur. En fait, la plupart de ceux qui avaient l'occasion de la sentir un jour en gardaient un souvenir impérissable.

Billy se précipita vers Septimus et l'aborda en ces termes :

— Mon jeune monsieur, veuillez pardonner mon audace, mais je me demandais si… Eh bien, je me suis dit que vous consentiriez peut-être à me céder une partie du contenu du sac que vous transportez. Si tel était le cas, je vous en serais éternellement reconnaissant. Rien de tel que du crottin de dragon placé à des endroits stratégiques pour faire tenir des iguanes tranquilles. Depuis que ce maudit cheval a piétiné ma brouteuse, ils sont incontrôlables et…

Septimus l'interrompit :

— Je vous en prie. Prenez tout ce que vous voudrez.

— Vous comprenez, il y a longtemps que je désire m'en procurer. Mais où trouver un dragon de nos jours, hein ? Je vous le demande. Pour un éleveur d'iguanes tel que moi, c'est un véritable cauchemar. Oui, un cauchemar. (Billy Pot secoua tristement la tête.) Bien sûr, je comprendrais que vous répugniez à vous séparer d'un pareil trésor…

— Au contraire ! Tenez, prenez tout.

Septimus fourra le sac pansu dans les mains de Billy Pot qui sourit pour la première fois de la journée.

Nos héros atteignaient la porte du palais quand la voix ténue de Godric parvint à leurs oreilles, portée par la brise tiède :

— Ah ! bonsoir, Votre Altesse. Je suis heureux de vous revoir. Et bonsoir à toi, apprenti. Dis-moi, maîtrises-tu l'art de la **métamorphose** ? Et as-tu déjà réussi une **triple transsubstantiation** ?

— Presque, répondit Septimus en tirant Boutefeu derrière lui.

— Très bien, mon garçon ! le félicita Godric avant de se rendormir.

Boutefeu poussait des gémissements plaintifs en se faisant les griffes sur la dernière marche de l'escalier à spirale qui conduisait au sommet de la tour Est du palais. Après l'avoir attaché à un anneau scellé dans le mur, son maître lui avait ordonné de se tenir tranquille.

Jenna se concentrait sur la clé de la chambre de la reine tout en montant l'escalier.

— Je suis sûre que c'est là-haut, confia-t-elle à Septimus qui la suivait.

Au moment où elle prenait pied sur le minuscule palier, elle poussa un cri de triomphe :

— Regarde, Sep ! Je l'ai trouvée !

— Où ça ? fit Septimus, perplexe.

Jenna lui lança un regard perçant.

— Très drôle ! Si tu ne me crois pas, explique-moi à quoi servent cette porte en or pleine de décorations et cette serrure au milieu, surmontée d'une émeraude tout comme la clé ?

— Quelle porte en or ?

Soudain, la lumière se fit dans l'esprit de Jenna et un frisson la parcourut.

— Tu ne vois rien ? murmura-t-elle.

— Non, avoua Septimus, impressionné malgré lui. Je ne distingue qu'un mur vide d'où se détachent des plaques de plâtre.

— Pourtant, elle est là. Je la vois. À présent, je vais introduire la clé dans la serrure. Tu m'attends ici ? reprit Jenna après un temps d'hésitation.

— Bien sûr.

— Tout ça est tellement bizarre… Tu crois que j'ai raison de vouloir essayer la clé ?

— Vas-y, Jenna. Oh ! une seconde. Tu as bien dit que la serrure se trouvait au milieu de la porte ?

— Oui. C'est grave ? demanda Jenna d'une voix inquiète.

— Dans ce cas, écarte-toi dès que tu auras donné un tour de clé. Sinon, tu risques d'être écrasée. La porte devrait basculer en avant comme un pont-levis.

— Vraiment ? Comment le sais-tu ?

— Ça, je ne peux pas te le révéler, répondit Septimus d'un air mystérieux.

— Espèce d'idiot, va ! fit Jenna avec affection.

Septimus recula et assista à une scène des plus étranges : Jenna avança la main jusqu'à ce que l'extrémité de la clé pénètre dans le mur. Soudain, elle fit un bond de côté et sourit à son compagnon. Celui-ci lui retourna son sourire et la vit ensuite disparaître à l'intérieur du mur de pierre.

La porte en or se referma sans bruit. Jenna se retrouva alors face à une petite pièce étonnamment douillette. Un fauteuil confortable était placé devant la cheminée où brûlait un grand feu. Assise dans le fauteuil, une jeune femme vêtue d'une riche tunique en soie rouge et drapée dans une cape dorée contemplait les flammes. Ses longs cheveux bruns étaient coiffés d'un diadème semblable à celui que portait Jenna. À l'entrée de celle-ci, la jeune femme bondit sur ses pieds et ses yeux violets brillèrent d'excitation. Elle fit un pas vers la nouvelle venue et dans son impatience, elle traversa le fauteuil comme s'il n'existait pas.

Debout devant Jenna, le fantôme de la reine ne se lassait pas d'admirer l'enfant qu'elle n'avait connue en tout et pour tout qu'un seul jour. Jenna n'avait pas conscience de sa présence, ce qui valait peut-être mieux. Si les plis de la tunique de la reine dissimulaient la blessure de la balle qui lui avait ôté la vie, en revanche, on ne pouvait ignorer la tache de sang qui s'étalait sur sa cape.

La reine s'écarta pour permettre à sa fille de circuler autour de la pièce. Elle la vit faire une moue perplexe devant la cheminée et le fauteuil vide. Elle la vit encore frissonner et jeter des regards anxieux autour d'elle, comme si elle avait aperçu quelque chose du coin de l'œil, tandis qu'elle cherchait désespérément une potion ou n'importe quoi qui puisse sauver la dragonne.

La reine continua à l'observer à son insu, sachant qu'elle ne devait pas lui **apparaître** ni l'aider de quelque manière que ce soit. Elle souhaitait de tout cœur qu'elle finisse par découvrir le secret de la chambre. Cependant, Jenna commençait à se décourager. La pièce n'était pas le temple de la **Magyk** qu'elle escomptait. Elle avait beau regarder autour d'elle, elle ne voyait qu'une cheminée, un tapis, une table basse, un fauteuil et un placard… Son visage s'illumina subitement. Ce n'était pas n'importe quel vieux placard. Sur sa porte, on pouvait lire : POTIONS INSTABLES ET POISONS PARTIKULIERS.

Jenna tira la porte et pénétra à l'intérieur du cagibi.

Il était aussi vide que la chambre. Quatre étagères gravées de motifs compliqués occupaient le mur du fond, mais il n'y avait aucune trace des fioles de potions, herbes, remèdes, recueils de **sorts** et autres secrets qu'elle aurait tant voulu y voir. Déçue, elle promena sa main sur les étagères pour le cas où un détail lui aurait échappé et ne ramena que de la poussière. C'est alors qu'elle remarqua une rangée de petits tiroirs qui se confondaient avec les panneaux d'acajou derrière les étagères. Reprenant espoir, elle saisit le bouton du premier et le tira vers elle. Le tiroir coulissa, libérant un mélange d'odeur de poussière et de vieux chocolat à la menthe. Jenna passa la main à l'intérieur, mais il était aussi vide que les étagères. Prise d'une véritable frénésie, elle ouvrit les tiroirs l'un après l'autre, sans plus de succès.

Arrivée au dernier, elle sentit le désespoir l'envahir. C'était sa dernière chance, car elle avait déjà regardé partout. Mais au moment où elle ouvrit le tiroir, quelque chose bougea à l'intérieur, comme si elle avait actionné un levier. En même temps, elle entendit un déclic derrière elle et la porte du placard se referma, la plongeant dans l'obscurité.

Jenna pesa contre le battant, sans résultat. Cédant à la panique, elle poussa de plus belle, mais la porte refusait de bouger, à croire qu'elle était verrouillée. Comment allait-elle sortir ? Elle était prise au piège. Nul ne savait où elle se trouvait hormis Septimus, et malgré toute sa bonne volonté, ce dernier ne pouvait rien pour elle. Elle resterait éternellement là, coincée dans le noir…

Elle s'avisa alors que le placard n'était pas aussi sombre qu'elle l'avait d'abord cru. À y bien regarder, elle distinguait un mince trait de lumière au ras du sol. Elle pesa à nouveau contre la porte et à son grand soulagement, celle-ci s'ouvrit enfin.

À peine avait-elle franchi le seuil qu'elle reconnut les dalles de pierre du cottage de tante Zelda.

48

La jeune reine

Assis sur le palier poussiéreux, Septimus fixait le mur écaillé et se demandait quand Jenna allait revenir. Il tenta d'imaginer ce qui pouvait la retenir aussi longtemps dans la chambre de la reine. En tout cas, l'attente ne lui pesait pas. Il y avait une chose qu'il brûlait d'examiner depuis que Jannit l'avait repêchée dans sa boîte à outils. « Tenez, maître Septimus, avait-elle dit en la lui confiant. Vous pourriez en avoir besoin. » Le jeune garçon plongea la main dans sa poche et en sortit le **charme** du **Grand Vol**.

Le **charme** lui sembla curieusement familier, comme s'ils avaient déjà été en contact auparavant. Également, sa simplicité avait de quoi surprendre en regard de sa puissance. Ses dorures étaient éraflées, ses ailerons déviés et cabossés. Mais alors que la flèche en or reposait sur sa paume, il ressentit des picotements le long du bras. Sur une impulsion, il porta la main à sa ceinture et en sortit le **charme** ailé que Marcia lui avait offert. Septimus attachait beaucoup de prix à ce dernier. Grâce à lui (et avec un gros effort de concentration), il pouvait flotter à dix pieds du sol, mais il était incapable de voler comme le faisait Simon. Septimus avait toujours rêvé de voler. Souvent, à son réveil, il avait la sensation que ce don lui avait été accordé, mais il était toujours déçu.

L'absence de Jenna se prolongeant, Septimus étendit ses mains et considéra l'un et l'autre **charmes**. Dans son genre, chacun était une œuvre d'art. Si l'antique flèche d'or incarnait la puissance de l'esprit, les ailes d'argent évoquaient sa légèreté. Tout à coup, une vague de **Magyk** le submergea, perturbant l'atmosphère autour de lui, et il perçut un mouvement… Dressées sur sa paume de main, les minuscules ailes s'ouvraient et se refermaient tour à tour tel un éventail. On eût dit un petit papillon qui prenait le soleil. Sous le regard émerveillé de Septimus, elles décollèrent de sa main droite et se posèrent délicatement sur son autre main. Dans un éclair magique, les ailes d'argent se fixèrent sur le **charme** du **Grand Vol**.

Septimus prit le **charme** complet entre le pouce et l'index. Il était chaud, presque brûlant. Un fourmillement parcourut ses doigts et il éprouva un désir pressant de s'envoler. Il s'approcha d'une petite fenêtre qui donnait sur les jardins du palais. Le soir étirait ses ombres et des corbeaux croassaient dans les arbres. Soudain, il se vit survoler les pelouses, faisant fuir les corbeaux, et filer à toute allure au ras de la Rivière... Il se ressaisit à grand-peine et, pour éviter d'être tenté, rangea le **charme** dans sa ceinture. Au même moment, Jenna retraversa le mur.

Septimus se releva d'un bond, mais il fut coupé dans son élan par l'apparition soudaine de tante Zelda et de Lobo.

— Bonjour, Septimus chéri, lui dit tante Zelda comme il restait bouche bée. Je suis heureuse de te voir, mais il n'y a pas une minute à perdre si nous voulons sauver le bateau dragon. Suivez-moi !

Tante Zelda dévala l'escalier avec une vélocité pour le moins surprenante, puis Septimus l'entendit pousser un cri.

— Couché, Boutefeu ! Oui, moi aussi je suis contente de te revoir. Dis, tu veux bien arrêter de m'écraser le pied ?

Septimus n'eut pas besoin de détacher Boutefeu car le dragon avait dévoré sa corde. Emmené par tante Zelda et Jenna, leur groupe emprunta la porte latérale au pied de la tourelle et se dirigea vers le chantier de Jannit Maarten. Tante Zelda étonna les enfants par sa connaissance des ruelles et des venelles du Château.

Quand ils voyaient un chapiteau bariolé foncer vers eux à fond de train, les piétons qui croisaient leur route s'aplatissaient contre les murs et se frottaient les yeux en apercevant la princesse, l'apprenti extraordinaire ainsi qu'un jeune sauvageon aux mains bandées dans son sillage, sans parler du dragon qui les accompagnait.

À la sortie du tunnel qui franchissait le mur du Château, tante Zelda et son escorte furent accueillis par la voix de Jannit, réfléchie par les rangées de coques retournées :

— Oh ! Hisse ! Oh ! Hisse !

Un cri de désolation s'échappa de la poitrine de tante Zelda : un groupe d'ouvriers tirait en cadence sur une corde, arrachant peu à peu au lit du fossé la coque boueuse du bateau. La queue de ce dernier pendait tristement alors que sa tête reposait toujours sur le quai, inerte. Assis en tailleur, Nicko caressait lentement les écailles ternies le long du nez de la dragonne.

Cependant, Rupert Gringe s'activait sur le pont. Comme il venait de plonger afin de glisser une sangle en toile sous la quille, il était trempé et couvert de vase. Son masque relevé sur le front, il courait d'un côté à l'autre, s'assurant que les cordes étaient bien fixées.

Horrifiée, tante Zelda se précipita vers le quai, louvoyant entre les cordages, les ancres et les mâts et se laissa tomber par terre aux côtés de Nicko.

— Tante Zelda ? fit ce dernier d'un air incrédule.

— C'est bien moi, chéri.

La brave femme hors d'haleine étendit la main vers la dragonne et la laissa un moment sur son front, puis elle secoua la tête et dit :

— Jenna, Septimus, venez vite vous asseoir près de moi. Pour que l'opération réussisse, il faut que nous soyons tous les trois réunis : la gardienne, la jeune reine et le maître du dragon.

— Quelle opération ? demanda Jenna.

— La **triple transsubstantiation**, répondit tante Zelda en fourrageant dans les innombrables poches de sa robe en patchwork.

— Oh ! Pas de problème, reprit Jenna. Sep sait faire ça.

— Non, je ne sais pas.

— Mais si ! Enfin, presque. C'est ce que tu as dit à Godric.

— La première fois où il m'a posé la question, j'ai eu le malheur de répondre non. Ça l'a tellement retourné qu'il s'est mis à brailler comme un veau, et tous les Anciens du palais l'ont aussitôt imité. C'était atroce. Comme il n'y avait pas moyen de les faire taire, je suis allé trouver Marcia. Elle m'a dit : « Pour l'amour du ciel, n'essaie pas de discuter avec ce vieil imbécile. Dis-lui ce qu'il a envie d'entendre. » Mais je me suis quand même renseigné, pour le cas où Godric m'aurait soumis à un interrogatoire en règle. Ça concerne les quatre éléments, pas vrai ?

— En effet, Septimus, acquiesça tante Zelda. (Elle pêcha une bourse en cuir qui paraissait très ancienne dans une de ses poches.) Depuis des temps immémoriaux, cette bourse se transmet de gardienne en gardienne. Elle est conservée dans une boîte scellée connue sous le nom de « dernier recours ». Chaque gardienne espère qu'elle n'aura jamais à s'en servir, tout en sachant que ce jour viendra inévitablement. Le texte d'une prophétie est inscrit sur la boîte :

Senz doute aucun, le jour viendra
De la fuite avecque deus des trois
Denz cette atente, apprête-toi
À prononcer un triple choix.

Nul n'a jamais pu l'interpréter. Mais quand tu as découvert l'anneau dragon, Septimus, il m'est venu à l'esprit que pour la première fois depuis Hotep-Râ, nous étions à nouveau trois : le maître, la reine et la gardienne. Puis Jenna et toi vous êtes envolés avec le bateau, et il m'est apparu que la première partie de la prophétie s'était réalisée. Depuis, je me tenais sur mes gardes. Pourtant, quand j'ai vu Jenna surgir du placard à potions comme le faisait sa chère maman à chaque solstice d'été, j'ai failli avaler de travers mon sandwich au chou bouilli. Maintenant, voyons un peu ce que nous avons là…

Tante Zelda renversa la bourse en cuir au-dessus du tapis boueux de Jannit. Il en tomba trois petits bols en or martelé avec une bordure d'émail bleu. Elle la secoua et, comme rien ne venait, elle glissa la main à l'intérieur. La bourse était vide. Le visage de tante Zelda s'allongea.

— C'est impossible, bredouilla-t-elle. Il devrait au moins y avoir des instructions. C'est sûrement la faute de cette satanée Betty Crackle ! Elle était tellement négligente… Qu'allons-nous faire de ces trois bols vides ?

— Je crois que je sais, déclara Septimus.

Tante Zelda le regarda avec une expression où le respect le disputait à la surprise :

— Ah oui ?

— Il faut placer les bols devant la créature qu'on souhaite ramener à la vie…

Septimus se tut et fouilla dans ses souvenirs. Il avait lu tout ce qu'il avait pu trouver sur la **triple transsubstantiation**, mais quand il avait demandé à Marcia où se trouvaient les trois bols, elle lui avait répondu qu'ils avaient disparu depuis des lustres.

— À toi de jouer, Septimus, dit tante Zelda. Après tout, c'est toi le maître du dragon.

La dragonne ne cligna même pas des paupières quand Septimus, Jenna et tante Zelda se rangèrent en demi-cercle autour de sa tête. Nicko se leva sans un mot et s'éloigna, emmenant Lobo avec lui. Il avait perçu la présence d'une **Magyk** infiniment puissante et préférait garder ses distances. La bouche tordue par une grimace qui dévoilait ses dents jaunes, Lobo lançait des regards effarés à son ancien cama-rade de la Jeune Garde. C'était la première fois qu'il le voyait aux prises avec des forces surnaturelles de cette importance.

— La **conjuration** fait appel aux quatre éléments, expliqua Septimus : la terre, l'air, l'igné et l'eau. Mais nous ne pouvons en choisir qu'un pour **ramener** la dragonne. Pour ma part, je propose l'igné.

Tante Zelda acquiesça de la tête.

— Elle n'a déjà que trop vu les trois autres, murmura-t-elle.

— Ton avis, Jen ?

— Va pour l'igné.

— Bien. Maintenant, chacun de nous va choisir un élément parmi les trois restants.

— La terre, dit tante Zelda. Une bonne terre fertile pour faire pousser des choux.

— L'eau, fit Jenna. Parce que la dragonne est tellement belle sur l'eau…

— Et moi, je choisis l'air, conclut Septimus. Parce que aujourd'hui, j'ai voyagé dans les airs à bord du bateau dragon et que j'ai toujours rêvé de voler pour de bon. À présent, nous allons tous prendre un bol et placer notre élément à l'intérieur.

Jenna se releva et plongea son bol dans le fossé tandis que tante Zelda se penchait par-dessus le bord du ponton afin de gratter un peu de terre sèche.

Septimus considérait son propre bol avec perplexité quand un brouillard pourpre se matéria-lisa au fond. Tante Zelda réprima un cri : un halo magique commençait à se former autour du jeune garçon. Déjà, ses cheveux blonds et bouclés étaient auréolés d'un nimbe chatoyant et l'atmosphère se chargeait d'électricité, comme avant un orage.

Conscient de l'intérêt passionné qu'il suscitait chez ses deux compagnes, Septimus rassembla les trois bols et les retourna d'un geste vif. Si la terre et l'eau se renversèrent sur le tapis, la brume pourpre se répandit lentement au-dessus du mélange boueux et s'enflamma subitement à son contact. Septimus déglutit. Il abordait à présent la phase la plus délicate de l'opération. Alors qu'il tendait la main vers la flamme, Lobo, qui observait la scène caché derrière un bateau, poussa un cri d'effroi :

— 412, non !

Mais si la vue du feu avait éveillé des souvenirs cuisants chez l'enfant sauvage, Septimus semblait insensible à la douleur. Après avoir recueilli la flamme dans ses mains, il l'approcha doucement du mufle de la dragonne.

Tout à coup, celle-ci prit une profonde inspiration. Puis elle dressa la tête, toussa et recracha une langue de feu orange par les naseaux. Le tapis persan s'embrasa immédiatement. Tante Zelda, Jenna et Septimus s'en éloignèrent d'un bond tandis que Nicko lui balançait un seau d'eau pour étouffer les flammes. La dragonne ouvrit les yeux un court instant, puis son énorme tête retomba sur le tapis brûlé et demeura inerte.

Un silence de cimetière s'abattit sur le chantier. Chacun retenait son souffle.

Dépitée, Jenna se tourna vers Septimus, comme si elle attendait qu'il la rassure, mais l'apprenti considérait tristement la dragonne, persuadé que la **triple transsubstantiation** avait échoué. Tante Zelda toussota. Elle allait dire quelque chose quand la voix de Marcia retentit à l'autre bout du quai :

— Enfin, est-ce que quelqu'un va me débarrasser de ce maudit seau ?

Un débardeur courut vers la magicienne extraordinaire et l'aida à se dépêtrer du seau dans lequel son pied s'était coincé alors qu'elle se précipitait vers le bateau dragon. Sa cape flottant derrière elle, Marcia continua à approcher. Jenna, tante Zelda et Septimus virent qu'elle avait une bouteille verte à la main.

Essoufflée, elle s'arrêta sur le ponton et ôta le bouchon de la bouteille.

— Qu'est-ce que vous fabriquez ? l'interpella tante Zelda.

— Je sauve la dragonne. Je savais bien qu'il me restait un flacon de cet antique **cordial** pour lézard. Je l'avais caché sous le plancher de la bibliothèque…

— Rangez-moi ça immédiatement, lui ordonna

tante Zelda. Ne l'approchez surtout pas de ses narines. Vous la tueriez.

— Ne soyez pas ridicule, lui rétorqua Marcia. Et puis, ce n'est pas à vous de me dire ce que je dois faire. C'est moi qui suis sa gardienne à présent.

Jenna et Septimus échangèrent un regard entendu. Il y avait du grabuge dans l'air.

— Quoi ? s'écria tante Zelda d'un air incrédule. Vous, sa gardienne ?

— En effet. Le bateau dragon s'est placé de lui-même sous ma protection. Vous êtes trop loin pour continuer à... Au fait, comment êtes-vous arrivée aussi vite ?

Tante Zelda se dressa de toute sa taille. Celle-ci n'était pas grand-chose comparée à celle de Marcia, toutefois la brave femme y gagna en assurance.

— Les secrets des gardiennes ne sont pas destinés à être divulgués au vulgaire, martela-t-elle avec une lueur triomphante dans le regard. Il ne m'est pas permis de répondre à votre question. Tout ce que j'ai à vous dire, c'est que moi vivante, ce bateau ne connaîtra pas d'autre gardienne. Je vous le répète, c'est une question de vie ou de mort. La **triple trans-substantiation** a besoin de temps pour faire effet. D'ici là, rien ne doit gêner son action, et surtout pas votre fichu **cordial**. C'est pourquoi je vous demande d'éloigner cette bouteille. Exécution !

Pour la première fois depuis que Septimus la connaissait, Marcia resta sans voix. Avec des gestes lents et précis, elle reboucha la bouteille de **cordial** et s'éloigna aussi dignement que possible, en ayant soin d'éviter le seau qui traînait toujours sur son chemin. Elle fut d'autant plus furieuse en découvrant que Sarah et Silas Heap, sans parler de Milo Benda, avaient assisté à toute la scène, dissimulés dans l'ombre de la remise.

49

Le **Grand Vol**

Marcia s'engagea sur le vieux pont de bois dont les planches chauffées par le soleil résonnaient sous ses pas. Milo Benda, qui avait eu la lourde tâche de la calmer après son altercation avec tante Zelda, marchait à ses côtés.

Debout près de la chaise dorée sur laquelle somnolait Godric, une jeune sous-magicienne au regard vert étincelant sourit aux nouveaux arrivants :

— Bonsoir et bienvenue au palais.

— Bonsoir, Hildegarde, répondit Marcia.

Milo Benda semblait hésiter à franchir le seuil du palais. Marcia vit qu'il tremblait légèrement et que des larmes brillaient dans ses yeux.

— Je suis désolée, murmura-t-elle. Je n'avais pas

réfléchi… Voulez-vous que nous vous laissions seul quelques instants ?

Milo acquiesça sans un mot et s'éloigna le long du promenoir, secouant tristement la tête à la vue des murs vides.

Marcia se sentit tout à coup très lasse. La journée avait été longue. L'**identification** l'avait vidée de ses forces et son pied la lançait depuis qu'il avait eu affaire à Boutefeu. Avec un soupir, elle se laissa tomber sur la chaise de Godric et se déchaussa. Affolé, le vieux spectre bondit en l'air et retomba cul par-dessus tête.

— Alther, fit Marcia avec humeur, je croyais vous avoir demandé de nous débarrasser des Anciens. Nous n'avons plus besoin d'eux maintenant que les sous-magiciens assurent la surveillance des portes.

— Quand je l'ai prié de partir, Godric a été tellement bouleversé que je l'ai autorisé à rester, répondit Alther. D'ailleurs, tu devrais montrer plus de respect aux Anciens. Tu seras l'une d'eux un jour.

Ayant relevé Godric, Alther l'épousseta avec soin et le transporta jusqu'à un fauteuil confortable dans un coin tranquille du hall. Le fantôme cacochyme sombra aussitôt dans un profond sommeil dont il ne devait sortir que bien des années plus tard, quand la fille de Jenna faillit le renverser avec son chariot à pédales.

Malheureusement, quand elle regagna le palais, Jenna ne remarqua pas tout de suite Marcia et Alther, assis un peu à l'écart des dizaines de bougies qui répandaient une clarté tremblotante dans le hall. En revanche, son regard tomba sur l'étranger du Port au moment où il émergeait de la pénombre du promenoir. En l'apercevant, l'homme s'arrêta net tandis qu'elle poussait un cri.

Marcia se releva d'un bond.

— Qu'y a-t-il, Jenna ? demanda-t-elle en jetant des coups d'œil inquiets à la ronde.

Au lieu de répondre, Jenna se rua à l'extérieur du palais et courut se réfugier auprès de Septimus, de tante Zelda et de Lobo qui avaient été retardés par l'insistance de Boutefeu à pourchasser un iguane nain.

— Il est là ! hurla-t-elle en se cachant derrière tante Zelda.

— Qui ça ? l'interrogea tante Zelda en considérant d'un œil à la fois intrigué et amusé Marcia qui accourait vers eux, chaussée d'une seule bottine.

— Jenna ! fit Marcia, tout essoufflée. Que vous arrive-t-il ?

— L'homme que vous avez introduit dans mon palais sans ma permission… C'est l'étranger qui me poursuivait au Port !

— Mais pas du tout ! protesta Marcia. Il s'appelle Milo Benda et il…

— Je me moque de savoir comment il s'appelle !

— Enfin, Jenna… C'est votre père !

Un silence stupéfait accueillit cette révélation.

— C'est faux, s'entêta Jenna. Papa se trouve sur le chantier de Jannit avec maman.

— Je ne vous parle pas de Silas, mais de Milo, expliqua Marcia d'un ton patient. C'est lui votre véritable père. Il est revenu pour vous.

Jenna resta un long moment muette, puis elle reprit :

— Dans ce cas, pourquoi n'est-il pas revenu plus tôt, quand j'étais petite ?

Sur ces paroles, elle partit comme une flèche le long du sentier qui conduisait à l'arrière du palais.

— Juste ciel ! soupira Marcia.

Silas Heap ne réagit pas mieux que Jenna à l'arrivée de Milo Benda, surtout quand Sarah insista pour donner un banquet sur le toit du palais en son honneur.

— Je ne comprends pas que tu aies le cœur à faire la fête alors que notre fils aîné est coincé dans ces affreux tunnels de glace, bougonna-t-il.

Sarah était occupée à dresser la table alors que Silas, en-foncé dans un des profonds fauteuils dorés du palais, contemplait le crépuscule d'un air maussade.

— Je ne veux même pas y penser, répliqua Sarah d'un ton vif. L'équipe de recherche aura vite fait de l'en sortir et de le conduire au chaud et en lieu sûr.

— Au chaud dans une cellule, oui ! Je rêvais mieux pour Simon.

Sarah secoua la tête :

— Si tu te rappelles, hier, nous n'avions de nouvelles d'aucun des enfants. Aujourd'hui, nous en avons retrouvé trois, quatre en comptant Simon. Nous devrions nous estimer heureux. C'est ainsi que je vois les choses à présent. (Elle redressa la nappe et pria le maître d'hôtel de se rendre aux cuisines pour s'enquérir des préparatifs du repas.) Et puis, il est juste que nous souhaitions la bienvenue à Milo. C'est quand même le père de Jenna.

— Peuh !

Sarah disposa ses chandeliers préférés le long de la grande table.

— Silas, on ne plaisante pas avec les liens du sang. Nous nous étions préparés à cette éventualité.

— Je ne plaisante pas. Mais je trouve curieux qu'il resurgisse maintenant, comme par enchantement. Enfin, où était-il durant toutes ces années ? Tout cela ne me dit rien qui vaille. Peuh !

— Arrête de faire « peuh », Silas. On dirait un vieux ronchon.

— Eh bien, peut-être suis-je un vieux ronchon, après tout. Mais je dirai « peuh » aussi souvent que ça me chantera, Sarah. Peuh !

Le banquet se prolongea tard dans la soirée. Sarah avait placé Milo Benda à une extrémité de la longue table. Celle-ci était recouverte d'une nappe blanche toute simple qui évoquait à Jenna le matin de son dixième anniversaire. Ces événements lui semblaient si lointains à présent qu'ils auraient tout aussi bien pu se dérouler dans une autre vie. La petite princesse s'était assise aussi loin que possible de son père, à l'autre bout de la table. Mais une fois installée, elle s'était aperçue qu'ils se trouvaient en vis-à-vis. Chaque fois qu'elle levait les yeux, elle le voyait lui sourire ou essayer d'attirer son attention. Elle passa la plus grande partie du repas à regarder fixement son assiette ou à converser avec tante Zelda, sa voisine de table.

Un peu avant minuit, quand les torches furent presque entièrement consumées, l'air fraîchit et les convives se mirent à bâiller. Tante Zelda se pencha alors vers Jenna et lui glissa à l'oreille :

— Ton père est un homme bon. Tu devrais écouter ce qu'il a à te dire.

— Je m'en moque, rétorqua Jenna.

— La sagesse commande à une souveraine de toujours écouter avant de juger.

Le dîner achevé, Marcia, Septimus et Boutefeu reprirent le chemin de la tour du Magicien. Nicko partit avec Silas qui tenait à lui montrer une colonie de pièces de Pagaille Poursuite qu'il avait débusquée derrière un tuyau, dans le grenier du palais. Pendant que Sarah s'occupait de Lobo (l'enfant sauvage s'était endormi à table sans attendre le plat de résistance) et que tante Zelda descendait aux cuisines dans l'espoir de convaincre le marmiton de service de faire bouillir un chou pour le petit déjeuner du lendemain, Alther récapitulait les événements de la journée, assis tranquillement dans la pénombre.

Jenna, pour sa part, écoutait le récit de Milo Benda.

— Ta mère et moi étions fous de joie à l'idée d'avoir un enfant, disait Milo. Ta mère espérait une fille pour assurer sa succession. Je n'ai jamais porté le titre de roi. Ce n'est pas l'usage chez nous, contrairement à la plupart des Lointaines Contrées que j'ai visitées. Figure-toi que là-bas, le titre se transmet de père en fils. Quelle étrange coutume ! Mais j'étais parfaitement heureux, Jenna. J'aimais mon métier, même si je n'étais qu'un simple marchand. J'avais la passion des voyages et caressais l'espoir d'acquérir un jour une fortune personnelle. Six mois avant ta naissance, j'eus connaissance d'une occasion propice. Avec la bénédiction de ta mère, j'affrétai un navire et m'embarquai à son bord. La chance me sourit et bientôt, je pris le chemin du retour avec une cale remplie de trésors, un valeureux équipage et des vents favorables. Je te laisse imaginer ma joie quand j'atteignis enfin le Port, le jour même de ta naissance. Tout semblait me réussir. Mais à peine avions-nous abordé qu'un matelot… (Sa voix se fêla.) Je… je m'en souviens comme si c'était hier. Un matelot m'a rapporté la terrible nouvelle qui était déjà sur toutes les lèvres. Ma chère Cerys – ta mère – avait été assassinée ainsi que ma petite fille.

— Pourtant, j'avais survécu, murmura Jenna.

— Je sais. Mais à l'époque, tout le monde prétendait le contraire et je les ai crus.

— Eh bien, ils avaient tort. Et vous n'avez pas cherché à savoir la vérité. Vous avez fui.

— Je conçois que j'aie pu donner cette impression. En réalité, l'idée de rester m'était insupportable. Je repris le large le soir même et bourlinguai sur les océans des années durant, jusqu'à ma capture par Deakin Lee.

Jenna étouffa un cri. Même elle qui ne s'intéressait pas du tout aux pirates connaissait la réputation de Deakin Lee.

Milo esquissa un sourire timide qu'elle lui retourna avec hésitation.

— Jamais je n'oublierai ces sept longues années de captivité, reprit-il en baissant la voix. Durant tout ce temps, la pensée du sort funeste qui vous avait frappées, toi et ta mère, ne cessait de me hanter…

— Comment vous êtes-vous évadé ?

— Une nuit – c'était il y a un peu plus d'un an, au printemps –, le bateau des pirates dut affronter des vagues terribles. Des hommes affirmaient qu'il s'agissait d'une onde de tempête, déclenchée par un regain d'activité **ténébreuse** à des milliers de kilomètres de distance. En tout cas, ces vagues furent une providence pour moi. Après la disparition de Deakin Lee, emporté par une lame, l'équipage se souleva. J'en profitai pour prendre le contrôle du bâtiment. Des semaines plus tard, comme nous faisions escale dans un petit port, on me rapporta que tu étais toujours en vie. Mon existence avait à nouveau un sens. Notre bateau reprit aussitôt la mer. Arrivés à destination, nous avons jeté l'ancre au large du Port et hissé le pavillon jaune. Le lendemain matin, le premier officier des douanes monta à notre bord. Après avoir jeté un coup d'œil à notre cargaison, elle nous avertit que nous devrions attendre que le principal hangar se libère. Cette Alice Nettles est un véritable dragon ! Toutefois, je lui suis reconnaissant : sans son intervention, je ne t'aurais jamais rencontrée cette nuit-là.

Jenna revécut en pensée la scène devant l'entrepôt. Tout s'expliquait à présent.

— Quand je t'ai aperçue sur ton cheval, le front ceint d'un cercle d'or, il m'a semblé revoir ta mère. Mais je te dois des excuses : je crains de t'avoir effrayée ce soir-là. Je n'ai pas réfléchi… Je voulais juste te parler. Jenna… Jenna ?

Jenna se retourna brusquement et scruta l'obscurité au-delà des torches qui répandaient une clarté vacillante.

— J'ai la sensation d'être observée, expliqua-t-elle.

Milo s'agita sur sa chaise, visiblement mal à l'aise.

— Moi aussi, avoua-t-il.

Malgré leurs efforts, ni le père ni la fille n'aperçurent le fantôme de la reine qui assistait de loin à leur conversation, songeant combien il était merveilleux de voir son époux et sa fille enfin réunis.

Alther s'approcha d'elle et remarqua :

— Il y a plus qu'un air de famille entre eux.

— En effet, acquiesça la reine. Ils ont tous les deux l'habitude de pencher la tête de côté quand ils parlent.

— Néanmoins, elle vous ressemble trait pour trait.

La reine soupira.

— Je sais. Bonne nuit, Alther.

Alther suivit la reine du regard tandis qu'elle s'éloignait dans la nuit. Arrivée à la tourelle, elle s'élança gracieusement depuis le rempart et se fondit dans l'épaisseur du mur de pierre. À l'intérieur de la chambre, le feu brûlait toujours avec autant d'ardeur. La reine prit place dans son fauteuil et se remémora les péripéties de la journée qui venait de s'écouler, cette journée qu'elle appelait de ses vœux depuis tant d'années.

Septimus, Marcia et Boutefeu remontaient la voie du Magicien. Ils avançaient lentement, car le dragonnet s'obstinait à poursuivre les ombres mouvantes que les torches projetaient sur les pavés. Les boutiques de l'avenue étaient toutes plongées dans l'obscurité derrière leurs volets. Tandis qu'ils dépassaient le Manuscriptorium, Septimus crut apercevoir de la lumière derrière les piles de livres et de parchemins, mais quand il regarda plus attentivement, celle-ci avait disparu.

Pendant que Marcia gravissait péniblement les degrés de marbre qui menaient à l'entrée de la tour, son apprenti lui annonça qu'il allait conduire Boutefeu à son abri.

— Veille à bien l'enfermer, lui recommanda sa tutrice. N'oublie pas de verrouiller la porte.

— Entendu, dit Septimus tandis que Marcia, heureuse d'être arrivée à destination, pénétrait dans la tour.

Boutefeu se montra remarquablement docile. Septimus poussa les deux énormes verrous qui fermaient la porte et s'éloigna sur la pointe des pieds alors que les ronflements du dragonnet faisaient vibrer les murs de son abri.

Le jeune garçon s'attarda un moment dans la cour déserte. C'était une belle nuit. Les torches magiques disposées le long des murs baignaient les vieilles pierres d'une clarté violette assez discrète pour qu'on puisse distinguer les myriades d'étoiles.

Tandis que Septimus contemplait le ciel, son vieux rêve de voler ressurgit. Incapable de résister plus longtemps, il sortit le **charme** du **Grand Vol** de sa ceinture. À peine avait-il posé la flèche en or sur sa paume qu'elle se mit à vibrer. Un fourmillement électrique parcourut le bras de Septimus. Puis les ailes d'argent commencèrent à s'agiter. Le jeune garçon sentit qu'il quittait le sol. Quand il aperçut le sommet de la Grande Arche, il serra la flèche entre le pouce et l'index de sa main droite, la pointe dirigée vers le palais, et étendit les bras comme il l'avait vu faire à Alther.

Il remonta la voie du Magicien en volant au ras du sol, franchit la porte du palais à toute allure et s'éleva jusqu'au toit. Il aperçut sous lui Jenna et son père qui discutaient, appuyés au rempart. Il brûlait de montrer ses prouesses à Jenna, mais par politesse, il choisit d'attendre que Milo interrompe son récit décousu pour se manifester. C'est alors que quelque chose attira son attention.

Un cheval qui venait d'être volé à la taverne du Turbot-Reconnaissant galopait à travers la campagne par-delà la Rivière. Son cavalier n'était pas un inconnu.

Septimus pointa le **charme** vers la silhouette de son frère aîné et piqua en direction des pelouses qui s'étiraient jusqu'à la Rivière. Une odeur de vase emplit ses narines lorsqu'il survola les eaux sombres et froides, dérangeant au passage une troupe de canards. Laissant derrière lui les cancanements furieux des volatiles, il aborda l'autre rive et s'immobilisa au-dessus du toit de chaume d'une ferme solitaire le temps de repérer son frère. En scrutant la route poussiéreuse, il distingua un cavalier qui s'enfonçait dans la nuit en éperonnant sa monture. Une accélération fulgurante l'amena au niveau de Simon. Durant plusieurs minutes, il vola aux côtés de ce dernier sans être vu.

Simon prit enfin conscience de sa présence.

— Encore toi ! vociféra-t-il.

Le cheval en sueur s'arrêta net, soulevant un nuage de poussière. Septimus se posa sur la route devant lui.

— Tu as pris mon **charme** ! rugit Simon quand il vit la flèche dorée dans la main de l'apprenti.

— En effet, acquiesça Septimus. (Son frère tenta de se jeter sur lui et il fit un écart pour l'éviter.) Mais il ne m'appartient pas plus qu'à toi. Un charme aussi **ancien** n'a d'autre maître que lui-même.

— Espèce de crétin pontifiant, marmotta Simon.

— Tu disais ? (En réalité, Septimus avait très bien entendu.)

— Rien. Ôte-toi de mon chemin, morveux. Et cette fois, ne t'avise pas de **figer** mon cheval.

— Je n'en avais pas l'intention. Au contraire, je suis venu te dire de filer loin d'ici.

— C'est justement ce que je m'apprêtais à faire.

Septimus ne bougea pas d'un pouce.

— Je suis également venu te dire que si tu essaies encore de faire du mal à Jenna, tu auras affaire à moi. Compris ?

Les deux garçons se défièrent du regard. Les yeux verts de Septimus étincelaient de colère. Simon ne dit rien, car il émanait de lui une force dont il devinait la nature : le pouvoir du septième fils d'un septième fils.

— Compris ?

— Ouais, fit Simon à contrecœur.

— À présent, tu peux t'en aller.

Septimus atterrit en souplesse sur le bord du chemin pour laisser passer son frère.

Simon considéra un instant la frêle silhouette vêtue

de vert de l'apprenti. Celui-ci était seul et sans défense dans la campagne déserte, au milieu de la nuit. S'il venait à disparaître, nul ne soupçonnerait jamais la vérité… Mais Simon ne fit rien. D'un coup de talon, il pressa son cheval qui partit au galop.

— J'aurais voulu que tu sois mort pour de bon quand la matrone t'a emmené ! lança-t-il par-dessus son épaule.

Septimus prit son envol. Les paroles de Simon résonnaient dans sa tête tandis qu'il se dirigeait lentement vers la tour du Magicien.

Un sourire éclaira son visage : son frère aîné l'avait enfin reconnu.

Que faisaient-ils auparavant ?

Billy Pot

Billy Pot possédait une animalerie spécialisée dans les reptiles. Ayant une prédilection pour les iguanes et les serpents, Billy était passé maître dans l'élevage des pythons pourpres. Le plus gros python dont il s'était jamais occupé vivait dans l'arrière-cour du cordonnier Terry Tarsal. C'était à contrecœur que Terry, qui avait une sainte horreur des serpents, utilisait sa mue pour confectionner les bottines pointues dont raffolait Marcia.

Quand le custode suprême lui avait ordonné de venir vivre au palais pour prendre soin de la colonie de tortues happantes qu'il lui avait commandée, Billy n'avait pas osé refuser. Il avait alors confié la boutique à sa nièce, Sandra, qui s'était mise à vendre des hamsters dorés et des lapins nains, au grand scandale de son oncle. Sandra s'était taillé un franc succès auprès des amateurs de petits animaux de compagnie, tant et si bien qu'elle avait bientôt proposé à Billy de lui racheter la boutique.

Lorsque les Heap s'étaient installés au palais avec Jenna, Silas avait demandé à Billy de rester pour les débarrasser des tortues happantes. Billy avait accepté, mais sa mission s'était révélée plus difficile que prévu. Il avait renoncé après qu'un spécimen particulièrement agressif lui eut presque sectionné un doigt. Grâce au produit de la vente de son animalerie, il avait pu aménager des cabanes à iguanes près de la Rivière, fabriquer un prototype de brouteuse et se consacrer à la quête perpétuelle de la pelouse parfaite.

Una Brakket

Una Brakket assurait l'intendance de la caserne de la Jeune Garde quand Septimus n'était pas plus haut que trois pommes. Una Brakket détestait les jeunes garçons, même craintifs et soumis comme l'étaient les recrues de la Jeune Garde. Elle fut bientôt transférée au service du Chasseur et de sa meute. Una était en adoration devant le Chasseur, bien que celui-ci eût à peine conscience de son existence. Une fois, il lui demanda où se trouvaient ses chaussettes. Una resta plusieurs jours sans toucher terre. Par la suite, elle prit l'habitude de cacher les chaussettes de son idole dans l'espoir qu'il lui adresserait à nouveau la parole, ce qui ne se produisit plus jamais.

Après la fuite du custode suprême, Una demanda à bénéficier du programme deuxième chance. Elle postula pour devenir gouvernante du palais, mais elle n'obtint pas le poste car Sarah Heap la trouvait trop effrayante. Pour finir, elle fut affectée auprès du professeur Ratel van Klampff, qui la prit à son service pour l'unique raison qu'il était trop terrifié pour refuser.

Cependant, les sympathies d'Una allaient toujours à DomDaniel. Elle ne tarda pas à rejoindre le Parti de la restauration, une société secrète qui se réunissait tous les samedis soir sous le couvert d'un cours de danse folklorique afin de préparer le retour du nécromancien. C'est par ce biais qu'elle fit la connaissance de Simon Heap.

Le professeur Ratel van Klampff

Ratel van Klampff était l'héritier d'une longue lignée de savants. De nombreux siècles auparavant, le professeur Doris van Klampff avait mis au point une formule secrète destinée à chasser les entités responsables des phénomènes de **hantise**. Cette catégorie comprenait les **ombres** comme celle de Marcia et les **spectres** tels que celui qui avait tenté d'**emmener** Alther du temps où il était l'apprenti de DomDaniel. En plus d'un talent singulier pour les mathématiques, les van Klampff se signalaient par leur crédulité et leur extrême distraction. Ratel ne faisait pas exception à la règle.

Son père, Otto, étant parti en fumée en même temps que le premier laboratoire familial alors qu'il expérimentait une forme d'**amalgame** particulièrement volatile, Ratel avait établi ses pénates dans une maison en bordure du fossé. Il avait passé la plus grande partie des dix années qu'avait duré le règne du custode suprême terré chez lui, à résoudre des problèmes de mots croisés et à classer sa collection d'éprouvettes.

Il ne s'était remis au travail qu'après l'arrivée d'Una Brakket sous son toit, et encore était-ce un prétexte pour échapper à la frénésie ménagère de sa nouvelle gouvernante. Toutefois, sa stratégie échoua : Una s'autoproclama assistante de laboratoire et Ratel regretta bientôt amèrement l'époque insouciante où il n'avait rien d'autre à faire que recompter ses tubes à essais.

Le pauvre homme était loin de soupçonner que sa gouvernante appartenait au Parti de la restauration.

Moustique

Moustique était fils unique. Il avait grandi à l'Enchevêtre, où ses parents occupaient deux grandes pièces juste au-dessous du logis de la famille Heap. Aussi loin que remontaient ses souvenirs, il voyait sa mère donner des coups au plafond avec un manche à balai, criant : « C'est pas bientôt fini, ce boucan ? » Ses parents lui interdisaient tout contact avec leurs bruyants voisins, ce qui rendait ceux-ci d'autant plus attirants aux yeux du jeune garçon. Moustique se lia bientôt d'amitié avec Jo-Jo Heap qui avait le même âge que lui.

À onze ans, pour la plus grande joie de sa mère, Moustique passa avec succès le concours d'entrée au Manuscriptorium, une épreuve réputée pour sa difficulté. Entré dans l'établissement comme factotum, ses bonnes notes lui avaient valu une promotion rapide après que l'employé chargé de l'inspection hebdomadaire des tunnels de glace se fut cassé la cheville en tombant de sa luge.

Moustique aimait beaucoup Septimus. En plus de lui rappeler Jo-Jo, il partageait son intérêt pour la **Magyk** et son goût pour les boissons gazeuses bizarres. Les deux garçons avaient également en commun une violente aversion pour la **Ténèbre**. Comme l'avait un jour confié Moustique à son ami autour d'une tasse de Coco Bula : « Quand le vieux chnoque est revenu à la tour, mon hamster est mort, ma mère a un gros furoncle qui lui est sorti au bout du nez et notre chat s'est enfui. Tout ça à cause de la **Ténèbre** que je ramassais au travail et ramenais à la maison. Quelle horreur ! »

Septimus aussi aimait beaucoup Moustique et lui faisait entièrement confiance.

Boris Pincepoule

De mémoire d'habitant du Château, personne n'avait jamais appelé Boris Pincepoule par son prénom. Il portait encore des barboteuses que sa mère elle-même y avait renoncé et lui donnait du Pincepoule comme tout un chacun. S'adressant à lui, Boris paraissait presque déplacé.

Pincepoule nourrissait l'ambition de devenir Chasseur. Il s'était enfui de chez lui afin d'intégrer la meute alors que DomDaniel fomentait l'assassinat de la reine depuis les Maleterres. S'il s'entraînait dur, Pincepoule n'était guère aimé de ses camarades. Il avait cessé de se laver les dents quand il était enfant et avait d'autant moins l'intention de s'y remettre que sa mère n'était plus là pour lui donner des ordres. Avec ça, il avait la manie de faire claquer sa langue contre son palais, ce qui agaçait prodigieusement les gens. Surtout, il poussait tellement vite qu'il fut bientôt trop grand pour espérer devenir un bon Chasseur.

Pincepoule finit par être nommé Chasseur en second, mais son ascension s'arrêta là. Après la fuite du custode suprême, il bénéficia du programme deuxième chance et suivit la formation de sous-magicien, une filière destinée aux débutants d'âge mûr.

Désormais, Pincepoule nourrissait l'ambition de devenir un magicien digne de ce nom. À tout le moins, il aspirait à devenir un magicien ordinaire. Toutefois, il aurait volontiers assumé la charge de magicien extraordinaire si on la lui avait offerte, ce qui n'arriva jamais.

Jannit Maarten

Si quelqu'un avait demandé à Jannit Maarten quel était son but dans l'existence, elle aurait répondu : « Construire des bateaux. » Jannit avait peu de temps à consacrer à la politique et encore moins à la **Magyk**. Le monde de Jannit se limitait à son chantier et peu lui importait ce qui se passait au-delà du mur du Château. Chaque soir, elle s'endormait comme une masse dans son hamac, se levait à l'aube et passait ses journées à raboter, réparer, repeindre et effectuer mille tâches toutes plus passionnantes les unes que les autres sur les bateaux qu'on lui confiait.

Même si Nicko avait du mal à le croire, Jannit avait été une petite fille, mais elle avait tout oublié de cette époque – sans doute parce qu'elle avait grandi dans une ferme et qu'elle détestait les poulets, haïssait les vaches et abhorrait les cochons. Ses parents n'avaient jamais compris pourquoi, à l'âge de quatorze ans, Jannit avait fui déguisée en garçon afin de prendre la mer. À dix-neuf ans, elle était revenue avec son propre bateau et s'était établie près des anciens quais de la douane du Château. Jannit était parfaitement satisfaite de son sort et évitait autant que possible de mettre un pied hors de son bien-aimé chantier.

Mouchard

À l'origine, Mouchard était une balle de tennis. Il avait passé deux ans au fond d'un fossé après qu'un joueur mécontent l'eut jeté par la fenêtre de l'École de tennis municipale du Port. Il servait d'amuse-gueule aux souris et menaçait de tomber en morceaux quand Simon l'avait ramassé, glissé dans sa poche et rapporté à l'observatoire.

Enfermé dans une boîte **scellée**, Mouchard avait ensuite été l'objet de tous les soins de Simon Heap. Mois après mois, ce dernier l'avait régulièrement approvisionné en gaz et potions diverses, l'entourant de **charmes inversés** et lui récitant des formules durant de longues heures. Mouchard s'éveilla peu à peu à la conscience, alimenté par les incantations que Simon marmottait au-dessus de sa boîte chaque minuit et par les vapeurs **ténébreuses** qu'il lui insufflait. S'il avait encore les idées confuses, il attendait avec une impatience croissante de voir ce qui allait lui arriver.

Par une nuit sans lune, Mouchard put enfin quitter sa boîte et contempler le monde pour la première fois. Sa satisfaction n'avait d'égale que celle de son nouveau maître devant sa créature. Mouchard répandait une clarté qui pouvait passer pour de l'intelligence. Par ailleurs, il apprenait vite et se montrait docile. Bientôt, il devint le plus fidèle serviteur de Simon Heap et le suivit partout comme son ombre.

Mme Mérédith

Agnès Mérédith, ex-matrone, ex-ravisseuse d'enfant, prit le chemin du Port après sa sortie de l'Asile pour Déments et Délirants du Château. Elle commença par errer dans les rues, cherchant son fils Merrin, sans succès. Une fois le pécule que lui avait remis l'asile épuisé, elle trouva un emploi de femme de ménage dans une pension minable de la rue de la Bouline, à côté du coven des sorcières du Port.

La pension appartenait à une certaine Florrie Bundy, une femme imposante dotée d'un caractère de cochon et d'une mémoire d'éléphant. Florrie se querellait continuellement avec ses voisines, les sorcières du Port. Une violente dispute au sujet d'un sachet de thé qui, prétendait-elle, n'avait pas atterri par hasard sur sa tête, fut la cause de sa perte. Lassée de ses criailleries, Linda (qui l'avait effectivement visée avec un sachet de thé un jour où elle n'avait rien de plus intéressant à faire) lui lança un **sort rétrécissant**. En l'espace de quelques semaines, Florrie rapetissa jusqu'à faire elle-même la taille d'un sachet de thé. Un matin où il gelait, elle glissa sur une plaque de verglas en sortant de chez elle, tomba dans une bouche d'égout et se noya.

Agnès Mérédith avait observé l'évolution de sa patronne avec le plus grand intérêt. Après la disparition de celle-ci, elle reprit la pension comme si de rien n'était. Afin d'y imprimer sa marque, elle remplaça le papier peint, accrocha des messages fantaisistes sur les murs et décora la maison avec des fleurs séchées et des poupées. La compagnie de ces dernières lui était tellement agréable qu'elle renonça à chercher Merrin : au moins, avec les poupées, on savait toujours à quoi s'en tenir.

Maureen

Maureen s'était enfuie du Château avec Kevin, l'éplucheur de pommes de terre en chef, suite à un incident survenu dans les cuisines du palais. Depuis, les deux jeunes gens épargnaient sou après sou afin d'acheter un café au Port. Quand Kevin embarqua comme cuisinier à bord d'un gros navire marchand qui devait faire le tour du monde, Maureen prit la première place qu'on lui proposait. C'est ainsi qu'elle se retrouva bonne à tout faire à la Maison-de-Poupée. Ce n'était pas le Pérou, mais elle parvenait à mettre de côté les pourboires que lui laissaient les clients et économisait sur le logement en couchant dans un placard. Dans son réduit, elle rêvait du jour où Kevin reviendrait et où ils pourraient enfin réaliser leur désir.

Le coven des sorcières du port :

Veronica

Veronica était la doyenne des sorcières du Port. Si elle n'avait jamais obtenu le poste de Grande Mère, c'était à cause de sa distraction et des crises de somnambulisme qui l'amenaient parfois à s'éloigner du coven durant son sommeil et à disparaître plusieurs jours d'affilée. Veronica avait hérité sa passion pour les rats de son père Jack, qui vivait en bordure des marais de Marram. De même que le vieil homme,

Veronica possédait toute une collection de rats en cage à différents stades de décomposition.

Linda

Linda, la benjamine du coven, était à manier avec des pincettes. Si les autres sorcières appréciaient sa compagnie, elles redoutaient ses facéties. En effet, Linda prenait facilement la mouche et pouvait se montrer féroce quand on la contrariait. Plus aucune des sorcières ne voulut s'y risquer après qu'elle eut affublé Dorinda d'une paire d'oreilles d'éléphant. La Grande Mère du coven, Pamela, fondait de grands espoirs sur Linda et la formait en secret pour lui succéder.

Daphné

D'un naturel taciturne, Daphné ne demandait qu'à vaquer à ses occupations sans embêter personne. Elle élevait une colonie de capricornes qui grignotaient lentement les fondations de la maison. Daphné aimait beaucoup ses capricornes et leur gardait la primeur de sa conversation.

Pamela

Pamela avait l'âme la plus noire de tout le coven. Bien sûr, toutes ses sorcières se prenaient pour des méchantes, mais elles n'étaient que des amatrices auprès de leur Grande Mère. Pamela avait séjourné plusieurs années à l'observatoire de DomDaniel et en avait rapporté des récits qui faisaient dresser les cheveux sur la tête des autres pensionnaires du coven, même si celles-ci auraient préféré avaler une décoction de crapaud pourri que de l'avouer. Pamela était la seule à pouvoir pénétrer dans une pièce défendue par un **sort**. Les autres sorcières se gardaient bien d'approcher et, la nuit, quand des cris effroyables retentissaient dans toute la maison, elles se bouchaient les oreilles et tâchaient de se rendormir comme si de rien n'était.

Dorinda

Dorinda ne s'était jamais beaucoup souciée de son apparence. Elle avait conscience de ses défauts (son nez était un peu tordu depuis une rencontre malencontreuse avec une échelle d'incendie) et n'aimait pas beaucoup ses cheveux. Mais elle cessa de faire des efforts pour s'arranger du jour où Linda l'accusa d'avoir épié une conversation privée entre elle-même et un jeune sorcier qu'elle avait ramené à la maison. Dorinda avait nié vigoureusement, alors que tout le coven connaissait son habitude d'écouter aux portes. Furieuse, Linda lui **attribua** des oreilles d'éléphant (d'Afrique, pour faire bonne mesure), ajoutant que, puisqu'elle laissait traîner ses oreilles partout, elle aurait de quoi s'occuper. Depuis cette nuit fatale, Dorinda se promenait constamment avec une serviette enroulée autour de la tête en prétendant qu'elle venait de se laver les cheveux. Toutefois, ses compagnes n'étaient pas dupes. Elles savaient (et Dorinda savait qu'elles savaient) que la serviette dissimulait en réalité deux oreilles d'éléphant d'Afrique soigneusement pliées. Le sort était irrévocable, si bien que Pamela elle-même n'avait pu l'annuler.

Hugh Vulpin, premier scribe hermétique

Hugh Vulpin travaillait depuis vingt-cinq ans comme scribe de deuxième classe au Manuscriptorium avant de devenir premier scribe hermétique.

Quand Marcia, attirée par un faux message, était tombée dans le piège qu'il lui avait tendu, DomDaniel lui avait dérobé *L'Art de vaincre la Ténèbre*. Le **nécromancien** avait ensuite apporté le livre à Waldo Watkins, le premier scribe hermétique de l'époque, afin qu'il le détruise. Watkins avait refusé tout net. Cette nuit-là, alors qu'il regagnait son domicile, le malheureux avait mystérieusement disparu et nul ne l'avait jamais revu.

Sur l'insistance de DomDaniel, on avait aussitôt procédé à la **désignation** de son successeur. Le rituel, très ancien, voulait que chaque scribe place son porte-plume dans un grand pot en émail que l'on enfermait toute une nuit dans le cabinet hermétique. Le lendemain matin, on retrouvait immanquablement un des porte-plume sur la table alors que les autres n'avaient pas quitté le pot. Traditionnellement, on envoyait le plus jeune scribe récupérer le porte-plume élu.

Mais cette fois, DomDaniel avait exigé de pénétrer

le premier dans le cabinet hermétique. Quand il en était ressorti avec le porte-plume noir tout mâchouillé d'Hugh Vulpin, personne – pas même ce dernier – n'en avait cru ses yeux. Le bruit avait aussitôt couru que la **désignation** avait été truquée mais faute de preuves, Hugh Vulpin s'était vu remettre le codex secret et les **sceaux** officiels sitôt installé dans ses nouvelles fonctions.

Une fois passée la surprise, Hugh Vulpin avait fini par se convaincre qu'il devait sa promotion à ses talents exceptionnels. La vérité, c'était que DomDaniel avait remis dans le pot le porte-plume de Jillie Djinn, un scribe instruit et intègre, et l'avait remplacé par celui d'Hugh Vulpin qu'il supposait plus malléable.

Après la destitution de DomDaniel et le retour de Marcia, le Parti de la restauration avait menacé Hugh Vulpin du même sort que le pauvre Watkins s'il refusait à Simon Heap l'accès aux tunnels de glace. Terrifié, Vulpin avait consenti à tout ce qu'on lui demandait. Connaissant son impopularité, il se doutait qu'aucun de ses employés ne lèverait le petit doigt pour le défendre.

DomDaniel avait vu juste : Hugh Vulpin était parfaitement malléable.

Bécasseau

Colin Bécasseau avait grandi dans un petit village de bergers avant d'intégrer la garde du palais contre sa volonté. Enfant, il passait ses journées à rêvasser alors qu'il était censé surveiller le troupeau de son père. Celui-ci avait déjà perdu tellement de brebis qu'il avait renoncé à les compter. Aussi, quand le sergent recruteur de la garde lui avait promis de « faire un homme » de son bon à rien de fils, il avait ordonné à Bécasseau junior de préparer son balluchon, au grand désespoir de sa tendre mère.

Heureusement pour le jeune Colin, son recrutement précéda de peu la chute du custode suprême. Un mois plus tard, il intégrait le programme deuxième chance et trouvait aussitôt une place au Manuscriptorium. Bécasseau n'avait jamais été aussi heureux de sa vie.

Les fantômes des tunnels de glace

De même que beaucoup de maçons, les frères Eldred et Alfred Boutisse avaient été appelés au Château au moment de la Grande Catastrophe. Ils avaient travaillé de longues heures afin de colmater la brèche apparue dans les tunnels, sans résultat. Avec trente-sept de leurs camarades, ils s'étaient laissé surprendre par la **glaciation** et n'avaient pu regagner la surface. Depuis, les malheureux arpentaient inlassablement les souterrains, ignorant qu'il s'était écoulé de nombreux siècles depuis leur disparition. Les deux frères pensaient reprendre tranquillement le cours de leur existence le jour où quelqu'un se déciderait à leur indiquer la sortie.

Ellis Crackle

Ellis Crackle avait été le premier apprenti de DomDaniel. Ce jeune homme lent et maladroit manifestait peu d'aptitudes pour la **Magyk**, mais le **nécromancien** n'en avait cure. S'il avait choisi Ellis, c'est parce que ce dernier était le frère de Betty Crackle, la gardienne de l'époque. Bien qu'animée des meilleures intentions, Betty s'attirait toujours des tas d'ennuis en raison de son étourderie et de sa négligence. Une nuit d'hiver, alors qu'elle s'était perdue sur le chemin du Port, elle fut surprise par le Grand Gel, à la suite de quoi tante Zelda lui succéda.

DomDaniel soupçonnait la présence au cottage de la gardienne d'une chose très importante qui l'empêchait de contrôler complètement le Château, et il était déterminé à découvrir ce que c'était. Pour cela, il n'avait pas trouvé de meilleur moyen que de s'attacher le frère de Betty. Malheureusement pour lui, Ellis n'était pas plus tôt entré à son service qu'il se disputa avec sa sœur. Betty ne supporta pas de l'entendre se vanter de sa nouvelle position. Ivre de jalousie, elle protégea le cottage au moyen d'un **sort** qui empêchait Ellis d'approcher et cessa d'adresser la parole à son frère. Pour cette raison, DomDaniel ne découvrit jamais l'existence du bateau dragon ni même l'emplacement du cottage.

Betty disparue, Ellis perdit tout intérêt aux yeux de son maître. Après l'avoir remplacé par Alther Mella, celui-ci le transforma en ombre au moyen d'un procédé aussi long que pénible et le garda en réserve pour un usage ultérieur. Comme nous l'avons vu, cette précaution se révéla fort utile par la suite.

Hildegarde

Hildegarde travaillait à la comptabilité du conseil des custodes, dont la principale mission consistait à financer le train de vie dispendieux du custode suprême. Plus tard, elle fut transférée au service des ventes, qui était chargé de liquider les trésors du palais. Pour autant qu'elle aimait les tableaux et les meubles anciens qu'on lui confiait, Hildegarde savait se montrer dure en affaires et elle retirait toujours un bon prix des objets qu'elle vendait.

Hildegarde fut très heureuse de pouvoir bénéficier d'une formation de sous-magicienne dans le cadre du programme deuxième chance. Toutefois, elle se sentait un peu mal à l'aise quand elle montait la garde devant le palais et la vue des murs vides lui donnait mauvaise conscience. Elle était résolue à devenir magicienne ordinaire afin de racheter le plus possible ses erreurs passées.

« Pour l'éditeur, le principe est d'utiliser des papiers composés de fibres naturelles, renouvelables, recyclables et fabriquées à partir de bois issus de forêts qui adoptent un système d'aménagement durable. En outre, l'éditeur attend de ses fournisseurs de papier qu'ils s'inscrivent dans une démarche de certification environnementale reconnue. »

Composition PCA - 44400 Rezé

Imprimé en Italie par G. Canale & C.S.p.A.-Borgaro T.se (Turin)
32.10.2561.2/01 - ISBN : 978-2-01-322561-8
Loi n° 49-956 du 16 juillet 1949 sur les publications destinées à la jeunesse
Dépôt légal : juillet 2009